U0138357

高特尔的神劇固然追求異教精神，但他畢竟不是紀元前四五世紀的希臘人，他的作品只是十八世紀一个意大利北部的日耳曼人嚮往古希臘文化的表現。便是霍米里吧，也仍不免帶點兒浮誇（pompous）。這不是高特尔個人之過而是民族與時代之不同，絕對勉強不來的。將來你有空閒的時候（我想再過三五年，你音樂會一定可大大減少，多一些從各方面進修的時間），讀讀新英譯的柏拉圖，塞諾封一類的作品，你對希臘文化可有更多更深的體會。再不然你一朝去雅典，像雲山陵劇院（以丹納書中所說）面目全非，但是那種天色水色（我只能從親自見過的羅馬和那不勒斯的天色水色去想像）以及巴特農神廟的廢墟，一定會給你強烈的激動，狂喜，非言語所能形容。好比五十年以前鄧肯在巴特農廢墟上光着腳不由自主的跳起舞來。（鄧肯 DUNCUN 自傳，倘在舊書店中看到，可買來一讀）真正體會古文化，除了從小說過來之外，只有接觸那古文化的遺物。我所以不斷寄吾國的藝術複製品給你，一方面是滿足你思念故國，緬懷我們古老文化的渴望，一方面也想用具體事物來影響彌拉。從文化上藝術上認識而愛好異國才是真正認識和愛好一个異國，而且我認為也是加強你倆精神契合的最可靠的鏈鎖。

石刻畫你喜歡嗎？是否感覺到那是真正漢族的藝術品，不像敦煌壁畫雲岡石刻有外來因素。我覺得光是那種寬袍大袖，簡潔有力的線條，渾合的輪廓，古樸的屋宇車輛，強勁雄壯的馬匹，已使我看了悠然心動，神遊於二千年以前的天地中去了。（裱了框子看更有效果。）

十八家詩鈔以外，李白詩文集想也收到了吧？給你的兩把扇子你覺得怎樣？最好平日張開着放在玻璃櫃內欣賞。給彌拉的檀香扇，買不到更好的。且檀香女扇一向沒有畫的好的。——從這个小包看，古西畢竟是較快的，否則五月十三寄的包不可能在六月十八就收到。

等八月來做翻譯巴尔扎克「幻滅」三部曲的準備工作，七百五十餘頁原文，共有一千一百餘生字。發個狠每天記三百至四百生字，大有好處。正如你練琴，不早開始把蕭邦的ETUDES作為每天的日課，我也深悔不早開始記生字的苦功。否則這部書的生字至多只有二三百。倘有錢伯伯那種記憶力，生字可減至數十。天資不足，只能用苦功補足。我雖到了這个年紀，身體挺壞，這種苦功還是願意下的。

附 巳-22

附母信二頁
另稿一頁

寫完信忽然想到你七月灌音既是solo，決無去維也納之理，想必就在倫敦了，屆時對鋼琴務必嚴格挑選，不作遷就。灌音既非小事，片子傳播也廣，還須估計相當時期，又特別費力，應當鄭重。且獨奏家挑剔樂器也是常事，千萬堅持為宜。及早預備！！

親愛的孩子，六月十八日信（郵戳十九）今晨收到。雖然花了很多鐘點，信寫得很好，多寫了幾回就會感到更容易更省力。最高興的是你的民族性格和特徵保持得那麼完整，居然還不忘記：「一簞食，一瓢飲，而也不改其樂」。唯有如此，才不致被西方的物質文明淹沒。你屢次來信說我們的信給你看到了另外一個世界，理想氣息那麼濃的，豪邁的，真誠的，光明正大的，慈悲的，無我的（即你此次信中說的 selfless, pure, devoted, loyal, kind 等等）世界。我知道東方西方之間的鴻溝，只有豪傑之士，領悟穎異，感覺敏銳而深刻的極少數人方能體會。換句話說，東方人要理解西方人及其文化和西方人理解東方人及其文化同樣不容易。即使理解了，實際生活中也未必真能接受。這是近代人的苦悶：既不能閉關自守，東方與西方各管各的生活，各管各的思想，又不能避免兩種精神兩種文化兩種哲學的衝突和矛盾。當然，除了衝突與矛盾，兩種文化也彼此吸引，相互之間有特殊的魅力使人神往。東方的智慧、明哲、超脫，要是能與西方的活力、熱情、大無畏的精神融和起來，人類可能看到另一種新文化出現。西方人那種孜孜矻矻，白首窮經，只知為學，不問成敗的精神還是存在（現在和克利斯朵夫的時代一樣存在），值得我們學習。你我都不是大國主義者，也深惡痛絕大國主義，但你我的民族自覺，民族自豪和愛國熱忱並無一星半點的排外意味。相反，這是一個有根有蒂的人應有的感覺與感情。每次看到你有這種表現，我都快活得心兒直跳，覺得你不愧為中華民族的兒子！媽媽也為之自豪，對你特別高興，特別滿意。

我早料到你讀了「希臘的雕塑」以後的興奮。那樣的時代是一去不復返的了，正如一個人從童年到少年那個天真可愛的階段一樣。也如同我們的先秦時代，兩晉六朝一樣。近來常翻閱「世說新語」（正在尋一部鉛印而篇幅不太笨重的預備寄你），覺得那時的風流文采既有點兒近古希臘，也有點兒像文藝復興期的意大利；但那種高遠、恬淡，素雅的意味仍然不同於西方……

本書是我國著名文學藝術翻譯家傅雷暨夫人寫給傅聰、傅敏等的家信摘編，寫信時間爲一九五四年至一九六六年六月。

繁體字第二次增補本

傅雷家書

傅　敏編

三聯書店(香港)有限公司

封面設計　龐薰琹
扉頁設計　錢月華
書名題字　集傅雷遺墨

書　　名　傅雷家書（繁體字第二次增補本）
作　　者　傅　雷
編　　者　傅　敏
出版發行　三聯書店（香港）有限公司
香港域多利皇后街九號
JOINT PUBLISHING (H.K.) CO., LTD.
9 Queen Victoria Street, Hong Kong
印　　刷　藝光印刷有限公司
香港黃竹坑道四十八號八樓
版　　次　1984年11月香港第一版第一次印刷
1989年 2 月香港第二次增補本第一次印刷
1996年11月香港第二次增補本第六次印刷
規　　格　大32開（140×203mm）352面
國際書號　ISBN 962・04・0701・6

©1984 Joint Publishing Co. (HK)
©1989 Joint Publishing (H.K.) Co., Ltd.

Published & Printed in Hong Kong

傅 雷

左上圖・傅雷和夫人朱梅馥
左下圖・朱梅馥和傅聰（五歲）
傅敏（二歲）
右上圖・傅雷和傅聰
右下圖・朱梅馥和傅敏

上圖・傅聰在上海音樂學院講課（一九七九年）
下圖・傅聰在北京中央音樂學院講課（一九八一年）

聰、

九月廿九日起眼睛忽然大花，專科醫生查不出原因，只說目力疲勞過度，且休息一下時期再看。其實近來工作不多，不能說用眼過度。這幾日停下來，連書都不能看，枯坐無聊，沉悶之極。但還想在你離英以前給你一信，也就勉強提起筆來。

兩週前看完卓別林自傳，對1910至1954年間的美國有了一個初步認識。那種物質文明給人的影響，確非我們意料所及。一般大富翁的窮奢極欲，我實在體會不出有什麼樂趣可言。那種闊閙取樂的玩藝兒，宛如五花八門，光怪陸離的萬花筒，在書本上看看已經頭暈目迷，更不用說親身經歷了。像我這樣，簡直一天都受不了；不僅心理上憎厭，生理上神經上也吃不消。東方人的氣質和他們相差太大了。聽說近來英國學術界也有一場論戰，有人認為要消滅貧困必須工業高度發展，有的人說不是這麼回事。記得1930年代我在巴黎時也有許多文章討論過類似的題目。改善生活固然不容易；有了物質享受而不受物質奴役，弄得身不由主，無窮無盡的追求奢侈，恐怕更不容易。過慣淡泊生活的東方舊知識分子也難以想像廿世紀西方人對物質要求的胃口。其實人類是最會生活的動物，也是最不會生活的動物；

巴尔扎克的長篇小說「幻滅」（Lost Illusions）三部曲從六一年起動手，最近才譯完初稿。第一、二部已改過，第三部還要改，便是第一、二部也得再修飾一遍。預計改完謄清總在明年四五月間。總共五十萬字，前前後後要花到我三年半時間。「文學研究所」有意把「高老頭」收入「文學名著叢書」，要重排一遍，所以這幾天我又在從頭至尾修改，也得花一二十天。翻譯工作要做得好，必須一改再改三改四改。「高老頭」還是在抗戰期間譯的，五二年已重譯一過，這次是第三次大修改了。此外也得寫一篇序。第二次戰後，法國學術界對巴尔扎克的研究大有發展，那種熱忱和淵博（érudition）令人欽佩不置。所以上次信中問你手頭寬不寬，能否寄十五六鎊去巴黎，代我買一些關於巴尔扎克的參考資料。等你來信，我當將書單逕寄巴黎大學 M. Pierre Citron 先生（你們已在倫敦見過面），託他代办，將來書款也由你寄給他。

家書墨迹之二

親愛的孩子，

很高興知道你們於演后休息了一下。瑞士確是避暑最好的地方，卅四年前我在日內瓦湖的西端，一個小小的法國村子裏住過三個月，天天看到白峯（MONT BLANC）上的皚皚積雪，使人在盛暑也感到一股涼意。可惜沒有去過瑞士北部的俄口湖，據說比日內瓦湖更美更幽。你從南非來的信上本說要去希臘，那兒天氣太熱，不該在夏季去。你們改變遊程倒是聰明的。威尼斯去了沒有？其實意大利北部俄口湖也風景秀麗，值得小住幾天。相信這次旅行定能使你感覺新鮮，精神上洗個痛快的澡。彌拉想來特別快樂。她到底身體怎樣？在ZURICH療養院檢查結果又怎麼樣。除了此次的明信片以外，她從五月十日起沒有來過信，不知中間有沒有遺失？我寫到GSTAAD的信，你們收到沒有？下次寫信來，最好提一筆我信上的編號，別籠籠統統的說「來信都收到」。最好也提一筆你們上一封信的日期，否則丟了信也不知道。七月下旬勃隆斯丹夫人有信來報告你們二月中會面的情形，簡直是排日描寫，不僅詳細，而且事隔五月，字裏行間的感情還是那麼強烈，看了真感動。世界上這樣真誠、感情這樣深的人是不多的！

親愛的孩子：今年的春天，因為手傷不得而停工，順便看了不少理論書，這回替你買理論書，我也買了許多，這些天也陸續看了三本小冊子：關於辯證唯物主義的一些基本知識，批評與自我批評是蘇維埃社會發展的動力，社會主義基本經濟規律。連帶體會多，預備跟你隨便談談了。

第一個最重要的第一點是：理論與實踐絕對不可分離，學習必須與實生活結合，馬列主義不是抽象的哲學，而是極現實極具體的哲學，它不但是社會革命的指導理論，同時也是人生哲學的基礎。解放六年來的社會固然有極大的進步，但還存在著不少缺點，特別在各級幹部的工作方面。我常常有這麼個印象，就是一般人的政治學習，完全是為學習而學習，不是為了生活而學習，不是為了應付實際鬥爭而學習。所以談起理論來頭頭是道，什麼唯物主義，什麼辯證法，什麼批評與自我批評等等，都能長篇大論地發揮一大套；一遇到實際事情，一坐到辦公桌前面，或是到了工廠裡，農村裡，就把一切理論忘得乾乾淨淨。學校裡亦然如此。我接在大學裡念書的人告訴我，他們的政治討論非常熱烈，可是同學理論好極的，也能作出很精闢的結論；但他們對付同學，對付師長，對付學校的領導，仍是隔閡重重，一派的學生，一派的自私自利。這種學習態度，我覺得根本就是違反馬列主義的；為什麼把最實際的科學——唯物辯證法，當做標榜的門面話和口頭禪呢？為什麼不能把嘴上說得天花亂墜的道理化到自己身上去，貫徹到自己的行動中、作風中去呢？

因此我的第二個要點，以及以下的許多要點，都是想把馬列主義的理論結合到個人修養上來。首先是馬克思主義的世界觀，應該使我們有極大的，百折不回的積極性與樂天精神。比如說：存在決定意識，但並不是說意識便成為可有可無的了。恰恰相反，正確的思想意識，對客觀事物的發展會起很大的作用。換句話說，就是主觀能動作用。這便是鼓勵我們對樣樣事情有信心的話，也就是中國人的「人定勝天」的意思。既然客觀的自然規律，社會的發展規律，都可能受到人的意識的影響，為什麼我們要灰心，要悲觀氣餒呢？不是一切都是事在人為的嗎？一個人發覺自己有缺點，分析之下，可以歸納到遺傳的根性，環境

疾風迅雨

石刻画題材自古代神話，如女媧氏補天，三皇五帝等傳說起，至聖賢、豪傑烈士、諸侯之史實軼事，無所不包。——其中一部分你小時候在古書上都讀過。原作每石有数画，中間連續，不分界限，僅於上角刻有題目，如老萊子綵衣娛親，荊軻刺秦王等等。惟文字刻劃甚淺，年代剝落，大半無存；今日之下欲知何画代表何人故事，非熟悉春秋左傳國策不可；我無此精力，不能為你逐條考據。

武梁祠全部石刻共佔五十餘石，題材総数更遠過於此。我僅有拓片二十餘紙，亦是殘帙，缺漏甚多，茲挑出拓印較好之四紙寄你但線條仍不夠分明，遒勁生動飄逸之美幾無從體會，只能說聊勝於無而已，

一九六一年四月廿五日 爸 〔印〕 此印陽文圖章

此種信紙即是木刻印刷，今亦不復製造，值得細看一下。

另附法文說明一份，專供彌拉閱讀，讓她也知道一些中國古藝術的梗概与中國史地的常識，希望她為你譯成英文，好解釋給你外國友人聽；我知道大部分歷史与彫塑名詞你都不見得会用英文說。——倘裝在框內，拓片只可非常小心的壓平，切勿用力拉直拉平，無数皺下去的地方都代表原作的細節，將紙完全拉直拉平就会失去本來面目！務必与彌拉細說！

E-No.13 (included in LTC(M)-16)

March 14, 1961

Dearest Ts'ong and Mira,

We have tried to imagine every kind of reason which could prevent Mira from writing us, yet 50 days passed without receiving a single word of her is really extraordinary! Is she in good health at all? — No serious effects on nerves after the Februry incident? — Or was there any letter missed? (Mira's last letter dated Jan. 14). We are so uneasy that we are becoming alarmed, and my insomnia is getting worse.

Two pictures by Lin must have reached London in middle Februry, yet you tell us nothing about. We have had so many troubles in selecting, packing and dispatching these paintings, so we are very anxious to know whether the thing is safely delivered to you by now.

The 21 records arrived in perfect condition, which delighted us greatly. Any way, Brahms' symphony still cannot interest me, I always find the symphonies are the less sympathetic works among Brahms' productions. Malcolm played the Scarlatti a little too fast to my taste, and the tone of harpsichord (as an instrument) sounds really insipid. Elizabeth Schwarzkof is not as good in lieder-singing as in her operatic arias, her tone is not mellow enough and the interpretation is rather affected.

Have you sent the ~~...~~ discs to Mr. MA (with a Lipatti) in Peking? He had long expected your London recordings of Chopin. And the food parcel, have you sent him? (~~...~~ I instructed you in my letter of Feb. 9)

As to us, no food need to be sent in April. But Ts'ong, don't forget to send at once £15 to Hong-Kong and J.M.P. 100 to Shanghai in the first days of April. Mother has explained all this in her letter.

Has Mira ever got the new English translation of Balzac's "LOST ILLUSIONS"? Do send me this first if the novel Ming needs had not yet been found. (the novel is "The Ragged Trousered Philanthropists" by Robert Tressell, London 1955).

家書墨迹之五

親愛的聰：

我們一月十一日發出的信，不知路上走了几天？唱片公司可曾寄出你的唱片？近來演出情況如何？又去过哪些國家？身体怎樣？都在念中。上月底爸爸工作告一段落，適逢過春節，抄了些音樂筆記給你作參考，也許对你有所幫助。原文是法文，有些地方直接譯做英文倒反方便。以你原來的認識參照之下必有感想，不妨來信談談。

我們知道你自我批評精神很強，但个人天地畢竟有限，人家对你的好評只能起鼓舞作用；不同的意見才能使你進步，擴大視野；希望用冷静和虚心的態度加以思考。不管哪个批評家都代表一部分群众，考慮批評家的話也就是考慮群众的意見。你聽到別人的演奏之後的感想，想必也很多，也希望告訴我們。爸爸說，除了你鑽研專業之外，一定要抽出時间多多阅讀其他方面的書，充實你的思想內容，培養各方面的知識。——爸爸还希望你看祖國的書報，需要什么書可來信，我們可寄給你。

媽媽 一九六〇年二月一日夜

十二月號 music & musicians 第25面第二欄第九行有一句：Fou Ts'ong delicately fingered Mozart concerto K.595, as if it were Dresden china。爸爸怕你不懂，要我告訴你：特累斯頓从十八世紀初期起即仿造中國陶瓷器，至今还有出品。批評的人說你演奏的莫扎尔德彷彿特累斯頓的瓷器。因為你是中國人表演德國人作品，又因為china（c字小写）在英文中是瓷器，與「中國」一字双关。

疾風迅雨樓

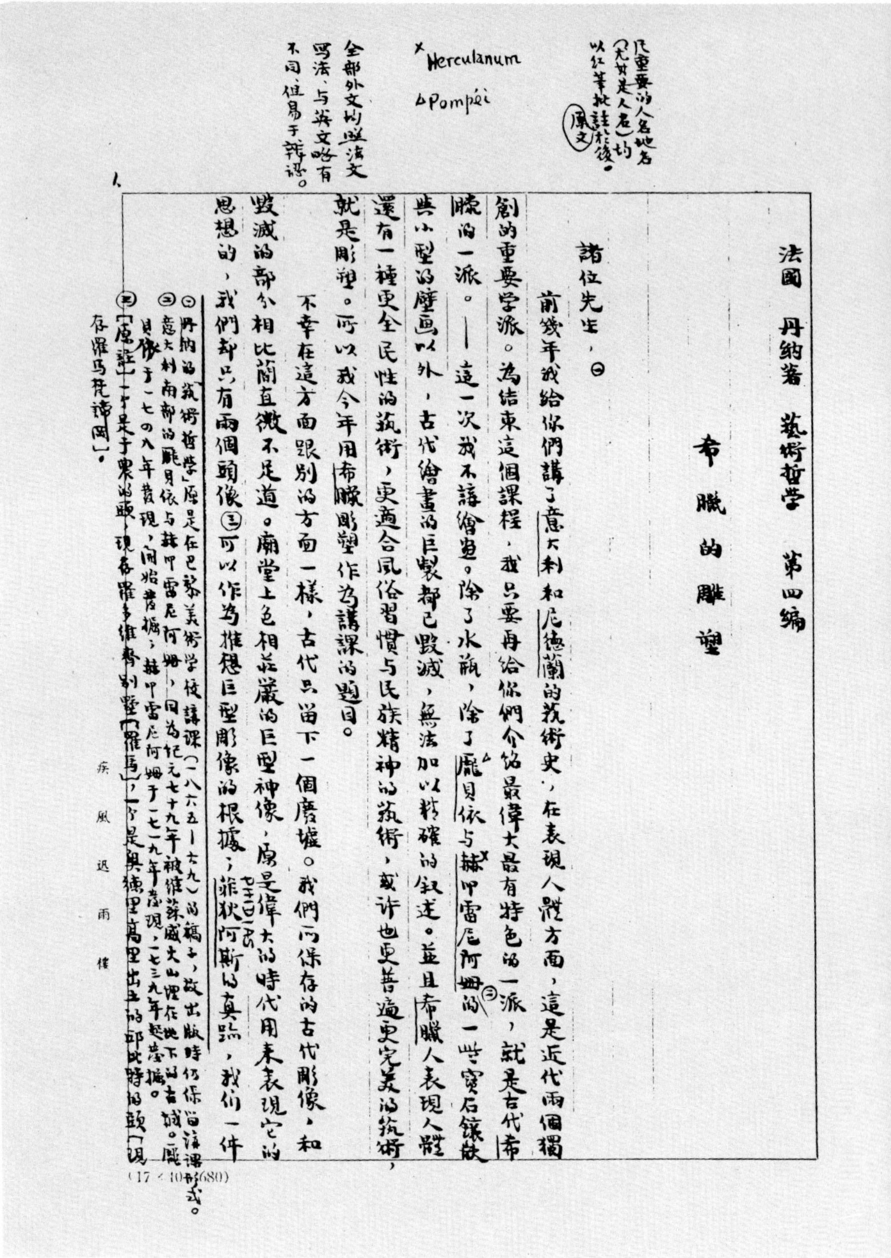
凡重要的人名地名（尤其是人名）均以红筆批註於後●原文

全部外文均照法文寫法，与英文略有不同，但易于辨認。

× Herculanum

△ Pompéi

1.

法國　丹納著　藝術哲学　第四編

希臘的雕塑

諸位先生，㊀

前幾年我給你們講了意大利和尼德蘭的藝術史，在表現人體方面，這是近代兩個獨創的重要学派。為結束這個課程，我只要再給你們介紹最偉大最有特色的一派，就是古代希臘的一派。——這一次我不講繪畫。除了水瓶，除了龐貝依与赫甲雷尼阿姆的㊁一些寶石鑲嵌與小型的壁畫以外，古代繪畫的巨製都已毀滅，無法加以精確的敘述。並且希臘人表現人體還有一種更全民性的藝術，更適合風俗習慣与民族精神的藝術，或許也更普遍更完美的藝術，就是雕塑。所以我今年用希臘雕塑作為講課的題目。

不幸在這方面跟別的方面一樣，古代只留下一個廢墟。我們所保存的古代彫像，和毀滅的部分相比簡直微不足道。廟堂上色相莊嚴的巨型神像，原是偉大的時代用來表現它的思想的，我們却只有兩個頭像㊂可以作為推想巨型彫像的根據；菲狄阿斯的真跡，我們一件

㊀丹納的「藝術哲學」原是在巴黎美術学校講課（一八六五—一八六九）的稿子，故出版時仍保留講課形式。

㊁意大利南部的龐貝依与赫甲雷尼阿姆，同為紀元七十九年被維蘇威火山埋在地下的古城。龐貝依于一七〇八年發現，開始發掘；赫甲雷尼阿姆于一七一九年發現，一七三九年起發掘。

㊂〔原註〕一個是于農的頭，現存羅多維齊別墅〔羅馬〕；一個是與徳里高里出土的邱比特的頭〔現存羅馬梵諦岡〕。

疾風迅雨樓

（17×40=680）

傅雷墨迹：《藝術哲學》譯稿之一（見本書第157頁）

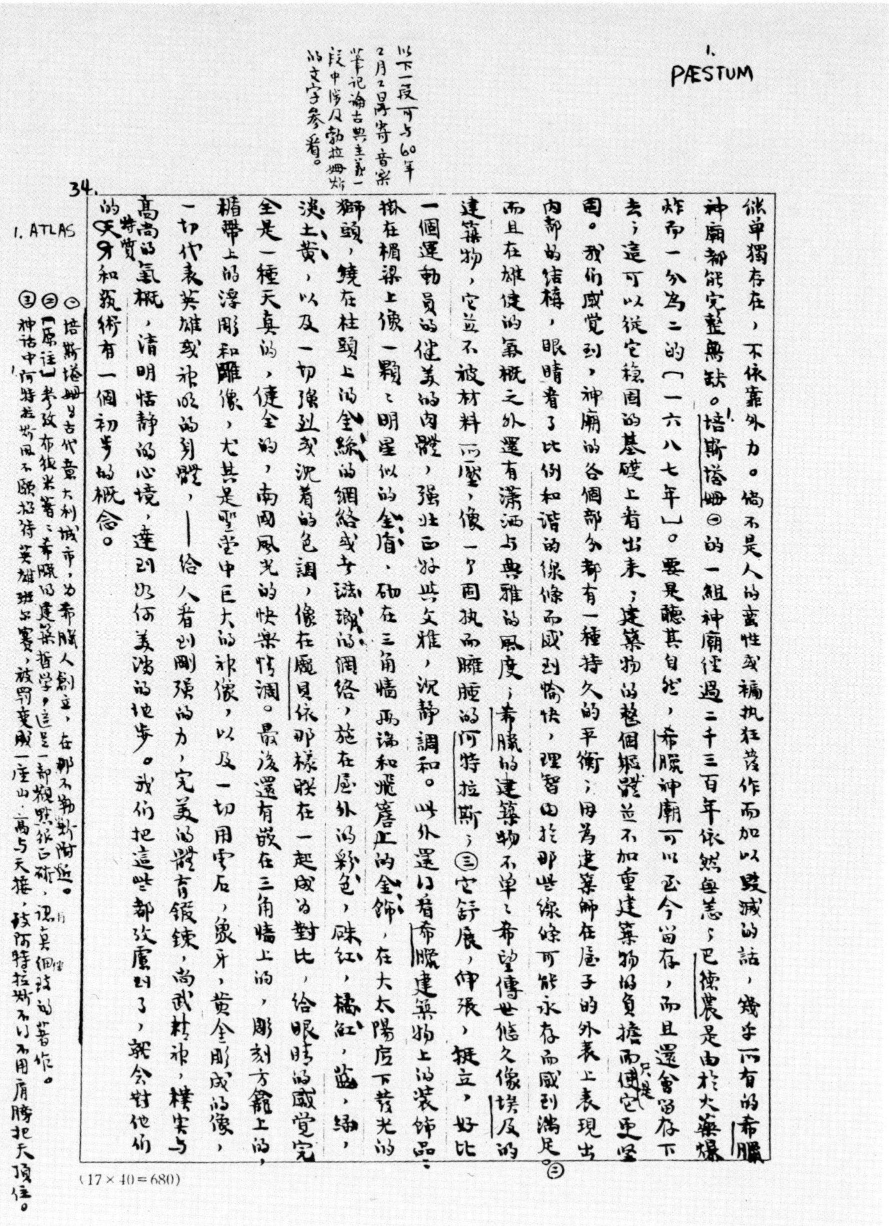
以下一段可與60年2月2日所寄音樂筆記論古典主義一段中涉及勃拉姆斯的文字參看。

1. PÆSTUM

34.

然單獨存在，不依靠外力。倘不是人的蠻性或褊執狂發作而加以毀滅的話，幾乎所有的希臘神廟都能完整無缺。培斯圖姆㊀的一組神廟經過二千三百年依然無恙；巴德農是由於火藥爆炸而一分為二的〔一六八七年〕。要是聽其自然，希臘神廟可以至今留存，而且還會留存下去；這可以從它穩固的基礎上看出來；建築物的整個軀體並不加重建築物的負擔而只是使它更堅固。我們感覺到，神廟的各個部分都有一種持久的平衡；因為建築師在屋子的外表上表現出內部的結構，眼睛看了比例和諧的線條而感到愉快，理智由於那些線條可能永存而感到滿足。㊁而且在雄健的氣概之外還有瀟洒與典雅的風度；希臘的建築物不單單希望傳世悠久像埃及的建築物，它並不被材料所壓，像一個固執而臃腫的阿特拉斯；㊂它舒展，伸張，挺立，好比一個運動員的健美的肉體，強壯而好與文雅，沉靜調和。此外還得看希臘建築物上的裝飾品：掛在楣梁上像一顆顆明星似的金盾，砌在三角牆兩端和飛簷上的金飾，在大太陽底下發光的獅頭，繞在柱頭上的金線的網絡或者琺瑯的網絡，施在屋外的彩色，硃紅，橘紅，藍，綠，淡土黃，以及一切強烈或沉着的色調，像在龐貝依那樣配在一起成為對比，給眼睛的感覺完全是一種天真的，健全的，南國風光的快樂情調。最後還有嵌在三角牆上的，雕刻方龕上的，楣帶上的浮雕和雕像，尤其是聖堂中巨大的神像，以及一切用雲石，象牙，黃金雕成的像，一切代表英雄或神明的身體，——給人看到剛強的力，完美的體育鍛鍊，尚武精神，樸實與高尚的氣概，清明恬靜的心境，達到如何美滿的地步。我們把這些都考慮到了，就會對他們的特質天才和藝術有一個初步的概念。

1. ATLAS

㊀培斯圖姆是古代意大利城市，為希臘人創立，在那不勒斯附近。

㊁〔原註〕參考布佛米著：希臘的建築哲學，這是一部觀點很正確，很有價值的著作。

㊂神話中阿特拉斯因不願招待英雄班爾賽，被罰變成一座山，高與天接，故阿特拉斯不得不用肩膀把天頂住。

（17×40＝680）

雷墨迹：《藝術哲學》譯稿之二（見本書第157頁）

1.

音樂筆記

關於莫扎爾德

法國音樂批評家（女）Hélène Jourdan-Morhange：

『That's why it is so difficult to interpret Mozart's music, which is extraordinarily simple in its melodic purity. This simplicity is beyond our reach, as the simplicity of La Fontaine's Fables is beyond children's understanding. 要找到這種自然的境界，必須把我們的感覺（sensations）澄清到immaterial的程度：這是極不容易的，因為勉強做出來的樸素一望而知，正如臨畫之於原作。表現快樂的時候，演奏家也往往過於「作態」，以致歪曲了莫扎爾德的風格。例如斷音（staccato）不一定都等於突聲，有時可能表示遲疑，有时可能表示遺憾；但小提琴家一看見有斷音標記的音符（用弓來表現，斷音的nuances格外凸出）就把樂句表現為快樂（gay）；這種例子實在太多了。鋼琴家則出以機械的running，而且速度如飛，把arabesque中所含有的grace或joy完全忘了。』

（一九五六年法國「歐羅巴」雜誌莫扎爾德專號）

關於表達莫扎爾德的當代藝術家

舉世公認指揮莫扎爾德最好的是Bruno Walter，其次才是Thomas Beecham。另外Fricsay也獲得好評。—— Krips以Viennese Classicism出名，Scherchen則以romantic ardour出名。

疾風迅雨樓

（17×40＝680）

傅雷墨迹：音樂筆記（見本書第125頁）

目　　錄

讀家書，想傅雷

（代　序）

樓適夷

《傅雷家書》的出版，是一樁值得欣慰的好事。它告訴我們：一顆純潔、正直、眞誠、高尙的靈魂，儘管有時會遭受到意想不到的磨難、汚辱、迫害，陷入到似乎不齒於人羣的絕境，而最後眞實的光不能永遠掩滅，還是要爲大家所認識，使它的光焰照徹人間，得到它應該得到的尊敬和愛。

讀着這部新書，我想起傅雷父子的一些往事。

一九七九年四月下旬，我從北京專程去滬，參加由上海市文聯主辦爲傅雷和他夫人朱梅馥同志平反昭雪的骨灰安葬儀式。當我到達幾小時之後，他們的兒子，去國二十餘年的傅聰，也從遙遠的海外，隻身歸來，到達生身的父母之鄉。五十年代中他去國的時候，還帶着滿臉天眞的稚氣，是一個剛過二十歲錦繡年華的小青年，現在却已經到老成持重，身心成熟的壯歲了。握手相見，心頭無限激動，一下子想起音容宛在，而此生永遠不能再見的亡友傅雷和他的夫人，想起傅聰傅敏兄弟童年調皮淘氣玩樂的形象。在我眼前的這位長身玉立、氣度昂藏的壯漢，使我好像見到了傅雷；而他的雍容靜肅、端莊厚憨的姿影，又像見到了他的母親梅馥。特別使我高興的，我沒有從他的身上看到常常能看到的，從海外來的那種世紀末的長髮蓄鬚、艷裝怪服的頹唐的所謂藝術家的俗不可耐的形象;他的態度非常沉着,服裝整齊、樸素,好像二十多年海外歲月,和往來周遊大半個地球的行旅生涯,並沒有使他在身上受到多少感染。從形象的樸實,見到他精神世界的健壯。時移世遷,過去的歲月是一去而不可復返了,人生的正道,是在於不斷地前進,而現實的一切,也確實在大踏步地向前邁進。我們回想過去,也正是要爲今天和未來的前進,增添一分力量。

想念他萬里歸來,已再也見不到生命中最親愛的父母,迎接他的不是雙親驚喜歡樂的笑容,而是蕭然的兩撮寒灰。在親友們熱烈的包圍中,他心頭的熱淚奔騰,是可以想像的。直到在龍華革命公墓,舉行了隆重的儀式之後,匆匆數日,恰巧同乘一班航機轉道去京,途中,我才和他有相對敍舊的機會。他簡單地談了二十多年來在海外個人哀樂的經歷,和今天重回祖國心頭無限的激盪。他問我:“那樣的災禍,以後是不是還會再來呢?”我不敢對他作任何保證,但我認爲我們應該有勇氣和信心,相信經過了這一場慘烈的教訓,人們一定會有力量阻止它的重來。談到他的父母,大家都不勝傷感,但逝者已矣,只有他們的精神、遺愛和一生勞作所留下來的業績,則將是永遠不朽的。傅雷不僅僅是一位優秀的文學翻譯家,他的成就不只是留下了的大量世界文學名著的譯本,我知道他還寫過不少文藝和社會的評論著作,以及優美的散文作品,數量可能不多,但在思想、理論、藝術上都是卓有特色,生前從未收集成册,今後不應任其散失,要設法收集、整理、編訂起來,印行出版,也是一份獻給人民的寶貴的財富。談話中便談到了他多少年來,給傅聰所寫的萬里而且往往是萬言的家書。傅聰告訴我,那些信現在都好好地保存在海外的寓居裏。

我想起那書信,因爲在一九五七年的春末,我得到假期去南方旅行，路經上海，依然同解放前一樣，被留宿在傅雷的家裏，聯牀夜話，他給我談到正在海外學習的兒子傅聰，並找出他寄來的家信給我看，同時也把自己已經寫好，還未發出的一封長篇覆書，叫我一讀。在此不久之前，傅雷剛被邀去過北京，參加了中共中央宣傳工作會議。他是第一次聽到毛主席親口所作的講話，領會到黨在當前形勢下宣傳工作上的全面的政策精神。顯然這使他受到很大的激動，他全心傾注在會議的日程中，做了詳盡的長篇記錄，寫下了自己的心得。他這次給傅聰的那封長信，就是傳達了這一次會議的精神。傅雷一向不大習慣參加集體活動和政治生活，但近年來目睹黨的社會主義建設成就的實際，切身體會到黨全心全力爲人民服務的基本精神，顯然已在他思想上引起了重大的變化。

他指着傅聰報告自己藝術活動的來信對我說："你看，這孩子在藝術修養上確實已經成熟起來了，對這一點我是比較放心的。我擔心的是他身居異國，對祖國實況有所隔閡，埋頭藝術生活，最容易脫離實際，脫離政治，不要在政治上產生任何失誤，受到任何挫折才好。"

我所見的只是這兩封信，但他給我的印象是非常深刻的，這不僅我當時爲傅雷愛子教子的精神所感動，特别是在此後不久，全國掀起了狂風大浪的"反右派運動"，竟把這位在政治上正在力求上進，在他平素熱愛祖國的基礎上，對黨對社會主義的感情正在日益濃厚的傅雷，大筆一揮，錯誤地劃成了"反黨反社會主義的右派分子"。接着不久，消息傳來，在波蘭留學的傅聰，又突然自由出走，去了英國。由於對他父子的爲人略有所知，這兩件事可把我鬧得昏頭轉向，不知人間何世了。

但應該感謝當時的某位領導同志，在傅雷被劃成"右派"之後，仍能得到一些關顧，允許他和身在海外並同樣身蒙惡名的兒子，保持經常的通訊關係。悠悠歲月，茫茫大海，這些長時期，在遙遙數萬里的兩地之間，把父子的心緊緊地聯繫在一起的，就是現在這部經過整理、編選、輯集起來的《傅雷家書》。

感謝三聯書店的一位負責同志，當他知道傅雷有這樣一批寶貴的遺書之後，便一口承諾，負起出版的任務，並一再加以催促，使它經過傅氏兄弟二人愼重編選之後，终於公開問世了。(我相信他們由於多方面愼重的考慮，這選編是非常嚴格的，它沒有收入瑣碎的家人生活瑣事和當時的一些政治談論，我上面提到的那封信，就沒有收入在內。)

這是一部最好的藝術學徒修養讀物，這也是一部充滿着父愛的苦心孤詣、嘔心瀝血的教子篇。傅雷藝術造詣是極爲深厚，對無論古今中外的文學、繪畫、音樂的各個領域，都有極淵博的知識。他青年時代在法國學習的專科是藝術理論，回國以來曾從事過美術考古和美術教學的工作，但時間都非常短促，總是與流俗的氣氛格格不能相入，無法與人共事，每次都在半途中絕裾而去，不能展其所長，於是最後給自己選擇了閉門譯述的事業。在他的文學翻譯工作中，大家雖都能處處見到他的才智與學養的光彩，但他曾經有志於美學及藝術史論的著述，却终於遺憾地不能實現。在他給傅聰的家書中，我們可以看出他在音樂方面的學養與深入的探索。他自己沒有從事過音樂實踐，但他對於一位音樂家在藝術生活中所遭到的心靈的歷程，是體會得多麽細緻，多麽深刻。兒子在數萬里之外，正準備一場重要的演奏，爸爸却好似對即將赴考的身邊的孩子一般，殷切地注視着他的每一次心臟的律動，設身處地預想他在要走去的道路上會遇到的各種可能的情景，並替他設計應該如何對待。因此，在這兒所透露的，不僅僅是傅雷的對藝術的高深的造詣，而是一顆更崇高的父親的心，和一位有所成就的藝術家，在走向成材的道路中，所受過的陶冶與教養，在他才智技藝中所積累的成因。

對於傅雷給孩子的施教，我是有許多記憶可以搜索的。當四十年代初我在上海初識傅雷並很快成爲他家常客的時候，他的兩個孩子都還幼小，大孩子傅聰剛及學齡。在四周被日本侵略軍包圍的上海孤島，連大氣中都瀰漫着一種罪惡的毒氛。他不讓兒子去上外間的小學，甚至也反對孩子去街頭遊玩。他把孩子關在家裏，而且很早發現在幼小的身心中，有培養成爲音樂工作者的素質。便首先在家中由父母親自擔當起教育的責任，並在最基礎的文化教育中，環繞着音樂教育這個中心。正如他在對己對人、對工作、對生活的各方面都要求認眞、嚴肅、一絲不苟的精神一樣，他對待幼小的孩子也是十分嚴格的。我很少看到他同孩子嬉戲逗樂，也不見他對孩子的調皮淘氣行爲表示過欣賞。他親自編製教材，給孩子訂定日課，一一以身作則，親自督促，嚴格執行。孩子在父親的面前，總是小心翼翼，不敢有所任性，只有當父親出門的時候，才敢大聲笑鬧，恣情玩樂。他規定孩子應該怎樣說話，怎樣行動，做什麽，吃什麽，不能有所踰越。比方每天同桌進餐，他就注意孩子坐得是否端正，手肘靠在桌邊的姿勢，是否妨礙了同席的人，飯菜咀嚼，是否發出喪失禮貌的咀嚼聲。甚至因傅聰不愛吃青菜，專揀肉食，又不聽父親的警告，就罰他只吃白飯，不許吃菜。孩子學習語文，父親却只准他使用鉛筆、蘸水鋼筆和毛筆，不許用當時在小學生中已經流行的自來水金筆。我不知道傅雷有這樣的禁例，有一次帶了傅聰到豫園去玩，給他買了一支較好的兒童金筆，不料一回家被父親發現沒收，說小孩子怎麼能用那樣的好筆，害得孩子傷心地哭了一場。我事後才知道這場風波，心裏覺得非常抱歉，對傅雷那樣管束孩子的方法，却是很不以爲然的。

同時傅聰也正是一個有特異氣質的孩子，他對愛好的事物常常會把全神都灌注進去，忘却周圍的一切。有一次他獨自偷偷出門，在馬路邊蹓躂，觀望熙熙攘攘的市景，快樂得忘了神，走着走着，竟和路邊的電綫杆子撞了一頭，額角上鼓起了一個包，鬧了一場小小的笑話。他按照父親的規定，每天上午下午，幾小時幾小時的練習彈琴，有時彈得十分困倦，手指酸痛，也不敢鬆弛一下，只好勉勉强强地彈下去。但有時却彈出了神，心頭不知到來了什麽靈感，忽然離開琴譜，奏出自己的調子來。在樓上工作的父親，從琴聲中覺察異樣，從樓梯上輕輕下來。傅聰見父親來了，嚇得什麽似的，連忙又回到琴譜上去。但這一次傅雷並不是來制止的，他叫孩子重複彈奏原來的自度曲，聽了一遍，又聽一遍，並親自用空白五綫譜，把曲調記錄下來。說這是一曲很好的創作，還特地給起了一個題目，叫做《春天》。這件事我記得很清楚，一直到那回傅聰首次回國時，還問過他多少年來除了演奏之外，是不是還自己作曲。

傅聰少年時代在國內就鬧過一次流浪歷險記。一九四九年上海解放後，傅雷全家從昆明遷回上海，把傅聰單獨留在昆明繼續學習。但傅聰非常想家，一心回滬繼續學習音樂，竟然對父親所委託的朋友不告而別，沒有旅費，臨行前由一些同學友人主動幫他開了一個演奏會，募了一些錢。這件事使上海家中和昆明兩地鬧了一場虛驚。傅雷後來告訴我說："你看，在家靠父母，出外靠朋友，把帽子脫下翻過來，大家幫幫忙，這孩子就是這樣回上海來了。"

有的人對幼童的教育，主張任其自然而因勢利導，像傅雷那樣的嚴格施教，我總覺得是有些"殘酷"。但是大器之成，有待雕琢，在傅聰的長大成材的道路上，我看到作爲父親的傅雷所灌注的心血。在身邊的幼稚時代是這樣，在身處兩地，形同隔世的情勢下，也還是這樣。在這些書信中，我們不是看到傅雷爲兒子嘔心瀝血所留下的斑斑血痕嗎？

人的自愛其子，也是一種自然的規律。人的生命總是有局限的，而人的事業却永遠無盡，通過親生的兒女，延續自己的生命，也延續與發展一個人爲社會、爲祖國、爲人類所能盡的力量。因此培育兒女也正是對社會、對祖國、對人類世界所應該盡的一項神聖的義務與責任。我們看傅雷怎樣培育他的孩子，也正和傅雷的對待其他一切一般，可看出傅雷是怎樣以高度負責的精神與心力，在對社會、祖國與人類世界盡自己的責任的。傅聰在異國飄流的生活中，從父親的這些書信中吸取了多麼豐富的精神養料，使他在海外孤兒似的處境裏，好像父母仍在他的身邊，時時給他指導、鼓勵與鞭策，使他有勇氣與力量，去戰勝各式各樣的魔障與阻力，踏上自己正當成長的道路。通過這些書信，不僅僅使傅聰與親人之間，建立了牢固的紐帶，也通過這一條紐帶，使傅聰與遠離的祖國牢牢地建立了心的結合。不管國內家庭所受到的殘酷遭遇，不管他自己所蒙受的惡名，他始終沒有背棄他的祖國，他不受祖國敵對者多方的威脅利誘，沒有說過或做過有損祖國尊嚴的言行。甚至在他的藝術巡禮中，也始終一貫，對與祖國採取敵對態度的國家的邀請，一律拒絕接受。直到七九年初次回國，到了香港，還有人替他擔心可能產生麻煩，勸他暫時不要回來，但他相信祖國，也相信祖國會原諒他青年時代的行動，而給他以信任。這種信賴祖國、熱愛祖國的精神，與傅雷在數萬里外給他殷切的愛國主義的教育，是不能分開的。

再看看這些書信的背景，傅雷是在怎樣的政治處境中寫出來的，更不能不使人不去想那一次令人痛心的政治運動，二十多年來給數以萬計的祖國優秀兒女所造成的慘運，是多麼的驚人，而今天終於普遍得到改正、昭雪，又是一個多麼得人心的政治措施。有許多人在那場災禍中被傷殘了,但有許多人却由此受到特殊的、像鋼鐵受到烈火一樣的鍛錬，而更加顯露出他剛毅銳利的英精。在我最熟悉的戰友與好友中，有許多人是這樣的，在黨外的傅雷也是這樣,雖然我今天已再也見不到他們了,但在他們的後代中，以及更廣大的在十年浩劫中受過鍛錬的堅强奮發的青年中，我看見了他們。

我敍述這些回憶和感想,謹鄭重地向廣大讀者推薦這部好書。

一九八一,七,五,北京東郊

傅雷家書

一九五四年一月十八日晚

孩子，你這一次真是“一天到晚堆着笑臉”[①]！教人怎麽捨得！老想到五三年正月的事，我良心上的責備簡直消釋不了。孩子，我虐待了你，我永遠對不起你，我永遠補贖不了這種罪過！這些念頭整整一天没離開過我的頭腦，只是不敢向媽媽説。人生做錯了一件事，良心就永久不得安寧！真的，巴爾扎克説得好：有些罪過只能補贖，不能洗刷！

一九五四年一月十九日晚

昨夜一上牀，又把你的童年温了一遍。可憐的孩子，怎麽你的童年會跟我的那麽相似呢？我也知道你從小受的挫折對於你今日的成就並非没有幫助；但我做爸爸的總是犯了很多很重大的錯誤。自問一生對朋友對社會没有做什麽對不起的事，就是在家裏，對你和你媽媽作了不少有虧良心的事[②]。——這些都是近一年中常常想到的，不過這幾天特別在腦海中盤旋不去，像惡夢一般。可憐過了四十五歲，父性才真正覺醒！

今兒一天精神仍未恢復。人生的關是過不完的，等到過得差

① 一九五四年傅聰赴波蘭參加第五屆蕭邦國際鋼琴比賽並在波蘭留學，一九五四年一月十七日全家在上海火車站送傅聰去北京準備出國。

② 父親教子極嚴，有時近乎不近人情，母親也因此往往精神上受折磨。

不多的時候,又要離開世界了。分析這兩天來精神的波動,大半是因爲:我從來没愛你像現在這樣愛得深切,而正在這愛得最深切的關頭,偏偏來了離别!這一關對我,對你媽媽都是從未有過的考驗。别忘了媽媽之於你不僅僅是一般的母愛,而尤其因爲她爲了你花的心血最多,爲你受的委屈——當然是我的過失——最多而且最深最痛苦。園丁以血淚灌溉出來的花果遲早得送到人間去讓别人享受,可是在離别的關頭怎麽免得了割捨不得的情緒呢?

跟着你痛苦的童年一齊過去的,是我不懂做爸爸的藝術的壯年。幸虧你得天獨厚,任憑如何打擊都摧毁不了你,因而減少了我一部分罪過。可是結果是一回事,當年的事實又是一回事:儘管我埋葬了自己的過去,却始終埋葬不了自己的錯誤。孩子,孩子!孩子!我要怎樣的擁抱你才能表示我的悔恨與熱愛呢!

一九五四年一月三十日晚

親愛的孩子,你走後第二天,就想寫信,怕你嫌煩,也就罷了。可是没一天不想着你,每天清早六七點就醒,翻來覆去的睡不着,也說不出爲什麽。好像克利斯朵夫的母親獨自守在家裏,想起孩子童年一幕幕的形象一樣,我和你媽媽老是想着你二三歲到六七歲間的小故事。——這一類的話我們不知有多少可以和你說,可是不敢說,你這個年紀是一切向前往的,不願意回顧的;我們嚕哩嚕囌的抖出你尿布時代的往事,會引起你的憎厭。孩子,這些我都很懂得,媽媽也懂得。只是你的一切終身會印在我們腦海中,隨時隨地會浮起來,像一幅幅的小品圖畫,使我們又快樂又惆悵。

真的,你這次在家一個半月,是我們一生最愉快的時期;這幸福不知應當向誰感謝,即使我没宗教信仰,至此也不由得要謝謝上帝了!我高興的是我又多了一個朋友;兒子變了朋友,世界上有什麽事可以和這種幸福相比的！儘管將來你我之間離多聚少，但我精神上至少是温暖的，不孤獨的。我相信我一定會做到不太落伍，不太冬烘，不至於惹你厭煩。也希望你不要以爲我在高峰的頂尖上所想的，所見到的，比你們的不真實。年紀大的人終是往更遠的前途看，許多事你們一時覺得我看得不對，日子久了，現實却給你證明我並没大錯。

孩子，我從你身上得到的教訓，恐怕不比你從我得到的少。尤其是近三年來，你不知使我對人生多增了幾許深刻的體驗，我從與你相處的過程中學得了忍耐，學到了説話的技巧，學到了把感情昇華！

你走後第二天，媽媽哭了，眼睛腫了兩天：這叫做悲喜交集的眼淚。我們可以不用怕羞的這樣告訴你，也可以不担心你憎厭而這樣告訴你。人畢竟是感情的動物。偶然流露也不是可耻的事。何況母親的眼淚永遠是聖潔的，慈愛的！

一九五四年二月二日（除夕）

昨晚七時一刻至八時五十分電台廣播你在市三①彈的四曲 Chopin，外加 encore 的一支 *Polonaise*；效果甚好，就是低音部分模糊得很；琴聲太揚，像我第一天晚上到小禮堂空屋子裏去聽的情形。以演奏而論，我覺得大體很好，一氣呵成，精神飽滿，細膩的地方非常細膩，tone colour 變化的確很多。我們聽了都很高興，很感動。好孩子，我真該誇獎你幾句才好。回想五一年四月剛從昆明回滬的時期，你真是從低窪中到了半山腰了。希望你從此注意整個的修養，將來一定能攀登峰頂。從你的録音中清清楚楚感覺到

---

① 傅聰赴京準備出國前，上海音協在上海原市立第三女子中學爲他舉辦了告別音樂會。

你一切都成熟多了，尤其是我盼望了多少年的你的意志，終於抬頭了。我真高興，這一點我看得比什麽都重。你能掌握整個的樂曲，就是對藝術加增深度，也就是你的藝術靈魂更堅強更廣闊，也就是你整個的人格和心胸擴大了。孩子，我要重複 Bronstein① 信中的一句話，就是我爲了你而感到驕傲！

今天是除夕了，想到你在遠方用功，努力，我心裏說不盡的歡喜。別了，孩子，我在心中擁抱你！

一九五四年二月十日

……屋内要些圖片，只能揀幾張印刷品。北京風沙大，沒有玻璃框子，好一些的東西不能掛；黄賓翁的作品，小幅的也有，盡可給你；只是不裝框不行。好在你此次留京時期並不長，馬虎一下再說。Chopin 肖像是我二十二歲時在巴黎買的，又是浪漫派大畫家 Delacroix 名作的照相；Mozart 那幅是 Paci 遺物，也是好鐫版，都不忍讓它們到北京光秃秃的吃灰土，故均不給你。

讀俄文別太快，太快了記不牢，將來又要重頭來過，犯不上。一開頭必須從容不迫，位與格必須要記憶，像應付考試般臨時強記是没用的。現在讀俄文只好求一個概念，勿野心太大。主要仍須加功夫在樂理方面。外文總是到國外去念進步更快。目前貪多務得，實際也不會如何得益，切記切記！望主動向老師説明，至少過二三月方可加快速度。……

上海這兩天忽然奇暖，東南風加沙土，很像昆明的春天。阿敏和恩德一起跟我念"詩"，敏説你常常背"朝回日日典春衣，每日江頭盡醉歸"二句，現在他也背得了。我正在預備一樣小小的禮物，將來給你帶出國的，預料你一定很歡喜。再過一星期是你媽媽的

---

① 勃隆斯丹，原上海音樂學院鋼琴系蘇聯籍教師，曾指導傅聰的鋼琴。

生日，再過一個月是你的生日，想到此不由得悲喜交集。Hindmith的樂理明日卽寄出。……

這幾日開始看服爾德的作品，他的故事性不強，全靠文章的若有若無的諷喻。我看了真是慄慄危懼，覺得没能力表達出來。那種風格最好要必姨、錢伯母① 那一套。我的文字太死板，太"實"，不够俏皮，不够輕靈。

一九五四年三月五日夜

音樂會成績未能完全滿意，還是因爲根基問題。將來多多修養，把技術克服，再把精神訓練得容易集中，一定可大爲改善。錢伯伯前幾天來信，因我向他提過，故説"屆時當作牛聽賢郎妙奏"，其實那時你已彈過了，可見他根本没知道。且錢伯母最近病了一星期，恐校内消息更隔膜。

我仍照様忙，正課未開場，舊譯方在校對；而且打雜的事也多得很。林伯伯論歌唱的書稿，上半年一定要替他收場，現在每週要爲他花四、五小時。柯靈先生寫了一個電影劇本又要我提意見。

一九五四年三月十三日深夜*

……川劇在滬公演，招待文藝界時送來一張票子，我就去看了，看後很滿意。爸爸很想去觀摩一下。到上星期公開售票，要排隊購票，我趕着去買票，一看一條長蛇陣，只有望洋興嘆，就回家，總算文聯幫忙，由唐弢替我們設法弄了二張，又有必姨送來二張，

---

① 必姨卽楊必，英國薩克雷名著《名利場》的譯者。錢伯母卽錢鍾書夫人楊絳女士，楊必之姐。

* 此信係母親所寫。以下標有*號的，均是母親寫的信，不一一註明。

碰巧都是三月十日的，我們就請牛伯母及恩德一起去，他們大爲高興，那天真是你生日，牛伯母特爲請我們到新雅吃飯吃面，他們真是周到，飯後就去觀劇。一共有五齣，《秋江》、《贈綈袍》、《五台會兄》、《歸舟投江》、《翠香記》。我們看得很有味，做功非常細膩，就是音樂單調，那是不論京劇崑劇，都是一樣的毛病；還有編劇方面，有些地方不够緊凑，大體上講，這種地方戲是值得保存的。《秋江》裏的老頭兒，奇妙無比，《五台會兄》裏的楊五郎，唱做都很感動人。本來爸爸這幾天要寫信給你，同你談談戲劇問題，尤其看了川劇後，有許多意見。可惜病了，等他好了會跟你談的。

一九五四年三月十九日

你近來忙得如何？樂理開始沒有？希望你把練琴時間抽一部分出來研究理論。琴的問題一時急不來，而且技巧根本要改。樂理却是可以趁早趕一趕，無論如何要有個初步概念。否則到國外去，加上文字的困難，念樂理比較更慢了。此點務要注意。

川戲中的《秋江》，艄公是做得好，可惜戲本身沒有把陳妙常急於追趕的心理同時並重。其餘則以《五台會兄》中的楊五郎爲最妙，有聲有色，有感情，唱做俱好。因爲川戲中的“生”這次角色都差。唱正派的尤其不行，既無嗓子，又乏訓練。倒是反派角色的“生”好些。大抵川戲與中國一切的戲都相同，長處是做工特別細膩，短處是音樂太幼稚，且編劇也不够好；全靠藝人自己憑天才去咂摸出來，沒有經作家仔細安排。而且 tempo 鬆弛，不必要的閑戲總嫌太多。

一九五四年三月二十四日上午

在公共團體中，趕任務而妨礙正常學習是免不了的，這一點我早料到。一切只有你自己用堅定的意志和立場,向領導婉轉而有力的去爭取。否則出國的準備又能做到多少呢?——特別是樂理方面,我一直放心不下。從今以後,處處都要靠你個人的毅力、信念與意志——實踐的意志。

另外一點我可以告訴你:就是我一生任何時期,鬧戀愛最熱烈的時候,也没有忘却對學問的忠誠。學問第一,藝術第一,真理第一,——愛情第二,這是我至此爲止没有變過的原則。你的情形與我不同:少年得志,更要想到"盛名之下,其實難副",更要戰戰兢兢,不負國人對你的期望。你對政府的感激,只有用行動來表現才算是真正的感激!我想你心目中的上帝一定也是Bach,Beethoven,Chopin 等等第一,愛人第二。既然如此,你目前所能支配的精力與時間,只能貢獻給你第一個偶像,還輪不到第二個神明。你說是不是?可惜你没有早學好寫作的技術,否則過剩的感情就可用寫作(樂曲)來發洩,一個藝術家必須能把自己的感情"昇華",才能於人有益。我决不是看了來信,誇張你的苦悶,因而着急;但我知道你多少是有苦悶的,我隨便和你談談,也許能幫助你廓清一些心情。

一九五四年四月七日

記得我從十三歲到十五歲,念過三年法文;老師教的方法既有問題,我也念得很不用功,成績很糟(十分之九已忘了)。從十六歲到二十歲在大同改念英文,也没念好,只是比法文成績好一些。二十歲出國時,對法文的知識只會比你的現在的俄文程度差。到了法國,半年之間,請私人教師與房東太太雙管齊下補習法文,教師管讀本與文法,房東太太管會話與發音,整天的改正,不用上課方式,而是隨時在談話中糾正。半年以後,我在法國的知識分子家庭中過生活，已經一切無問題。十個月以後開始能聽幾門不太難的功課。可見國外學語文，以隨時隨地應用的關係，比國內的進度不啻一與五六倍之比。這一點你在莫斯科遇到李德倫時也聽他談過。我特意跟你提，爲的是要你別把俄文學習弄成"突擊式"。一個半月之間念完文法，這是強記，決不能消化，而且過了一晌大半會忘了的。我認爲目前主要是抓住俄文的要點，學得慢一些，但所學的必須牢記，這樣才能基礎扎實。貪多務得是沒用的，反而影響鋼琴業務，甚至使你身心困頓，一空下來即昏昏欲睡。——這問題希望你自己細細想一想，想通了，就得下決心更改方法，與俄文老師細細商量。一切學問沒有速成的，尤其是語言。倘若你目前停止上新課，把已學的從頭温一遍，我敢斷言你會發覺有許多已經完全忘了。

你出國去所遭遇的最大困難，大概和我二十六年前的情形差不多，就是對所在國的語言程度太淺。過去我再三再四強調你在京趕學理論，便是爲了這個緣故。倘若你對理論有了一個基本概念，那末日後在國外念的時候，不至於語言的困難加上樂理的困難，使你對樂理格外覺得難學。換句話説：理論上先略有門徑之後，在國外念起來可以比較方便些。可是你自始至終沒有和我提過在京學習理論的情形，連是否已開始亦未提過。我只知道你初到時因羅君[1]患病而擱置，以後如何，雖經我屢次在信中問你，你也没覆過一個字。——現在我再和你説一遍：我的意思最好把俄文學習的時間分出一部分，移作學習樂理之用。

提早出國，我很贊成。你以前覺得俄文程度太差，應多多準備後再走。其實像你這樣學俄文，即使用最大的努力，再學一年也未

① 羅君即我國著名作曲家羅忠鎔同志。

必能說準備充分,——除非你在北京不與中國人來往,而整天生活在俄國人堆裏。

自己責備自己而沒有行動表現，我是最不贊成的。這是做人的基本作風,不僅對某人某事而已,我以前常和你說的，只有事實才能證明你的心意，只有行動才能表明你的心跡。待朋友不能如此馬虎。生性並非“薄情”的人,在行動上做得跟“薄情”一樣,是最冤枉的,犯不着的。正如一個並不調皮的人要調皮而結果反吃虧,一個道理。

一切做人的道理,你心裏無不明白，吃虧的是沒有事實表現;希望你從今以後，一輩子記住這一點。大小事都要對人家有交代!

其次,你對時間的安排,學業的安排，輕重的看法，緩急的分別，還不能有清楚明確的認識與實踐。這是我爲你最操心的。因爲你的生活將來要和我一樣的忙，也許更忙。不能充分掌握時間與區別事情的緩急先後，你的一切都會打折扣。所以有關這些方面的問題,不但希望你多聽聽我的意見,更要自己多想想，想過以後立刻想辦法實行,應改的應調整的都應當立刻改，立刻調整，不以任何理由躭擱。

一九五四年四月二十日

孩子:接十七日信,很高興你又過了一關。人生的苦難,theme 不過是這幾個,其餘只是 variations 而已。愛情的苦汁早嘗,壯年中年時代可以比較冷靜。古語說得好,塞翁失馬,未始非福。你比一般青年經歷人事都更早,所以成熟也早。這一回痛苦的經驗,大概又使你靈智的長成進了一步。你對藝術的領會又可深入一步。

我祝賀你有跟自己鬥争的勇氣。一個又一個的筋斗栽過去，只要爬得起來，一定會逐漸攀上高峰，超脱在小我之上。辛酸的眼淚是培養你心靈的酒漿。不經歷尖鋭的痛苦的人，不會有深厚博大的同情心。所以孩子，我很高興你這種蜕變的過程，但願你將來比我對人生有更深切的了解，對人類有更熱烈的愛，對藝術有更誠摯的信心！孩子，我相信你一定不會辜負我的期望。

我對於你的學習(出國以前的)始終主張減少練琴時間，俄文也勿太緊張；倒是樂理要加緊準備。我預言你出國以後兩年之內，一定要深感這方面的欠缺。故出去以前要盡量争取基本常識。

三四月在北京是最美的季節(除了秋天之外)；丁香想已開罷，接着是牡丹盛放。有空不妨上中山公園玩玩。中國的古代文物當然是迷人的，我也常常緬懷古都，不勝留戀呢。

最近正加工爲林伯伯修改討論歌唱的文字；精神仍未完全復原，自己的工作尚未正式開始。

一九五四年五月五日

看了《夏倍上校》没有？你喜歡哪一篇？對我的譯文有意見嗎？我自己愈來愈覺得腸子枯索已極，文句都有些公式化，色彩不够變化，用字也不够廣。人民文學社要我譯服爾德，看來看去，覺得風格難以傳達，畏縮得很。

一九五四年六月二十四日下午

親愛的孩子：終於你的信到了！聯絡局没早告訴你出國的時期，固然可惜，但你遲早要離開我們，大家感情上也遲早要受一番考驗；送君十里終須一别，人生不是都要靠隱忍來撑過去嗎？你初到的那天,我心裏很想要你二十以後再走,但始終守法和未雨綢繆的脾氣把我的念頭壓下去了,在此等待期間,你應當把所有留京的琴譜整理一個徹底,用英文寫兩份目録,一份寄家裏來存查。這種工作也可以幫助你消磨時間,省却煩惱。孩子,你此去前程遠大,這幾天更應當仔仔細細把過去種種作一個總結,未來種種作一個安排;在心理上精神上多作準備,多多鍛鍊意志,預備忍受四五年中的寂寞和感情的波動。這才是你目前應做的事。孩子,别煩惱。我前信把心裏的話和你説了,精神上如釋重負。一個人發洩是要求心裏健康,不是使自己越來越苦悶。多聽聽貝多芬的第五,多念念克利斯朵夫裏幾段艱苦的事蹟(第一册末了,第四册第九卷末了),可以增加你的勇氣,使你更鎮静。好孩子,安安静静的準備出國罷。一切零星小事都要想周到,别怕天熱,貪懶,一切事情都要做得妥貼。行前必須把帶去的衣服什物記在"小手册"上,把留京及寄滬的東西寫一清賬。想念我們的時候,看看照相簿。爲什麼寫信如此簡單呢?要是我,一定把到京時羅君來接及到團以後的情形描寫一番,卽使藉此練練文字也是好的。

近來你很多地方像你媽媽,使我很高興。但是辦事認眞一點,都望你像我。最要緊,不能怕煩!

一九五四年七月四日晨

孩子,希望你對實際事務多注意些,應辦的卽辦,切勿懶洋洋的拖宕。夜裏擺龍門陣的時間,可以打發不少事情呢。寧可先準備好了再玩。

也許這是你出國以前接到的最後一信了,也許連這封信也來不及收到,思之愴然。要囑咐你的話是説不完的,只怕你聽得起膩了。可是關於感情問題,我還是要鄭重告誡。無論如何要克制,以前途爲重，以健康爲重。在外好好利用時間，不但要利用時間來工作，還要利用時間來休息，寫信。別忘了杜甫那句詩："家書抵萬金"！

一九五四年七月十五日*

望你把全部精力放在研究學問上，多用理智，少用感情，當然，那是要靠你堅強的信心，克制一切的煩惱，不是件容易的事，但是非克服不可。對於你的感情問題，我向來不參加任何意見，覺得你各方面都在進步，你是聰明人，自會覺悟的。我既是你媽媽，我們是休戚相關的骨肉，不得不要嘮叨幾句，加以規勸。

回想我跟你爸爸結婚以來，二十餘年感情始終如一，我十四歲上，你爸爸就愛上了我（他跟你一樣早熟），十五歲就訂婚，當年冬天爸爸就出國了。在他出國的四年中，雖然不免也有波動，可是他主意老，覺悟得快，所以回國後就結婚。婚後因爲他脾氣急躁，大大小小的折磨終是難免的，不過我們感情還是那麼融洽，那麼牢固，到現在年齡大了，火氣也退了，爸爸對我更體貼了，更愛護我了。我雖不智，天性懦弱，可是靠了我的耐性，對他無形中或大或小多少有些幫助，這是我覺得可以驕傲的，可以安慰的。我們現在真是終身伴侶，缺一不可的。現在你也長大成人，父母對兒女的終身問題，也常在心中牽掛，不過你年紀還輕，不要操之過急。

一九五四年七月二十七日深夜

你車上的信寫得很有趣，可見只要有實情、實事，不會寫不好信。你說到李、杜的分別，的確如此。寫實正如其他的宗派一樣，有長處也有短處。短處就是雕琢太甚，缺少天然和靈動的韻致。但杜也有極渾成的詩，例如"風急天高猿嘯哀，渚清沙白鳥飛回，無邊落木蕭蕭下，不盡長江滾滾來……”那首，胸襟意境都與李白相彷彿。還有《夢李白》、《天末懷李白》幾首，也是纏綿悱惻，至情至性，非常動人的。但比起蘇、李的離別詩來，似乎還缺少一些渾厚古樸。這是時代使然，無法可想的。漢魏人的胸懷比較更近原始，味道濃，蒼茫一片，千古之下，猶令人緬想不已。杜甫有許多田園詩，雖然受淵明影響，但比較之下，似乎也“隔”(王國維語)了一層。回過來說：寫實可學，浪漫底克不可學；故杜可學，李不可學；國人談詩的尊杜的多於尊李的，也是這個緣故。而且究竟像太白那樣的天縱之才不多，共鳴的人也少。所謂曲高和寡也。同時，積雪的高峰也令人有“瓊樓玉宇，高處不勝寒”之感，平常人也不敢隨便瞻仰。

詞人中蘇、辛確是宋代兩大家，也是我最喜歡的。蘇的詞頗有些詠田園的，那就比杜的田園詩灑脱自然了。此外，歐陽永叔的溫厚蘊藉也極可喜，五代的馮延巳也極多佳句，但因人品關係，我不免對他有些成見。

……在外倘有任何精神苦悶，也切勿隱瞞，別怕受埋怨。一個人有個大二十幾歲的人代出主意，決不會壞事。你務必信任我，也不要怕我說話太嚴，我平時對老朋友講話也無顧忌，那是你素知的。並且有些心理波動或是鬱悶，寫了出來等於有了發洩，自己可痛快些，或許還可免做許多傻事。孩子，我真恨不得天天在你旁邊，做個監護的好天使，隨時勉勵你，安慰你，勸告你，幫你鋪平將來的路，準備將來的學業和人格……。

一九五四年七月二十八日夜

上星期我替敏講《長恨歌》與《琵琶行》，覺得大有妙處。白居易對音節與情緒的關係悟得很深。凡是轉到傷感的地方，必定改用仄聲韻。《琵琶行》中“大弦嘈嘈”“小弦切切”一段，好比staccato，像琵琶的聲音極切；而“此時無聲勝有聲”的幾句，等於一個長的pause。“銀瓶……水漿迸”兩句，又是突然的attack，聲勢雄壯。至於《長恨歌》，那氣息的超脱，寫情的不落凡俗，處處不脱帝皇的nobleness，更是千古奇筆。看的時候可以有幾種不同的方法：一是分出段落看敍事的起伏轉折；二是看情緒的忽悲忽喜，忽而沉潛，忽而飄逸；三是體會全詩音節與韻的變化。再從總的方面看，把悲劇送到仙界上去，更顯得那段羅曼史的奇麗清新，而仍富於人間味（如太真對道士説的一番話）。還有白居易寫動作的手腕也是了不起：“侍兒扶起嬌無力”，“君王掩面救不得”，“九華帳裏夢魂驚”幾段，都是何等生動！“九重城闕煙塵生，千乘萬騎西南行”，寫帝王逃難自有帝王氣概。“翠華搖搖行復止”，又是多鮮明的圖畫！最後還有一點妙處：全詩寫得如此婉轉細膩，却仍不失其雍容華貴，没有半點纖巧之病！（細膩與纖巧大不同。）明明是悲劇，而寫得不過分的哭哭啼啼，多麼中庸有度，這是浪漫底克兼有古典美的絶妙典型。

一九五四年七月二十九日*

親愛的聰：上星期六（七月二十四日）爸爸説三天之内應該有聰的信，果然，他的預感一點兒也不錯，二十六日收到你在車中寫的，莫斯科發的，由張寧和轉寄的信，我們多高興！你的信，字跡雖是草率，可是寫得太好了，我們大爲欣賞，一個人孤獨了，思想集中，所發的感想都是真情實意。你所賞識的李太白、白居易、蘇東坡、辛稼軒等各大詩人也是我們所喜歡，一切都有同感，亦是一樂也。等到你有什麼苦悶、寂寞的時候，多多接觸我們祖國的偉大詩人,可以爲你遣興解憂,給你溫暖。……阿敏的琴也脫膠了,正在修理。這一星期來,他又恢復正常,他也有自知之明,並不固執了,因爲我們同他講欣賞與學習是兩件事。他是平均發展的,把中學放棄了,未免可惜,我們贊成他提琴不要放棄,中學也不要放棄,陳又新的看法亦然如此。現在他似乎想通了,不鬧情緒了,每天拉琴四小時,餘下時間看克利斯朵夫,還有聽音樂,偶爾出去看看電影。這次波蘭電影週,«Chopin的青年時代»他陪我去看了,有些不過癮,編劇有問題,光綫太陰暗,還不是理想的。修理的房子,還沒有乾透,爸爸還在三樓工作,他對工作的有規律,你是深知的。服爾德的作品譯了三分之二,每天總得十小時以上,預計九月可出版。近來工作緊張了,晚上不容易睡好,我叫他少做些,他總是非把每天規定的做完不可,性格如此,也沒辦法。一空下來,他還要爲你千思百慮的操心,替你想這樣想那樣,因爲他是出過國的,要把過去的經驗盡量告訴你,可以減少許多不必要的周折。他又是樣樣想得周到,有許多寶貴的意見,他得告訴你,指導你,提醒你,孩子,千萬別把爸爸的話當耳邊風,一定要牢牢記住,而且要經過一番思索,我們的信可以收起來,一個人孤寂的時候,可以不時翻翻。我們做父母的人,爲了兒女,不怕艱難,不辭勞苦,只要爲你們好,能够有助於你們的,我們總盡量的給。希望你也能多告訴我們,你的憂,你的樂,就是我們的,讓我們永遠聯結在一起。我們雖然年紀會老,可是不甘落後,永遠也想追隨在你們後面。

一九五四年八月十一日午前

你的生活我想像得出,好比一九二九年我在瑞士。但你更幸運,有良師益友爲伴,有你的音樂做你崇拜的對象。我二十一歲在瑞士正患着青春期的、浪漫底克的憂鬱病;悲觀,厭世,徬徨,煩悶,無聊；我在《貝多芬傳》譯序中説的就是指那個時期。孩子，你比我成熟多了，所有青春期的苦悶，都提前幾年，早在國內度過；所以你現在更能够定下心神，發憤爲學；不至於像我當年蹉跎歲月，到如今後悔無及。

你的彈琴成績，叫我們非常高興。對自己父母，不用怕“自吹自捧”的嫌疑，只要同時分析一下弱點，把別人没説出而自己感覺到的短處也一齊告訴我們。把人家的讚美報告我們，是你對我們最大的安慰；但同時必須深深的檢討自己的缺陷。這樣，你寫的信就不會顯得過火；而且這種自我批判的功夫也好比一面鏡子，對你有很大幫助。把自己的思想寫下來（不管在信中或是用別的方式），比着光在腦中空想是大不同的。寫下來需要正確精密的思想，所以寫在紙上的自我檢討，格外深刻，對自己也印象深刻。你覺得我這段話對不對？

我對你這次來信還有一個很深的感想。便是你的感受性極強，極快。這是你的特長，也是你的缺點。你去年一到波蘭，彈 Chopin 的 style 立刻變了；回國後却保持不住；這一回一到波蘭又變了。這證明你的感受力快極。但是天下事有利必有弊，有長必有短，往往感受快的，不能沉浸得深，不能保持得久。去年時期短促，固然不足爲定論。但你至少得承認，你的不容易“牢固執着”是事實。我現在特別提醒你，希望你時時警惕，對於你新感受的東西不要讓它浮在感覺的表面；而要仔細分析，究竟新感受的東西，和你原來的觀念、情緒，表達方式有何不同。這是需要冷静而強有力的智力，才能分析清楚的。希望你常常用這個步驟來“鞏固”你很快得來的新東西（不管是技術是表達）。長此做去，不但你的演奏風格可以趨於穩定、成熟（當然所謂穩定不是刻板化、公式化）；

而且你一般的智力也可大大提高，受到鍛鍊。孩子！記住這些！深深的記住！還要實地做去！這些話我相信只有我能告訴你。

還要補充幾句：彈琴不能徒恃 sensation, sensibility。那些心理作用太容易變。從這兩方面得來的，必要經過理性的整理、歸納，才能深深的化入自己的心靈，成爲你個性的一部分，人格的一部分。當然，你在波蘭幾年住下來，熏陶的結果，多少也（自然而然的）會把握住精華。但倘若你事前有了思想準備，特別在智力方面多下功夫，那末你將來的收穫一定更大更豐富，基礎也更穩固。再說得明白些：藝術家天生敏感，換一個地方，換一批羣衆，換一種精神氣氛，不知不覺會改變自己的氣質與表達方式。但主要的是你心靈中最優秀最特出的部分，從人家那兒學來的精華，都要緊緊抓住，深深的種在自己性格裏，無論何時何地這一部分始終不變。這樣你才能把獨有的特點培養得厚實。

你記住一句話：青年人最容易給人一個"忘恩負義"的印象。其實他是眼睛望着前面，饑渴一般的忙着吸收新東西，並不一定是"忘恩負義"；但懂得這心理的人很少：你千萬不要讓人誤會。

一九五四年八月十六日*

……這幾天這裏爲了防颱防汛，各單位各組織都緊張非凡，日夜趕着防禦工程，抵抗大潮汛的侵襲。據預測今年的潮水特別大，有高出黄浦江數尺的可能，爲預防起見，故特別忙碌辛苦。長江淮河水患已有數月之久，非常艱苦，爲了搶修搶救，不知犧牲了多少生命，同時又保全了多少生命財産。都是些英雄與水搏鬥。聽說水漲最高的地方，老百姓無處安身，躲在樹上，大小便，死屍，髒物都漂浮河内，多少的黨員團員領先搶救。築堤築壩，先得打樁，但是水勢太猛，非有一個人把樁把住，讓另外一個人打下去不可；聽說打樁的人，有時會不慎打在抱樁的身上、頭上、手上或是水流湍急就這麽把抱着樁的人淹没了；光是打樁一件事，已不知犧牲了多少人，他們都是不出怨言的那麽無聲無息的死去，爲了與自然鬥争而死去。許多悲慘的傳聞，都令人心驚膽戰。牛家的大妹，不久就要出發到淮河做衛生工作，同時去有上千的醫務人員，這是困苦萬狀的工作，都是冒着生命危險去的。你想先是飲水一項，已是危險萬分，何況瘧疾傷寒那些病菌的傳染，簡直不堪設想。我看了《保衛延安》以後，更可以想像得出大小幹部爲了水患而艱苦的鬥争是怎麽一回事。那是一樣的可怕，一樣的偉大。（好像樓伯伯送你一部，你看過没有？）我常常聯想起你，你不用參加這件與自然的殘酷鬥争。幸運的孩子，你在中國可説是史無前例的天之驕子。一個人的機會，享受，是以千千萬萬人的代價換來的，那是多麽寶貴。你得抓住時間，提高警惕，非苦修苦練，不足以報効國家，對得住同胞。看重自己就是看重國家。不要忘記了祖國千萬同胞都在自己的崗位上努力，爲人類的幸福而努力。尤其要想到目前國内生靈所受的威脅，所作的犧牲。把你個人的煩悶，小小的感情上的苦惱，一齊割捨乾淨。這也是你爸爸常常和我提到的。我想到爸爸前信要求你在這幾年中要過等於僧侶的生活，現在我覺得這句話更重要了。你在萬里之外，這樣舒服，跟着别人跟不到的老師；學到别人學不到的東西；感受到别人感受不到的氣氛；享受到别人享受不到的山水之美，藝術之美；所以在大大小小的地方不能有對不起國家，對不起同胞的事發生。否則藝術家的慈悲與博愛就等於一句空話了。爸爸一再説你懂得多而表現少，尤其是在人事方面；我也有同感。但我相信你慢慢會有進步的，不會辜負我們的。我又想到國内學藝術的人中間，没有一個人像你這樣，從小受了那麽多的道德教訓。你爸爸化的心血，希望你去完成它；你的成功，應該是你們父子兩人合起來的成功。我的感想很多，可憐我不能完全表達出來。

一九五四年八月十六日晚

你素來有兩個習慣：一是到別人家裏，進了屋子，脱了大衣，却留着絲圍巾；二是常常把手插在上衣口袋裏，或是褲袋裏。這兩件都不合西洋的禮貌。圍巾必須和大衣一同脱在衣帽間，不穿大衣時，也要除去圍巾。手插在上衣袋裏比插在褲袋裏更無禮貌，切忌切忌！何況還要使衣服走樣，你所來往的圈子特別是有教育的圈子，一舉一動務須特別留意。對客氣的人，或是師長，或是老年人，説話時手要垂直，人要立直。你這種規矩成了習慣，一輩子都有好處。

在飯桌上，兩手不拿刀叉時，也要平放在桌面上，不能放在桌下，擱在自己腿上或膝蓋上。你只要留心別的有教養的青年就可知道。刀叉尤其不要掉在盤下，叮叮噹噹的！

出台行禮或謝幕，面部表情要溫和，切勿像過去那樣太嚴肅。這與羣衆情緒大有關係，應及時注意。只要不急，心裏放平静些，表情自然會和緩。

總而言之，你要學習的不僅僅在音樂，還要在舉動、態度、禮貌各方面吸收別人的長處。這些，我在留學的時代是極注意的；否則，我對你們也不會從小就管這管那，在各種 manners 方面跟你們煩了。但望你不要嫌我繁瑣，而要想到一切都是要使你更完滿、更受人歡喜！

一九五四年八月三十一日

我譯的服爾德到昨夜終算完成，寄到北京去。從初譯以後，至寄出爲止，已改過六道，仍嫌不够古雅，十八世紀風格傳達不出。……我今夏身心極感疲勞，腰瘦得很，從椅上站起來，一下子傴着背，挺不直。比往年差多了。精神也不及從前那麼不知疲倦。除了十小時半以外的經常工作，再要看書，不但時間不够，頭腦也吃不消了。

一九五四年九月四日

聰，親愛的孩子！多高興，收到你波蘭第四信和許多照片，郵程只有九日，比以前更快了一天。看照片，你並不胖，是否太用功，睡眠不足？還是室內拍的照，光暗對比之下顯得瘦？又是誰替你拍的？在什麼地方拍的，怎麼室內有兩架琴？又有些背後有競賽會的廣告，是怎麼回事呢？通常總該在照片反面寫印日期、地方，以便他日查考。

你的鬆字始終寫“别”，記住：上面是“髟”，下面是“松”，“松”便是鬆字的讀音，記了這點就不會寫錯了。要寫行書，可以如此寫：。高字的草書是。

還有一件要緊的小事情：信封上的字别太大，把整個封面都佔滿了；兩次來信，一封是路名被郵票掩去一部分，一封是我的姓名被貼去一隻角。因爲信封上實在沒有地位可貼郵票了。你看看我給你的信封上的字，就可知道怎樣才合式。

你的批評精神越來越强，沒有被人捧得“忘其所以”，我真快活！我說的腦與心的話，尤其使我安慰。你有這樣的了解，才顯出你真正的進步。一到波蘭，遇到一個如此嚴格、冷靜、着重小節和分析曲體的老師，真是太幸運了。經過他的鍛鍊，你除了熱情澎湃以外，更有個鋼鐵般的骨骼，使人覺得又熱烈又莊嚴，又有感情又有理智，給人家的力量更深更强！我祝賀你，孩子，我相信你早晚會走到這條路上：過了幾年，你的修養一定能够使你的 brain 與 heart 保持平衡。你的性靈越發掘越深厚、越豐富，你的技巧越磨越細，兩樣湊在一處，必有更廣大的聽衆與批評家會欣賞你。孩子，我真替你快活。

你此次上台緊張，據我分析，還不在於場面太嚴肅，——去年在羅京比賽不是一樣嚴肅得可怕嗎？主要是没先試琴，一上去聽見 tone 大，已自嚇了一跳，touch 不平均，又嚇了一跳，pedal 不好，再嚇了一跳。這三個刺激是你二十日上台緊張的最大原因。你說是不是？所以今後你切須牢記，除非是上台比賽，誰也不能先去摸琴，否則無論在私人家或在同學演奏會中，都得先試試 touch 與 pedal。我相信下一回你决不會再 nervous 的。

大家對你的欣賞，媽媽一邊念信一邊直淌眼淚。你瞧，孩子，你的成功給我們多大的歡樂！而你的自我批評更使我們喜悦得無可形容。

要是你看我的信，總覺得有教訓意味，彷彿父親老做牧師似的；或者我的一套言論，你從小聽得太熟，耳朵起了繭；那末希望你從感情出發，體會我的苦心；同時更要想到：只要是真理，是真切的教訓，不管出之於父母或朋友之口，出之於熟人生人，都得接受。别因爲是聽膩了的，無動於衷，當作耳邊風！你别忘了：你從小到現在的家庭背景，不但在中國獨一無二，便是在世界上也很少很少。哪個人教育一個年輕的藝術學生，除了藝術以外，再加上這麼多的道德的？我完全信任你，我多少年來播的種子，必有一日在你身上開花結果——我指的是一個德藝俱備，人格卓越的藝術家！

你的隨和脾氣多少得改掉一些。對外國人比較容易，有時不妨直說：我有事，或者：我要寫家信。藝術家特別需要冥思默想。老在人堆裏（你自己已經心煩了），會缺少反省的機會；思想、感覺、感情，也不能好好的整理、歸納。

Krakow 是一個古城，古色古香的街道，教堂，橋，都是耐人尋味的。清早，黃昏，深夜，在這種地方徘徊必另有一番感觸，足以做你詩情畫意的材料。我從前住在法國內地一個古城裏，叫做 Peitier，十三世紀的古城，那種古文化的氣息至今不忘，而且常常夢見在那兒躑躅。北歐莪特式（Gothique）建築，Krakow 一定不少，也是有特殊風格的。

八月十六到二十五日，北京舉行了全國文學翻譯工作會議。××作總結時說：（必姨參加了，講給我聽的）技術一邊倒。哪有這話？幾曾聽說有英國化學法國化學的？只要是先進經驗，蘇聯的要學，別的西歐資本主義國家的也要學。

這幾日因爲譯完了服爾德，休息幾天，身心都很疲倦。夏天工作不比平時，格外容易累人。××平日談翻譯極有見解，前天送來萬餘字精心苦練過的譯稿要我看看，哪知一塌糊塗。可見理論與實踐距離之大！北京那位蘇聯戲劇專家老是責備導演們：“爲什麼你們都是理論家，爲什麼不提提具體問題？”我真有同感。三年前北京《翻譯通報》幾次要我寫文章，我都拒絕了，原因即是空談理論是没用的，主要是自己動手。

一九五四年九月二十一日晨

十二日信上所寫的是你在國外的第一個低潮。這些味道我都嘗過。孩子，耐着性子，消沉的時間，無論誰都不時要遇到，但很快會過去的。遊子思鄉的味道你以後常常會有呢。

華東美協爲黄賓虹辦了一個個人展覽會，昨日下午舉行開幕式，兼帶座談。我去了，畫是非常好。一百多件近作，雖然色調濃黑，但是渾厚深沉得很，而且好些作品遠看很細緻，近看則筆頭仍很粗。這種技術才是上品！我被賴少其（美協主席）逼得没法，座談會上也講了話。大概是：(1)西畫與中畫，近代已發展到同一條路上；(2)中畫家的技術根基應向西畫家學，如寫生，寫石膏等等；(3)中西畫家應互相觀摩、學習；(4)任何部門的藝術家都應對旁的藝術感到興趣。發言的人一大半是頌揚作者，我覺得這不是座談的意義。頌揚話太多了，聽來真討厭。

開會之前，昨天上午八點半，黄老先生就來我家。昨天在會場中遇見許多國畫界的老朋友，如賀天健、劉海粟等，他們都説：黄先生常常向他們提到我，認爲我是他平生一大知己。

這幾日我又重傷風，不舒服得很。新開始的巴爾扎克，一天只能譯二三頁，真是蝸牛爬山！你别把"比賽"太放在心上。得失成敗盡量置之度外，只求竭盡所能，無愧於心；效果反而好，精神上平日也可減少負擔，上台也不致緊張。千萬千萬！

一九五四年十月二日

聰,親愛的孩子。收到九月二十二晚發的第六信,很高興。我們並没爲你前信感到什麼煩惱或是不安。我在第八信中還對你預告,這種精神消沉的情形,以後還是會有的。我是過來人,決不至於大驚小怪。你也不必爲此躭心,更不必硬壓在肚裏不告訴我們。心中的苦悶不在家信中發洩,又哪裏去發洩呢?孩子不向父母訴苦向誰訴呢?我們不來安慰你,又該誰來安慰你呢?人一輩子都在高潮——低潮中浮沉,唯有庸碌的人,生活才如死水一般;或者要有極高的修養,方能廓然無累,真正的解脱。只要高潮不過分使你緊張,低潮不過分使你頽廢,就好了。太陽太强烈,會把五穀曬焦;雨水太猛,也會淹死莊稼。我們只求心理相當平衡,不至於受傷而已。你也不是栽了筋斗爬不起來的人。我預料國外這幾年,對你整個的人也有很大的幫助。這次來信所説的痛苦,我都理會得;我很同情,我願意盡量安慰你,鼓勵你。克利斯朵夫不是經過多少回這種情形嗎?他不是一切藝術家的縮影與結晶嗎?慢慢的你會養成另外一種心情對付過去的事:就是能够想到而不再驚心動魄,能够從客觀的立場分析前因後果,做將來的借鑒,以免重蹈覆轍。一個人唯有敢於正視現實,正視錯誤,用理智分析,徹底感悟;終不至於被回憶侵蝕。我相信你逐漸會學會這一套,越來越堅强的。我以前在信中和你提過感情的 ruin,就是要你把這些事當做心靈的灰燼看,看的時候當然不免感觸萬端,但不要刻骨銘心的傷害自己,而要像對着古戰場一般的存着憑弔的心懷。倘若你認爲這些話是對的,對你有些啓發作用,那末將來在遇到因回憶而痛苦的時候(那一定免不了會再來的),拿出這封信來重讀幾遍。

説到音樂的内容,非大家指導見不到高天厚地的話,我也有另外的感觸,就是學生本人先要具備條件:心中没有的人,再經名師指點也是枉然的。

爲了你，我前幾天已經在《大英百科辭典》上找 *Krakow* 那一節看了一遍，知道那是七世紀就有的城市，從十世紀起，城市的歷史卽很清楚。城中有三十餘所教堂。希望你買一些明信片，併成一包，當印刷品(不必航空)寄來，讓大家看看喜歡一下。

一九五四年十月十九日夜

星期日(十七)出去玩了一天。上午到博物館去看古畫，看商周戰國的銅器等等；下午到文化俱樂部(卽從前的法國總會，蘭心斜對面)參觀華東參加全國美展的作品預展。結果看得連阿敏都頻頻搖頭，連喊吃不消。大半是月份牌式，其幼稚還不如好的廣告畫。漫畫木刻之幼稚，不在話下。其餘的幾個老輩畫家，也是軋時髦，塗抹一些光光滑滑的，大幅的着色明信片，長至丈餘，遠看也像舞台佈景，近看毫無筆墨。

柯子歧送來奧艾斯脫拉與奧勃林的 Franck *Sonata*，借給我們聽。第一個印象是太火暴，不够 Franck 味。volume 太大，而 melody 應付得太粗糙。第三章不够神秘味兒；第四章 violin 轉彎處顯然出了角，不圓潤，連我都聽得很清楚。piano 也有一個地方，tone 的變化與上面不調和。後來又拿出 Thibaud-Cortot 來一比，更顯出這兩人的修養與了解。有許多句子結尾很輕（指小提琴部分）很短，但有一種特別的氣韻，我認爲便是法朗克的"隱忍"與"捨棄"精神的表現。這一點在俄國演奏家中就完全沒有。我又回想起你和韋前年弄的時候，大家聽過好幾遍 Thibaud-Cortot 的唱片，都覺得沒有什麼可學的；現在才知道那是我們的程度不够，體會不出那種深湛、含蓄、內在的美。而回憶之下，你的 piano part 也彈得大大的過於 romantic。T.C. 的演奏還有一妙，是兩樣樂器很平衡。蘇聯的是 violin 壓倒 piano，不但 volume 如此，連 music 也是被小提琴獨佔了。我從這一回聽的感覺來說，似乎奥艾斯脱拉的 tone 太粗豪，不宜於拉十分細膩的曲子。

一九五四年十月二十二日晨

昨天××打電話來，約我們到他家去看作品，給他提些意見。話説得相當那個，不好意思拒絕。下午三時便同你媽媽一起去了。他最近參加華東美展落選的油畫《洛神》，和以前畫佛像、觀音等等是一類東西。面部既沒有莊嚴沉静（《觀音》）的表情，也沒有出塵絶俗的世外之態（《洛神》），而色彩又是既不强烈鮮明，也不深沉含蓄。顯得作者的思想只是一些莫名其妙的烟霧，作者的情緒只是渾渾沌沌的一片無名東西。我問："你是否有宗教情緒，有佛教思想？"他説："我只喜歡富麗的色彩，至於宗教的精神，我也曾從佛教畫中追尋他們的天堂……等等的觀念。"我説："他們是先有了佛教思想，佛教情緒，然後求那種色彩來表達他們那種思想與情緒的。你現在却是倒過來。而且你追求的只是色彩，而你的色彩又没有感情的根源。受外來美術的影響是免不了的，但必須與一個人的思想感情結合。否則徒襲形貌，只是作别人的奴隸。佛教畫不是不可畫，而是要先有强烈、真誠的佛教感情，有佛教人生觀與宇宙觀。或者是自己有一套人生觀宇宙觀，覺得佛教美術的構圖與色彩恰好表達出自己的觀念情緒，借用人家的外形，這當然可以。倘若單從形與色方面去追求，未免捨本逐末，犯了形式主義的大毛病。何況即以現代歐洲畫派而論，純粹感官派的作品是有極强烈的刺激感官的力量的。自己没有强烈的感情，如何教看的人被你的作品引起強烈的感情？自己胸中的境界倘若不美，人家看了你作品怎麼會覺得美？你自以爲追求富麗，結果畫面上根本没有富麗，只有俗氣鄉氣；豈不説明你的情緒就是俗氣鄉氣？（當時我措辭没有如此露骨。）唯其如此，你雖犯了形式主義的毛病，連形式主義的效果也絲毫産生不出來。”

我又説：“神話題材非不能畫，但第一，跟現在的環境距離太遠；第二，跟現在的年齡與學習階段也距離太遠。没有認清現實而先鑽到神話中去，等於少年人醇酒婦人的自我麻醉，對前途是很危險的。學西洋畫的人第一步要訓練技巧，要多看外國作品，其次要把外國作品忘得乾乾净净——這是一件很艱苦的工作——同時再追求自己的民族精神與自己的個性。”

以××的根基來説，至少再要在人體花五年十年功夫才能畫理想的題材，而那時是否能成功，還要看他才具而定。後來又談了許多整個中國繪畫的將來問題，不再細述了。總之，我很感慨，學藝術的人完全没有準確的指導。解放以前，上海、杭州、北京三個美術學校的教學各有特殊缺點，一個都没有把藝術教育用心想過、研究過。解放以後，成天鬧思想改造，而没有擊中思想問題的要害。許多有關根本的技術訓練與思想啓發，政治以外的思想啓發，不要説没人提過，恐怕腦中連影子也没有人有過。

學畫的人事實上比你們學音樂的人，在此時此地的環境中更苦悶。先是你們有唱片可聽，他們只有些印刷品可看；印刷品與原作的差别，和唱片與原演奏的差别，相去不可以道里計。其次你們是講解西洋人的著作（以演奏家論），他們是創造中國民族的藝術。你們即使弄作曲，因爲音樂在中國是處女地，故可以自由發展；不比繪畫有一千多年的傳統壓在青年們精神上，縛手縛脚。你們不管怎樣無好先生指導，至少從小起有科學方法的訓練，每天數小時的指法練習給你們打根基；他們畫素描先在時間上遠不如你們的長，頂用功的學生也不過畫一二年基本素描，其次也没有科學方法幫助。出了美術院就得“創作”，不創作就談不到有表現；而創作是解放以來整個文藝界，連中歐各國在內，都没法找出路。（心理狀態與情緒尚未成熟，還没到瓜熟蒂落、能自然而然找到適當的形象表現。）

你的比賽問題固然是重負，但無論如何要作一番思想準備。只要盡量以得失置之度外，就能心平氣和，精神肉體完全放鬆，只有如此才能希望有好成績。這種修養趁現在做起還來得及，倘若能常常想到“文章千古事，得失寸心知”的名句，你一定會精神上放鬆得多。唯如此才能避免過度的勞頓與疲乏的感覺。**最磨折人的**不是腦力勞動，也不是體力勞動（那種疲乏很容易消除，休息一下就能恢復精力），而是**操心**（worry）！孩子，千萬聽我的話。

下功夫叫自己心理上鬆動，包管你有好成績。緊張對什麼事都有弊無利。從現在起，到比賽，還有三個多月，只要憑“愚公移山”的意志，存着“我盡我心”的觀念；一緊張就馬上叫自己寬弛，**對付你的精神要像對付你的手與指一樣，時時刻刻注意放鬆**，我保證你明年有成功。這個心理衛生的功夫對你比練琴更重要，因爲練琴的成績以心理的狀態爲基礎，爲主要條件！你要我們少爲你操心，也只有盡量叫你放鬆。這些話你聽了一定贊成，也一定早想到的，但要緊的是實地做去，而且也要跟自己鬥爭；鬥爭的方式當然不是緊張，而是冲淡，而是多想想人生問題，宇宙問題，把個人看得渺小一些，那末自然會減少患得患失之心，結果身心反而舒泰，工作反而順利！

平日你不能太忙。人家拉你出去，你事後要補足功課，這個對你精力是有妨礙的。還是以練琴的理由，多推辭幾次吧。要不緊張，就不宜於太忙；寧可空下來自己靜靜的想想，念一二首詩玩味一下。切勿一味重情，不好意思。工作時間不跟人出去，做成了習慣，也不會得罪人的。人生精力有限，誰都只有二十四小時；不是安排得嚴密，像你這樣要弄壞身體的。人家技巧不需苦練，比你閑，你得向他們婉轉說明。這一點上，你不妨常常想起我的榜樣，朋友們也並不怪怨我呀。

一九五四年十一月一日夜

親愛的孩子，剛聽了波蘭 Regina Smangianka 音樂會回來；上半場由上海樂隊奏特伏夏克的第五（*New World*），下半場是 *Egmond Overture* 和Smangianka彈的貝多芬第一 *Concerto*。Encore 四支：一，Beethoven: *Ecossaise*；二，Scarlatti: *Sonata in C Maj.*；三，Chopin:*Etude Op.25，No.12*；四，Khachaturian:*Toccata*。

Concerto 彈得很好；樂隊伴奏居然也很像樣，出乎意外，因爲照上半場的特伏夏克聽來，教人替他們揑一把汗的。Scarlatti 光芒燦爛，意大利風格的 brio 都彈出來了。Chopin 的 *Etude*，又有火氣，又是乾淨。這是近年來聽到的最好的音樂會。

我們今晚送了一隻花籃，附了一封信（法文）給她，說你早在九月中報告過，我藉此機會表示歡迎和祝賀之意。不知她能否收到，因爲門上的幹事也許會奇怪，從來没有"個人"送禮給外賓的。

前二天聽了捷克代表團的音樂會：一個男中音，一個鋼琴家，一個提琴家。後兩人都是頭髮花白的教授，大提琴的tone很貧乏，技巧也不高明，感情更談不到；鋼琴家則是極獃極木，彈Liszt的*Hungarian Rhapsody No.12*，各段不連貫，也没有brilliancy；彈Smatana的*Concert Fantasy*，也是散散率率，毫無味道，也没有特殊的捷克民族風格。三人之中還是唱的比較好，但音質不够漂亮，有些"空"；唱莫扎特的*Marriage of Figaro*没有那種柔婉嫵媚的氣息。唱*Carman*中的«鬥牛士歌»，還算不差，但火氣不够，野性不够。Encore唱莫索斯基的«跳蚤之歌»，倒很幽默，但鋼琴伴奏（就是彈獨奏的教授）獃得很，没有humorist味道。獃的人當然無往而不獃。唱的那位是本年度«Prague之春»的一等獎，由此可見國際上唱歌真好的也少，這樣的人也可得一等獎，人才也就寥落可憐得很了！

我的服爾德八月底完成了，給他們左躭擱右躭擱，現在不過排了八十頁。大約要下個月方出版。新的巴爾扎克譯了一半，約舊曆年底完工，等到印出來，恐怕你的比賽也已完畢多時了。近一個月天氣奇好，看看窗外真是誘惑力很大，恨不得出門一次。但因工作進度太慢，只得硬壓下去。

一九五四年十一月六日午

S① 説你平日工作太多。工作時也太興奮。她自己練琴很冷靜，你的練琴，從頭至尾都跟上台彈一樣。她説這太傷精神，太動感情，對健康大有損害。我覺得這話很對。藝術是你的終身事業，藝術本身已是激動感情的，練習時萬萬不能再緊張過度。人壽有限，精力也有限，要從長裏着眼，馬拉松賽跑才跑得好。你原是感

① S 即波蘭著名鋼琴家斯曼齊安卡。

情衝動的人，更要抑制一些。S說Drz①老師也跟你談過幾次這一點。希望你聽從他們的勸告，慢慢的學會控制。這也是人生修養的一個大項目。

一九五四年十一月十七日午

你到波以後常常提到精神極度疲乏，除了工作的"時間"以外，更重要的恐怕還是工作時"消耗精力"的問題。倘使練琴時能多抑制情感，多着重於技巧，多用理智，我相信一定可以減少疲勞。比賽距今尚有三個多月，長時期的心理緊張與感情高昂，足以影響你的成績；千萬小心，自己警惕，盡量冷靜爲要！我十幾年前譯書，有時也一邊譯一邊感情衝動得很，後來慢慢改好了。

因爲天氣太好了，忍不住到杭州去溜了三天，在黃賓翁家看了一整天他收藏的畫，元、明、清都有。回滬後便格外忙碌，上星期日全天"加班"。除了自己工作以外，尚有朋友們託的事。例如最近×××譯了一篇羅曼羅蘭寫的童年回憶，拿來要我校閱，從頭至尾花了大半日功夫，把五千字的譯文用紅筆畫出問題，又花了三小時和×當面說明。他原來文字修養很好，但譯的經驗太少，根本體會不到原作的風格、節奏。原文中的短句子，和一個一個的形容詞，都譯成長句，拼在一起，那就走了樣，失了原文的神韻。而且用字不恰當的地方，幾乎每行都有。毛病就是他功夫用得不够；沒吃足苦頭決不能有好成績！

星期一（十五日）晚上到音樂院去聽蘇聯鋼琴專家（目前在上

① 卽傑維茨基，波蘭著名鋼琴教授，於一九七一年亡故。

海教課)的個人演奏。節目如下:

I

(1) Handel : *Suite G Min.*

(2) Beethoven: *Rondo Op.51*

(3) Beethoven: *Sonata Op.111*

II

(4) Chopin: *Polonaise C Min.*

(5) ——*Mazurka E Min.*

Mazurka C# Min.

(6) *Ballad No. 4*

(7) *Nocturne D^b Maj.*

(8) *Scherzo No. 3*

Encore 3支

(1) *Mazurka*

(2) *Etude*

(3) *Berceuse*

(1)(2) 兩支彈得很普通,(1) 兩手的線條都不够突出，對比不够,沒有華彩;(2) 沒有貝多芬早期那種清新、可愛的陽剛之氣。(3) 第二樂章一大段的 trill (你記得一共有好幾 pages 呢!) 彈得很輕,而且 tempo 太慢,使那段 variation (第二樂章共有五個 variations) 毫無特點。(4) *Polonaise* 沒有印象。(5) 兩支瑪祖卡毫無詩意;(6) 對比不够,平凡之極,深度更談不到。(7) 夜曲的tone 毫無變化, melody 的線條不够柔媚。(8) 算是全部節目中彈得最好的,因爲技巧成分較多。總的批評是技巧相當好,但是敲出夾音也不少; tone 沒有變化,只有p、mp、mf、f、ff,所以從頭至尾獃板,詩意極少,没有細膩柔婉之美,也没有光芒四射的華彩,也没有大刀闊斧的豪氣。他年紀不過三十歲,人看來温文爾雅,頗有學者風度。大概教書不會壞的。但他上課,不但第一次就要學生把曲子背出(比如今天他指定你彈三個曲子,三天後上課,就要把那三支全部背;否則他根本不給你上課),而且改正時不許看譜(當場把譜從琴上拿掉的),只許你一邊背,一邊改正。這種教授法,你認爲怎樣?——我覺得不合理。(一)背譜的快慢,人各不同,與音樂才具的高低無關;背不出即不上第一課,太機械化;(二)改正不許看譜,也大可商榷;因爲這種改法不够發揮 intellectual 的力量,學生必須在理智上認識錯的原因與改正的道理,才談得上"消化","吸收"。我很想聽聽你的意見。

練琴一定要節制感情,你既然自知責任重大,就應當竭力愛惜精神。好比一個參加世運的選手,比賽以前的幾個月,一定要把身心的健康保護得非常好,才能有充沛的精力出場競賽。俗語說"養兵千日","養"這個字極有道理。

你收發家信也要記賬,平日可以查查,有多少天不寫信了。最近你是十月十二日寫的信,你自己可記得嗎?多少對你的愛,對你的友誼,不知如何在筆底下傳達給你!孩子,我精神上永遠和你在一起!

一九五四年十一月二十三日夜

你爲了俄國鋼琴家①,興奮得一晚睡不着覺;我們也常常爲了

① 指蘇聯著名鋼琴家 Richter(李克忒)。

些特殊的事而睡不着覺。神經鋭敏的血統，都是一樣的；所以我常常勸你盡量節制。那鋼琴家是和你同一種氣質的，有些話只能加增你的偏向。比如説每次練琴都要讓整個人的感情激動。我承認在某些 romantic 性格，這是無可避免的；但“無可避免”並不一定就是藝術方面的理想；相反，有時反而是一個大累！爲了藝術的修養，在 heart 過多的人還需要盡量自制。中國哲學的理想，佛教的理想，都是要能控制感情，而不是讓感情控制。假如你能掀動聽衆的感情，使他們如醉如狂，哭笑無常，而你自己屹如泰山，像調度千軍萬馬的大將軍一樣不動聲色，那才是你最大的成功，才是到了藝術與人生的最高境界。你該記得貝多芬的故事，有一回他彈完了琴，看見聽的人都流着淚，他哈哈大笑道：“嘿！你們都是傻子。”藝術是火，藝術家是不哭的。這當然不能一蹴卽成，尤其是你，但不能不把這境界作爲你終生努力的目標。羅曼羅蘭心目中的大藝術家，也是這一派。

（關於這一點，最近幾信我常與你提到；你認爲怎樣？）

我前晌對恩德説：“音樂主要是用你的腦子，把你朦朦朧朧的感情（對每一個樂曲，每一章，每一段的感情。）分辨清楚，弄明白你的感覺究竟是怎麼一回事；等到你弄明白了，你的境界十分明確了，然後你的 technic 自會跟蹤而來的。”你聽聽，這話不是和 Richter 説的一模一樣嗎？我很高興，我從一般藝術上了解的音樂問題，居然與專門音樂家的了解並無分別。

技巧與音樂的賓主關係，你我都是早已肯定了的；本無須逢人請教，再在你我之間討論不完，只因爲你的技巧落後，存了一個自卑感，我連帶也爲你操心；再加近兩年來國内爲什麼 school，什麼派別，鬧得惶惶然無所適從，所以不知不覺對這個問題特別重視起來。現在我深信這是一個魔障，凡是一天到晚鬧技巧的，就是藝術工匠而不是藝術家。一個人跳不出這一關，一輩子也休想夢見藝術！藝術是目的，技巧是手段：老是只注意手段的人，必然會忘了他的目的。甚至一切有名的 virtuoso 也犯的這個毛病，不過程度高一些而已。

你到處的音樂會，據我推想，大概是各地的音樂團體或是交響樂隊來邀請的，因爲十一月至明年四五月是歐洲各地的音樂節。你是個中國人，能在 Chopin 的故國彈好 Chopin，所以他們更想要你去表演。你説我猜得對不對？

昨晚陪你媽媽去看了崑劇：比從前差多了。好幾齣戲都被"戲改會"改得俗濫，帶着紹興戲的淺薄的感傷味兒和騙人眼目的花花綠綠的行頭。還有是太賣弄技巧(武生)。陳西禾也大爲感慨，説這個才是"純技術觀點"。其實這種古董只是音樂博物館與戲劇博物舘裏的東西，非但不能改，而且不需要改。它只能給後人作參考，本身已没有前途，改它幹麼？改得好也没意思，何況是改得"點金成鐵"！

一九五四年十二月二日夜

蘇聯歌劇團正在北京演出，中央歌舞團利用機會，請他們的合唱指揮每天四時至六時訓練團中的合唱隊。唱的是蘇聯歌劇，由指揮一句一句的教，成績不錯。只是聲音不够好，隊員的音樂修養不行。指揮説女高音的唱，活像母鷄被捉的怪叫。又説唱快樂的曲子，臉部表情應該快樂，但隊員都哭喪着臉，直到唱完後，才有如釋重負似的笑容浮現。女低音一向用假聲唱，並且强調用假聲唱才美。林伯伯去京時就主張用真聲，受她們非難。這回蘇聯指揮説怎麼女低音都低不下去,浮得很。中間有幾個是林伯伯正在教的學生,便用真聲唱下去,他即説: 對了,應該這樣唱,濃,厚,圓滑,多美! 合唱隊才恍然大悟,一個個去問林伯伯如何開始改正。

蘇聯歌劇,林伯伯在京看了二齣,第二齣叫做《暴風雨》(不知哪個作家,他没説明)。他自稱不够 musical,居然打瞌睡。回到團裏,才知道有人比他更不 musical 的,竟睡了一大覺,連一共幾幕都没知道! 林分析這歌劇引不起興趣的原因,是主角配角都没有了不起的聲音。他慨嘆世界上給人聽不厭的聲音實在太少。

林伯伯在北京録過兩次音,由巫漪麗伴奏。第一次録了四支,他自己挑了四支,因爲他説: 歌唱以情緒爲主,情緒常常是第一遍最好,多唱就漸趨虚僞。——關於這一點,我認爲一部分對,一部分並不對。以情緒爲主,當然。每次唱,情緒可能每次稍有出入;但大體不會相差過遠。至於第一遍唱的情緒比較真實,多唱會漸漸虚僞,則還是唱的人修養不到家,浸入音樂不深,平日練習不够的緣故。我這意見,不知你覺得如何?

一九五四年十二月四日夜

剛才去看了李先生,問她專家開過演奏會以後,校内評論如何。她説上上下下毫無評論。我説這就是一種評論了。大概師生對他都不佩服。李先生聽他上課,説他教果然教得不錯,但也没有什麼大了不起的地方,没有什麼出人意外的音樂的發掘。她對於他第一次上課就要學生背也不贊成。專家説莫斯科音樂院有四個教研組,每組派别不同。其中一派是不主張練 studies,只在樂曲中練技巧的。李先生對此也不贊成。我便告訴她 Richter 的説法,也告訴她,我也不贊成。凡是天才的學習都不能作爲常規的。從小不練 scale 與 studies 這一套,假如用來對付一般學生,一定要出大毛病。除非教的先生都是第一流的教授。

一九五四年十二月二十七日

一天練出一個 concerto 的三個樂章帶 cadenza，你的 technic 和了解，真可以説是驚人。你上台的日子還要練足八小時以上的琴，也叫人佩服你的毅力。孩子，你真有這個勁兒，大家説還是像我，我聽了好不 flattered! 不過身體還得保重，别爲了多争半小時一小時，而弄得筋疲力盡。從現在起，你尤其要保養得好，不能太累，休息要充分，常常保持 fresh 的精神。好比參加世運的選手，離上場的日期愈近，身心愈要調養得健康，精神飽滿比什麼都重要。所謂 The first prize is always "luck"這句話，一部分也是這個道理。目前你的比賽節目既然差不多了，technic，pedal 也解決了，那更不必過分拖累身子！再加一個半月的琢磨，自然還會百尺竿頭，更進一步；你不用急，不但你有信心；老師也有信心，我們大家都有信心：主要仍在於心理修養，精神修養，存了"得失置之度外"、"勝敗兵家之常"那樣無罣無礙的心，包你没有問題的。第一，飲食寒暖要極小心，一點兒差池不得。比賽以前，連小傷風都不讓它有，那就行了。

到波蘭五個月，有這樣的進步，恐怕你自己也有些出乎意外吧。李先生今年一月初説你：gains come with maturity，真對。勃隆斯丹過去那樣賞識你，也大有先見之明。還是我做父親的比誰都保留，其實我也是 expect the worst, hope for the best。我是你的舵工，責任最重大；從你小時候起，我都怕好話把你寵壞了。現在你到了這地步，樣樣自己都把握得住，我當然不再顧忌，要跟你説：我真高興，真驕傲！中國人氣質，中國人靈魂，在你身上和我一樣強，我也大爲高興。

你現在手頭没有散文的書(指古文),《世説新語》大可一讀。日本人幾百年來都把它當作枕中秘寶。我常常緬懷兩晉六朝的文采風流,認爲是中國文化的一個高峰。

《人間詞話》,青年們讀得懂的太少了;肚裏要不是先有上百首詩,幾十首詞,讀此書也就無用。再説,目前的看法,王國維的美學是"唯心"的;在此俞平伯"大吃生活"之際,王國維也是受批判的對象。其實,唯心唯物不過是一物之兩面,何必這樣死拘!我個人認爲中國有史以來,《人間詞話》是最好的文學批評。開發性靈,此書等於一把金鑰匙。一個人没有性靈,光談理論,其不成爲現代學究、當世腐儒、八股專家也鮮矣!爲學最重要的是"通",通才能不拘泥,不迂腐,不酸,不八股;"通"才能培養氣節、胸襟、目光。"通"才能成爲"大",不大不博,便有坐井觀天的危險。我始終認爲弄學問也好,弄藝術也好,頂要緊是 humain,要把一個"人"盡量發展,没成爲××家××家以前,先要學做人;否則那種××家無論如何高明也不會對人類有多大貢獻。這套話你從小聽膩了,再聽一遍恐怕更覺得煩了。

媽媽説你的信好像滿紙都是 sparkling。當然你渾身都是青春的火花,青春的鮮艷,青春的生命、才華,自然寫出來的有那麽大的吸引力了。我和媽媽常説,這是你一生之中的黄金時代,希望你好好的享受、體驗,給你一輩子做個最精彩的回憶的底子!眼看自己一天天的長大成熟,進步,了解的東西一天天的加多,精神領域一天天的加闊,胸襟一天天的寬大,感情一天天的豐滿深刻:這不是人生最美滿的幸福是什麽!這不是最雋永最迷人的詩歌是什麽!孩子,你好福氣!

一九五四年十二月三十一日晚

寄你的書裏,《古詩源選》、《唐五代宋詞選》、《元明散曲選》,前面都有序文,寫得不壞;你可仔細看,而且要多看幾遍;隔些日子温温,無形中可以增加文學史及文學體裁的學識,和外國朋友談天,也多些材料。談詞、談曲的序文中都提到中國固有音樂在隋唐時已衰敝,宮廷盛行外來音樂;故真正古樂府(指魏晉兩漢的)如何唱法在唐時已不可知。這一點不但是歷史知識,而且與我們將來創作音樂也有關係。换句話説,非但現時不知唐宋人如何唱詩、唱詞,即使知道了也不能説那便是中國本土的唱法。至於龍沐勛氏在序中説"唐宋人唱詩唱詞,中間常加'泛音',這是不應該的"(大意如此);我認爲正是相反;加泛音的唱才有音樂可言。後人把泛音填上實字,反而是音樂的大阻礙。崑曲之所以如此費力、做作,中國音樂的被文字束縛到如此地步;都是因爲古人太重文字,不大懂音樂;懂音樂的人又不是士大夫,士大夫視音樂爲工匠之事,所以弄來弄去,發展不出。漢魏之時有《相和歌》,明明是 duet 的雛形,倘能照此路演進,必然早有 polyphonic 的音樂。不料《相和歌》辭不久即失傳,故非但無 polyphony,連 harmony 也産生不出。真是太可惜了。

文化部決定要辦一聲樂研究所,叫林伯伯主持。他來信和我再三商榷,決定暫時回上海跟王鵬萬醫生加深研究喉科醫術,一方面教學生,作實驗,待一二年後再辦聲樂研究所。目前他一個人唱獨脚戲,如何教得了二三十個以上的學生?他的理論與實驗也還不够,多些時間研究,當然可以更成熟;那時再拿出來問世,才有價值。

顧聖嬰暑假後已進樂隊，三個月後上面忽然説她中學畢業不進音院，思想有問題，不要她了。這也是豈有此理，大概又是人事科攪出來的。

昨晚請唐雲來吃夜飯，看看古畫，聽他談談，頗學得一些知識。此人對藝術甚有見地，人亦高雅可喜，爲時下國畫家中不可多得之才；可惜整天在美協辦公，打雜，創作大受影響。藝術家與行政工作，總是不兩立的。不多談了，希望你多多養神，勿太疲勞！

一九五五年一月九日深夜

説起星期，不知你是否整天完全休息的？你工作時間已那麽長，你的個性又是從頭至尾感情都高昂的，倘星期日不再徹底休息，我們更要不放心了。

開音樂會的日子，你仍維持八小時工作；你的毅力，精神，意志，固然是驚人，值得佩服，但我們畢竟爲你操心。孩子，聽我們的話，不要在已經覺得疲倦的時候再 force 自己。多留一分元氣，在長裏看還是佔便宜的。尤其在比賽以前半個月，工作時間要減少一些，最要緊的是保養身心的新鮮，元氣充沛，那末你的演奏也一定會更豐滿，更 fresh！

人文新印的巴爾扎克精裝本，已有三部寄來，可憐得很，印刷與裝釘都糟透，社内辦事又外行，寄書只用一張牛皮紙，到上海，没有一本書脊不是上下端碰傷了的。裏封面格式也亂來，早替他們安排好的，他們都莫名其妙。插圖銅版還是我在上海監督，做好了寄去的；否則更不像樣了。

一九五五年一月二十六日

早預算新年中必可接到你的信，我們都當作等待什麼禮物一般的等着。果然昨天早上收到你(波10)來信，而且是多少可喜的消息。孩子！要是我們在會場上，一定會禁不住涕泗横流的。世界上最高的最純潔的歡樂，莫過於欣賞藝術，更莫過於欣賞自己的孩子的手和心傳達出來的藝術！其次，我們也因爲你替祖國增光而快樂！更因爲你能藉音樂而使多少人歡笑而快樂！想到你將來一定有更大的成就，没有止境的進步，爲更多的人更廣大的羣衆服務，鼓舞他們的心情，撫慰他們的創痛，我們真是心都要跳出來了！能够把不朽的大師的不朽的作品發揚光大，傳佈到地球上每一個角落去，真是多神聖，多光榮的使命！孩子，你太幸福了，天待你太厚了。我更高興的更安慰的是：多少過分的諛詞與誇獎，都没有使你喪失自知之明，衆人的掌聲，擁抱，名流的讚美，都没有減少你對藝術的謙卑！總算我的教育没有白費，你二十年的折磨没有白受！你能堅强(不爲勝利衝昏了頭腦是堅强的最好的證據)，只要你能堅强，我就一輩子放了心！成就的大小、高低，是不在我們掌握之内的，一半靠人力，一半靠天賦，但只要堅强，就不怕失敗，不怕挫折，不怕打擊——不管是人事上的，生活上的，技術上的，學習上的——打擊；從此以後你可以孤軍奮鬥了。何況事實上有多少良師益友在周圍幫助你，扶掖你。還加上古今的名著，時時刻刻給你精神上的養料！孩子，從今以後，你永遠不會孤獨的了，即使孤獨也不怕的了！

赤子之心這句話，我也一直記住的。赤子便是不知道孤獨的。赤子孤獨了，會創造一個世界，創造許多心靈的朋友！永遠保持赤子之心，到老也不會落伍，永遠能够與普天下的赤子之心相接相契相抱！你那位朋友説得不錯，藝術表現的動人，一定是從心靈的純潔來的！不是純潔到像明鏡一般，怎能體會到前人的心靈？怎能打動聽衆的心靈？

音樂院長說你的演奏像流水，像河；更令我想到克利斯朵夫的象徵。天舅舅說你小時候常以克利斯朵夫自命；而你的個性居然和羅曼羅蘭的理想有些相像了。河，萊茵，江聲浩蕩……鐘聲復起，天已黎明……中國正到了"復旦"的黎明時期，但願你做中國的——新中國的——鐘聲，響遍世界，響遍每個人的心！滔滔不竭的流水，流到每個人的心坎裏去，把大家都帶着，跟你一塊到無邊無岸的音響的海洋中去吧！名聞世界的揚子江與黄河，比萊茵的氣勢還要大呢！……黄河之水天上來，奔流到海不復回！……無邊落木蕭蕭下，不盡長江滾滾來！……有這種詩人靈魂的傳統的民族，應該有氣吞牛斗的表現才對。

你說常在矛盾與快樂之中，但我相信藝術家没有矛盾不會進步，不會演變，不會深入。有矛盾正是生機蓬勃的明證。眼前你感到的還不過是技巧與理想的矛盾，將來你還有反復不已更大的矛盾呢：形式與內容的枘鑿，自己內心的許許多多不可預料的矛盾，都在前途等着你。別擔心，解決一個矛盾，便是前進一步！矛盾是解決不完的，所以藝術没有止境，没有 perfect 的一天，人生也没有 perfect 的一天！唯其如此，才需要我們日以繼夜，終生的追求、苦練；要不然大家做了羲皇上人，垂手而天下治，做人也太膩了！

一九五五年三月十五日夜

馬先生有家信到京(還在比賽前寫的)，由王棣華轉給我們看。他說你在琴上身體動得厲害，表情十足，但指頭觸及鍵盤時仍緊張。他給你指出了，兩天以內你的毛病居然全部改正，使老師也大爲驚奇，不知經過情形究竟如何？

好些人看過 Glinka 的電影，内中 Richter 扮演李斯特在鋼琴上表演，大家異口同聲對於他火暴的表情覺得刺眼。我不知這是由於導演的關係，還是他本人也傾向於琴上動作偏多？記得你十月中來信，說他認爲整個的人要跟表情一致。這句話似乎有些毛病，很容易鼓勵彈琴的人身體多搖擺。以前你原是動得很劇烈的，好容易在一九五三年上改了許多。從波蘭寄回的照片上，有幾張可看出你又動得加劇了。這一點希望你注意。傳說李斯特在琴上的戲劇式動作，實在是不可靠的；我讀過一段當時人描寫他的彈琴，說像 rock 一樣。羅賓斯坦（安東）也是身如巖石。唯有肉體静止，精神的活動才最圓滿：這是千古不變的定律。在這方面，我很想聽聽你的意見。

一九五五年三月二十一日上午

聰，親愛的孩子！

期待了一個月的結果終於揭曉了，多少夜沒有好睡，十九晚更是神思恍惚，昨（二十日）夜爲了喜訊過於興奮，我們仍沒睡着。先是昨晚五點多鐘，馬太太從北京來長途電話；接着八時許無線電報告（僅至第五名爲止），今晨報上又披露了十名的名單。難爲你，親愛的孩子！你沒有辜負大家的期望，沒有辜負祖國的寄託，沒有辜負老師的苦心指導，同時也沒辜負波蘭師友及廣大羣衆這幾個月來對你的鼓勵！

也許你覺得應該名次再前一些才好，告訴我，你是不是有"美中不足"之感？可是別忘了，孩子，以你離國前的根基而論，你七個月中已經作了最大的努力，這次比賽也已經 do your best。不但如此，這七個月的成績已經近乎奇跡。想不到你有這麼些才華，想不到你的春天來得這麼快，花開得這麼美，開到世界的樂壇上放出你的異香。東方昇起了一顆星，這麼光明，這麼純淨，這麼深邃；替新中國創造了一個輝煌的世界紀錄！我做父親的一向低估了你，你把我的錯誤用你的才具與苦功給點破了，我真高興，我真驕傲，能夠有這麼一個兒子把我錯誤的估計全部推翻！媽媽是對的，母性的偉大不在於理智，而在於那種直覺的感情；多少年來，她嘴上不說，心裏是一向認爲我低估你的能力的；如今她統統向我説明了。我承認自己的錯誤，但是用多麼愉快的心情承認錯誤：這也算是一個奇跡吧？

回想到一九五三年十二月你從北京回來，我同意你去波學習，但不鼓勵你參加比賽，還寫信給周巍峙要求不讓你參加。雖説我一向低估你，但以你那個時期的學力，我的看法也並不全錯。你自己也覺得即使參加，未必有什麼把握。想你初到海濱時，也不見得有多大信心吧？可見這七個月的學習，上台的經驗，對你的幫助簡直無法形容，非但出於我們意料之外，便是你以目前和七個月以前的成績相比，你自己也要覺得出乎意料之外，是不是？

今天清早柯子歧打電話來，代表他父親母親向我們道賀。子歧説：與其你光得第二，寧可你得第三，加上一個瑪祖卡獎的。這句話把我們心裏的意思完全説中了。你自己有沒有這個感想呢？

再想到一九四九年第四屆比賽的時期，你流浪在昆明，那時你的生活，你的苦悶，你的渺茫的前途，跟今日之下相比，不像是作夢吧？誰想得到，五一年回上海時只彈 *Pathétique Sonata* 還沒彈好的人，五年以後會在國際樂壇的競賽中名列第三？多少迂迴的路，多少痛苦，多少失意，多少挫折，換來你今日的成功！可見爲了獲得更大的成功,只有加倍努力,同時也得期待別的迂迴,別的挫折。我時時刻刻要提醒你,想着過去的艱難,讓你以後遇到困難的時候更有勇氣去克服,不至於失掉信心!人生本是没窮盡没終點的馬拉松賽跑,你的路程還長得很呢:這不過是一個光輝的開場。

回過來説:我過去對你的低估,在某些方面對你也許有不良的影響,但有一點至少是對你有極大的幫助的。唯其我對你要求嚴格,終不至於驕縱你,——你該記得羅馬尼亞三獎初宣佈時你的憤懣心理,可見年輕人往往容易估高自己的力量。我多少年來把你緊緊拉着,至少養成了你對藝術的嚴肅的觀念,即使偶爾忘形,也極易拉回來。我提這些話,不是要爲我過去的做法辯護,而是要趁你成功的時候特別讓你提高警惕,絶對不讓自滿和驕傲的情緒抬頭。我知道這也用不着多囑咐,今日之下,你已經過了這一道驕傲自滿的關,但我始終是中國儒家的門徒,遇到極盛的事,必定要有"如臨深淵,如履薄冰"的格外鄭重、危懼、戒備的感覺。

説到"不完整",我對自己的翻譯也有這樣的自我批評。無論譯哪一本書,總覺得不能從頭至尾都好;可見任何藝術最難的是"完整"!你提到 perfection,其實 perfection 根本不存在的,整個人生,世界,宇宙,都談不上 perfection。要就是存在於哲學家的理想和政治家的理想之中。我們一輩子的追求,有史以來多少世代的人的追求,無非是 perfection,但永遠是追求不到的,因爲人的理想、幻想,永無止境,所以 perfection 像水中月、鏡中花,始終可望而不可及。但能在某一個階段求得總體的"完整"或是比較的"完整",已經很不差了。

比賽既然過去了,我們希望你每個月能有兩封信來。尤其是我希望多知道:(1)國外音樂界的情形;(2)你自己對某些樂曲的感想和心得。千萬抽出些功夫來！以後不必再像過去那樣日以繼夜的撲在琴上。修養需要多方面的進行，技巧也得長期訓練，切勿操之過急。静下來多想想也好，而寫信就是强迫你整理思想，也是極好的訓練。

樂理方面，你打算何時開始？當然，這與你波蘭文程度有關。

一九五五年三月二十七日夜

聰：爲你參考起見，我特意從一本專論莫扎特的書裏譯出一段給你。另外還有羅曼羅蘭論莫扎特的文字，來不及譯。不知你什麽時候學莫扎特？蕭邦在寫作的 taste 方面，極注意而且極感染莫扎特的風格。剛彈完蕭邦，接着研究莫扎特，我覺得精神血緣上比較相近。不妨和傑老師商量一下。你是否可在貝多芬第四彈好以後，接着上手莫扎特？等你快要動手時，先期來信，我再寄羅曼羅蘭的文字給你。

從我這次給你的譯文中，我特別體會到，莫扎特的那種温柔嫵媚，所以與浪漫派的温柔嫵媚不同，就是在於他像天使一樣的純潔，毫無世俗的感傷或是靡靡的 sweetness。神明的温柔，當然與凡人的不同，就是達·芬奇與拉斐爾的聖母，那種嫵媚的笑容決非塵世間所有的。能够把握到什麽叫做脱盡人間烟火的温馨甘美，什麽叫做天真無邪的愛嬌，没有一點兒拽心，没有一點兒情欲的騷亂，那末我想表達莫扎特可以"雖不中，不遠矣"。你覺得如何？往往十四五歲到十六七歲的少年，特别適應莫扎特，也是因爲他們童心没有受過玷染。

將來你預備彈什麽近代作家，望早些安排，早些來信；我也可以供給材料。在精神氣氛方面，我還有些地方能幫你忙。

我再要和你説一遍：平日來信多談談音樂問題。你必有許多感想和心得，還有老師和別的教授們的意見。這兒的小朋友們一個一個都在覺醒，苦於沒材料。他們常來看我，和我談天；我當然要盡量幫助他們。你身在國外，見聞既廣，自己不斷的在那裏進步，定有不少東西可以告訴我們。同時一個人的思想是一邊寫一邊談出來的，藉此可以刺激頭腦的敏捷性，也可以訓練寫作的能力與速度。此外，也有一個道義的責任，使你要盡量的把國外的思潮向我們報導。一個人對人民的服務不一定要站在大會上演講或是做什麼驚天動地的大事業，隨時隨地，點點滴滴的把自己知道的、想到的告訴人家，無形中就是替國家播種、施肥、墾殖！孩子，你千萬記住這些話，多多提筆！

黃賓虹先生於本月二十五日在杭患胃癌逝世，享壽九十二歲。以藝術家而論，我們希望他活到一百歲呢。去冬我身體不好，中間摔了一跤，很少和他通信；只是在十一月初到杭州去，連續在他家看了二天畫，還替他拍了照，不料竟成永訣。聽說他病中還在記掛我，跟不認識我的人提到我。我聽了非常難過，得信之日，一晚沒睡好。

莫扎特的作品不像他的生活，而像他的靈魂

莫扎特的作品跟他的生活是相反的。他的生活只有痛苦，但他的作品差不多整個兒只叫人感到快樂。他的作品是他靈魂的小影①。這樣，所有別的和諧都歸納到這個和諧，而且都融化在這個和諧中間。

後代的人聽到莫扎特的作品，對於他的命運可能一點消息都得不到；但能夠完全認識他的內心。你看他多麼沉着，多麼高貴，多麼隱藏！他從來沒有把他的藝術來作爲傾吐心腹的對象，也沒有用他的藝術給我們留下一個證據，讓我們知道他的苦難，他的作品只表現他長時期的耐性和天使般的溫柔。

① 譯者注：作品是靈魂的小影，便是一種和諧。下文所稱“這種和諧”指此。

他把他的藝術保持着笑容可掬和清明平静的面貌，决不讓人生的考驗印上一個烙印，决不讓眼淚把它沾濕。他從來没有把他的藝術當做憤怒的武器，來反攻上帝；他覺得從上帝那兒得來的藝術是應當用做安慰的，而不是用做報復的。一個反抗、憤怒、憎恨的天才固然值得欽佩，一個隱忍、寬恕、遺忘的天才，同樣值得欽佩。遺忘？豈止是遺忘！莫扎特的靈魂彷彿根本不知道莫扎特的痛苦；他的永遠純潔，永遠平静的心靈的高峰，照臨在他的痛苦之上。一個悲壯的英雄會叫道："我覺得我的鬥争多麽猛烈！"莫扎特對於自己所感到的鬥争，從來没有在音樂上說過是猛烈的。在莫扎特最本色的音樂中，就是說不是代表他這個或那個人物的音樂，而是純粹代表他自己的音樂中，你找不到憤怒或反抗，連一點兒口吻都聽不見，連一點兒鬥争的痕跡，或者只是一點兒掙扎的痕跡都找不到。*G Min.* 鋼琴與弦樂四重奏的開場，*C Min.*幻想曲的開場，甚至於安魂曲中的"哀哭"①的一段，比起貝多芬的 *C Min.* 交響樂來，又算得什麽？可是在這位温和的大師的門上，跟在那位悲壯的大師門上，同樣由命運來驚心動魄的敲過幾下了。但這幾下的回聲並没傳到他的作品裏去，因爲他心中並没去回答或抵抗那命運的叩門，而是向他屈服了。

莫扎特既不知道什麽暴力，也不知道什麽叫做惶惑和懷疑，他不像貝多芬那樣，尤其不像華葛耐那樣，對於"爲什麽"這個永久的問題，在音樂中尋求答案；他不想解答人生的謎。莫扎特的樸素，跟他的温和與純潔都到了同樣的程度。對他的心靈而論，便是在他心靈中間，根本無所謂謎，無所謂疑問。

怎麽！没有疑問没有痛苦嗎？那末跟他的心靈發生關係的，跟他的心靈協和的，又是哪一種生命呢？那不是眼前的生命，而是另外一個生命，一個不會再有痛苦，一切都會解决了的生命。他與其說是"我們的現在"的音樂家，不如說是"我們的將來"的音樂家，莫扎特比華葛耐更其是未來的音樂家。丹納說得非常好："他的本性愛好完全的美。"這種美只有在上帝身上才有，只能是上帝本身。只有在上帝旁邊，在上帝身上，我們才能找到這種美，才會用那種不留餘地的愛去愛這種美。但莫扎特在塵世上已經在愛那種美了。在許多原因中間，尤其是這個原因，使莫扎特有資格稱爲超凡入聖(divine)的。

法國音樂學者 Camille Beilaique 著《莫扎特》p.111—113。

一九五五年三月二十四日譯

① 譯者注：這是安魂曲(*Requiem*)中一個樂章的表情名稱，叫做 lagrimoso。

一九五五年四月一日晚

我知道你忙,可是你也知道我未嘗不忙，至少也和你一樣忙。我近七八個月身體大衰,跌跤後已有二個半月，腿力尚未恢復，腰部痠痛更是厲害。但我仍硬撑着工作,寫信,替你譯莫扎特等等都是拿休息時間,忍着腰痛來做的。孩子,你爲什麼老叫人牽腸掛肚呢？預算你的信該到的時期，一天不到，我們精神上就一天不得安定。

我把紀念册上的紀錄作了一個統計:發覺蕭邦比賽,歷屆中進入前五名的,只有波、蘇、法、匈、英、中六個國家。德國只有第三屆得了一個第六,奥國第二屆得了一個第十,意大利第二屆得了一個第二十四。可見與蕭邦精神最接近的是斯拉夫民族。其次是匈牙利和法國。純粹日耳曼族或純粹拉丁族都不行。法國不能算純粹拉丁族。奇怪的是連修養極高極博的大家如 Busoni 生平也未嘗以彈奏蕭邦知名。德國十九世紀末期,出了那麼些大鋼琴家,也沒有一個彈蕭邦彈得好的。

但這還不過是個人懸猜，你在這次比賽中實地接觸許多國家的選手,也聽到各方面的批評，想必有些關於這個問題的看法，可以告訴我。

一九五五年四月三日

今日接馬先生(三十日)來信,說你要轉往蘇聯學習,又說已與文化部談妥,讓你先回國演奏幾場;最後又提到預備叫你參加明年二月德國的 Schumann 比賽。

我認爲回國一行,連同演奏，至少要花兩個月；而你還要等波蘭的零星音樂會結束以後方能動身。這樣，前前後後要費掉三個多月。這在你學習上是極大的浪費。尤其你技巧方面還要加工，倘若再想參加明年的 Schumann 比賽，他的技巧比蕭邦的更麻煩，你更需要急起直追。

與其讓政府花了一筆來回旅費而躭誤你幾個月學習，不如叫你在波蘭灌好唱片（像我前信所說）寄回國內，大家都可以聽到，而且是永久性的；同時也不妨礙你的學業。我們做父母的，在感情上極希望見見你，聽到你這樣成功的演奏，但爲了你的學業，我們寧可犧牲這個福氣。我已將此意寫信告訴馬先生，請他與文化部從長考慮。我想你對這個問題也不會不同意吧？

其次，轉往蘇聯學習一節，你從來沒和我們談過。你去波以後我給你二十九封信，信中表現我的態度難道還使你不敢相信，什麼事都可以和我細談、細商嗎？你對我一字不提，而託馬先生直接向中央提出，老實說，我是很有自卑感的，因爲這反映你對我還是不放心。大概我對你從小的不得當、不合理的教育，後果還沒有完全消滅。你比賽以後一直沒信來，大概心裏又有什麼疙瘩吧！馬先生回來，你也沒託帶什麼信，因此我精神上的確非常難過，覺得自己功不補過。現在誰都認爲（連馬先生在內）你今日的成功是我在你小時候打的基礎，但事實上，誰都不再對你當前的問題再來徵求我一分半分意見；是的，我承認老朽了，不能再幫助你了。

可是我還有幾分自大的毛病，自以爲看事情還能比你們青年看得遠一些，清楚一些。

同時我還有過分强的責任感，這個責任感使我忘記了自己的老朽，忘記了自己幫不了你忙而硬要幫你忙。

所以倘使下面的話使你聽了不愉快，使你覺得我不了解你，不了解你學習的需要，那末請你想到上面兩個理由而原諒我，請你原諒我是人,原諒我抛不開天下父母對子女的心。

一個人要做一件事,事前必須考慮周詳。尤其是想改弦易轍,丟開老路,換走新路的時候,一定要把自己的理智做一個天平,把老路與新路放在兩個盤裏很精密的秤過。現在讓我來替你做一件工作,幫你把一項項的理由,放在秤盤裏:

〔甲盤〕

(一)傑老師過去對你的幫助是否不够?假如他指導得更好,你的技術是否還可以進步?

(二)六個月在波蘭的學習,使你得到這次比賽的成績,你是否還不滿意?

(三)波蘭得第一名的,也是傑老師的學生,他得第一的原因何在?

(四)技術訓練的方法,波蘭派是否有毛病,或是不完全?

(五)技術是否要靠時間慢慢的提高?

(六)除了蕭邦以外,對别的作家的了解,波蘭的教師是否不大使你佩服?

〔乙盤〕

(一)蘇聯的教授法是否一定比傑老師的高明?技術上對你可以有更大的幫助?

(二)假定過去六個月在蘇聯學,你是否覺得這次的成績可以更好?名次更前?

(三)蘇聯得第二名的,爲什麼只得一個第二?

(四)技術訓練的方法,在蘇聯是否一定勝過任何國家?

(五)蘇聯是否有比較快的方法提高?

(六)對别的作家的了解,是否蘇聯比别國也高明得多?

(七)去年八月周小燕在波蘭知道傑老師爲了要教你，特意訓練他的英語，這點你知道嗎？	(七)蘇聯教授是否比傑老師還要熱烈？

〔一般性的〕

(八)以你個人而論，是否換一個技術訓練的方法，一定還能有更大的進步？所以對第(二)項要特別注意，你是否覺得以你六個月的努力，倘有更好的方法教你，你是否技術上可以和別人並駕齊驅，或是更接近？

(九)以學習 Schumann 而論，是否蘇聯也有特殊優越的條件？

(十)過去你盛稱傑老師教古典與近代作品教得特別好，你現在是否改變了意見？

(十一)波蘭居住七個月來的總結，是不是你的學習環境不大理想？蘇聯是否在這方面更好？

(十二)波蘭各方面對你的關心、指點，是否在蘇聯同樣可以得到？

(十三)波蘭方面一般的帶着西歐氣味，你是否覺得對你的學習不大好？

這些問題希望你平心靜氣，非常客觀的逐條衡量，用“民主表決”的方法，自己來一個總結。到那時再作決定。總之，聽不聽由你，說不說由我。你過去承認我“在高山上看事情”，也許我是近視眼，看出來的形勢都不準確。但至少你得用你不近視的眼睛，來檢查我看到的是否不準確。果然不準確的話，你當然不用，也不該聽我的。

假如你還不以爲我頑固落伍，而願意把我的意見加以考慮的話，那對我真是莫大的“榮幸”了！等到有一天，我發覺你處處比我看得清楚，我第一個會佩服你，非但不來和你“纏夾二”亂提意見，而且還要遇事來請教你呢！目前，第一不要給我們一個悶葫蘆！磨難人最厲害的莫如 unknown 和 uncertain！對別人同情之前，對父母先同情一下吧！

一九五五年四月二十一日夜

孩子，能够起牀了，就想到給你寫信。

郵局把你比賽後的長信遺失，真是害人不淺。我們心神不安半個多月，都是郵局害的。三月三十日是我的生日，本來預算可以接到你的信了。到四月初，心越來越焦急，越來越迷糊，無論如何也想不通你始終不來信的原因。到四月十日前後，已經根本拋棄希望，似乎永遠也接不到你家信的了。

四月十日上午九時半至十一時，聽北京電台廣播你彈的 *Berceuse* 和一支 *Mazurka*，一邊聽，一邊説不出有多少感觸。耳朵裹聽的是你彈的音樂，可是心裏已經没有把握孩子對我們的感情怎樣——否則怎麼會没有信呢？——真的，孩子，你萬萬想不到我跟你媽媽這一個月來的精神上的波動，除非你將來也有了孩子，而且也是一個像你這樣的孩子！馬先生三月三十日就從北京寄信來，説起你的情形，可見你那時身體是好的，那末遲遲不寫家信更叫我們惶惑“不知所措”了。何況你對文化部提了要求，對我連一個字也没有：難道又不信任爸爸了嗎？這個疑問給了我最大的痛苦，又使我想到舒曼痛惜他父親早死的事，又想到莫扎特寫給他父親的那些親切的信：其中有一封信，是莫扎特離開了 Salzburg 大主教，受到父親責難，莫扎特回信説：

“是的，這是一封父親的信，可不是我的父親的信！”

聰，你想，我這些聯想對我是怎樣的一種滋味！四月三日（第

30 號)的信,我寫的時候不知懷着怎樣痛苦、絶望的心情，我是永遠忘不了的。

媽媽說的:“大概我們一切都太順利了,太幸福了,天也嫉妒我們,所以要給我們受這些挫折!”要不這樣說,怎麼能解釋郵局會丢失這麼一封要緊的信呢?

你那封信在我們是有歷史意義的，在我替你編録的“學習經過”和“國外音樂報導”(這是我把你的信分成的類別，用兩本簿子抄下來的)，是極重要的材料。我早已決定，我和你見了面，每次長談過後，我一定要把你談話的要點記下來。爲了青年朋友們的學習,爲了中國這麼一個處在音樂萌芽時代的國家,我作這些筆記是有很大的意義的。所以這次你長信的失落，逼得我留下一大段空白,怎麼辦呢?

可是事情不是没有挽回的。我們爲了丢失那封信，二十多天的精神痛苦,不能不算是付了很大的代價;現在可不可以要求你也付些代價呢?只要你每天花一小時的功夫,連續三四天,補寫一封長信給我們,事情就給補救了。而且你離開比賽時間久一些,也許你一切的觀感倒反客觀一些。我們極需要知道你對自己的演出的評價,對别人的評價,——尤其是對於上四五名的。我一向希望你多發表些藝術感想,甚至對你彈的 Chopin 某幾個曲子的感想。我每次信裏都談些藝術問題,或是報告你國内樂壇消息,無非想引起你的回響,同時也使你經常了解國内的情形。

你說要回來，馬先生信中說文化部同意(三月三十日信)你回來一次表演幾場;但你這次(四月九日)的信和馬先生的信,都叫人看不出究竟是你要求的呢?還是文化部主動的?我認爲以你的學習而論,回來是大大的浪費。但若你需要休息,同時你絶對有把握躭擱三四個月不會影響你的學習，那末你可以相信，我和你媽媽未有不歡迎的！在感情的自私上，我們最好每年能見你一面呢！

至於學習問題，我並非根本不贊成你去蘇聯；只是覺得你在波蘭還可以多躭二三年，從波蘭轉蘇聯，極方便；再要從蘇聯轉波蘭，就不容易了！這是你應當考慮的。但若你認爲在波蘭學習環境不好，或者傑老師對你不相宜，那末我没有話説，你自己決定就是了。但決定以前，必須極鄭重、極冷静，從多方面、從遠處大處想周到。

你去年十一月中還説："希望比賽快快過去，好專攻古典和近代作品。傑老師教出來的古典真叫人佩服。"難道這幾個月内你這方面的意見完全改變了嗎？

倘説技巧問題，我敢擔保，以你的根基而論，從去年八月到今年二月的成就，無論你跟世界上哪一位大師哪一個學派學習，都不可能超出這次比賽的成績！你的才具，你的苦功，這一次都已發揮到最高度，老師教你也施展出他所有的本領和耐性！你可曾研究過 program 上人家的學歷嗎？我是都仔細看過了的；我敢説所有參加比賽的人，除了非洲來的以外，没有一個人的學歷像你這樣可憐的，——換句話説，跟到名師只有六七個月的競選人，你是獨一無二的例外！所以我在三月二十一日(第 28 號）信上就説拿你的根基來説，你的第三名實際是遠超過了第三名。説得再明白些，你想：Harasiewicz, Askenasi, Ringeissen，這幾位，假如過去學琴的情形和你一樣，只有十——十二歲半的時候，跟到一個 Paci，十七——十八歲跟到一個 Bronstein，再到比賽前七個月跟到一個傑維茨基，你敢説：他們能獲得第三名和 *Mazurka* 奬嗎？

我説這樣的話，絶對不是鼓勵你自高自大，而是提醒你過去六七個月，你已經盡了最大的努力，傑老師也盡了最大的努力。假如你以爲換一個 school，你六七個月的成就可以更好，那你就太不自量，以爲自己有超人的天才了。一個人太容易滿足固然不行，太不知足而引起許多不現實的幻想也不是健全的！這一點，我想也只有我一個人會替你指出來。假如我把你意思誤會了（因爲你的長信失落了，也許其中有許多理由，關於這方面的），那末你不妨把我的話當作"有則改之，無則加勉"。爸爸一千句、一萬句，無非是爲你好，爲你個人好，也就是爲我們的音樂界好，也就是爲我們的祖國、人民，以及全世界的人類好！

我知道克利斯朵夫（晚年的）和喬治之間的距離，在一個動盪的時代是免不了的。但我還不甘落後，還想事事，處處，追上你們，了解你們，從你們那兒汲取新生命，新血液，新空氣，同時也想竭力把我們的經驗和冷靜的理智，獻給你們，做你們一支忠實的手杖！萬一有一天，你們覺得我這根手杖是個累贅的時候，我會感覺到，我會銷聲匿跡，決不來絆你們的脚！

你有一點也許還不大知道。我一生遇到重大的問題，很少不是找幾個內行的、有經驗的朋友商量的；反之，朋友有重大的事也很少不來找我商量的。我希望和你始終能保持這樣互相幫助的關係。

傑維茨基教授四月五日來信説："聰很少和我談到將來的學習計劃。我只知道他與蘇聯青年來往甚密，他似乎很嚮往於他們的學派。但若聰願意，我仍是很高興再指導他相當時期。他今後不但要在技巧方面加工，還得在情緒(emotion)和感情(sentimento)的平衡方面多下克制功夫（這都是我近二三年來和你常説的）；我預備教他一些 less romantic 的東西，即巴哈、莫扎特、斯加拉蒂、初期的貝多芬等等。"

他也提到你初賽的 tempo 拉得太慢，後來由馬先生幫着勸你，復賽效果居然改得多等等。你過去説傑老師很 cold，據他給我的信，字裏行間都流露出熱情，對你的熱情。我猜想他有些像我的性格，不願意多在口頭獎勵青年。你覺得怎麼樣？

四月十日播音中，你只有兩支。其餘有 Askenasi 的，Harasiewicz 的，田中清子的，Lidia Grych 的，Ringeissen 的。李翠貞先生和恩德都很欣賞 Ringeissen。Askenasi 的 *Valse* 我特別覺得呆板。傑老師信中也提到蘇聯 group 整個都是第一流的 technic，但音樂表達很少個性。不知你感覺如何？波蘭同學及年長的音樂家們的觀感如何？

説起 *Berceuse*，大家都覺得你變了很多，認不得了；但你的 *Mazurka*，大家又認出你的面目了！是不是現在的 style 都如此？所謂自然、簡單、樸實，是否可以此曲（照你比賽時彈的）爲例？我特別覺得開頭的 theme 非常單調，太少起伏，是不是我的 taste 已經過時了呢？

你去年盛稱 Richter，阿敏二月中在國際書店買了他彈的 Schumann: *The Evening*，平淡得很；又買了他彈的 Schubert: *Moments Musicaux*，那我可以肯定完全不行，笨重得難以形容，一點兒 Vienna 風的輕靈、清秀、柔媚都沒有。舒曼的我還不敢確定，他彈的舒伯特，則我斷定不是舒伯特。可見一個大家要樣樣合格眞不容易。

你是否已決定明年五月參加舒曼比賽，會不會妨礙你的正規學習呢？是否同時可以弄古典呢？你的古典功夫一年又一年的耽下去，我實在不放心。尤其你的 mentality，需要早早藉古典作品的熏陶來維持它的平衡。我們學古典作品，當然不僅僅是爲古典而古典，而尤其是爲了整個人格的修養，尤其是爲了感情太豐富的人的修養！

所以，我希望你和傑老師談談，同時自己也細細思忖一番，是否準備 Schumann 和研究古典作品可以同時並進？這些地方你必須緊緊抓住自己。我很怕你從此過的多半是選手生涯。選手生涯往往會限制大才的發展，影響一生的基礎！

不知你究竟回國不回國？假如不回國，應及早對外聲明，你的代表中國參加比賽的身份已經告終；此後是純粹的留學生了。用這個理由可以推却許多邀請和羣衆的熱情的(但是妨礙你學業的)表示。做一個名人也是有很大的危險的，孩子，可怕的敵人不一定是面目猙獰的，和顏悦色、一腔熱愛的友情，有時也會躭誤你許許多多寶貴的光陰。孩子，你在這方面極需要拿出勇氣來！

我坐不住了，腰裏疼痛難忍，只希望你來封長信安慰安慰我們。

一九五五年四月二十(？)日

説到"不答覆"，我又有了很多感慨。我自問：長篇累牘的給你寫信，不是空嘮叨，不是莫名其妙的 gossip，而是有好幾種作用的。第一我的確把你當作一個討論藝術，討論音樂的對手；第二，極想激出你一些青年人的感想，讓我做父親的得些新鮮養料，同時也可以間接傳佈給別的青年；第三，藉通信訓練你的——不但是文筆，而尤其是你的思想；第四，我想時時刻刻，隨處給你做個警鐘，做面"忠實的鏡子"，不論在做人方面，在生活細節方面，在藝術修養方面，在演奏姿態方面。我做父親的只想做你的影子，既要隨時隨地幫助你、保護你，又要不讓你對這個影子覺得厭煩。但我這許多心意，儘管我在過去的三十多封信中説了又説，你都似乎没有深刻的體會，因爲你並没有適當的反應，就是説：盡量給我寫信，"被動的"對我説的話或是表示贊成，或是表示異議，也很少"主動的"

發表你的主張或感想——特别是從十二月以後。

你不是一個作家,從單純的職業觀點來看,固無須訓練你的文筆。但除了多寫之外,以你現在的環境,怎麼能訓練你的思想,你的理智,你的 intellect 呢?而一個人思想、理智、intellect 的訓練,總不能説不重要吧?多少讀者來信,希望我多跟他們通信;可惜他們的程度與我相差太遠,使我愛莫能助。你既然具備了足够的條件,可以和我談各式各種的問題,也碰到我極熱烈的渴望和你談這些問題,而你偏偏很少利用!孩子,一個人往往對有在手頭的東西(或是機會,或是環境,或是任何可貴的東西)不知珍惜,直到要失去了的時候再去後悔!這是人之常情,但我們不能因爲是人之常情而寬恕我們自己的這種愚蠢,不想法去改正。

你不是抱着一腔熱情,想爲祖國、爲人民服務嗎?而爲祖國、爲人民服務是多方面的,並不限於在國外爲祖國争光,也不限於用音樂去安慰人家——雖然這是你最主要的任務。我們的藝術家還需要把自己的感想、心得,時時刻刻傳達給别人,讓别人去作爲參考的或者是批判的資料。你的將來,不光是一個演奏家,同時必須兼做教育家;所以你的思想,你的理智,更其需要訓練,需要長時期的訓練。我這個可憐的父親,就在處處替你作這方面的準備,而且與其説是爲你作準備,還不如説爲中國音樂界作準備更貼切。孩子,一個人空有愛同胞的熱情是没用的,必須用事實來使别人受到我的實質的幫助。這才是真正的道德實踐。别以爲我們要求你多寫信是爲了父母感情上的自私,——其中自然也有一些,但决不是主要的。你很知道你一生受人家的幫助是應當用行動來報答的;而從多方面去鍛鍊自己就是爲報答人家作基本準備。

你現在彈琴有時還要包橡皮膏或塗 paraffine oil 麽?是不是

手放鬆了可以不損壞手指尖。

一九五五年五月十一日

孩子，別擔心，你四月二十九、三十兩信寫得非常徹底，你的情形都報告明白了。我們決無誤會。過去接不到你的信固然是痛苦，但一旦有了你的長信，明白了底細，我們哪裏還會對你有什麼不快，只有同情你，可憐你補寫長信，又開了通宵的“夜車”，使我們心裏老大的不忍。你出國七八個月，寫回來的信並没什麼過火之處，偶爾有些過於相信人或是懷疑人的話，我也看得出來，也會打些小折扣。一個熱情的人，尤其是青年，過火是免不了的；只要心地善良、正直，胸襟寬，能及時改正自己的判斷，不固執己見，那就很好了。你不必多責備自己，只要以後多寫信，讓我們多了解你的情況，隨時給你提提意見，那就比空自内疚、後悔挽救不了的“以往”有意思多了。你説寫信退步，我們都覺得你是進步。你分析能力比以前强多了，態度也和平得很。爸爸看文字多麼嚴格，從文字上挑剔思想又多麼認真，不會隨便誇獎你的。

你回來一次的問題，我看事實上有困難。即使大使館願意再向國内請示，公文或電報往返，也需很長的時日，因爲文化部外交部決定你的事也要作多方面的考慮。躭擱日子是不可避免的。而等到決定的時候，離聯歡節已經很近，恐怕他們不大肯讓你不在聯歡節上參加表演，再説，便是讓你回來，至早也要到六月底、七月初才能到家。而那時代表團已經快要出發，又要催你上道了。

以實際來説，你倘若爲了要説明情形而回國，則大可不必，因爲我已經完全明白，必要時我可以向文化部説明。倘若爲了要和傑老師分手而離開一下波蘭，那也並無作用。既然仍要回波學習，則調換老師是早晚的事，而早晚都得找一個説得過去的理由向傑老師作交代；換言之，你回國以後再去，仍要有個充分的藉口方能離開傑老師。若這個藉口，目前就想出來，則不回國也是一樣。

以我們的感情來說，你一定懂得我們想見見你的心，不下於你想見見我們的心；尤其我恨不得和你長談數日夜。可是我們不能只顧感情，我們不能不硬壓着個人的願望，而爲你更遠大的問題打算。

轉蘇學習一點，目前的確不很相宜。政府最先要考慮到邦交，你是波政府邀請去學習的，我政府正式接受之後，不上一年就調到別國，對波政府的確有不大好的印象。你是否覺得跟斯東加學technic還是不大可靠？我的意思，倘若technic基本上有了method，徹底改過了，就是已經上了正軌，以後的technic却是看自己長時期的努力了。我想經過三四年的苦功，你的technic不見得比蘇聯的一般水準（不說最特出的）差到哪裏。即如H.和Smangianka，前者你也說他技巧很好，後者我們親自領教過了，的確不錯。像Askenasi——這等人，天生在technic方面有特殊才能，不能作爲一般的水準。所以你的癥結是先要有一個好的方法，有了方法，以後靠你的聰明與努力，不必愁在這方面落後，即使不能希望和Horowitz那樣高明。因爲以你的個性及長處，本來不是virtuoso的一型。總結起來，你現在的確非立刻徹底改technic不可，但不一定非上蘇聯不可。將來倒是爲了音樂，需要在蘇逗留一個時期。再者，人事問題到處都有，無論哪個國家，哪個名教授，到了一個時期，你也會覺得需要更換，更換的時節一定也有許多人事上及感情上的難處。

假定傑老師下學期調華沙是絕對肯定的，那末你調換老師很容易解決。我可以寫信給他，說“我的意思你留在克拉可夫比較環境安静，在華沙因爲中國代表團來往很多，其他方面應酬也多，對學習不大相宜，所以總不能跟你轉往華沙，覺得很遺憾，但對你過去的苦心指導，我和聰都是十二分感激等等。”（目前我聽你的話，決不寫信給他，你放心。）

假定傑老師調任華沙的事，可能不十分肯定，那末先要知道傑老師和 Sztomka 感情如何。若他們不像 Levy 與 Long 那樣的對立，那末你可否很坦白、很誠懇的，直接向傑老師說明，大意如下：

“您過去對我的幫助，我終生不能忘記。您對古典及近代作品的理解，我尤其佩服得不得了。本來我很想跟您在這方面多多學習，無奈我在長時期的、一再的反省之下，覺得目前最急切的是要徹底的改一改我的 technic，我的手始終没有放鬆；而我深切的體會到方法不改將來很難有真正的進步；而我的年齡已經在音樂技巧上到了一個 critical age，再不打好基礎，就要來不及了，所以我想暫時跟斯東加先生把手的問題徹底解決。希望老師諒解，我決不是忘恩負義(ungrateful)；我的確很真誠的感謝您，以後還要回到您那兒請您指導的。”我認爲一個人只要真誠，總能打動人的；即使人家一時不了解，日後仍會了解的。我這個提議，你覺得如何？因爲我一生作事，總是第一坦白，第二坦白，第三還是坦白。繞圈子，躲躲閃閃，反易叫人疑心；你要手段，倒不如光明正大，實話實說，只要態度誠懇、謙卑、恭敬，無論如何人家不會對你怎麽的。我的經驗，和一個愛弄手段的人打交道，永遠以自己的本來面目對付，他也不會用手段對付你，倒反看重你的。你不要害怕，不要羞怯，不要不好意思；但話一定要說得真誠老實。既然這是你一生的關鍵，就得拿出勇氣來面對事實，用最光明正大的態度來應付，無須那些不必要的顧慮，而不說真話！就是在實際做的時候，要注意措辭及步驟。只要你的感情是真實的，別人一定會感覺到，不會誤解的。你當然應該向傑老師表示你的確很留戀他，而且有"魚與熊掌不可得而兼"的遺憾。即使傑老師下期一定調任，最好你也現在就和他説明；因爲至少六月份一個月你還可以和斯東加學 technic、一個月，在你是有很大出入的！

以上的話，希望你靜靜的想一想，多想幾回。

另外你也可向 Ewa 太太討主意，你把實在的苦衷跟她談一談，徵求她的意見，把你直接向傑老師説明的辦法問問她。

最後，倘若你仔細考慮之後，覺得非轉蘇學習不能解決問題，那末只要我們的政府答應（只要政府認爲在中波邦交上無影響），我也並不反對。

你考慮這許多細節的時候，必須心平氣和，精神上很鎮静，切勿煩躁，也切勿焦急。有問題終得想法解決，不要怕用腦筋。我歷次給你寫信，總是非常冷静、非常客觀的。唯有冷静與客觀，終能想出最好的辦法。

對外國朋友固然要客氣，也要闊氣，但必須有分寸。像西卜太太之流，到處都有，你得提防。巴爾扎克小説中人物，不是虛造的。人的心理是：難得收到的禮，是看重的，常常得到的不但不看重，反而認爲是應享的權利，臨了非但不感激，倒容易生怨望。所以我特別要囑咐你"有分寸"！

以下要談兩件藝術的技術問題：

恩德又跟了李先生學，李先生指出她不但身體動作太多，手的動作也太多，浪費精力之外，還影響到她的 technic 和 speed，和 tone 的深度。記得裘伯伯也有這個毛病，一雙手老是扭來扭去。我順便和你提一提，你不妨檢查一下自己。關於身體搖擺的問題，我已經和你談過好多次，你都没答覆，下次來信務必告訴我。

其次是，有一晚我要恩德隨便彈一支 Brahms 的 *Intermezzo*，一開場 tempo 就太慢，她一邊哼唱一邊堅持說不慢。後來我要她停止哼唱，只彈音樂，她彈了二句，馬上笑了笑，把 tempo 加快了。由此證明，哼唱有個大缺點，容易使 tempo 不準確。哼唱是個極隨意的行爲，快些，慢些，吟哦起來都很有味道；彈的人一邊哼一邊彈，往往只聽見自己哼的調子，覺得很自然很舒服，而没有留神聽彈出來的音樂。我特別報告你這件小事，因爲你很喜歡哼的。我的意思，看譜的時候不妨多哼，彈的時候盡量少哼，尤其在後來，一個曲子相當熟的時候，只宜於"默唱"，暗中在腦筋裏哼。

此外，我也跟恩德提了以下的意見：

自己彈的曲子，不宜盡彈，而常常要停下來想想，想曲子的 picture，追問自己究竟要求的是怎樣一個境界，這是使你明白 what you want，而且先在腦子裏推敲曲子的結構、章法、起伏、高潮、低潮等等。盡彈而不想，近乎 improvise，彈到哪裏算哪裏，往往一個曲子練了二三個星期，自己還說不出哪一種彈法(interpretation)最滿意，或者是有過一次最滿意的 interpretation，而以後再也找不回來(這是恩德常犯的毛病)。假如照我的辦法作，一定可能幫助自己的感情更明確而且穩定！

其次，到先生那兒上過課以後，不宜回來馬上在琴上照先生改的就彈，而先要從頭至尾細細看譜，把改的地方從整個曲子上去體會，得到一個新的 picture，再在琴上試彈，彈了二三遍，停下來再想再看譜，把老師改過以後的曲子的表達，求得一個明確的 picture。然後再在腦子裏把自己原來的 picture 與老師改過以後的 picture 作個比較，然後再在琴上把兩種不同的境界試彈，細細聽，細細辨，究竟哪個更好，還是部分接受老師的，還是全盤接受，還是全盤不接受。不這樣作，很容易"只見其小，不見其大"，光照了老師的一字一句修改，可能通篇不連貫，失去脈絡，弄得支離破碎，非驢非馬，既不像自己，又不像老師，把一個曲子攪得一團糟。

我曾經把上述兩點問李先生覺得如何，她認爲是很內行的意見，不知你覺得怎樣？

你二十九信上說 Michelangeli 的演奏，至少在"身如 rock"一點上使我很嚮往。這是我對你的期望——最殷切的期望之一！唯其你有着狂熱的感情，無窮的變化，我更希望你做到身如 rock，像統率三軍的主帥一樣。這用不着老師講，只消自己注意，特別在心理上，精神上，多多修養，做到能入能出的程度。你早已是"能入"了，現在需要努力的是"能出"！那我保證你對古典及近代作品的風格及精神，都能掌握得很好。

你來信批評別人彈的蕭邦，常說他們 cold。我因此又想起了以前的念頭：歐洲自從十九世紀，浪漫主義在文學藝術各方面到了高潮以後，先來一個寫實主義與自然主義的反動（光指文學與造型藝術言），接着在二十世紀前後更來了一個普遍的反浪漫底克思潮。這個思潮有兩個表現：一是非常重感官(sensual)，在音樂上的代表是 R.Strauss，在繪畫上是瑪蒂斯；一是非常的 intellectual，近代的許多作曲家都如此。繪畫上的 Picasso 亦可歸入此類。近代與現代的人一反十九世紀的思潮，另走極端，從過多的感情走到過多的 mind 的路上去了。演奏家自亦不能例外。蕭邦是個半古典半浪漫底克的人，所以現代青年都彈不好。反之，我們中國人既沒有上一世紀像歐洲那樣的浪漫底克狂潮，民族性又是頗有 olympic（希臘藝術的最高理想）精神，同時又有不太過分的浪漫底克精神，如漢魏的詩人，如李白，如杜甫（李後主算是最 romantic 的一個，但比起西洋人，還是極含蓄而講究 taste 的），所以我們先天的具備表達蕭邦相當優越的條件。

我這個分析，你認為如何？

反過來講，我們和歐洲真正的古典，有時倒反隔離得遠一些。真正的古典是講雍容華貴，講 graceful，elegant，moderate。但我們也極懂得 discreet，也極講中庸之道，一般青年人和傳統不親切，或許不能抓握這些，照理你是不難體會得深刻的。有一點也許你沒有十分注意，就是歐洲的古典還多少帶些宮廷氣味，路易十四式的那種宮廷氣味。

對近代作品，我們很難和歐洲人一樣的浸入機械文明，也許不容易欣賞那種鋼鐵般的純粹機械的美，那種"寒光閃閃"的 brightness，那是純理智、純 mind 的東西。

環境安靜對你的精神最要緊。作事要科學化，要徹底！我恨不得在你身邊，幫你解決並安排一切物質生活，讓你安心學習，節省你的精力與時間，使你在外能夠事半功倍，多學些東西，多把心思花在藝術的推敲與思索上去。一個藝術家若能很科學的處理日常生活，他對他人的貢獻一定更大！

五月二日來信使我很難受。好孩子，不用焦心，我決不會怨你的，要說你不配做我的兒子，那我更不配作你父親了。只要我能幫助你一些，我就得了最大的酬報。我真是要拿我所有的知識、經驗、心血，盡量給你作養料，只要你把我每封信多看幾遍，好好的思索幾回，竭力吸收，"身體力行"的實踐，我就快樂得難以形容了。

我又細細想了想傑老師的問題，覺得無論如何，還是你自己和他談為妙。他年紀這麼大，人生經驗這麼豐富，一定會諒解你的。倒是繞圈子，不坦白，反而令人不快。西洋人一般的都喜歡直爽。但你一定要切實表示對他的感激，並且聲明以後還是要回去向他學習的。

這件事望隨時來信商討，能早一天解決，你的技巧就可早一天徹底改造。關於一面改技巧、一面練曲子的衝突，你想過沒有？如何解決？恐怕也得向 Sztomka 先生請教請教，先作準備爲妥。

一九五五年六月（？）日

你現在對傑老師的看法也很對。“作人”是另外一個問題，與教學無關。對誰也不能苛求。你能繼續跟傑老師上課，我很贊成，千萬不要駝子摔跤，兩頭不着。有個博學的老師指點，總比自己摸索好，儘管他有些見解與你不同。但你還年輕，musical literature 的接觸真是太有限了，樂理與曲體的知識又是幾乎等於零，更需要虛心一些，多聽聽年長的，尤其是一個 scholarship 很高的人的意見。

有一點，你得時時刻刻記住：你對音樂的理解，十分之九是憑你的審美直覺；雖則靠了你的天賦與民族傳統，這直覺大半是準確的，但究竟那是西洋的東西，除了直覺以外，仍需要理論方面的，邏輯方面的，史的發展方面的知識來充實；即使是你的直覺，也還要那些學識來加以證實，自己才能放心。所以便是以口味而論覺得格格不入的說法，也得採取保留態度，細細想一想，多辨別幾時，再作斷語。這不但對音樂爲然，治一切學問都要有這個態度。所謂冷靜、客觀、謙虛，就是指這種實際的態度。

來信說學習主要靠 mind，ear，及敏感，老師的幫助是有限的。這是因爲你的理解力强的緣故，一般彈琴的，十分之六七以上都是要靠老師的。這一點，你在波蘭同學中想必也看得很清楚。但一個有才的人也有另外一個危機，就是容易自以爲是的走牛角尖。所以才氣越高，越要提防，用 solid 的學識來充實，用冷靜與客觀的批評精神，持續不斷的檢查自己。唯有真正能做到這一步，而且終身的做下去，才能成爲一個真正的藝術家。

一扯到藝術，一扯到做學問，我的話就沒有完，只怕我寫得太多，你一下子來不及哑摸。

來信提到 Chopin 的 *Berceuse* 的表達，很有意思。以後能多寫這一類的材料，最歡迎。

還要說兩句有關學習的話，就是我老跟恩德說的："要有耐性，不要操之過急。越是心平氣和，越有成績。時時刻刻要承認自己是笨伯，不怕做笨功夫，那就不會期待太切，稍不進步就慌亂了。"對你，第一要緊是安排時間，多多騰出無謂的"消費時間"，我相信假如你在波蘭能像在家一樣，百事不打擾，每天都有七八小時在琴上，你的進步一定更快!

我譯的莫扎特的論文，有些地方措辭不大妥當，望切勿"以辭害意"。尤其是說到"肉感"，實際應該這樣了解："使感官覺得愉快的。"原文是等於英文的 sensual。

"毛選"中的《實踐論》及《矛盾論》，可多看看，這是一切理論的根底。此次寄你的書中，一部分是純理論，可以幫助你對馬列主義及辯證法有深切了解。爲了加强你的理智和分析能力，幫助你頭腦冷静，徹底搞通馬列及辯證法是一條極好的路。我本來富於科學精神，看這一類書覺得很容易體會，也很有興趣，因爲事實上我做人的作風一向就是如此的。你感情重，理智弱，意志尤其弱，亟須從這方面多下功夫。否則你將來回國以後，什麽事都要格外趕不上的。

一九五五年十二月十一日夜

住屋及鋼琴兩事現已圓滿解決，理應定下心來工作。倘使仍覺得心緒不寧，必定另有原因，索性花半天功夫仔細檢查一下，病根何在？查清楚了才好對症下藥，廓清思想。老是矇着自己，不正視現實，不正視自己的病根，而拖泥帶水，不晴不雨的糊下去，只有給你精神上更大的害處。該拿出勇氣來，徹底清算一下。

廓清思想，心緒平定以後，接着就該周密考慮你的學習計劃：把正規的學習和明春的灌片及南斯拉夫的演奏好好結合起來。事先多問問老師意見，不要匆促決定。決定後勿輕易更動。同時望隨時來信告知這方面的情況。前信（51號）要你談談技巧與指法手法，與你今後的學習很有幫助：我們不是常常對自己的工作（思想方面亦然如此）需要來個"小結"嗎？你給我們談技巧，就等於你自己作小結。千萬別懶洋洋的拖延！我等着。同時不要一次寫完，一次寫必有遺漏，一定要分幾次寫才寫得完全；寫得完全是表示你考慮得完全，回憶得清楚，思考也細緻深入。你務必聽我的話，照此辦法做。這也是一般工作方法的極重要的一個原則。

……我素來不輕信人言，等到我告訴你什麼話，必有相當根據，而你還是不大重視，輕描淡寫。這樣的不知警惕，對你將來是危險的！一個人妨礙別人，不一定是因爲本性壞，往往是因爲頭腦不清，不知利害輕重。所以你在這些方面没有認清一個人的時候，切忌隨口吐露心腹。一則太不考慮和你説話的對象，二則太不考慮事情所牽涉的另外一個人。（還不止一個呢！）來信提到這種事，老是含混得很。去夏你出國後，我爲另一件事寫信給你，要你檢討，你以心緒惡劣推掉了。其實這種作風，這種逃避現實的心理是懦夫的行爲，決不是新中國的青年所應有的。你要革除小布爾喬亞根性，就要從這等地方開始革除！

別怕我責備！（這也是小布爾喬亞的懦怯。）也別怕引起我心煩，爸爸不爲兒子煩心，爲誰煩心？爸爸不幫助孩子，誰幫助孩子？

兒子苦悶不向爸爸求救，向誰求救？你這種顧慮也是一種短視的温情主義，要不得！懦怯也罷，温情主義也罷，總之是反科學，反馬列主義。爲什麼一個人不能反科學、反馬列主義？因爲要生活得好，對社會盡貢獻，就需要把大大小小的事，從日常生活、感情問題，一直到學習、工作、國家大事，一貫的用科學方法、馬列主義的方法，去分析，去處理。批評與自我批評所以能成爲有力的武器，也就在於它能培養冷静的科學頭腦，對己、對人、對事，都一視同仁，作不偏不倚的檢討。而批評與自我批評最需要的是勇氣，只要存着一絲一毫懦怯的心理，批評與自我批評便永遠不能作得徹底。我並非説有了自我批評（即挖自己的根），一個人就可以没有煩惱。不是的，煩惱是永久免不了的，就等於矛盾是永遠消滅不了的一樣。但是不能因爲眼前的矛盾消滅了將來照樣有新矛盾，就此不把眼前的矛盾消滅。挖了根，至少可以消滅眼前的煩惱。將來新煩惱來的時候，再去消滅新煩惱。挖一次根，至少可以減輕煩惱的嚴重性，減少它危害身心的可能；不挖根，老是有些思想的、意識的、感情的渣滓積在心裏，久而久之，成爲一個沉重的大包袱，慢慢的使你心理不健全，頭腦不冷静，胸襟不開朗，創造更多的新煩惱的因素。這一點不但與馬列主義的理論相合，便是與近代心理分析和精神病治療的研究結果也相合。

至於過去的感情糾紛，時時刻刻來打擾你的緣故，也就由於你没仔細挖根。我相信你不是愛情至上主義者，而是真理至上主義者；那末你就該用這個立場去分析你的對象（不論是初戀的還是以後的），你跟她（不管是誰）在思想認識上，真理的執着上，是否一致或至少相去不遠？從這個角度上去把事情解剖清楚，許多煩惱自然迎刃而解。你也該想到，熱情是一朵美麗的火花，美則美矣，無奈不能持久。希望熱情能永久持續，簡直是愚妄；不考慮性情、品德、品格、思想等等，而單單執着於當年一段美妙的夢境，希望這夢境將來會成爲現實，那麼我警告你，你可能遇到悲劇的！世界上很少如火如荼的情人能成爲美滿的、白頭偕老的夫婦的；傳奇式的故事，如但丁之於裴阿脱里克斯，所以成爲可哭可泣的千古艷事，就因爲他們没有結合；但丁只見過幾面（似乎只有一面）裴阿脱里克斯。歌德的太太克里斯丁納是個極庸俗的女子，但歌德的藝術成就，是靠了和平寧靜的夫婦生活促成的。過去的羅曼史，讓它成爲我們一個美麗的回憶，作爲一個終身懷念的夢，我認爲是最明哲的辦法。老是自苦是只有消耗自己的精力，對誰都没有裨益的。孩子，以後隨時來信，把苦悶告訴我，我相信還能憑一些經驗安慰你呢。爸爸受的痛苦不能爲兒女減除一些危險，那末爸爸的痛苦也是白受了。但希望你把苦悶的緣由寫得詳細些（就是要你自己先分析一個透徹），免得我空發議論，無關痛癢的對你没有幫助。好了，再見吧，多多來信，來信分析你自己就是一種發洩，而且是有益於心理衛生的發洩。爸爸還有足够的勇氣擔受你的苦悶，相信我吧！你也有足够的力量擺脱煩惱，有足够的勇氣正視你的過去，我也相信你！

一九五五年十二月二十一日晨

親愛的孩子：今年暑天，因爲身體不好而停工，順便看了不少理論書；這一回替你買理論書，我也買了許多，這幾天已陸續看了三本小册子：關於辯證唯物主義的一些基本知識，批評與自我批評是蘇維埃社會發展的動力，社會主義基本經濟規律。感想很多，預備跟你隨便談談。

第一個最重要的感想是：理論與實踐絶對不可分離，學習必須與現實生活結合；馬列主義不是抽象的哲學，而是極現實極具體的哲學；它不但是社會革命的指導理論，同時亦是人生哲學的基礎。解放六年來的社會，固然有極大的進步，但還存在着不少缺點，特別在各級幹部的辦事方面。我常常有這麼個印象，就是一般人的政治學習，完全是爲學習而學習，不是爲了生活而學習，不是爲了應付實際鬥争而學習。所以談起理論來頭頭是道，什麼唯物主義，什麼辯證法，什麼批評與自我批評等等，都能長篇大論發揮一大套；一遇到實際事情，一坐到辦公桌前面，或是到了工廠裏，農村裏，就把一切理論忘得乾乾净净。學校裏亦然如此；據在大學裏念書的人告訴我，他們的政治討論非常熱烈，有些同學提問題提得極好，也能作出很精闢的結論；但他們對付同學，對付師長，對付學校的領導，仍是顧慮重重，一派的世故，一派的自私自利。這種學習態度，我覺得根本就是反馬列主義的；爲什麼把最實際的科學——唯物辯證法，當作標榜的門面話和口頭禪呢？爲什麼不能把嘴上説得天花亂墜的道理化到自己身上去，貫徹到自己的行爲中、作風中去呢？

因此我的第二個感想以及以下的許多感想，都是想把馬列主義的理論結合到個人修養上來。首先是馬克思主義的世界觀，應該使我們有極大的、百折不回的積極性與樂天精神。比如說："存在決定意識，但並不是説意識便成爲可有可無的了。恰恰相反，一定的思想意識，對客觀事物的發展會起很大的作用。"換句話説，就是"主觀能動作用"。這便是鼓勵我們對樣樣事情有信心的話，也就是中國人的"人定勝天"的意思。既然客觀的自然規律，社會的發展規律，都可能受到人的意識的影響，爲什麼我們要灰心，要氣餒呢？不是一切都是"事在人爲"嗎？一個人發覺自己有缺點，分析之下，可以歸納到遺傳的根性，過去舊社會遺留下來的壞影響，潛伏在心底裏的資産階級意識、階級本能等等；但我們因此就可以聽任自己這樣下去嗎？若果如此，這個人不是機械唯物論者，便是個自甘墮落的没出息的東西。

第三個感想也是屬於加强人的積極性的。一切事物的發展，包括自然現象在内，都是由於内在的矛盾，由於舊的腐朽的東西與新的健全的東西作鬥争。這個理論可以幫助我們擺脱許多不必要的煩惱，特别是留戀過去的煩惱，與追悔以往的錯誤的煩惱。陶淵明就説過："覺今是而昨非"，還有一句老話，叫做："過去種種譬如昨日死，現在種種譬如今日生。"對於個人的私事與感情的波動來説，都是相近似的教訓。既然一切都在變，不變就是停頓，停頓就是死亡，那末爲什麽老是戀念過去，自傷不已，把好好的眼前的光陰也毒害了呢？認識到世界是不斷變化的，就該體會到人生亦是不斷變化的，就該懂得生活應該是向前看，而不是往後看。這樣，你的心胸不是廓然了嗎？思想不是明朗了嗎？態度不是積極了嗎？

第四個感想是單純的樂觀是有害的，一味的向前看也是有危險的。古人説："鑒往而知來"，便是教我們檢查過去，爲的是要以後生活得更好。否則爲什麽大家要作小結，作總結，左一個檢查，右一個檢查呢？假如不需要檢討過去，就能從今以後不重犯過去的錯誤，那末"我們的理性認識，通過實踐加以檢驗與發展"這樣的原則，還有什麽意思？把理論到實踐中去對證，去檢視，再把實踐提到理性認識上來與理論覆核，這不就是需要分析過去嗎？我前二信中提到一個人對以往的錯誤要作冷静的、客觀的解剖，歸納出幾個原則來，也就是這個道理。

第五個感想是"從感性認識到理性認識"這個原理，你這幾年在音樂學習上已經體會到了。一九五一——五三年間，你自己摸索的時代，對音樂的理解多半是感性認識，直到後來，經過傑老師的指導，你才一步一步走上了理性認識的階段。而你在去羅馬尼亞以前的徬徨與缺乏自信，原因就在於你已經感覺到僅僅靠感性認識去理解樂曲，是不够全面的，也不够深刻的；不過那時你不得其門而入，不知道怎樣才能達到理性認識，所以你苦悶。你不妨回想一下，我這個分析與事實符合不符合？所謂理性認識是"通過人的頭腦，運用分析、綜合、對比等等的方法，把觀察到的(我再加上一句：感覺到的)現象加以研究，拋開事物的虛假現象，及其他種種非本質現象，抽出事物的本質，找出事物的來龍去脈，卽事物發展的規律"。這幾句，倘若能到處運用，不但對學術研究有極大的幫助，而且對做人處世，也是一生受用不盡。因爲這就是科學方法。而我一向主張不但做學問，弄藝術要有科學方法，做人更其需要有科學方法。因爲這緣故，我更主張把科學的辯證唯物論應用到實際生活上來。毛主席在《實踐論》中說："我們的實踐證明：感覺到了的東西，我們不能立刻理解它，只有理解了的東西才能更深刻地感覺它。"你是弄音樂的人，當然更能深切的體會這話。

第六個感想，是辯證唯物論中有許多原則，你特別容易和實際結合起來體會；因爲這幾年你在音樂方面很用腦子，而在任何學科方面多用頭腦思索的人，都特別容易把辯證唯物論的原則與實際聯繫。比如"事物的相互聯繫與相互制限"，"原因和結果有時也會相互轉化，相互發生作用"，不論拿來觀察你的人事關係，還是考察你的業務學習，分析你的感情問題還是檢討你的起居生活，隨時隨地都會得到鮮明生動的實證。我尤其想到"從量變到質變"一點，與你的音樂技術與領悟的關係非常適合。你老是抱怨技巧不够，不能表達你心中所感到的音樂；但你一朝獲得你眼前所追求的技巧之後，你的音樂理解一定又會跟着起變化，從而要求更新更高的技術。說得淺近些，比如你練蕭邦的練習曲或詼諧曲中某些快速的段落，常嫌速度不够。但等到你速度够了，你的音樂表現也決不是像你現在所追求的那一種了。假如我這個猜測不錯，那就説明了量變可以促成質變的道理。

以上所説，在某些人看來，也許是把馬克思主義庸俗化了；我却認爲不是庸俗化，而是把它真正結合到現實生活中去。一個人年輕的時候，當學生的時候，倘若不把馬克思主義"身體力行"，在大大小小的事情上實地運用，那末一朝到社會上去，遇到無論怎麽微小的事，也運用不了一分一毫的馬克思主義。所謂辯證法，所謂準確的世界觀，必須到處用得爛熟，成爲思想的習慣，才可以説是真正受到馬克思主義的鍛鍊。否則我是我，主義是主義，方法是方法，始終合不到一處，學習一輩子也没用。從這個角度上看，馬列主義絶對不枯索，而是非常生動、活潑、有趣的，並且能時時刻刻幫助我們解決或大或小的問題的，——從身邊瑣事到做學問，從日常生活到分析國家大事，没有一處地方用不到。至於批評與自我批評，我前二信已説得很多，不再多談。只要你記住兩點：必須有不怕看自己醜臉的勇氣，同時又要有冷静的科學家頭腦，與實驗室工作的態度。唯有用這兩種心情，才不至於被虚僞的自尊心所蒙蔽而變成懦怯，也不至於爲了以往的錯誤而過分灰心，消滅了痛改前非的勇氣，更不至於茫然於過去錯誤的原因而將來重蹈覆轍。子路"聞過則喜"，曾子的"吾日三省吾身"，都是自我批評與接受批評的最好的格言。

從有關五年計劃的各種文件上，我特别替你指出下面幾個全國上下共同努力的目標：——

增加生産，厲行節約，反對分散使用資金，堅決貫徹重點建設的方針。

你在國外求學，"厲行節約"四字也應該竭力做到。我們的家用，從上月起開始每週做決算，拿來與預算核對，看看有否超過？若有，要研究原因，下週內就得設法防止。希望你也努力，因爲你音樂會收入多，花錢更容易不加思索，滿不在乎。至於後面兩條，我建議爲了你，改成這樣的口號：**反對分散使用精力**，**堅決貫徹重點學習的方針**。今夏你來信説，暫時不學理論課程，專攻鋼琴，以免分散精力，這是很對的。但我更希望你把這個原則再推進一步，再擴大，在生活細節方面都應用到。而在樂曲方面，尤其要時時注意。首先要集中幾個作家。作家的選擇事先可鄭重考慮；決定以後切勿隨便更改，切勿看見新的東西而手癢心癢——至多只宜作輔助性質的附帶研究，而不能喧賓奪主。其次是練習的時候要安排恰當，務以最小限度的精力與時間，獲得最大限度的成績爲原則。和避免分散精力連帶的就是**重點學習**。選擇作家就是重點學習的第一個步驟；第二個步驟是在選定的作家中再挑出幾個最有特色的樂曲。譬如巴哈，你一定要選出幾個典型的作品，代表他鍵盤樂曲的各個不同的面目的。這樣，你以後對於每一類的曲子，可以舉一反三，自動的找出路子來了。這些道理，你都和我一樣的明白。我所以不憚煩瑣的和你一再提及，因爲我覺得你許多事都是知道了不做。學習計劃，你從來沒和我細談，雖然我有好幾封信問你。從現在起到明年（一九五六）暑假，你究竟決定了哪些作家，哪些作品？哪些作品作爲主要的學習，哪些作爲次要與輔助性質的？理由何在？這種種，無論如何希望你來信詳細討論。我屢次告訴你：多寫信多討論問題，就是多些整理思想的機會，許多感性認識可以變做理性認識。這樣重要的訓練，你是不能漠視的。只消你看我的信就可知道。至於你忙，我也知道；但我每個月平均寫三封長信，每封平均有三千字，而你只有一封，只及我的三分之一：莫非你忙的程度，比我超過 200/100 嗎？問題還在於你的心情：心情不穩定，就懶得動筆。所以我這幾封信，接連的和你談思想問題，急於要使你感情平下來。做爸爸的不要求你什麼，只要求你多寫信，多寫有內容有思想實質的信；爲了你對爸爸的愛，難道辦不到嗎？我也再三告訴過你，你一邊寫信整理思想，一邊就會發見自己有很多新觀念；無論對人生，對音樂，對鋼琴技巧，一定隨時有新的啟發，可以幫助你今後的學習。這樣一舉數得的事，怎麼没勇氣幹呢？尤其你這人是缺少計劃性的，多寫信等於多檢查自己，可以糾正你的缺點。當然，要做到"不分散精力"，"重點學習"，"多寫信，多發表感想，多報告計劃"，最基本的是要能抓緊時間。你該記得我的生活習慣吧？早上一起來，洗臉，吃點心，穿衣服，没一件事不是用最快的速度趕着做的；而平日工作的時間，盡量不接見客人，不出門；萬一有了雜務打岔，就在晚上或星期日休息時間補足錯失的工作。這些都值得你模仿。要不然，怎麼能抓緊時間呢？怎麼能不浪費光陰呢？如今你住的地方幽靜，和克拉可夫音樂院宿舍相比，有天淵之別；你更不能辜負這個清静的環境。每天的工作與休息時間都要安排妥當，避免一切突擊性的工作。你在國外，究竟不比國內常常有政治性的任務。臨時性質的演奏也不會太多，而且宜盡量推辭。正式的音樂會，應該在一個月以前決定，自己早些安排練節目的日程，切勿在期前三四天内日夜不停的"趕任務"，趕出來的東西總是不够穩，不够成熟的；並且還要妨礙正規學習；事後又要筋疲力盡，彷彿人要癱下來似的。

我說了那麼多，又是你心裏都有數的話，真怕你聽膩了，但也真怕你不肯下决心實行。孩子，告訴我，你已經開始在這方面努力了，那我們就安慰了，高興了。

假如心煩而坐不下來寫信，可不可以想到爲安慰爸爸媽媽起見而勉强寫？開頭是爲了我們而勉强寫，但寫到三、四頁以上，我相信你的心情就會静下來，而變得很自然很高興的，自動的想寫下去了。我告訴你這個方法，不但可逼你多寫信，同時也可以消除一時的煩悶。人總得常常强迫自己，不强迫就解决不了問題。

一九五五年十二月二十七日午

協奏曲鋼琴部分録音並不如你所説，連輕響都聽不清；樂隊部分很不好，好似蒙了一層，音不真，不清。鋼琴 loud passage 也不够分明。據懂技術的周朝楨先生説：這是録音關係，正式片也無法改進的了。

以音樂而論，我覺得你的協奏曲非常含蓄，絶無羅賓斯丹那種感傷情調，你的情感都是内在的。第一樂章的技巧不盡完整，結尾部分似乎很顯明的有些毛病。第二樂章細膩之極，touch 是 delicate 之極。最後一章非常 brilliant。摇籃曲比給獎音樂會上的好得多，mood 也不同，更安静。幻想曲全部改變了：開頭的引子，好極，沉着，莊嚴，貝多芬氣息很重。中間那段 slow 的 singing part，以前你彈得很 tragic 的，很 sad 的，現在是一種惆悵的情調。整個曲子像一座巍峨的建築，給人以厚重、扎實、條理分明、波濤洶湧而意志很熱的感覺。

李先生説你的協奏曲，左手把 rhythm 控制得穩極，rubato 很多，但不是書上的，也不是人家教的，全是你心中流出來的。她説從國外回來的人常説現在彈蕭邦都没有 rubato 了，她覺得是不可能的；聽了你的演奏，才證實她的懷疑並不錯。問題不是没有 rubato，而是怎樣的一種 rubato。

瑪祖卡，我聽了四遍以後才開始捉摸到一些，但還不是每支都能體會。我至此爲止是能欣賞了 *Op.59, No.1; Op.68, No.4;*

Op.41, No.2; Op.33, No.1。*Op.68, No.4* 的開頭像是幾句極淒怨的哀嘆。*Op.41, No.2* 中間一段，幾次感情欲上不上，幾次悲痛冒上來又壓下去，到最後才大慟之下，痛哭出聲。第一支最長的 *Op.56, No.3*，因爲前後變化多，還來不及抓握。阿敏却極喜歡，恩德也是的。她說這種曲子如何能學？我認爲不懂什麼叫做"tone colour"的人，一輩子也休想懂得一絲半毫，無怪幾個小朋友聽了無動於衷。colour sense 也是天生的。孩子，你真怪，不知你哪兒來的這點悟性！斯拉夫民族的靈魂，居然你天生是具備的。斯克里亞賓的 *prélude* 既彈得好，瑪祖卡當然不會不好。恩德說，這是因爲中國民族性的博大，無所不包，所以什麼别的民族的東西都能體會得深刻。*Notre-Temps No.2* 好似太拖拖拉拉，節奏感不够。我們又找出羅賓斯丹的片子來聽了，覺得他大部分都是節奏强，你大部分是詩意濃；他的音色變化不及你的多。

這幾天除了爲你的唱片興奮而外，還忙着許多事。明年是"改造和重新安排高級知識分子"的"重點"年，各方面的領導都在作"重點"了解。故昨晚周而復、吴强兩先生來找我談。我事先想了幾天，昨天寫了七小時的書面意見，共九千字。除當面談了以外，又把書面交給他們。據説，爲配合五年計劃，農業合作化，工商業改造，國家決定大力發動高級知識分子的潛在力量，在各方面——生活方面，工作環境條件方面，幫助他們解決困難，待遇也要調整提高。周、吴二位問我要不要搬個屋子，生活有何問題，我回答説自己過的是國内最好的生活，還有什麼要求！住的地方目前也不成問題。我提的意見共分三大題目：一，關於高級知識分子的問題，二，關於音樂界，三，關於國畫界。

媽媽覺得《旅行家》雜誌很有意思，預備另訂一份寄你。其中不但可以看到許多有趣的遊記，還可以體會到祖國建設及各方面人才的衆多。

一九五六年一月四日深夜

愛華根本忘了我最要緊的話，倒反纏夾了。臨別那天，在錦江飯店我清清楚楚的，而且很鄭重的告訴她說："我們對他很有信心，只希望他作事要有嚴格的規律，學習的計劃要緊緊抓住。"驕傲，我才不擔心你呢！有一回信裏我早說過的，有時提到也無非是做父母的過分操心，並非真有這個憂慮。你記得嗎？所以傳話是最容易出毛病的。愛華跑來跑去，太忙了，我當然不怪她。但我急於要你放心，爸爸決不至於這樣不了解你的。說句真話，我最怕的是：一，你的工作與休息不够正規化；二，你的學習計劃不够合理；三，心情波動。

近半個月，我簡直忙死了。電台借你的唱片，要我寫些介紹材料。中共上海市委文藝部門負責人要我提供有關高級知識分子的情況，我一共提了三份，除了高級知識分子的問題以外，又提了關於音樂界和國畫界的；後來又提了補充，昨天又寫了關於少年兒童讀物的；前後也有一萬字左右。近三天又寫了一篇《蕭邦的少年時代》，長五千多字，給電台下個月在蕭邦誕辰時廣播。接着還得寫一篇《蕭邦的成年（或壯年，題未定）時代》。先後預備兩小時的節目，分兩次播，每次都播幾張唱片作説明。這都要在事前把家中所有的兩本蕭邦的傳記（法文本）全部看過，所以很費時間。

我勸你千萬不要爲了技巧而煩惱，主要是常常靜下心來，細細思考，發掘自己的毛病，尋找毛病的根源，然後想法對症下藥，或者向別的師友討教。煩惱只有打擾你的學習，反而把你的技巧拉下來。共產黨員常常强調："克服困難"，要克服困難，先得鎮定！只有多用頭腦才能解決問題。同時也切勿操之過急，假如經常能有些少許進步，就不要灰心，不管進步得多麽少。而主要還在於內心的修養，性情的修養：我始終認爲手的緊張和整個身心有關係，不能機械的把"手"孤立起來。練琴的時間必須正常化，不能少，也不能多；多了整個的人疲倦之極，只會有壞結果。要練琴時間正常，必須日常生活科學化，計劃化，紀律化！假定有事出門，回來的時間必須預先肯定，在外面也切勿難爲情，被人家隨便多留，才能不打亂事先定好的日程。

二十九日寄你兩份《旅行家》，以後每期寄你。內容太精彩了，你不但可以看着消遣，還可以看到祖國建設的成績和各方面新出的人材，真是令人興奮。

一九五六年一月二十日

親愛的孩子：昨天接一月十日來信，和另外一包節目單，高興得很。第一你心情轉好了，第二，一個月由你來兩封信，已經是十個多月沒有的事了。只擔心一件，一天十二小時的工作對身心壓力太重。我明白你說的"十二小時絶對必要"的話，但這句話背後有一個很重要的原因：倘使你在十一十二兩月中不是常常煩惱，每天保持——不多說——六七小時的經常練琴，我斷定你現在就沒有一天練十二小時的"必要"。你說是不是？從這個經驗中應得出一個教訓：以後即使心情有波動，工作可不能鬆弛。平日練八小時的，在心緒不好時減成六七小時，那是可以原諒的，也不至於如何妨礙整個學習進展。超過這個尺寸,到後來勢必要加緊突擊,影響身心健康。往者已矣,來者可追,孩子,千萬記住:下不爲例!何況正規工作是驅除煩惱最有效的靈藥!我只要一上桌子,什麽苦悶都會暫時忘掉。

我九日航掛寄出的關於蕭邦的文章20頁,大概收到了吧?其中再三提到他的詩意,與你信中的話不謀而合。那文章中引用的波蘭作家的話(見第一篇《少年時代》3—4頁),還特別説明那"詩意"的特點。又文中提及的兩支*Valse*,你不妨練熟了,當作encore piece用。我還想到,等你南斯拉夫回來,應當練些Chopin *Prélude*。這在你還是一頁空白呢!等我有空,再弄些材料給你,關於*Prélude*的,關於蕭邦的piano method的。

協奏曲第二樂章的情調,應該一點不帶感傷情調,如你來信所説,也如那篇文章所説的。你手下表現的Chopin,的確毫無一般的感傷成分。我相信你所了解的Chopin是正確的,與Chopin的精神很接近——當然誰也不敢説完全一致。你談到他的rubato與音色,比喻甚精彩。這都是很好的材料,有空隨時寫下來。一個人的思想,不動筆就不大會有系統;日子久了,也就放過去了,甚至於忘了,豈不可惜!就爲這個緣故,我常常逼你多寫信,這也是很重要的"理性認識"的訓練。而且我覺得你是很能寫文章的,應該隨時練習。

你這一行的辛苦,當然辛苦到極點。就因爲這個,我屢次要你生活正規化,學習正規化。不正規如何能持久?不持久如何能有成績?如何能鞏固已有的成績?以後一定要安排好,控制得牢,萬萬不能"空"與"忙"調配得不勻,免得臨時着急,日夜加工的趕任務。而且作品的了解與掌握,就需要長時期的慢慢消化、咀嚼、吸收。這些你都明白得很,問題在於實踐!

一九五六年一月二十二日晚

親愛的孩子：今日星期，花了六小時給你弄了一些關於蕭邦與特皮西的材料。關於 tempo rubato 的部分，你早已心領神會，不過看了這些文字更多一些引證罷了。他的 piano method，似乎與你小時候從 Paci 那兒學的一套很像，恐怕是李斯特從 Chopin 那兒學來，傳給學生，再傳到 Paci 的。是否與你有幫助，不得而知。

前天早上聽了電台放的 Rubinstein 彈的 *E Min. Concerto*（當然是些灌音），覺得你的批評一點不錯。他的 rubato 很不自然；第三樂章的兩段（比較慢的，出現過兩次，每次都有三四句，後又轉到 minor 的），更糟不可言。轉 minor 的二小句也牽强生硬。第二樂章全無 singing。第一樂章純是炫耀技巧。聽了他的，才知道你彈的儘管 simple，music 却是非常豐富的。孩子，你真行！怪不得斯曼齊安卡前年冬天在克拉可夫就說："想不到這支 *Concerto* 會有這許多 music！"

今天寄你的文字中，提到蕭邦的音樂有"非人世的"氣息，想必你早體會到；所以太沉着，不行；太輕靈而客觀也不行。我覺得這一點近於李白，李白儘管飄飄欲仙，却不是特皮西那一派純粹造型與講氣氛的。

一九五六年二月八日

親愛的孩子：早想寫信給你了，這一向特別忙。連着幾天開會。小組討論後又推我代表小組發言，回家就得預備發言稿；上台念起來，普通話不行，又須事先練幾遍，盡量糾正上海腔。結果昨天在大會上發言，仍不免"藍青"得很，不過比天舅舅他們的"藍青"

是好得多。開了會，回家還要作傳達報告，我自己也有許多感想，一面和媽媽、阿敏講，一面整理思想。北京正在開全國政協，材料天天登出來；因爲上海政協同時也開會，便没時間細看。但忙裏搶看到一些，北京大會上的發言，有些很精彩，提的意見很中肯。上海這次政協開會，比去年五月大會的情況也有顯著進步。上屆大會是歌功頌德的空話多；這一回發言的人都談到實際問題了。這樣，開會才有意義，對自己，對人民，對黨都有貢獻。政府又不是要人成天捧場。但是人民的進步也是政府的進步促成的。因爲首長的報告有了具體内容，大家發言也跟着有具體内容了。以後我理些材料寄你。

勃隆斯丹太太有信來。她電台廣播已有七八次。有一次是 Schumann *Concerto* 和樂隊合奏的，一次是 Saint-Saëns 的 *G Min. Concerto* (*Op.22, No.2*)。她們生活很苦，三十五萬人口的城市中有七百五十名醫生，勃隆斯丹醫生就苦啦。據説收入連付一部分家用開支都不够。

寄來的法、比、瑞士的材料，除了一份以外，字裏行間，非常清楚的對第一名不滿意，很顯明是關於他只説得了第一獎，多少錢；對他的演技一字不提。英國的報導也只提你一人。可惜這些是一般性的新聞報導，太簡略。法國的《法國晚報》的話講得最顯明：

"不管獎金的額子多麽高，也不能使一個二十歲的青年得到成熟與性格"；——這句中文譯得不好，還是譯成英文吧："The prize in a competition, however high it may be, is not sufficient to give a pianist of 20 the maturity and personality." "尤其是頭幾名分數的接近，更不能説 the winner has won definitely。總而言之，將來的時間和羣衆會評定的。在我們看來，the revelation of V Competition of Chopin is the Chinese pianist Fou Ts'ong, who stands very highly above the other competitors by a refined culture and quite matured。sensitivity"

這是幾篇報導中,態度最清楚的。

一九五六年二月十三日

親愛的孩子,上海政協開了四天會,我第一次代表小組發言,第二次個人補充發言,附上稿子二份,給你看看。十日平信寄你一包報紙及剪報,內有周總理的政治報告,關於知識分子問題的報告,及全國政協大會的發言選輯,並用紅筆勾出,使你看的時候可集中要點,節約時間。另有一本《農業發展綱要》小册子。預料那包東西在三月初可以到你手裏;假使你没空,可以在去南途中翻閱。從全國政協的發言中,可看出我國各方面的情況,各階層的意見,各方面的人才。

上海政協此次會議與去年五月大會情形大不相同。出席人員不但情緒高漲,而且講話都富有內容,問題提得很多,很具體。(上次大會歌功頌德的空話佔十分之七八。)楊伯伯① 代表音樂小組發言,有聲有色,精彩之至。他説明了音樂家的業務進修需要怎麼多的時間,現在各人的忙亂,業務水平天天在後退;他不但説的形象化,而且音響化。休息時間我遇到《文匯報》社長徐鑄成,他説:"我今天上了一課(音樂常識)。"對社會人士解釋音樂家的勞動性質,是非常必要的。只有在廣大人民認識了這特殊的勞動性質,才能成爲一種輿論,督促當局對音樂界的情況慢慢的改善。

大會發言,我的特點是全體發言中套頭語最少,時間最短的。第一次發言不過十一分鐘,第二次不過六分鐘。人家有長到二十

① 卽上海音樂學院楊嘉仁教授,一九六六年去世。

五分鐘的，而且拖拖拉拉，重複的句子佔了一半以上。

林伯伯由周伯伯（煦良，他是上海政協九個副秘書長之一，專門負責文化事業）推薦，作爲社會人士，到北京去列席全國政協大會。從一月三十日起到二月七日爲止，他在北京開會。行前我替他預備了發言稿，說了一些學校醫學衛生（他是華東師大校醫）和他的歌唱理論，也大概說了些音樂界的情形。結果他在小組上講了，效果很好。他到京後自己又加了一段檢討自己的話，大致是："我個人受了宗派主義的壓迫，不免抱着報復的心思，埋頭教學生，以爲有了好的歌唱人才出來，自然你們這些不正派的人會垮台。我這個思想其實就是造成宗派主義思想，把自己的一套建立成另外一個宗派；而且我掉進了宗派主義而不自知。"你看，這段話說得好不好？

他一向比較偏，只注意歌唱，只注意音質；對音樂界一般情況不關心，對音樂以外的事更不必說。這一回去北京，總算擴大了他的心胸與視野。毛主席請客，他也有份，碰杯也有份。許多科學家和他談得很投機。中央統戰部部長李維漢也和他談了"歌唱法"，打電話給文化部丁副部長燮林（是老輩科學家），丁又約了林談了二十分鐘。大概在這提倡科學研究的運動中，林伯伯的研究可以得到政府的實力支持。——這一切將來使我連帶也要忙一些。因爲林伯伯什麼事都要和我商量：訂計劃等等，文字上的修改，思想方面的補充，都需要我參加。

孩子，你一定很高興，大家都在前進，而且是脚踏實地的前進，決不是喊口號式的。我們的國家雖則在科學成就上還談不到"原子能時代"，但整個社會形勢進展的速度，的確是到了"原子能時代"了。大家都覺得跟不上客觀形勢。單說我自己吧，儘管時間充裕，但各式各樣的新聞報導，學習文件，報紙、雜誌、小册子，多得你顧了這，顧不了那，真是着急。本門工作又那麼吞時間，差不多和你練琴差不多。一天八九小時，只能譯一二千字；改的時候，這一二千字又要花一天時間，進步之慢有如蝸牛。而且技術苦悶也和你一樣，隨處都是問題，了解的能力至少四五倍於表達的能力……你想不是和你相仿嗎？

一般小朋友，在家自學的都犯一個大毛病：太不關心大局，對社會主義的改造事業很冷淡。我和名强、酉三、子歧都說過幾回，不發生作用。他們只知道練琴。這樣下去，少年變了老年。與社會脱節，真正要不得。我說少年變了老年，還侮辱了老年人呢！今日多少的老年人都很積極，頭腦開通。便是宋家婆婆也是腦子清楚得很。那般小朋友的病根，還是在於家庭教育。家長們只看見你以前關門練琴，可萬萬想不到你同樣關心琴以外的學問和時局；也萬萬想不到我們家裏的空氣絶對不是單純的，一味的音樂，音樂，音樂的！當然，小朋友們自己的聰明和感受也大有關係；否則，爲什麽許多保守頑固的家庭裏照樣會有精神蓬勃的子弟呢？……真的，看看周圍的青年，很少真有希望的。我說"希望"，不是指"專業"方面的造就，而是指人格的發展。所以我越來越覺得青年全面發展的重要。

假如你看了我的信，我的發言，和周總理的報告等等有感觸的話，只希望你把熱情化爲力量，把慚愧化爲決心。你最要緊的是抓緊時間，生活紀律化，科學化；休息時間也不能浪費！還有學習的計劃務必嚴格執行，切勿隨意更改！

雖是新年，人來人往，也忙得很，抽空寫這封信給你。

祝你録音成功，去南表演成功！

一九五六年二月二十九日夜

親愛的孩子：昨天整理你的信，又有些感想。

關於莫扎特的話，例如説他天真、可愛、清新等等，似乎很多人懂得；但彈起來還是没有那天真、可愛、清新的味兒。這道理，我覺得是"理性認識"與"感情深入"的分別。感性認識固然是初步印象，是大概的認識；理性認識是深入一步，了解到本質。但是藝術的領會，還不能以此爲限。必須再深入進去，把理性所認識的，用心靈去體會，才能使原作者的悲歡喜怒化爲你自己的悲歡喜怒，使原作者每一根神經的震顫都在你的神經上引起反響。否則即使道理説了一大堆，仍然是隔了一層。一般藝術家的偏於 intellectual，偏於 cold，就因爲他們停留在理性認識的階段上。

比如你自己，過去你未嘗不知道莫扎特的特色，但你對他並没發生真正的共鳴；感之不深，自然愛之不切了；愛之不切，彈出來當然也不够味兒；而越是不够味兒，越是引不起你興趣。如此循環下去，你對一個作家當然無從深入。

這一回可不然，你的確和莫扎特起了共鳴，你的脈搏跟他的脈搏一致了，你的心跳和他的同一節奏了；你活在他的身上，他也活在你身上；你自己與他的共同點被你找出來了，抓住了，所以你才會這樣欣賞他，理解他。

由此得到一個結論：藝術不但不能限於感性認識，還不能限於理性認識，必須要進行第三步的感情深入。換言之，藝術家最需要的，除了理智以外，還有一個"愛"字！所謂赤子之心，不但指純潔無邪，指清新，而且還指愛！法文裏有句話叫做"偉大的心"，意思就是"愛"。這"偉大的心"幾個字，真有意義。而且這個愛決不是庸俗的，婆婆媽媽的感情，而是熱烈的、真誠的、潔白的、高尚的、如火如荼的、忘我的愛。

從這個理論出發，許多人彈不好東西的原因都可以明白了。光有理性而没有感情，固然不能表達音樂；有了一般的感情而不是那種火熱的同時又是高尚、精練的感情，還是要流於庸俗；所謂sentimental，我覺得就是指的這種庸俗的感情。

一切偉大的藝術家（不論是作曲家，是文學家，是畫家……）必然兼有獨特的個性與普遍的人間性。我們只要能發掘自己心中的人間性，就找到了與藝術家溝通的橋樑。再若能細心揣摩，把他獨特的個性也體味出來，那就能把一件藝術品整個兒了解了。——當然不可能和原作者的理解與感受完全一樣，了解的多少、深淺、廣狹，還是大有出入；而我們自己的個性也在中間發生不小的作用。

大多數從事藝術的人，缺少真誠。因爲不够真誠，一切都在嘴裏隨便説説，當作唬人的幌子，裝自己的門面，實際只是拾人牙慧，並非真有所感。所以他們對作家决不能深入體會，先是對自己就没有深入分析過。這個意思，克利斯朵夫（在第二册内）也好像説過的。

真誠是第一把藝術的鑰匙。知之爲知之，不知爲不知。真誠的"不懂"，比不真誠的"懂"，還叫人好受些。最可厭的莫如自以爲是，自作解人。有了真誠，才會有虚心，有了虚心，才肯丢開自己去了解別人，也才能放下虚僞的自尊心去了解自己。建築在了解自己了解別人上面的愛，才不是盲目的愛。

而真誠是需要長時期從小培養的。社會上，家庭裏，太多的教訓使我們不敢真誠，真誠是需要很大的勇氣作後盾的。所以做藝術家先要學做人。藝術家一定要比別人更真誠，更敏感，更虚心，更勇敢，更堅忍，總而言之，要比任何人都 less imperfect!

好像世界上公認有個現象：一個音樂家（指演奏家）大多只能限於演奏某幾個作曲家的作品。其實這種人只能稱爲演奏家而不是藝術家。因爲他們的胸襟不够寬廣，容受不了廣大的藝術天地，接受不了變化無窮的形與色。假如一個人永遠能開墾自己心中的園地，了解任何藝術品都不應該有問題的。

有件小事要和你談談。你寫信封爲什麼老是這麼不 neat？日常瑣事要做的 neat，等於彈琴要講究乾净是一樣的。我始終認爲做人的作風應當是一致的，否則就是不調和；而從事藝術的人應當最恨不調和。我這回附上一小方紙，還比你用的信封小一些，照樣能寫得很寬綽。你能不能注意一下呢？以此類推，一切小事養成這種 neat 的習慣，對你的藝術無形中也有好處。因爲無論如何細小不足道的事，都反映出一個人的意識與性情。修改小習慣，就等於修改自己的意識與性情。所謂學習，不一定限於書本或是某種技術；否則隨時隨地都該學習這句話，又怎麼講呢？我想你每次接到我的信，連寄書譜的大包，總該有個印象，覺得我的字都寫得整整齊齊、清楚明白吧！

一九五六年三月一日晨

你去南斯拉夫的日子，正是你足二十二歲生日。大可利用路上的時間，仔細想一想我每次信中所提的學習正規化，計劃化，生活科學化等等，你不妨反省一下，是否開始在實行了？還有什麼缺點需要改正？過去有哪些成績需要進一步鞏固？總而言之，你該作個小小的總結。

我們社會的速度，已經趕上了原子能時代。誰都感覺到任務重大而急迫，時間與工作老是配合不起來。所以最主要的關鍵在於争取時間。我對你最擔心的就是這個問題。生活瑣事上面，你一向拖拖拉拉，浪費時間很多。希望你大力改善，下最大的决心扭轉過來。

爸爸的心老跟你在一塊，爲你的成功而高興，爲你的煩惱而煩惱，爲你的缺點操心！在你二十二歲生日的時候，我對你尤其有厚望！勇敢些，孩子！再勇敢些，克服大大小小的毛病，努力前進！

一九五六年三月二十六日夜

……下午在«新民報»上看到一段消息，是新華社布拉格電，説你在 Belgrade 的首次演出，由人民軍交響樂隊伴奏，獲得“異常的”成功，謝幕達十五次，加奏八次。我們真是高興，不知怎麽祝賀你才好。

這些時我正忙着謄稿子，服爾德的第二個短篇集子總算譯完了(去年春天出的«老實人»是第一個集子)。去年四月譯完的巴爾扎克(«于絮爾·彌羅埃»)，在“人文”擱了十一個月，最近才來信説準備發排了。他們審查來審查去，提不出什麽意見，倒躭誤了這麽久。除了翻譯工作以外，主要得閱讀解放後的文藝創作，也是“補課”性質，否則要落伍得不像話了。今年還想寫些“書評”。另外是代公家動員一些美術及音樂方面的人做研究工作。上海正如别的大城市一樣，成立了一個“哲學社會科學學術委員會籌備處”，内中有文藝組，主要由唐弢負責。他要我在美術及音樂兩界想想有什麽人材。這籌備處不久即取消，成爲學術委員會；兩年以後，學術委員會再分别成立各個研究所，如歷史研究所，文藝研究所等等。這就彷彿是中國科學院在各地的分設機構。爲了動員人，就得分别找他們談，代他們設計。例如林伯伯的聲樂研究，當然是最現成的了。沈伯伯在去年胡風運動中受了打擊，精神萎靡，鼓動不起來。

前天北京有電報找他去了，大概亦是這種研究性質的工作需要他。他一走，上海方面真正能研究音樂的人就沒有啦。但若中央需要，地方也不能以本位主義的眼光去争。我平時就是不能不分心管管這種閑事。上週上海市委宣傳部召集二十多人討論“出版”問題，我也被找去了；一個會直開了六小時之久。這倒是有實質的會，時間雖長，究竟是有意義的。大家發表很多意見，對於編輯工作、發行工作，以及國際書店的經營作風，都有批評。我一個人發言也佔據了幾十分鐘。同時聽到各方面反映的情況，很有意思。另外，政協不久要開第二次全體大會（二月初開的是常委擴大會議），先發通知，要我們當委員的推薦人，分二種，一是增補做“委員”的，一是列席的。我推了二人：裘劭恒（列席）和楊心德（委員）。通過與否，當然權不在我。推薦以前，我就得花費時間分別和他們談話，了解他們近年來的工作及思想情況，還有過去的某幾段我不詳知的歷史。楊心德，我還另向政協推薦要安排他做印刷製版的研究工作。這樣，我一方面要和朋友們談話，談過又要動筆。還有零零星星向中央或地方提意見，都吞了我不少時間。

一九五六年四月十四日

本星期一起接連開了五天上海市政協第二次全體大會。所有的會議，連小組討論，我都參加了。原有委員 275 人，此次新聘 87 人，共 362 人。又邀請各界人士列席 467 人。會場在中蘇大廈的“友誼電影院”。會議非常緊張熱烈。報名發言的有 181 人之多，因限於時間，實際發言的僅 69 人，其餘都改成了書面發言。我提了一項議案（大會總共收到的議案不過 25 件），一份書面發言。我原打算只提書面的；二月初的擴大會議上我已講過兩次話，這一回理當讓別人登台。小組會上大家提的意見不少。大會發言更是有很多精彩的。一個舊國民黨軍人（軍長階級）樊崧甫説得聲淚俱下；周碧珍報告參加我國民間藝術團今春訪問澳門演出的情況，港澳兩處的僑胞的熱烈反應，真是太動人了。我禁不住在會場上流了淚。好像我自己就是流落在港澳的人的心情。這樣的激動，近幾年來只在聽某些音樂時才會有。當然也有許多八股，拉拉扯扯佔了一二十分鐘時間，全是自我檢討，左一個保證，右一個決心的空話。歸國華僑、牧師、神甫，也都有發言。華僑的愛國情緒特別高，説話也很實在。有一個上海評彈(即説書)藝人，提的意見特別尖鋭，他説："我們要領導給我們幹部，要强的幹部，吃飯不管事的幹部，我們不要，我們不是養老院……"這樣的話，在這種場面的會上是破天荒的。主席台上的人都爲之動容。……這樣的民主精神是大可爲國家慶賀的。可惜知識分子(此次邀請列席的以知識分子佔絶大多數)没有這樣的勇氣。會上對於和平解放台灣的問題，也有不少精彩的言論。大會主要討論的是"中共上海市委"所擬訂的《1956—1957 年知識分子工作綱要草案》，裏面對於今後對上海知識分子的安排，有 32 條具體規劃：大致分爲三大類：(一)改善黨組織與現有知識分子的相互關係，改善知識分子的工作及生活條件，以利於充分發揮知識分子的潛力；(二)擴大和培養新生力量，開展學術研究和提高知識分子的業務能力；(三)對知識分子的思想改造、馬列主義學習加强領導與安排。第(一)項已經有一部分事情實行了：上海高級知識分子約有一萬人，先照顧其中的 3,000 人，例如調配房屋，使知識分子能有一間安静的書室，上海房管局已撥了 500 所住房，陸續給一些居住條件特别壞而研究有成績的教授、專家、作家、藝術家。又分發特種"治療證"，可在指定醫院當天預約，當天受到治療；又分發"副食品(如魚肉等)供應卡"，向指定的伙食供應站去買，不必排隊等候。(這兩種卡，我也拿到了。)由此你可以看出，政府現在如何重視知識分子。只因爲客觀條件不够，暫時只能從高級知識分子做起。另外，二月下旬，上海市委開了半個月會，召集各機關、學校、團體的黨團幹部近萬人學習這個政策，要他們接近知識分子，做到“互相信任，互相學習”，對研究工作從各方面支持他們。大會上發言的人一致表示爲了報答黨與政府的關懷與照顧，要加緊努力，在業務與思想改造各方面積極提高自己。這些消息你聽了一定也很興奮的。我很想以知識分子的身分，對知識分子的改造做一些工作。比如寫些文章，批評知識分子的缺點等等。政府既然已經作了這樣大的努力幫助我們，我們自當加倍努力來配合政府。改善黨與知識分子的關係是個關鍵性的問題，而這個問題的解決是雙方面的，決非片面的。所以我預備寫一系列的短文，挖掘並分析知識分子的病根，來提高大家的覺悟，督促大家從實踐上痛下功夫，要説到做到。本來我在文藝方面想寫一些書評，最近看了二十幾種作品，覺得還不能貿然動筆；作品所描寫的大半是農村，是解放戰爭，抗日戰爭，少數是關於工廠的；我自己對這些實際情況一無所知，光從作品上批評一通，一定是有隔閡的。所以想慢慢的出去走走，看看，多觀察之後再寫。

看了二十幾種創作以後，我受了很深刻的教育。黨在各方面數十年來的艱苦鬥爭，我以前太不了解了；人民大衆爲了抗日、反封建、反敵僞、反蔣等等所付的血汗與生命的代價，所過的非人的慘酷的日子，也是我以前不了解的。我深深的感到無仇恨卽無鬥争，卽無革命。回想我十七八至二十歲時的反帝情緒，也不能説不高，爲什麽以後就在安樂窩中消沉了呢？當時因爲眼見同班的小同學在“五卅”慘案中被租界巡捕慘殺，所以引起了仇恨，有了鬥争的情緒，革命的情緒。以後却是一帆風順，在社會上從來没受到挫折，更没受到壓迫;相反的,因爲出身是小地主，多少是在剥削人的地位,更不會對社會制度有如何徹底的仇恨;只是站在自由主義的知識分子的立場上，憑着單純的正義感反對腐敗的政府。這是很幼稚的反帝反封建思想，絶對不會走上真正革命的路的。即使我也有過“不患寡而患不均”的想法,對於共産社會也有些嚮往,但都限於空想。不受現實的鞭策，生在富庶而貧富階級矛盾比較少的江南,不看見工人階級血淋淋的被剥削的痛苦,一個人是始終走不出小資產階級的圈子的，即使希望革命，也抱着“要講目的也要講手段”的那種書生之見。直到現在,從近二年來的社會主義建設事業中，最近又從多少優秀的文藝作品中，從讀到的少數理論書籍中，才開始發覺了自己過去的錯誤,才重新燃燒起已經熄滅了的熱情。我並不把自己的過去一筆勾銷，説成完全要不得。但我以前的工作熱忱是由於天生的不勞動就要不舒服的性格來的，而不是由於對前途有堅定的樂觀的信仰來的;以前對政府各種措施的批評,是站在純客觀的自由主義者 (liberal) 的立場上提出的，而不是把自己看作參加社會主義建設的一分子的立場上提出的。換句話説:出發點是狹小的，消極的，悲觀的。我這樣説也不是認爲從此我已經改造好了(你當然明白我不會這樣想，一向我深信一個人要活到老學到老的); 可是出發點糾正以後，無論對自己的業務或是思想,在改進與提高的過程中，情緒是大不相同的了，看法也大不相同的了。——這些思想，你媽媽也深深體會到; 她事實上比我覺悟得早,只是她説不出道理來; 一切都要經過我自己的摸索、觀察,再加上客觀的形勢，我才會慢慢的，可也是很實在的醒悟過來。(媽媽也跟着我一本一本的文藝作品吞下去。)説到客觀形勢，這幾年的進步簡直是難以想像,單從報紙雜誌的内容及文字來看，就比五三年以前不知進步了多少。至於基本建設的成績，更是有目共睹，不必細說了。陳市長說得好：知識分子只有在事實面前才肯低頭。這樣的事實擺在面前，誰還會不激動，不大覺大悟呢？

一九五六年四月二十九日

你有這麼堅强的鬥争性，我很高興。但切勿急躁，妨礙目前的學習。以後要多注意：堅持真理的時候必須注意講話的方式、態度、語氣、聲調。要做到越有理由，態度越緩和，聲音越柔和。堅持真理原是一件艱鉅的鬥争，也是教育工作；需要好的方法、方式、手段，還有是耐性。萬萬不能動火，令人誤會。這些修養很不容易，我自己也還離得遠呢。但你可趁早努力學習！

經歷一次磨折，一定要在思想上提高一步。以後在作風上也要改善一步。這樣才不冤枉。一個人吃苦碰釘子都不要緊，只要吸取教訓，所謂人生或社會的教育就是這麼回事。你多看看文藝創作上所描寫的一些優秀黨員，就有那種了不起的耐性，肯一再的細緻的說服人，從不動火，從不强迫命令。這是真正的好榜樣。而且存了這種心思，你也不會再煩惱；而會把鬥争當做日常工作一樣了。要堅持，要貫徹，但是也要忍耐！

一九五六年五月十五日上午九時於黄山松谷庵

温泉地區新建的房子，都是紅紅緑緑的宫殿式，與自然環境不調和。柱子的硃紅漆也紅得"鄉氣"，畫棟雕樑全是騙人眼目的東西。大柱子又粗又高，底下的石基却薄得很。吾國的建築師毫無美術修養，公家又缺少内行，審定圖樣也不知道美醜的標準。花了大錢，一點也不美觀。内部房間分配也設計得不好。跟廬山的房屋比起來，真是相差天壤了。他們只求大，漂亮；結果是大而無當，惡俗不堪。黃山管理處對遊客一向很照顧，但對轎子問題就没有解決得好，以致來的人除非身强力壯，能自己從頭至尾步行的以外，都不得不花很大的一筆錢——尤其在遇到天雨的時候。總而言之，到處都是問題，到處都缺乏人才。雖有一百二十分的心想把事情做好，限於見識能力，仍是做不好。例如杭州大華飯店的餐廳，台布就不乾凈，給外賓看了豈不有失體面？那邊到處灰土很多，擺的東西都不登大雅，工作人員爲數極少，又没受過訓練；如何辦得好！我們在那邊的時候，正值五一觀禮的外賓從北京到上海，一批一批往杭州遊覽，房間都住滿了。

這封信雖寫好，一時也無法寄出。要等天晴回獅子林，過一夜後方能下至溫泉，溫泉還要住一夜，才能到湯口去搭車至屯溪，屯溪又要住一夜，方能搭車去杭州。交通比抗戰以前反而不方便。從前從杭州到黃山只要一天，現在要二天。車票也特別難買。他們只顧在山中建設，不知把對外交通改善。

一九五六年五月二十四日下午二時

我完全贊同你參加莫扎特比賽：第一因爲你有把握，第二因爲不須你太費力練 technic，第三節目不太重，且在暑期中，不妨礙學習。

至於音樂院要你弄理論，我也贊成。我一向就覺得你在樂理方面太落後，就此突擊一下也好。只擔心科目多，你一下子來不及；則分做兩年完成也可以。因爲你波蘭文的閱讀能力恐怕有問題，容易誤解課本的意義。目前最要緊的是時間安排得好：事情越忙，越需要掌握時間：要有規律，要處處經濟；同時又不能妨礙身心健康。

傑老師信中對你莫扎特的表達估價很高，説你發見了一些前人未發見的美。你得加倍鑽研，才能不負他的敦敦厚望！

一九五六年五月三十一日

親愛的孩子：十五日來信收到。傑老師信已覆去。二十四日我把傑老師來信譯成中文寄給文化部，也將原信打字附去，一併請示。昨（三十日）接夏衍對我上月底去信的答覆，特抄附。信中提到的幾件事，的確值得你作爲今後的警戒。我過去常常囑咐你說話小心，但沒有强調關於國際的言論，這是我的疏忽。嘴巴切不可暢，尤其在國外！對宗教的事，跟誰都不要談。我們在國內也從不與人討論此事。在歐洲，尤其犯忌。你必須深深體會到這些，牢記在心！對無論哪個外國人，提到我們自己的國家，也須特別保留。你即使對自己要求很嚴，並無自滿情緒；但因爲了解得多了一些，自然而然容易恃才傲物，引人誤會。我自己也有這毛病，但願和你共同努力來改掉。對波蘭的音樂界，在師友同學中只可當面提意見；學術討論是應當自由的，但不要對第三者背後指摘別人，更不可對別國的人批評波蘭的音樂界。別忘了你現在並不是什麼音樂界的權威！也勿忘了你在國內固然招忌，在波蘭也未始不招忌。一個人越爬得高，越要在生活的各方面兢兢業業。你年輕不懂事，但只要有决心，憑你的理解力，學得懂事並不太難。

一九五六年六月六日*

……我們這次在黄山，玩得很痛快，碰見了安徽省委的秘書長，大家很談得來，一提起傅聰，他們都知道，對你的成就都很讚賞。黄山管理處長沙老，六十二歲的老頭兒，精神健旺，每天走三四十里山路不稀奇，雖然不會寫，字識得不多，可是他的談吐，誰都聽不出，真是出口成章，文雅有禮，一點也没有八股味，做事勤勞，對己刻苦。説起他的歷史來，真是可歌可泣，沙老(大家都這樣稱呼他)是貧農出身，自小爲地主看牛，有一次新年裏偷跑回家，不願幹了，見了父親，父親非常生氣，打了他兩個耳光。可憐他們自己也吃不上，兒子回來了不是多一個人吃麽，所以硬逼他回地主家，他無可奈何的去了，可是地主不要他了。於是他就只好投奔叔叔那裏，他叔叔是摇船的，就收留了他，從此過船家生活了，這期間，接觸到了共産黨，幹起革命了。解放戰争時他有功，經他訓練有一千多條船及二千餘的人，渡江時只犧牲了七個人，真是了不起。他有五個兒女，一個是送掉的，一個是賣了的，自己只有三個，一個兒子在抗美援朝戰争受了傷，一個兒子在中學念書，一個女兒出嫁了，也有工作。最慘的是他的老妻，解放戰争後帶了三個兒女，討飯或拾野菜過日子，一直討飯到一九五二年，才找到了沙老團聚的。這種人真是可敬可佩，解放後還是革命第一。我們碰到的黨員，都是這樣品德優良，看見了他們這種不怕艱苦的精神，真覺得慚愧。……還有一個三十幾歲的復員軍人，現在是合肥逍遥津公園的園藝及動物園主任，專門搞園藝花木，還搜羅各色各種的動物，聽他講來，頭頭是道，真是一個園藝專家。我們初碰見時，以爲他是素來搞植物花木的，原來他只攪了四年。復員後，組織上派他幹這一行，他本來一竅不通，可是鑽研精神極强，非但鑽研，還愛上這工作，所以越來越精通，一個貨真價實的專家。他談吐謙虚，絶對没有自滿的流露。爸爸非常喜歡他佩服他。所以我們這次收穫不少，學到不少。看見了那些淳樸而可愛的黨員，真是感動。

……剛才接爸爸自淮南煤礦局招待所寄的信。知道他天天工作緊張，因爲他擔任了第一組的副組長。他説小組中和沈粹縝(她是鄒韜奮的夫人，是第一組組長)合作很好，大家很滿意，説他是模範組長，因爲處處幫人忙，上下車到處招呼人。爸爸説，其實没有小組組織，出門也該如此。他説一路上大家都攪得很熟，一向只知名而没見過的人，都交際過了。一路團方招待周到，看他很高興。老實説，爸爸辦事能力是相當强的，他今年參加的政協視察工作，因爲認真，大家都對他很滿意，到處受到歡迎。他是實事求是的人，做事不肯馬虎，肯用腦子，肯提意見，所以各方面輿論都對他好。我在家裏有機會就推動他，我總算也出了些力。

一九五六年六月十四日下午四時

親愛的孩子：我六月二日去安徽參觀了淮南煤礦、佛子嶺水庫、梅山水庫，到十二日方回上海。此次去的人是上海各界代表性人士，由市政協組織的，有政協委員，人民代表，也有非委員代表。看的東西很多，日程排得很緊，整天忙得不可開交。我又和鄒韜奮太太（沈粹縝）兩人當了第一組的小組長，事情更忙。一回來還得寫小組的總結，今晚，後天，下週初，還有三個會要開，才能把參觀的事結束。祖國的建設，安徽人民那種急起直追的勇猛精神，叫人真興奮。各級領導多半是轉業的解放軍，平易近人，樸素老實，個個親切可愛。佛子嶺的工程全部是自己設計、自己建造的，不但我們看了覺得驕傲，恐怕世界各國都要爲之震驚的。科技落後這句話，已經被雄偉的連拱壩打得粉碎了。淮南煤礦的新式設備，應有盡有；地下 330 公尺深的隧道，跟國外地道車的隧道相仿，升降有電梯，隧道內有電車，有通風機，有抽水機，開採的煤用皮帶拖到井上，直接裝火車。原始、落後、手工業式的礦場，在解放以後的六七年中，一變而爲趕上世界水平的現代化礦場，怎能不叫人説是奇蹟呢？詳細的情形没功夫和你細談，以後我可把小組總結抄一份給你。

五月三十一日寄給你夏衍先生的信，想必收到了吧？他説的話的確值得你深思。一個人太順利，很容易於不知不覺間忘形的。我自己這次出門，因爲被稱爲模範組長，心中常常浮起一種得意的感覺，猛然發覺了，便立刻壓下去。但這樣的情形出現過不止一次。可見一個人對自己的鬥争是一刻也放鬆不得的。至於報導國外政治情況等等，你不必顧慮。那是夏先生過於小心。《波蘭新聞》（波大使館每週寄我的）上把最近他們領導人物的調動及爲何調動的理由都説明了。可見這不是秘密。

看到内地的建設突飛猛晉，自己更覺得慚愧，總嫌花的力量比不上他們，貢獻也比不上他們。只有抓緊時間拚下去。從黄山回來以後，每天都能七時餘起牀，晚上依舊十一時後睡覺。這樣可以騰出更多的時間。因爲出門了一次，上牀不必一小時、半小時的睡不着，所以既能起早，也能睡晚。我很高興。

你有許多毛病像我，比如急躁情緒，我至今不能改掉多少；我真着急，把這個不易革除的脾氣傳染給了你。你得常常想到我在家裏的"自我批評"，也許可以幫助你提高警惕。

一九五六年七月一日晚七時

這一晌我忙得不可開交。一出門，家裏就積起一大堆公事私事。近來兩部稿子的校樣把我們兩人逼得整天的趕。一部書還是一年二個月以前送出的，到現在才送校，和第二部書擠在一起。政協有些座談會不能不去，因爲我的確有意見發表。好些會議我都不參加，否則只好停工、脱産了。人代大會在北京開會，報上的文件及代表的發言都是極有意思的材料，非抽空細讀不可；結果還有一大半没有過目。陸定一關於"百花齊放、百家争鳴"的報告很重要，已於二十九日寄你一份。屆時望你至少看三遍。我們真是進入了原子時代，tempo 快得大家追不上。需要做、寫、看、聽、談的東西實在太多了。政協竭力希望我們反映意見，而反映意見就得仔細了解情形，和朋友商量、討論，收集材料。

是否參加莫扎特比賽，三天前我又去信追問，一有消息，立卽通知你。來信説的南斯拉夫新聞記者關於宗教問題事，令我想起《約翰·克利斯朵夫》中的事。記者老是這個作風，把自己的話放在別人嘴裏。因爲當初我的確是嚇了一大跳的：怎麼你會在南國發表如此大膽的言論呢？不管怎樣，以後更要處處小心。

蘇領館酒會後①，招待看海軍文工團的歌舞：第一支老的合唱，極好。新的歌曲，平常。新編的舞蹈，叫做"舞蹈練習曲"，極佳。戲劇與舞蹈是斯拉夫民族傳統中的精華，根基厚，天賦高，作品自不同凡響。那個舞蹈既戲劇化，又極富於造型美，等於一齣生動的啞劇。配音也妙。這是我非常欣賞的。

我寫的《評三里灣》，在七月號《文藝月報》登出。下星期末可寄你。

一九五六年七月二十三日

親愛的孩子：又是半個多月不寫信給你了。最近幾個月很少寫長信給你，老是忙忙碌碌。從四月初旬起，結束了服爾德的小説，就停到現在，一晃四個月，想想真着急。四個月中開了無數的會，上了黃山，去了淮南、梅山、佛子嶺、合肥；寫了一篇書評，二篇小文章。上週北京《文藝報》又來長途電話要寫一篇紀念莫扎特的文字，限了字數限了日子，五天之內總算如期完成。昨天才開始譯

---

① 一九五六年六月下旬，蘇領事館爲蘇聯軍艦來上海訪問舉行了酒會。

新的巴爾扎克。社會活動與學術研究真有衝突，魚與熊掌不可得而兼，哀哉哀哉！這半年多在外邊，多走走，多開口，便到處來找。政協的文學一新聞一出版組派了我副組長；最近作協的外國文學組又派我當組長；推來推去推不掉：想想實在膩煩。一個人的精力有限，時間也不會多於24小時，怎麼應付呢？掛掛名的事又不願意幹。二十多年與世界大局（文壇的大局）完全隔膜了，別說領導小組，就是參加訂計劃也插不上手。自己的興趣又廣：美術界的事又要多嘴，音樂界的更要多嘴。一多嘴就帶來不少事務工作。就算光提意見，也得有時間寫出來；也得有時間與朋友來往、談天；否則外邊情況如何知道，不明情況，怎能亂提意見？而且一般社會上的情況，我也關心，也常提意見，提了意見還常常追問下落。

一九五六年七月二十九日

上次我告訴你政府決定不參加 Mozart 比賽，想必你不致鬧什麼情緒的。這是客觀條件限制。練的東西，藝術上的體會與修養始終是自己得到的。早一日露面，晚一日露面，對真正的藝術修養並無關係。希望你能目光遠大，胸襟開朗，我給你受的教育，從小就注意這些地方。身外之名，只是爲社會上一般人所追求，驚嘆；對個人本身的渺小與偉大都没有相干。孔子說的“富貴於我如浮雲”，現代的“名”也屬於精神上“富貴”之列。

這一年來常在外邊活動，接觸了許多人；總覺得對事業真正愛好，有熱情，同時又有頭腦的人實在太少。不求功利而純粹爲真理、爲進步而奮鬥的，極少碰到。最近中央統戰部李維漢部長宣佈各民主黨派要與共産黨長期共存，互相監督，特別是對共産黨監督的政策。各黨派因此展開廣泛討論。但其中還是捧場恭維的遠過於批評的。要求真正民主，必須每個人自覺的作不斷的鬥争。而我們離這一步還遠得很。社會上多的是背後發牢騷，當面一句不説，甚至還來一套頌揚的人。這種人不一定缺少辨别力，就是缺少對真理的執着與熱愛，把個人的利害得失看得高於一切。當然，要鬥争，要堅持，必須要講手段，講方式，看清客觀形勢；否則光是亂衝亂撞，可能頭破血流而得不到一點結果。

一九五六年八月一日

領導對音樂的重視，遠不如對體育的重視：這是我大有感慨的。體育學院學生的伙食就比音院的高 50%。我一年來在政協會上，和北京來的人大代表談過幾次，未有結果。國務院中有一位副總理(賀)專管體育事業，可有哪一位副總理專管音樂？假如中央對音樂像對體育同樣看重，這一回你一定能去 Salzburg 了。既然我們請了奥國專家來參加我們北京舉行的莫扎特紀念音樂會，爲什麽不能看機會向這專家提一聲 Salzburg 呢？只要三四句富於暗示性的話，他準會向本國政府去提。這些我當然不便多争。中央不了解，我們在音樂上得一個國際大獎比在奥林匹克運動會上得幾個第三第四，影響要大得多。

這次音樂節，譚伯伯① 的作品仍無人敢唱。爲此我寫信給陳毅副總理去，不過時間已經晚了，不知有效果否？北京辦莫扎特紀念音樂會時，××當主席，説莫扎特富有法國大革命以前的民主精神，真是莫名其妙。我們專愛扣帽子，批判人要扣帽子；捧人也要戴高帽子，不管這帽子戴在對方頭上合適不合適。馬思聰寫的文章也這麽一套。我在《文藝報》文章裏特意撇清這一點，將來寄給你看。國内樂壇要求上軌道，路還遥遠得很呢。比如你回國，要演

① 即我國優秀作曲家譚小麟(1911—1948)。

奏 *Concerto*，便是二三支，也得樂隊花半個月的氣力，假定要跟你的 interpretation 取得一致，恐怕一支 *Concerto* 就得練半個月以上。所以要求我們理想能實現一部分，至少得等到第二個五年計劃以後。不信你瞧吧。

一九五六年十月三日晨

親愛的孩子，你回來了，又走了；許多新的工作，新的忙碌，新的變化等着你，你是不會感到寂寞的；我們却是靜下來，慢慢的回復我們單調的生活，和才過去的歡會與忙亂對比之下，不免一片空虛，——昨兒整整一天若有所失。孩子，你一天天的在進步，在發展：這兩年來你對人生和藝術的理解又跨了一大步，我愈來愈愛你了，除了因爲你是我們身上的血肉所化出來的而愛你以外，還因爲你有如此煥發的才華而愛你：正因爲我愛一切的才華，愛一切的藝術品，所以我也把你當作一般的才華（離開骨肉關係），當作一件珍貴的藝術品而愛你。你得千萬愛護自己，愛護我們所珍視的藝術品！遇到任何一件出入重大的事，你得想到我們——連你自己在內——對藝術的愛！不是説你應當時時刻刻想到自己了不起，而是説你應當從客觀的角度重視自己：你的將來對中國音樂的前途有那麼重大的關係，你每走一步，無形中都對整個民族藝術的發展有影響，所以你更應當戰戰兢兢，鄭重將事！隨時隨地要準備犧牲目前的感情，爲了更大的感情——對藝術對祖國的感情。你用在理解樂曲方面的理智，希望能普遍的應用到一切方面，特別是用在個人的感情方面。我的園丁工作已經做了一大半，還有一大半要你自己來做的了。爸爸已經進入人生的秋季，許多地方都要逐漸落在你們年輕人的後面，能够幫你的忙將要越來越減少；一切要靠你自己努力，靠你自己警惕，自己鞭策。你説到技巧要理論與實踐結合，但願你能把這句話用在人生的實踐上去：那末你這朵花一定能開得更美，更豐滿，更有力，更長久！

談了一個多月的話，好像只跟你談了一個開場白。我跟你是永遠談不完的，正如一個人對自己的獨白是終身不會完的。你跟我兩人的思想和感情，不正是我自己的思想和感情嗎？清清楚楚的，我跟你的討論與爭辯，常常就是我跟自己的討論與爭辯。父子之間能有這種境界，也是人生莫大的幸福。除了外界的原因沒有能使你把假期過得像個假期以外，連我也給你一些小小的不愉快，破壞了你回家前的對家庭的期望。我心中始終對你抱着歉意。但願你這次給我的教育(就是説從和你相處而反映出我的缺點)能對我今後發生作用，把我自己繼續改造。儘管人生那麼無情，我們本人還是應當把自己盡量改好，少給人一些痛苦，多給人一些快樂。説來説去，我仍抱着"寧天下人負我，毋我負天下人"的心願。我相信你也是這樣的。

一九五六年十月六日午

親愛的孩子：沒想到昨天還能在電話中和你談幾句：千里通話，雖然都是實際事務，也傳達了多少情言！只可惜沒有能多説幾句，電話才掛斷，就惶惶然好像遺漏了什麼重要的囑咐。回家談了一個多月，還沒談得暢快，何況這短短的三分鐘呢！

你走了，還有尾聲。四日上午音協來電話，説有位保加利亞音樂家——在音樂院教歌唱的，聽了你的音樂會，想寫文章寄回去，要你的材料。我便忙了一個下午，把南斯拉夫及巴黎的評論打了一份，又另外用法文寫了一份你簡單的學習經過。昨天一整天，加上前天一整晚，寫了七千餘字，題目叫做《與傅聰談音樂》，內分三大段：(一)談技巧，(二)談學習，(三)談表達。交給《文匯報》去了。

前二段較短，各佔二千字，第三段最長，佔三千餘字。內容也許和你談的略有出入，但我聲明在先，"恐我記憶不真切"。文字用問答體；主要是想把你此次所談的，自己留一個記錄；發表出去對音樂學生和愛好音樂的羣衆可能也有幫助。等刊出後，我會剪報寄華沙。

一九五六年十月十日深夜

這兩天開始恢復工作；一面也補看文件，讀完了劉少奇同志在"八大"的報告，頗有些感想，覺得你跟我有些地方還是不够顧到羣衆，不會用適當的方法去接近、去啓發羣衆。希望你靜下來把這次回來的經過細想一想，可以得出許多有益的結論。尤其是我急躁的脾氣，應當作爲一面鏡子，隨時使你警惕。感情問題，務必要自己把握住，要堅定，要從大處遠處着眼，要顧全局，不要單純的逞一時之情，要極冷靜，要顧到幾個人的幸福，短視的軟心往往會對人對己造成長時期的不必要的痛苦！孩子，這些話千萬記住。爸爸媽媽最不放心的就是這些。

學習方面，我還要重複一遍：重點計劃必不可少。平日生活要過得有規律一些，晚上睡覺切勿太遲。

一九五六年十月十一日下午

謝謝你好意，想送我《蘇加諾藏畫集》。可是孩子，我在滬也見到了，覺得花 150 元太不值得。真正的好畫，真正的好印刷（一九三〇年代只有德、荷、比三國的美術印刷是世界水平；英法的都不行。二次大戰以後，一般德國猶太亡命去美，一九四七年時看到的美國名畫印刷才像樣），你没見過，便以爲那畫册是好極了。上海舊書店西歐印的好畫册也常有，因價貴，都捨不得買。你辛辛苦苦，身體吃了很多虧掙來的錢，我不能讓你這樣花。所以除了你自己的一部以外，我已寫信託馬先生退掉一部。省下的錢，慢慢替你買書買譜，用途多得很，不會嫌錢太多的。這幾年我版稅收入少，要買東西全靠你這次回來掙的一筆款子了。

說到驕傲，我細細分析之下，覺得你對人不够圓通固然是一個原因，人家見了你有自卑感也是一個原因；而你有時說話太直更是一個主要原因。例如你初見恩德，聽了她彈琴，你說她簡直不知所云。這說話方式當然有問題。倘能細細分析她的毛病，而不先用大帽子當頭一壓，聽的人不是更好受些嗎？有一夜快十點多了，你還要練琴，她勸你明天再練；你回答說：像你那樣，我還會有成績嗎？對付人家的好意，用反批評的辦法，自然不行。媽媽要你加衣，要你吃肉，你也常用這一類口吻。你慣了，不覺得；但恩德究不是親姐妹，便是親姐妹，有時也吃不消。這些毛病，我自己也常犯，但願與你共勉之！——從這些小事情上推而廣之，你我無意之間傷害人的事一定不大少，也難怪別人都說我們驕傲了。我平心靜氣思索以後，有此感想，不知你以爲如何？

人越有名，不驕傲別人也會有驕傲之感：這也是常情；故我們自己更要謙和有禮！

我也代你買了一份第七集《宋人畫册》，《麥積山石窟》，劉開渠編的《中國古代雕塑集》共三種；你在京是否也買了？望速來信，免得那麼厚重的圖書寄雙份給你。

一九五六年十一月七日*

自你離家後，雖然熱鬧及冷靜的對照劇烈，心裏不免有些空虛之感，可是慢慢又習慣了，恢復了過去的寧靜平淡的生活。我是歡喜熱鬧的，有時覺得寧可熱鬧而忙亂，可不願冷靜而清閑。

這裏自十一月三日起，南北崑曲大家在長江大戲院作二十天的觀摩演出，我們前後已看過四場，第一晚是北方演員演出，最精彩的是《鍾馗嫁妹》，是一齣喜劇，畫面美觀而有詩意，爸爸爲這齣戲已寫好了一篇短文章，登出後寄你看。侯永奎的《林冲夜奔》，功夫好到極點，一舉一動乾净利落，他的聲音美而有 feeling，而且響亮，這是武生行中難得的。他扮相，做功，身段，無一不美，真是百看不厭。白雲生、韓世昌的《遊園驚夢》也好，尤其五十九歲的韓世昌，扮杜麗娘，做功細膩，少女懷春的心理描摩得雅而不俗。第二晚看《西遊記》裏的《胖姑學舌》，也是韓世昌演的，描寫鄉下姑娘看了唐僧取經前朝廷百官送行的盛況，回家報告給父老聽的一段，演得天真活潑，完全是一個活龍活現的鄉姑，令人發笑。一個有成就的藝術家，雖是得天獨厚，但也是自己苦修苦練，研究出來的。據說他能戲很多，梅蘭芳有好幾齣戲，也是向他學來的。南方的演員，我最欣賞俞振飛，他也是唱做俱全，一股書生氣，是別具一格的。其餘傳字輩的一批演員也不錯。總之，看了崑劇對京戲的趣味就少了。還有一件事告訴你，是我非常得意的，我先去看了電影豫劇《花木蘭》，是豫劇名演員常香玉主演的，集河南墜子、梆子、民間歌曲等等之大成。常香玉的天生嗓子太美了，上下高低的 range 很廣，而且會演戲，劇本也編得好，我看了回家，大大稱賞；碰巧這幾天常香玉的劇團在人民大舞台演出，第一晚無線電有劇場實況播送，給爸爸一聽，他也極讚賞她的唱腔。隔一天就約了恩德一起到長寧電影院看《花木蘭》電影。你是知道的，爸爸對什麼 art 的條件都嚴格，看了這回電影，居然大爲滿意，解放以來他第一次進電影院，而看的却是古裝的中國電影，那真是不容易的。這個電影唯一的缺點，是拍攝的毛病，光線太暗淡，不够 sharp。恩德請我們在人民大舞台看了一次常香玉的紅娘，《拷紅》裏小丫頭的惡作劇，玲瓏調皮，表演得淋漓盡致。我跟爸爸説，要是你在上海，一定也給迷住了呢！

一九五七年二月二十四日

Bronstein 一月二十九日來信，説一月十九日直接寄你(由傑老師轉的)下列各譜：……都是她託個熟朋友到紐約過假期覓來的，真是得之不易。另外你向馬先生借過的那本意大利古曲，也已覓得，她要等 Mozart's *36 candenzas* 弄到後一塊兒寄。

上海這個冬天特別冷，陰曆新年又下了大雪，幾天不融。我們的貓凍死了，因爲沒有給牠預備一個暖和的窠。牠平時特別親近人，死了叫人痛惜，半個月來我時時刻刻都在想起，可憐的小動物，被我們粗心大意，送了命。

我修改巴爾扎克初譯稿，改得很苦，比第一遍更費功夫。

一九五七年三月十七日夜十一時於北京

親愛的孩子，三月二日接電話，上海市委要我參加中共中央全國宣傳工作會議，四日動身，五日晚抵京。六日上午在懷仁堂聽毛主席報告的録音，下午開小組，開了兩天地方小組，再開專業小組，我參加了文學組。天天討論，發言，十一日全天大會發言，十二日下午大會發言，從五點起毛主席又親自來講一次話，講到六點五十分。十三日下午陸定一同志又作總結，宣告會議結束。此次會議，是黨內會議，黨外人一起參加是破天荒第一次。毛主席每天分別召見各專業小組的部分代表談話，每晚召各小組召集人向他彙報，性質重要可想而知。主要是因爲“百家争鳴”不開展，教條主義頑抗，故主席在最高國務會議講過話，立即由中宣部電召全國各省市委宣傳文教領導及黨内外高教、科學、文藝、新聞出版的代表人士來京開“全國宣傳工作會議”。……我們黨外人士大都暢所欲言，毫無顧忌，倒是黨内人還有些膽小。大家收穫很大，我預備在下一封信内細談。

一九五七年三月十八日深夜於北京

親愛的孩子，昨天寄了一信，附傳達報告七頁。玆又寄上傳達報告四頁。還有别的材料，回滬整理後再寄。在京實在抽不出時間來，東奔西跑，即使有車，也很累。這兩次的信都硬撑着寫的。

毛主席的講話，那種口吻，音調，特别親切平易，極富於幽默感；而且没有教訓口氣，速度恰當，間以適當的 pause，筆記無法傳達。他的馬克思主義是到了化境的，隨手拈來，都成妙諦，出之以極自然的態度，無形中滲透聽衆的心。講話的邏輯都是隱而不露，真是藝術高手。滬上文藝界半年來有些苦悶，地方領導抓得緊，彷彿一批評機關缺點，便會煽動羣衆；報紙上越來越强調“肯定”，老談一套“成績是主要的，缺點是次要的”等等。（這話並不錯，可是老掛在嘴上，就成了八股。）毛主席大概早已嗅到這股味兒，所以從一月十八至二十七日就在全國省市委書記大會上提到百家争鳴問題，二月底的最高國務會議更明確的提出，這次三月十二日對我們的講話，更爲具體，可見他的思考也在逐漸往深處發展。他再三説人民内部矛盾如何處理對黨也是一個新問題，需要與黨外人士共同研究；黨内黨外合在一起談，有好處；今後三五年内，每年要舉行一次。他又囑咐各省市委也要召集黨外人士共同商量黨内的事。他的胸襟寬大，思想自由，和我們舊知識分子没有分别，加上極靈活的運用辯證法，當然國家大事掌握得好了。毛主席是真正把古今中外的哲理融會貫通了的人。

我的感覺是百花齊放、百家争鳴確是數十年的教育事業，我們既要耐性等待，又要友好鬥争；自己也要時時刻刻求進步，——所謂自我改造。教條主義官僚主義，我認爲主要有下列幾個原因：一是階級鬥争太劇烈了，老幹部經過了數十年殘酷内戰與革命，到今日已是中年以上，生理上卽已到了衰退階段；再加多數人身上帶着病，精神更不充沛，求知與學習的勁頭自然不足了。二是階級鬥争時敵人就在面前，不積極學習戰鬥就得送命，個人與集體的安全利害緊接在一起；革命成功了，敵人遠了，美帝與原子彈等等，近乎抽象的威脅，故不大肯積極學習社會主義建設的門道。三是革命成功，多少給老幹部一些自滿情緒，自命爲勞苦功高，對新事物當然不大願意屈尊去體會。四是社會發展得快，每天有多少事需要立刻決定，既沒有好好學習，只有簡單化，以教條主義官僚主義應付。這四點是造成官僚、主觀、教條的重要因素。否則，毛主席說過"我們搞階級鬥争，並没先學好一套再來，而是邊學邊鬥争的"；爲什麽建設社會主義就不能邊學邊建設呢？反過來，我親眼見過中級幹部從解放軍復員而做園藝工作，四年功夫已成了出色的專家。佛子嶺水庫的總指揮也是復員軍人出身，遇到工程師們各執一見，相持不下時，他出來憑馬列主義和他專業的學習，下的結論，每次都很正確。可見只要年富力强，只要有自信，有毅力，死不服氣的去學技術，外行變爲内行也不是太難的。黨内要是這樣的人再多一些，官僚主義等等自會逐步減少。

毛主席的話和這次會議給我的啓發很多，下次再和你談。

從馬先生處知道你近來情緒不大好，你看了上面這些話，或許會好一些。千萬别忘了我們處在大變動時代，我國如此，别國也如此。毛主席只有一個，別國沒有，彎路不免多走一些，知識分子不免多一些苦悶，這是勢所必然，不足爲怪的。蘇聯的失敗經驗省了我們許多力氣；中歐各國將來也會參照我們的做法慢慢的好轉。在一國留學，只能集中精力學其所長；對所在國的情形不要太憂慮，自己更不要因之而沮喪。我常常感到，真正積極、真正熱情、肯爲社會主義事業努力的朋友太少了，但我還是替他們打氣，自己還是努力鬥爭。到北京來我給樓伯伯、龐伯伯、馬先生打氣。

自己先要鍛鍊得堅强，才不會被環境中的消極因素往下拖，才有剩餘的精力對朋友們喊"加油加油"！你目前的學習環境真是很理想了，盡量鑽研吧。室外的低氣壓，不去管它。你是波蘭的朋友，波蘭的兒子，但赤手空拳，也不能在他們的建設中幫一手。唯一報答她的辦法是好好學習，把波蘭老師的本領，把波蘭音樂界給你的鼓勵與啓發帶回到祖國來，在中國播一些真正對波蘭友好的種子。他們的知識分子徬徨，你可不必徬徨。偉大的毛主席遠遠的發出萬丈光芒，照着你的前路，你得不辜負他老人家的領導才好。

我也和馬先生龐伯伯細細商量過，假如改往蘇聯學習，一般文化界的空氣也許要健全些，對你有好處；但也有一些教條主義味兒，你不一定吃得消；日子長了，你也要叫苦。他們的音樂界，一般比較屬於 cold 型，什麼時候能找到一個老師對你能相忍相讓，容許你充分自由發展的，很難有把握。馬先生認爲蘇聯的學派與教法與你不大相合。我也同意此點。最後，改往蘇聯，又得在語言文字方面重起爐竈，而你現在是經不起躭擱的。周揚先生聽我說了傑老師的學問，說："多學幾年就多學幾年吧。"（幾個月前，夏部長有信給我，怕波蘭動盪的環境，想讓你早些回國。現在他看法又不同了。）你該記得，勝利以前的一年，我在上海集合十二三個朋友（內有宋伯伯、姜椿芳、兩個裘伯伯等等），每兩週聚會一次，由一個人作一個小小學術講話；然後吃吃茶點，談談時局，交換消息。那個時期是我們最苦悶的時期，但我們並不消沉，而是糾集了一些朋友自己造一個健康的小天地，暫時躲一下。你現在的處境和我們那時大不相同，更無需情緒低落。我的性格的堅韌，還是值得你學習的。我的脆弱是在生活細節方面，可不在大問題上。希望你堅强，想想過去大師們的艱苦奮鬥，想想克利斯朵夫那樣的人物，想想莫扎特，貝多芬；挺起腰來，不隨便受環境影響！別人家的垃圾，何必多看？更不必多煩心。作客應當多注意主人家的美的地方；你該像一只久饑的蜜蜂，盡量吮吸鮮花的甘露，釀成你自己的佳蜜。何況你既要學 piano，又要學理論，又要弄通文字，整天在藝術、學術的空氣中，忙還忙不過來，怎會有時間多想鄰人的家務事呢？

親愛的孩子，聽我的話吧，爸爸的一顆赤誠的心，忙着爲周圍的幾個朋友打氣，忙着管閑事，爲社會主義事業盡一份極小的力，也忙着爲本門的業務加工，但求自己能有寸進；當然更要爲你這兒子作園丁與警衛的工作：這是我的責任，也是我的樂趣。多多休息，吃得好，睡得好，練琴時少發洩感情，（誰也不是鐵打的！）生活有規律些，自然身體會强壯，精神會飽滿，一切會樂觀。萬一有什麽低潮來，想想你的爸爸舉着他一雙瘦長的手臂遠遠的在支撑你；更想想有這樣堅强的黨、政府與毛主席，時時刻刻作出許多偉大的事業，發出許多偉大的言論，無形中但是有效的在鼓勵你前進！平衡身心，平衡理智與感情，節制肉欲，節制感情，節制思想，對像你這樣的青年是有好處的。修養是整個的，全面的；不僅在於音樂，特別在於做人——不是狹義的做人，而是包括對世界，對政局的看法與態度。二十世紀的人，生在社會主義國家之内，更需要冷静的理智，唯有經過鐵一般的理智控制的感情才是健康的，才能對藝術有真正的貢獻。孩子，我千言萬語也説不完，我相信你一切都懂，問題只在於實踐！我腰痠背疼，兩眼昏花，寫不下去了。我祝福你，我愛你，希望你强，更强，永遠做一個强者，有一顆慈悲的心的强者！

一九五七年五月二十五日*

親愛的聰兒：好久沒寫信給你了，最近數月來，天天忙於看報，簡直看不完。爸爸開會回家，還要做傳達報告給我聽，真興奮。自上海市宣傳會議整風開始，踴躍争鳴，久已擱筆的老作家，胸懷苦悶的專家學者，都紛紛寫文章響應，在座談會上大膽談矛盾談缺點，大多數都是從熱愛黨的觀點出發，希望大力改進改善。尤其是以前被整的，更是揚眉吐氣，精神百倍。但是除了北京上海争鳴空前外，其他各省領導還不能真正領悟毛主席的精神，還不敢放，争鳴空氣沉悶，連文物豐富的浙江杭州也死氣沉沉，從報紙駐各地記者的報導上可以看出，一方面怕放了不可收拾，一方面怕鳴了將來挨整，顧慮重重，弄得束手束脚，毫無生氣。這次争鳴，的確問題很多，從各方面揭發的事例，真氣人也急人。領導的姑息黨員，壓制民主，評級評薪的不公平，作風專横，脱離羣衆等等相當嚴重，這都是與非黨人士築起高牆鴻溝的原因。現在要大家來拆牆填溝，因爲不是一朝一夕來的，所以也只好慢慢來。可是無論哪個機關學校，過去官僚主義、宗派主義、教條主義（這叫三害，現在大叫"除三害"）越嚴重的，羣衆意見越多越尖鋭，本來壓在那裏的，現在有機會放了，就有些不可收拾之勢，甚至要鬧大民主。對於一般假積極分子，逢迎吹拍，離間羣衆，使領導偏聽偏信的，都加以攻擊。爸爸寫了一篇短文，大快人心。但是我們體會到過去"三反"、"思改"時已經犯了錯誤，損傷了不少好人，這次不能鬧大民主，重蹈覆轍，我們要本着毛主席的精神，要和風細雨，治病救人，明辨是非，從團結——批評——團結的願望出發，希望不要報復，而是善意的互相批評，改善關係，要同心一致的把社會主義事業搞好。當然困難很多，須要黨內黨外一起來克服的。

關於出版問題，爸爸寫了七千多字的長文章，在宣傳會議上發言。一致公認他的文章非常公平合理。北京上海的出版界文藝界都認爲要徹底改變現有的制度，出版事業是文化事業，不能以一般企業看待。要把現在合併的出版社分散，結構縮小，精簡人員，不能機關化，衙門化；新華書店一網包收的獨家發行，改爲多邊發行，要改善"缺"與"濫"的現象。總之不能像過去那樣一意孤行的作風，一定要徵求專家及羣衆的意見。也許北京還要來個全國性的出版會議，商量如何進行改革。

一九五七年五月二十六日

這一向開會多了，與外界接觸多了，更感到社會一般人士也趕不上新形勢。好些人發表的言論，提的意見，未能十分中肯、十分深入，因爲他們對問題思索得不够。可見要把社會主義事業建設起來，不但是黨內，黨外人士也須好好的學習，多用腦子。我在北京寫給你的信，說一切要慢慢來，什麽整風運動，什麽開展民主，都需要黨內外一步一步的學習。現在大家有些急躁，其實是不對的。一切事情都不可能一蹴卽成。官僚主義、宗派主義、主觀主義、教條主義，由來已久，要改也非一朝一夕之事。我們儘管揭發矛盾，提意見，可是心裏不能急，要耐性等待，要常常督促，也要設身處地代政府想想。問題千千萬萬，必須分淸緩急輕重，分批解決；有些是爲客觀條件所限，更不是一二年內所能改善。總之，我們不能忘了樣樣要從六億人口出發，要從農業落後、工業落後、文化落後的具體形勢出發；要求太高太急是沒有用的。

一九五七年七月一日夜

親愛的孩子，今晚文化部寄來柴可夫斯基比賽手册一份，並附信説擬派你參加，徵求我們意見。我已覆信，説等問過你及傑老師後再行決定。比賽概要另紙抄寄，節目亦附上。原文是中文的，有的作家及作品，我不知道，故只能照抄中文的。好在波蘭必有俄文、波文的，可以查看。我寄你是爲你馬上可看，方便一些。

關於此事,你特别要考慮下面幾點:

一,國際比賽既大都以技巧爲重,這次你覺得去參加合適不合適?此點應爲考慮中心!

二,全部比賽至少要彈三支柴可夫斯基的作品,你近來心情覺得怎麼樣?你以前是不大喜歡他的。

三,第二輪非常吃重,其中第一、二部分合起來要彈五個大型作品;以你現在的身體是否能支持?(當然第二輪的第二部分,你只需要練一支新的;但總的説來,第二輪共要彈七個曲子。)

四,你的理論課再躭誤三個月是否相宜?這要從你整個學習計劃來考慮。

五,不是明年,便是後年,法國可能邀請你去表演。若是明年來請,則一年中脱離兩次正規學習是否相宜?學校方面會不會有意見?

以上五點望與傑老師詳細商量後寫信來。決定之前務必鄭重,要處處想周到。

一九五七年十二月二十三日*

你回波後只來過一封信,心裏老在掛念。不知你身體怎樣?學習情況如何?心情安寧些了麼?我常常夢見你,甚至夢見你又回來了。

作協批判爸爸的會,一共開了十次,前後作了三次檢討,最後一次説是進步了,是否算是結束,還不知道。爸爸經過這次考驗,總算有些收穫,就是人家的意見太尖銳了或與事實不符,多少有些難受,神經也緊張,人也瘦了許多,常常失眠,掉了七磅。工作停頓,這對他最是痛苦,因爲心不定。最近看了些馬列主義的書,對他思想問題解決了許多。五個月來,爸爸痛苦,我也跟着不安,所以也瘦了四磅。爸爸説他過去老是看人家好的地方,對有實力的老朋友更是如此,活到五十歲了,才知道看人不是那麼簡單,老朋友爲了自己的利害關係,會出賣朋友,提意見可以亂提,甚至造謠,還要反咬一口。好在爸爸問心無愧,實事求是。可是從會上就看出了一個人的真正品質,使他以後做人要提高警惕。爸爸做人,一向心直口快,從來不知"提防"二字,而且大小事情一律認真對付,不怕暴露思想; 這次的教訓可太大太深了。我就更連帶想起你,你跟爸爸的性格,有許多相同的地方,而且有過之,真令人不寒而慄。

一九五八年四月十九日*

爸爸的身體很糟,除一般衰弱及失眠外,眼睛又出了毛病,初發覺時常常發花,發酸,淌淚水,頭痛,他以爲眼鏡不對,二個月以前請眼科醫生驗光,才發覺不是眼鏡之故,根本是眼睛本身的病,因爲用腦力視力過度,影響了視神經衰退,醫生説,必須休養三四個月,絕對不能看書,用腦,要營養好,否則發展下去就有失明危險。這一下把爸爸"將"住了,要他休息不工作,把腦子閑起來,這不是件容易的事。因此我苦勸爸爸,一定要聽醫生話。這二個月來總算工作完全停頓,有時聽聽音樂,我也常常逼着他睡覺,因爲只有躺在牀上才能真正不用目力。爸爸的頭痛，吳醫生斷爲三叉神經痛，一天要痛二三次，厲害的時候痛得整夜十幾小時連續不斷，非常苦惱。牙齒也去檢查過，拔掉過幾隻，還是不解決問題。現在休養了二個多月，眼睛仍無多大進步，因此我心裏也煩得很。以後要我幫他做的工作，如查字典，整理文稿，尋材料，做卡片，打字等等，要比以前更多了。而我幾年來也心臟衰弱，經常臉腫脚腫，心跳得很快，特別站了崗或是忙了一陣以後。不過這是年紀大了應有之事，你不必擔心。要緊的還是你自己保重身體，切勿疲勞過度，要充分休息！

一九五八年八月二日*

……你知道他向來是以工作爲樂的，所以只要精神身體吃得消，一面努力學習馬列主義，作爲自我改造的初步，來提高自己的政治認識，理論基礎；一面作些翻譯的準備工作。不接到你的信，使他魂夢不安，常常説夢話，這一點是很痛苦的。爸爸這一年來似乎衰老了許多，白髮更多了。我也較去年瘦了許多，常常要臉腫脚腫，都是心臟不健全的跡象。孩子，接到此信，趕快寫信來，只有你的信，是我同你爸爸唯一的安慰！

一九五九年十月一日

孩子，十個月來我的心緒你該想像得到；我也不想千言萬語多説，以免增加你的負擔。你既没有忘懷祖國，祖國也没有忘了你，始終給你留着餘地，等你醒悟。我相信：祖國的大門是永遠向你開着的。好多話，媽媽已説了，我不想再重複。但我還得强調一點，就是：適量的音樂會能刺激你的藝術，提高你的水平；過多的音樂會只能麻痹你的感覺，使你的表演缺少生氣與新鮮感，從而損害你的藝術。你既把藝術看得比生命還重,就該忠於藝術,盡一切可能爲保持藝術的完整而奮鬥。這個奮鬥中目前最重要的一個項目就是:不能只考慮需要出台的一切理由,而要多考慮不宜於多出台的一切理由。其次,千萬別做經理人的摇錢樹!他們的一千零一個勸你出台的理由,無非是趁藝術家走紅的時期多賺幾文,哪裏是爲真正的藝術着想!一個月七八次乃至八九次音樂會實在太多了,大大的太多了!長此以往,大有成爲鋼琴匠,甚至奏琴的機器的危險!你的節目存底很快要告罄的;細水長流才是辦法。若是在如此繁忙的出台以外,同時補充新節目,則人非鋼鐵,不消數月,會整個身體垮下來的。没有了青山,哪還有柴燒?何况身心過於勞累就會影響到心情,影響到對藝術的感受。這許多道理想你並非不知道,爲什麽不掙扎起來,跟經理人商量——必要時還得堅持——減少一半乃至一半以上的音樂會呢?我猜你會回答我:目前都已答應下來,不能取消,取消了要賠人損失等等。可是你能否把已定的音樂會一律推遲一些,中間多一些空隙呢?否則,萬一臨時病倒,還不是照樣得取消音樂會?難道捐税和經理人的佣金真是奇重,你每次所得極微,所以非開這麽多音樂會就活不了嗎?來信既説已經站穩脚跟,那末一個月只登台一二次(至多三次)也不用怕你的名字冷下去。決定性的仗打過了,多打零星的不精彩的仗,除了浪費精力,報效經理人以外,毫無用處,不但毫無用處,還會因表演的不够理想而損害聽衆對你的印象。你如今每次登台都與國家面子有關;個人的榮辱得失事小,國家的榮辱得失事大!你既熱愛祖國,這一點尤其不能忘了。爲了身體,爲了精神,爲了藝術,爲了國家的榮譽,你都不能不大大減少你的演出。爲這件事,我從接信以來未能安睡,往往爲此一夜數驚!

還有你的感情問題怎樣了？來信一字未提，我們却一日未嘗去心。我知道你的性格，也想像得到你的環境；你一向濫於用情；而即使不採主動，被人追求時也免不了虛榮心感到得意：這是人之常情，於藝術家爲尤甚，因此更需警惕。你成年已久，到了二十五歲也該理性堅强一些了，單憑一時衝動的行爲也該能多克制一些了。不知事實上是否如此？要找永久的伴侶，也得多用理智考慮勿被感情蒙蔽！情人的眼光一結婚就會變，變得你自己都不相信：事先要不想到這一著，必招後來的無窮痛苦。除了藝術以外，你在外做人方面就是這一點使我們操心。因爲這一點也間接影響到國家民族的榮譽，英國人對男女問題的看法始終清教徒氣息很重，想你也有所發覺，知道如何自愛了；自愛即所以報答父母，報答國家。

真正的藝術家，名副其實的藝術家，多半是在回想中和想像中過他的感情生活的。唯其能把感情生活昇華才給人類留下這許多傑作。反覆不已的、有始無終的，沒有結果也不可能有結果的戀愛，只會使人變成唐·璜，使人變得輕薄，使人——至少——對愛情感覺麻痺，無形中流於玩世不恭；而你知道，玩世不恭的禍害，不說别的，先就使你的藝術頹廢；假如每次都是真刀真槍，那麼精力消耗太大，人壽幾何，全部貢獻給藝術還不够，怎容你如此浪費！歌德的《少年維特之煩惱》的故事，你總該記得吧。要是歌德沒有這大智大勇，歷史上也就沒有歌德了。你把十五歲到現在的感情經歷回想一遍，也會喪然若失了吧？也該從此換一副眼光，換一種態度，換一種心情來看待戀愛了吧？——總之，你無論在訂演出合同方面，在感情方面，在政治行動方面，主要得避免"身不由主"，這是你最大的弱點。——在此舉國歡騰，慶祝十年建國十年建設十年成就的時節，我寫這封信的心情尤其感觸萬端，非筆墨所能形容。

孩子，珍重，各方面珍重，千萬珍重，千萬自愛！

一九六〇年一月十日

孩子，看到國外對你的評論很高興。你的好幾個特點已獲得一致的承認和贊許，例如你的 tone，你的 touch，你對細節的認真與對完美的追求，你的理解與風格，都已受到注意。有人說莫扎特第 27 協奏曲 *K.595* 第一樂章是 healthy, extrovert allegro，似乎與你的看法不同，說那一樂章健康，當然沒問題，說"外向"(extrovert)恐怕未必。另一批評認為你對 *K.595* 第三樂章的表達 "His 指你 sensibility is more passive than creative"，與我對你的看法也不一樣。還有人說你彈蕭邦的 *Ballades* 和 *Scherzo* 中某些快的段落太快了，以致妨礙了作品的明確性。這位批評家對你三月和十月的兩次蕭邦都有這個說法，不知實際情形如何？從節目單的樂曲說明和一般的評論看，好像英國人對莫扎特並無特別精到的見解，也許有這種學者或藝術家而並沒寫文章。

以三十年前的法國情況作比，英國的音樂空氣要普遍得多。固然，普遍不一定就是水平高，但質究竟是從量開始的。法國一離開巴黎就顯得閉塞，空無所有；不像英國許多二等城市還有許多文化藝術活動。不過這是從表面看；實際上羣衆的水平，反應如何，要問你實地接觸的人了。望來信告知大概。——你在西歐住了一年，也跑了一年，對各國音樂界多少有些觀感，我也想知道。便是演奏場子吧，也不妨略敍一敍。例如以音響效果出名的 Festival Hall，究竟有什麼特點等等。

結合聽衆的要求和你自己的學習，以後你的節目打算向哪些方面發展？是不是覺得舒伯特和莫扎特目前都未受到應有的重視，加上你特別有心得，所以着重表演他們兩個？你的普羅柯斐夫和蕭斯塔可維奇的朔拿大,都還没出過台,是否一般英國聽衆不大愛聽現代作品?你早先練好的巴托克協奏曲是第幾支?聽説他的協奏曲以 No. 3 最時行。你練了貝多芬第一,是否還想練第三?——彈過勃拉姆斯的大作品後,你對浪漫派是否感覺有所改變?對舒曼和法朗克是否又恢復了一些好感?——當然,終身從事音樂的人對那些大師可能一輩子翻來覆去要改變好多次態度;我這些問題只是想知道你現階段的看法。

近來又隨便看了些音樂書。有些文章寫得很扎實,很客觀。一個英國作家説到李斯特,有這麽一段:"我們不大肯相信,一個塗脂抹粉,帶點俗氣的姑娘會跟一個樸實無華的不漂亮的姊妹人品一樣好;同樣,我們也不容易承認李斯特的光華燦爛的鋼琴朔拿大會跟舒曼或勃拉姆斯的棕色的和灰不溜秋的朔拿大一樣精彩。"(見 *The Heritage of Music-2d series*,p.196)接下去他斷言那是英國人的清教徒氣息作怪。他又説大家常彈的李斯特都是他早年的炫耀技巧的作品,給人一種條件反射,聽見李斯特的名字就覺得俗不可耐;其實他的朔拿大是 pure gold,而後期的作品有些更是嚴峻到極點。——這些話我覺得頗有道理。一個作家很容易被流俗歪曲,被幾十年以至上百年的偏見埋没。那部 *Heritage of Music* 我有三集,值得一讀,論蕭邦的一篇也不錯,論皮才的更精彩,執筆的 Martin Cooper 在二月九日《每日電訊》上寫過批評你的文章。"集"中文字深淺不一,需要細看,多翻字典,注意句法。

有幾個人評論你的演奏都提到你身體瘦弱。由此可見你自己該如何保養身體,充分休息。今年夏天務必抽出一個時期去過暑假!來信説不能減少演出的理由,我很懂得,但除非爲了生活所迫,下一屆訂合同務必比這一屆合理減少一些演出。要打天下也不能急,要往長裏看。養精蓄鋭,精神飽滿的打決定性的仗比零碎仗更有效。何況你還得學習，補充節目，注意其他方面的修養；除此之外，還要有充分的休息！！

你不依靠任何政治經濟背景，單憑藝術立足，這也是你對己對人對祖國的最起碼而最主要的責任！當然極好，但望永遠堅持下去，我相信你會堅持，不過考驗你的日子還未來到。至此爲止你尚未遇到逆境。真要過了貧賤日子才真正顯出"貧賤不能移"！居安思危，多多鍛鍊你的意志吧。

節目單等等隨時寄來。法、比兩國的評論有沒有？你的Steinway是七尺的？九尺的？幾星期來鬧病鬧得更忙，連日又是重傷風又是腸胃炎，無力多寫了。諸事小心，珍重珍重！

一九六〇年二月一日夜*

親愛的聰，我們一月十一日發出的信，不知路上走了幾天？唱片公司可曾寄出你的唱片？近來演出情況如何？又去過哪些國家？身體怎樣？都在念中。上月底爸爸工作告一段落，適逢過春節，抄了些音樂筆記給你作參考，也許對你有所幫助。原文是法文，有些地方直接譯做英文倒反方便。以你原來的認識參照之下，必有感想，不妨來信談談。

我們知道你自我批評精神很强，但個人天地畢竟有限，人家對你的好評只能起鼓舞作用；不同的意見才能使你進步，擴大視野：希望用冷靜和虛心的態度加以思考。不管哪個批評家都代表一部分羣衆，考慮批評家的話也就是考慮羣衆的意見。你聽到別人的演奏之後的感想，想必也很多，也希望告訴我們。爸爸説，除了你鑽研專業之外，一定要抽出時間多多閱讀其他方面的書，充實你的思想內容，培養各方面的知識。——爸爸還希望你看祖國的書報，需要什麼書可來信，我們可寄給你。

關於莫扎特

法國音樂批評家(女)Hélène Jourdan-Morhange:

"That's why it is so difficult to interpret Mozart's music, which is extraordinarily simple in its melodic purity. This simplicity is beyond our reach,as the simplicity of La Fontaine's Fables is beyond children's understanding. 要找到這種自然的境界，必須把我們的感覺(sensations)澄清到 immaterial 的程度：這是極不容易的，因爲勉强做出來的樸素一望而知，正如臨畫之於原作。表現快樂的時候，演奏家也往往過於'作態'，以致歪曲了莫扎特的風格。例如斷音(staccato)不一定都等於笑聲，有時可能表示遲疑，有時可能表示遺憾；但小提琴家一看見有斷音標記的音符（用弓來表現，斷音的 nuance 格外凸出）就把樂句表現爲快樂 (gay)，這種例子實在太多了。鋼琴家則出以機械的 running，而且速度如飛，把 arabesque 中所含有的 grace 或 joy 完全忘了。"(一九五六年法國«歐羅巴»雜誌莫扎特專號)

關於表達莫扎特的當代藝術家

舉世公認指揮莫扎特最好的是 Bruno Walter，其次才是 Thomas Beecham；另外 Fricsay 也獲得好評。——Krips 以 Viennese Classicism 出名，Scherchen 則以 romantic ardour 出名。

Lili Kraus 的獨奏遠不如 duet，唱片批評家說："這位莫扎特專家的獨奏令人失望，或者說令人詫異。"

1936 年代灌的 Schnabel 彈的莫扎特，法國批評家認爲至今無人超過。他也極推重 Fischer。——年輕一輩中 Lipatti 灌的 *K.310* 第八朔拿大，Ciccolini 灌的幾支，被認爲很成功，還有 Haskil。

小提琴家中提到 Willi Boskovsky。56 年的批評文字沒有提到 Issac

Stern 的莫扎特。Goldberg 也未提及，55 至 56 的唱片目錄上已不見他和 Lili Kraus 合作的唱片；是不是他已故世？

莫扎特出現的時代及其歷史意義

（原題 Mozart le classique）（一切按語與括弧內的註是我附加的。）

"那時在意大利，藝術歌曲還維持着最高的水平，在德國，自然的自發的歌曲 (spontaneous song) 正顯出有變成藝術歌曲的可能。那時對於人聲的感受還很强烈(the sensibility to human voice was still *vif*)，但對於器樂的聲音的感受已經在開始覺醒 (but the sensibility to instrumental sound was already awaken)。那時正如民族語言｛即各國自己的語言已經長成，不再以拉丁語爲正式語言。｝已經形成一種文化一樣，音樂也有了民族的分支，但這些不同的民族音樂語言還能和平共處。那個時代是一個難得遇到的精神平衡 spiritual balance 的時代……莫扎特就是在那樣一個時代出現的。"｛以上是作者引 Paul Bekker 的文字｝

"批評家 Paul Bekker 這段話特別是指抒情作品｛即歌劇｝。莫扎特誕生的時代正是'過去'與'未來'在抒情的領域中同時並存的時代，而莫扎特在這個領域中就有特殊的表現。他在德語戲劇｛按：他的德文歌劇的傑作就是《魔笛》｝中，從十八世紀通俗的 Lied 和天真的故事（寓言童話）出發，爲德國歌劇構成大體的輪廓，預告 *Fidelio* 與 *Freischütz* 的來臨。另一方面，莫扎特的意大利語戲劇｛按：他的意大利歌劇寫的比德國歌劇多的多｝綜合了喜歌劇的線索，又把喜歌劇的題旨推進到在音樂方面未經開發的大型喜劇的階段｛按：所謂 Grand Comedy 是與十八世紀的 opera bouffon 對立的，更進一步的發展｝，從而暗中侵入純正歌劇 (opera seria) 的園地，甚至予純正歌劇以致命的打擊。十八世紀的歌劇用閹割的男聲｛按：早期意大利盛行這種辦法，將童子閹割，使他一直到長大以後都能唱女聲｝歌唱，既無性別可言，自然變爲抽象的聲音，不可能發展出一種戲劇的邏輯 (dramatic dialectic)。反之，在《唐・璜》和《斐迦羅的婚禮》中，所有不同的聲部聽來清清楚楚都是某些人物的化身(all voices,heard as the typical incarnation of definite characters)，而且從心理的角度和社會的角度看都是現實的(realistic from the psychological and social point of view),所以歌唱的聲音的確發揮出真正戲劇角色的作用;而各種人聲所代表的各種特徵,又是憑藉聲音之間相互的戲劇關係來確定的。因此莫扎特在意大利歌劇中的成就具有國際意義,就是說他給十九世紀歌劇中的人物提供了基礎(supply the bases of 19th century's vocal personage)。他的完成這個事業是從Paisiello(1740—1816),Guglielmi(1728—1804),Anfossi(1727—97),Cimarosa(1749—1801){按:以上都是意大利歌劇作家}等等的滑稽風格(style bouffon)開始的,但絲毫沒有損害bel canto的魅人的效果,同時又顯然是最純粹的十八世紀基調。

"這一類的雙重性{按:這是指屬於他的時代,同時又超過他的時代的雙重性}也見之於莫扎特的交響樂與室內樂。在這個領域內,莫扎特陸續吸收了當時所有的風格,表現了最微妙的nuance,甚至也保留各該風格的怪僻的地方;他從童年起在歐洲各地旅行的時候,任何環境只要逗留三、四天就能熟悉,就能寫出與當地的口吻完全一致的音樂。所以他在器樂方面的作品是半個世紀的音樂的總和,尤其是意大利音樂的總和。{按:總和一詞在此亦可譯作"概括"}但他的器樂還有別的因素:他所以能如此徹底的吸收,不僅由於他作各種實驗的時候能專心壹志的渾身投入,他與現實之間沒有任何隔閡,並且還特別由於他用一種超過他的時代的觀點,來對待所有那些實驗。這個觀點主要是在於組織的意識(sense of construction),在於建築學的意識,而這種組織與這種建築學已經是屬於貝多芬式的了,屬於浪漫派的了。這個意識不僅表現在莫扎特已用到控制整個十九世紀的形式(forms),並且也在於他有一個强烈的觀念,不問採取何種風格,都維持辭藻的統一(unity of speech),也在於他把每個細節隸屬於總體,而且出以brilliant與有機的方式。這在感應他的前輩作家中是找不到的。便是海頓吧,年紀比莫扎特大二十四歲,還比他多活了十八年,直到中年才能完全控制辭藻(master the speech),而且正是受了莫扎特的影響。十八世紀的一切醞釀,最後是達到朔拿大曲體的發現,更廣泛的是達到多種主題(multiple themes),達到真正交響樂曲體的發現;醞釀期間有過無數零星的incidents與illuminations(啓示),而後開出花來:但在莫扎特的前輩作家中,包括最富於幻想與生命力(fantasy and vitality)的意大利作曲家在內，極少遇到像莫扎特那樣流暢無比的表現方式: 這在莫扎特却是首先具備的特點，而且是構成他的力量(power)的因素。他的萬無一失的嗅覺使他從來不寫一個次要的裝飾段落而不先在整體中叫人聽到的；也就是得力於這種嗅覺，莫扎特才能毫不費力的運用任何'琢磨'的因素而仍不失其安詳與自然。所以他嘗試新的與複雜的和聲時，始終保持一般談吐的正常語調；反之，遇到他的節奏與和聲極單純的時候，那種'恰到好處'的運用使效果和苦心經營的作品没有分別。

"由此可見莫扎特一方面表現當時的風格，另一方面又超過那些風格，按照超過他時代的原則來安排那些風格，而那原則正是後來貝多芬的雄心所在和浪漫派的雄心所在: 就是要做到語言的絕對連貫，用別出心裁的步伐進行，即使採用純屬形式性質的主題(formal themes)，也不使人感覺到。

"莫扎特的全部作品建立在同時面對十八十九兩個世紀的基礎上。這句話的涵義不僅指一般歷史和文化史上的那個過渡階段（從君主政體到大革命，從神秘主義到浪漫主義)，而尤其是指音樂史上的過渡階段。莫扎特在音樂史上是個組成因素，而以上所論列的音樂界的過渡情況，其重要性並不減於一般文化史上的過渡情況。

"我們在文學與詩歌方面的知識可以推溯到近三千年之久，在造型藝術中，巴德農神廟的楣樑雕塑已經代表一個高峰；但音樂的表現力和構造複雜的結構直到晚近才可能；因此音樂史有音樂史的特殊節奏。"

* * *

"差不多到文藝復興的黎明期{約指十三世紀}爲止，音樂的能力 (possibilities of music)極其幼稚，只相當於內容狹隘，篇幅極短的單音曲(monody)；便是兩世紀古典的復調音樂{指十四、十五世紀的英、法，法蘭德斯的復調音樂}，在保持古代調式的範圍之內，既不能從事於獨立的{即本身有一套法則的}大的結構，也無法擺脱基本上無人格性{impersonal 即抽象之意} 的表現方法。直到十六世紀末期，音樂才開始獲得可與其他藝術相比的造句能力；但還要過二個世紀音樂才提出雄心更大的課題；向交響樂演變。莫扎特的地位不同於近代一般大作家、大畫家、大雕塑家的地位：莫扎特可以說是背後没有菲狄阿斯(Phidias)的陶那丹羅(Donatello)。{按：陶那丹羅是彌蓋朗琪羅的前輩 1386—1466，等於近代雕塑開宗立派的人；但他是從古代藝術中熏陶出來的，作爲他的導師的有在他一千六百多年以前的菲狄阿斯，而菲狄阿斯已是登峰造極的雕塑家。莫扎特以前，音樂史上却不曾有過這樣一個巨人式的作曲家。}在莫扎特的領域中，莫扎特處在歷史上最重大的轉捩關頭。他不是'一個'古典作家，而是開宗立派的古典作家。(He is not *a* classic, but *the* classic) {按：這句話的意思是説在他以前根本没有古典作家，所以我譯爲開宗立派的古典作家。}

"他的古典氣息使他在某些方面都代表那種雙重性{上面説過的那一種}：例如 the fundamental polarities of music as we conceive it now{按：fundamental polarities of……一句，照字面是：像我們今日所理解的那種音樂的兩極性；但真正的意義我不了解}；例如在有伴奏的單音調 (monody with accompaniment)之下藏着含有對位性質的無數變化(thousands inflections)，那是在莫扎特的筆下佔着重要地位的；例如 a symphonism extremely nourished but prodigiously transparent resounds under the deliberate vocalism in his lyrical works。還有更重要的一點是：所有他的音樂都可以當作自然流露的 melody(spontaneous melody)，當作 a pure springing of natural song 來讀(read)；也可以當作完全是'藝術的'表現(a completely 'artistic' expression)。

"……他的最偉大的作品既是純粹的遊戲(pure play)，也表現感情的和精神的深度，彷彿是同一現實的兩個不可分離的面目。"

——意大利音樂批評家 Fedele d' Amico 原作 載 56 年 4 月《歐羅巴》雜誌

什麽叫做古典的?

classic 一字在古代文法學家筆下是指第一流的詩人，從字源上説就是從 class 衍化出來的，古人説 classic，等於今人説 first class；在近代文法學家則是指可以作爲典範的作家或作品，因此古代希臘拉丁的文學被稱爲 classic。我們譯爲"古典的"，實際卽包括"古代的"與"典範的"兩個意思。可是從文藝復興以來，所謂古典的精神、古典的作品，其内容與涵義遠較原義爲廣大、具體。茲先引一段 Cecil Gray 批評勃拉姆斯的話：——

"我們很難舉出一個比勃拉姆斯的思想感情與古典精神距離更遠的作曲家。勃拉姆斯對古典精神的實質抱着完全錯誤的見解，對於如何獲得古典精神這一點當然也是見解錯誤的。古典藝術並不古板(或者説嚴峻，原文是 austere)；古典藝術的精神主要是重視感官{sensual 一字很難譯，我譯作"重視感官"也不妥}，對事物的外表採取欣然享受的態度。莫扎特在整個音樂史中也許是唯一真正的古典作家(classicist)，他就是一個與禁欲主義者截然相反的人。没有一個作曲家像他那樣爲了聲音而關心聲音的，就是説追求純粹屬於聲音的美。但一切偉大的古典藝術都是這樣。現在許多自命爲崇拜'希臘精神'的人假定能看到當年巴德農神廟的真面目，染着絢爛的色彩的雕像(注意：當時希臘建築與雕像都塗彩色，有如佛教的廟宇與神像)，用象牙與黄金鑲嵌的巨神(按：雅典那女神{相傳爲菲狄阿斯作}就是最顯赫的代表作)，或者在酒神慶祝大會的時候置身於雅典，一定會駭而却走。然而在勃拉姆斯的交響樂中，我們偏偏不斷的聽到所謂真正'古典的嚴肅'和'對於單純 sensual beauty 的輕蔑'。固然他的作品中具備這些优點(或者説特點，原文是 qualities)，但這些优點與古典精神正好背道而馳。指第四交響樂中的勃拉姆斯爲古典主義者，無異把生活在荒野中的隱士稱爲希臘精神的崇拜者。勃拉姆斯的某些特別古板和嚴格的情緒 mood，往往令人想起阿那托·法朗士的名著«塔伊絲» (*Thaïs*) 中的修士：那修士竭力與肉的誘惑作英勇的鬥争，自以爲就是與魔鬼鬥争；殊不知上帝給他肉的誘惑，正是希望他回到一個更合理的精神狀態中去，過一種更自然的生活。反之，修士認爲虔誠苦修的行爲，例如幾天幾夜坐在柱子頂上等等，倒是魔鬼引誘他做的荒唐勾當。勃拉姆斯始終努力壓制自己，不讓自己流露出刺激感官的美，殊不知他所壓制的東西絶對不是魔道，而恰恰是古典精神。" (*Heritage of Music*, p.185—186)

在此主要牽涉到"感官的"一詞。近代人與古人{特別是希臘人}對這個名詞所指的境界，觀點大不相同。古希臘人{還有近代意大利文藝復興時期的人}以爲取悦感官是正當的、健康的，因此是人人需要的。欣賞一幅美麗的圖畫，一座美麗的雕像或建築物，在他們正如面對着高山大海，春花秋月，呼吸到新鮮的空氣，吹拂着純淨的海風一樣身心舒暢，一樣陶然欲醉，一樣歡欣鼓舞。自從基督教的禁欲主義深入人心以後，二千年來，除了短時期的例外，一切取悅感官的東西都被認爲危險的。（佛教强調色即是空，也是給人同樣的警告，不過方式比較和緩，比較明智而已。我們中國人雖幾千年受到禮教束縛，但禮教畢竟不同於宗教，所以後果不像西方嚴重。）其實真正的危險是在於近代人{從中古時代起已經開始，但到了近代換了一個方向。}身心發展的畸形，而並不在於 sensual 本身：先有了不正常的、庸俗的，以至於危險的刺激感官的心理要求，才會有這種刺激感官的{即不正常的、庸俗的、危險的}東西產生。換言之，凡是悅目、悅耳的東西可能是低級的，甚至是危險的；也可能是高尚的，有益身心的。關鍵在於維持一個人的平衡，既不讓肉壓倒靈而淪於獸性，也不讓靈壓倒肉而老是趨於出神入定，甚至視肉體爲贅疣，爲不潔。這種偏向只能導人於病態而並不能使人聖潔。只有一個其大無比的頭腦而四肢萎縮的人，和只知道飲酒食肉，貪歡縱欲，沒有半點文化生活的人同樣是怪物，同樣對集體有害。避免靈肉任何一方的過度發展，原是古希臘人的理想，而他們在人類發展史上也正處於一個平衡的階段，一切希臘盛期的藝術都可證明。那階段爲期極短，所以希臘黃金時代的藝術也只限於紀元前五世紀至四世紀。

也許等新的社會制度完全鞏固，人與人間完全出現一種新關係，思想完全改變，真正享到"樂生"的生活的時候，歷史上會再出現一次新的更高級的精神平衡。

正因爲希臘藝術所追求而實現的是健全的感官享受，所以整個希臘精神所包含的是樂觀主義，所愛好的是健康，自然，活潑，安閑，恬静，清明，典雅，中庸，條理，秩序，包括孔子所謂樂而不淫，哀而不怨的一切屬性。後世追求古典精神最成功的藝術家{例如拉斐爾，也例如莫扎特。}所達到的也就是這些境界。誤解古典精神爲古板，嚴厲，純理智的人，實際是中了宗教與禮教的毒，中了禁欲主義與消極悲觀的毒，無形中使古典主義變爲一種清教徒主義，或是迂腐的學究氣，即所謂學院派。真正的古典精神是富有朝氣的、快樂的、天真的、活生生的，像行雲流水一般自由自在，像清冽的空氣一般新鮮；學院派却是枯索的，僵硬的，矯揉造作，空洞無物，停滯不前，純屬形式主義的，死氣沉沉，閉塞不堪的。分不清這種區別，對任何藝術的領會與欣賞都要入於歧途，更不必說表達或創作了。

不辨明古典精神的實際，自以爲走古典路子的藝術家很可能成爲迂腐的學院派。不辨明"感官的"一字在希臘人心目中代表什麽，藝術家也會墮入另外一個陷阱：小而言之是甜俗、平庸；更進一步便是頹廢，法國十八世紀的一部分文學與繪畫，英國同時代的文藝，都是這方面的例子。由此可見：藝術家要提防兩個方面：一是僵死的學院主義，一是低級趣味的刺激感官。爲了防第一個危險，需要開拓精神視野，保持對事物的新鮮感；爲了預防第二個危險，需要不斷培養、更新、提高鑑別力 (taste)，而兩者都要靠多方面的修養和持續的警惕。而且只有真正純潔的心靈才能保證藝術的純潔。因爲我上面忘記提到，純潔也是古典精神的理想之一。

論 舒 伯 特

——舒伯特與貝多芬的比較研究——

〔法〕保爾·朗陶爾米著

要了解舒伯特，不能以他平易的外表爲準。在嫵媚的帷幕之下，往往包裹着非常深刻的烙印。那個兒童般的心靈藏着可驚可怖的內容，駭人而怪異的幻象，無邊無際的悲哀，心碎腸斷的沉痛。

我們必須深入這個偉大的浪漫派作家的心坎，把他一刻不能去懷的夢境親自體驗一番。在他的夢裏，多少陰森森的魅影同溫柔可愛的形象混和在一起。

* * *

舒伯特首先是快樂，風雅，感傷的維也納人。——但不僅僅是這樣。

舒伯特雖則溫婉親切，但很膽小，不容易傾吐真情。在他的快活與機智中間始終保留一部分心事，那就是他不斷追求的幻夢，不大肯告訴人的，除非在音樂中。

他心靈深處有抑鬱的念頭，有悲哀，有絶望，甚至有種悲劇的成分。這顆高尚、純潔、富於理想的靈魂不能以現世的幸福爲滿足；就因爲此，他有一種想望“他世界”的惆悵(nostalgy)，使他所有的感情都染上特殊的色調。

他對於人間的幸福所抱的灑脱(detached)的態度，的確有悲劇意味，可並非貝多芬式的悲劇意味。

貝多芬首先在塵世追求幸福，而且只追求幸福。他相信只要有朝一日天下爲一家，幸福就會在世界上實現。相反，舒伯特首先預感到另外一個世界，這個神秘的幻象立卽使他不相信他的深切的要求能在這個生命{按：這是按西方基督徒的觀點與死後的另一生命對立的眼前的生命。}中獲得滿足。他只是一個過客：他知道對旅途上所遇到的一切都不能十分當真。——就因爲此，舒伯特一生沒有强烈的熱情。

這又是他與貝多芬不同的地方。因爲貝多芬在現世的生活中渴望把所有人間的幸福來充實生活，因爲他真正愛過好幾個女子，爲了得不到她們的愛而感到劇烈的痛苦，他在自己的內心生活中有充分的養料培養他的靈感。他不需要藉别人的詩歌作爲寫作的依傍。他的朔拿大和交響樂的心理内容就具備在他自己身上。舒伯特的現實生活那麼空虚，不能常常給他以引起音樂情緒的機會。他必須向詩人借取意境(images)，使他不斷做夢的需要能有一個更明確的形式。舒伯特不是天生能適應純粹音樂(pure music)的，而是天生來寫歌(lied)的。——他一共寫了六百支以上。

舒伯特在歌曲中和貝多芬同樣有力同樣偉大，但是有區别。舒伯特的心靈更細膩，因爲更富於詩的氣質，或者説更善於捕捉詩人的思想。貝多芬主要表達一首詩的凸出的感情(dominant sentiment)。這是把詩表達得正確而完全的基本條件。舒伯特除了達到這個條件之外，還用各式各種不同的印象和中心情緒結合。他的更靈活的頭腦更留戀細節，能烘托出每個意境的作用。(value of every image)

另一方面，貝多芬非慘淡經營寫不成作品，他反覆修改，删削，必要時還重起爐灶，總而言之他没有一揮而就的才具。相反，舒伯特最擅長卽興。他幾乎從不修改。有些卽興確是完美無疵的神品。這一種才具確定了他的命運：像“歌”那樣短小的曲子本來最宜於卽興。可是你不能用卽興的方法寫朔拿大或交響樂。舒伯特寫室内樂或交響樂往往信筆所之，一口氣完成。因此那些作品即使很好，仍不免冗長拖沓，充滿了重複與廢話。無聊的段落與出神入化的段落雜然並存。也有兩三件興往神來的傑作無懈可擊，那是例外。——所以要認識舒伯特首先要認識他的歌。

貝多芬的一生是不斷更新的努力。他完成了一件作品，急於擺脱那件作品，唯恐受那件作品束縛。他不願意重複：一朝克服了某種方法，就不願再被那個方法限制，他不能讓習慣控制他。他始終在摸索新路，鑽研新的技巧，實現新的理想。——在舒伯特身上絶對没有更新，没有演變 (evolution)。從第一天起舒伯特就是舒伯特，死的時候和十七歲的時候(寫《瑪葛麗德紡紗》的時代)一樣。在他最後的作品中也感覺不到他經歷過更長期的痛苦。但在《瑪葛麗德》中所流露的已經是何等樣的痛苦！

在他短短的生涯中，他來不及把他自然傾瀉出來的豐富的寶藏盡量洩露；而且即使他老是那幾個面目，我們也不覺得厭倦。他大力從事於歌曲製作正是用其所長。舒伯特單單取材於自己内心的音樂，表情不免單調；以詩歌爲藍本，詩人供給的材料使他能避免那種單調。

* * *

舒伯特的浪漫氣息不減於貝多芬，但不完全相同。貝多芬的浪漫氣息，從感情出發的遠過於從想像出發的。在舒伯特的心靈中，形象(image)佔的地位不亞於感情。因此，舒伯特的畫家成分千百倍於貝多芬。當然誰都會提到田園交響樂，但未必能舉出更多的例子。

貝多芬有對大自然的感情，否則也不成其爲真正的浪漫派了。但他的愛田野特别是爲了能够孤獨，也爲了在田野中他覺得有一種生理方面的快感；他覺得自由自在，呼吸通暢。他對萬物之愛是有一些空泛的(a little vague)，他並不能辨别每個地方的特殊的美。舒伯特的感受却更細緻。海洋，河流，山丘，在他作品中有不同的表現，不但如此，還表現出是平靜的海還是汹湧的海，是波濤澎湃的大江還是喁喁細語的小溪，是雄偉的高山還是嫵媚的崗巒。在他歌曲的旋律之下，有生動如畫的伴奏作爲一個框子或者散佈一股微妙的氣氛。

貝多芬並不超越自然界：浩瀚的天地對他已經足够。可是舒伯特還嫌狹小。他要逃到一些光怪陸離的領域(fantastic regions)中去：他具有最高度的超自然的感覺(he possesses in highest degree the supernatural sense)。

貝多芬留下一支 *Erl-king*（歌）的草稿，我們用來和舒伯特的 *Erl-king*① 作比較極有意思。貝多芬只關心其中的戲劇成分（dramatic elements)，而且表現得極動人；但歌德描繪幻象的全部詩意，貝多芬都不曾感覺到。舒伯特的戲劇成分不減貝多芬，還更着重原詩所描寫的細節：馬的奔馳，樹林中的風聲，狂風暴雨，一切背景與一切行動在他的音樂中都有表現。此外，他的歌的口吻(vocal accent)與伴奏的音色還有一種神秘意味，有他世界的暗示，在貝多芬的作品中那是完全沒有的。舒伯特的音樂的確把我們送進一個鬼出現的世界，其中有仙女，有惡煞，就像那個病中的兒童在惡夢裏所見到的幻象一樣。貝多芬的藝術不論如何動人，對這一類的境界是完全無緣的。

*　　*　　*

倘使只從音樂着眼，只從技術着眼，貝多芬與舒伯特雖有許多相似之處，也有極大的差別！同樣的有力，同樣的激動人心，同樣的悲壯，但用的是不同的方法，有時竟近於相反的方法。

貝多芬的不同凡響與獨一無二的特點在於動的力量（dynamic power)和節奏。旋律本身往往不大吸引人；和聲往往貧弱，或者說貝多芬不認爲和聲有其獨特的表現價值（expressive value)。在他手中，和聲只用以支持旋律，從主調音到第五度音(from tonic to dominant)的不斷來回主要是爲了節奏。

在舒伯特的作品中，節奏往往疲軟無力，旋律却極其豐富、豐美，和聲具有特殊的表情，預告舒曼，李斯特，華葛耐與法朗克的音樂。他爲了和弦而追求和弦，——還不是像特皮西那樣爲了和弦的風味，——而是爲了和弦在旋

① 譯者註：Erl-king 在日耳曼傳說中是個狡猾的妖怪，矮鬼之王，常在黑森林中誘拐人，尤其是兒童。歌德以此爲題材寫過一首詩。舒伯特又以歌德的詩譜爲歌曲。（黑森林是德國有名的大森林，在萊茵河以東。）

律之外另有一種動人的內容。此外，舒伯特的轉調又何等大膽！已經有多麽强烈的不協和音(弦)！多麽强烈的明暗的對比！

在貝多芬身上我們還只發見古典作家的浪漫氣息。——純粹的浪漫氣息是從舒伯特開始的，比如渴求夢境，逃避現實世界，遁入另一個能安慰我們拯救我們的天地：這種種需要是一切偉大的浪漫派所共有的，可不是貝多芬的。貝多芬根牢固實的置身於現實中，決不走出現實。他在現實中受盡他的一切苦楚，建造他的一切歡樂。但貝多芬永遠不會寫《流浪者》那樣的曲子。我們不妨重複説一遍：貝多芬缺少某種詩意，某種煩惱，某種惆悵。一切情感方面的偉大，貝多芬應有盡有。但另有一種想像方面的偉大，或者説一種幻想的特質(a quality of fantasy)，使舒伯特超過貝多芬。

*　　　*　　　*

在舒伯特身上，所謂領悟(intelligence)幾乎純是想像(imagination)。貝多芬雖非哲學家，却有思想家氣質。他喜歡觀念(ideas)。他有堅決的主張，肯定的信念。他常常獨自考慮道德與政治問題。他相信共和是最純潔的政治體制，能保證人類幸福。他相信德行。便是形而上學的問題也引起他的興趣。他對待那些問題固然是頭腦簡單了一些，但只要有人幫助，他不難了解，可惜當時没有那樣的人。舒伯特比他更有修養，却不及他胸襟闊大。他不像貝多芬對事物取批判態度。他不喜歡作抽象的思考。他對詩人的作品表達得更好，但純用情感與想像去表達。純粹的觀念(pure ideas)使他害怕。世界的和平，人類的幸福，與他有什麽相干呢？政治與他有什麽相干呢？對於德行，他也難得關心。在他心目中，人生只是一連串情緒的波動(a series of emotions)，一連串的形象(images)，他只希望那些情緒那些形象盡可能的愉快。他的全部優點在於他的温厚，在於他有一顆親切的，能愛人的心，也在於他有豐富的幻想。

在貝多芬身上充沛無比而爲舒伯特所絶無的，是意志。貝多芬既是英雄精神的顯赫的歌手，在他與命運的鬥争中自己也就是一個英雄。舒伯特的天性中可絶無英雄氣息。他主要是女性性格。他缺乏剛强，渾身都是情感。他不知道深思熟慮，樣樣只憑本能。他的成功是出於偶然。{按：這句話未免過分，舒伯特其實是很用功的。}他並不主動支配自己的行爲，只是被支配。{就是說隨波逐流，在人生中處處被動。}他的音樂很少顯出思想，或者只發表一些低級的思想，就是情感與想像。在生活中像在藝術中一樣，他不作主張，不論對待快樂還是對待痛苦，都是如此，——他只忍受痛苦，而非控制痛苦，克服痛苦。命運對他不公平的時候，你不能希望他挺身而起，在幸福的廢墟之上憑着高於一切的意志自己造出一種極樂的境界來。但他忍受痛苦的能耐其大無比。對一切痛苦，他都能領會，都能分擔。他從極年輕的時候起已經體驗到那些痛苦，例如那支精彩的歌《瑪葛麗德紡紗》。他盡情流露，他對一切都寄與同情，對一切都推心置腹。他無窮無盡的需要宣泄感情。他的心隱隱約約的與一切心靈密切相連。他不能缺少人與人間的交接。這一點正與貝多芬相反：貝多芬是個偉大的孤獨者，只看着自己的內心，絶對不願受社會約束，他要擺脱肉體的連繫，擺脱痛苦，擺脱個人，以便上升到思考中去，到宇宙中去，進入無掛無礙的自由境界。舒伯特却不斷的向自然{按：這裏的自然包括整個客觀世界，連自己的肉體與性格在內。}屈服，而不會建造“觀念”(原文是大寫的 Idea) 來拯救自己。他的犧牲自有一種動人肺腑的肉的偉大，而非予人以信仰與勇氣的靈的偉大，那是貧窮的偉大，寬恕的偉大，憐憫的偉大。他是墮入浩劫的可憐的阿特拉斯(Atlas) ①。阿特拉斯背着一個世界，痛苦的世界。阿特拉斯是戰敗者，只能哀哭而不會反抗的戰敗者，丢不掉肩上的重負的戰敗者，忍受刑罰的戰敗者，而那刑罰正是罰他的軟弱。我們盡可責備他不够堅强，責備他只有背負世界的力量而沒有把世界老遠丢開去的力量。可是我們仍不能不同情他的苦難，不能不佩服他浪費於無用之地的巨大的力量。

不幸的舒伯特就是這樣。我們因爲看到自己的肉體與精神的軟弱而同情他，我們和他一同灑着辛酸之淚，因爲他墮入了人間苦難的深淵而沒有爬起來。

---

① 譯者註：阿特拉斯是古希臘傳説中的國王，因爲與巨人一同反抗宙斯，宙斯罰他永遠作一個擎天之柱。雕塑把他表現爲肩負大球(象徵天體)的大力士。

《羅薩蒙德》間奏曲第二號(*Rosamunde-Intermezzo No.2*)

《即興曲》第三首(*Impromptu No.3*)

(全文完)

一九六〇年八月五日

孩子:兩次媽媽給你寫信,我都未動筆,因爲身體不好,精力不支。不病不頭痛的時候本來就很少,只能抓緊時間做些工作;工作完了已筋疲力盡,無心再做旁的事。人老了當然要百病叢生,衰老只有早晚之別,决無不來之理,你千萬別爲我擔憂。我素來對生死看得極淡,只是鞠躬盡瘁,活一天做一天工作,到有一天死神來叫我放下筆桿的時候才休息。如是而已。弄藝術的人總不免有煩惱,尤其是舊知識分子處在這樣一個大時代。你雖然年輕,但是從我這兒沾染的舊知識分子的缺點也着實不少。但你四五年來來信,總説一投入工作就什麼煩惱都忘了;能這樣在工作中樂以忘憂,已經很不差了。我們二十四小時之內,除了吃飯睡覺總是工作的時間多,空閑的時間少;所以即使煩惱,時間也不會太久,你説是不是?不過勞逸也要調節得好:你弄音樂,神經與感情特別緊張,一年下來也該徹底休息一下。暑假裏到鄉下去住個十天八天,不但身心得益,便是對你的音樂感受也有好處。何況入國問禁,入境問俗,對他們的人情風俗也該體會觀察。老關在倫敦，或者老是忙忙碌碌在各地奔走演出，一些不接觸現實，並不相宜。見信後望立刻收拾行裝，出去歇歇，即是三五天也是好的。

你近來專攻斯卡拉蒂，發見他的許多妙處，我並不奇怪。這是你喜歡亨特爾以後必然的結果。斯卡拉蒂的時代，文藝復興在繪畫與文學園地中的花朵已經開放完畢，開始轉到音樂；人的思想感情正要求在另一種藝術中發洩，要求更直接刺激感官，比較更縹緲更自由的一種藝術，就是音樂，來滿足它們的需要。所以當時的音樂作品特別有朝氣，特別清新，正如文藝復興前期繪畫中的鮑蒂徹利。而且音樂規律還不像十八世紀末葉嚴格，有才能的作家容易發揮性靈。何況歐洲的音樂傳統，在十七世紀時還非常薄弱，不像繪畫與雕塑早在古希臘就有登峰造極的造詣，雕塑在紀元前六——四世紀，繪畫在紀元前一世紀至紀元後一世紀。一片廣大無邊的處女地正有待於斯卡拉蒂及其以後的人去開墾。——寫到這裏，我想你應該常去大不列顛博物館，那兒的藝術寶藏可說一輩子也享受不盡；為了你總的（全面的）藝術修養，你也該多多到那裏去學習。

我因為病的時候多，只能多接觸藝術，除了原有的舊畫以外，無意中研究起碑帖來了：現在對中國書法的變遷、源流，已弄出一些眉目，對中國整個藝術史也增加了一些體會；可惜沒有精神與你細談。提到書法，忽然想起你在四月號《音樂與音樂家》雜誌上的簽字式，把聰字寫成""。須知末一筆不能往下拖長，因為行書草書，""或""才代表"心"字，你只能寫成""或""。末一筆可以流露一些筆鋒的餘波，例如""或""，但切不可餘鋒太多，變成往下拖的一隻脚。望注意。

你以前對英國批評家的看法，太苛刻了些。好的批評家和好的演奏家一樣難得；大多數只能是平平庸庸的"職業批評家"。但寄回的評論中有幾篇的確寫得很中肯。例如五月七日 *Manchester Guardian* 上署名 J. H. Elliot 寫的《從東方來的新的啓示》(*New Light from the East*)説你並非完全接受西方音樂傳統，而另有一種清新的前人所未有的觀點。又説你離開西方傳統的時候，總是以更好的東西去代替；而且即使是西方文化最嚴格的衛道者也不覺你的脱離西方傳統有什麽"乖張""荒誕"，炫耀新奇的地方。這是真正理解到了你的特點。你能用東方人的思想感情去表達西方音樂，而仍舊能爲西方最嚴格的衛道者所接受，就表示你的確對西方音樂有了一些新的貢獻。我爲之很高興。且不説這也是東風壓倒西風的表現之一，並且正是中國藝術家對世界文化應盡的責任；唯有不同種族的藝術家，在不損害一種特殊藝術的完整性的條件之下，能灌輸一部分新的血液進去，世界的文化才能愈來愈豐富，愈來愈完滿，愈來愈光輝燦爛。希望你繼續往這條路上前進！還有一月二日 *Hastings Observer* 上署名 Allan Biggs 寫的一篇評論，顯出他是衷心受了感動而寫的，全文没有空洞的讚美，處處都着着實實指出好在哪裏。看來他是一位年紀很大的人了，因爲他説在一生聽到的上千鋼琴家中，只有 Pachmann① 與 Moiseiwitsch② 兩個，有你那樣的魅力。Pachmann 已經死了多少年了，而且他聽到過"上千"鋼琴家，準是個蒼然老叟了。關於你唱片的專評也寫得好。

要寫的中文不洋化，只有多寫。寫的時候一定打草稿，細細改過。除此以外並無別法。特別把可要可不要的字剔乾净。

身在國外，靠藝術謀生而能不奔走於權貴之門，當然使我們安

① 俄國著名鋼琴家，一八四八年生於奥德塞，一九三三年死於羅馬。
② 英籍俄國鋼琴家，一八九〇年生於奥德塞，一九六三年死於倫敦。

慰。我相信你一定會堅持下去。這點兒傲氣也是中國藝術家最優美的傳統之一,值得給西方做個榜樣。可是別忘了一句老話:歲寒而後知松柏之後凋;你還沒經過"歲寒"的考驗,還得對自己提高警惕才好!一切珍重!千萬珍重!

一九六〇年八月二十九日

親愛的孩子,八月二十日報告的喜訊使我們心中說不出的歡喜和興奮。你在人生的旅途中踏上一個新的階段,開始負起新的責任來,我們要祝賀你,祝福你,鼓勵你。希望你拿出像對待音樂藝術一樣的毅力、信心、虔誠,來學習人生藝術中最高深的一課。但願你將來在這一門藝術中得到像你在音樂藝術中一樣的成功!發生什麼疑難或苦悶,隨時向一二個正直而有經驗的中、老年人討教,(你在倫敦已有一年八個月,也該有這樣的老成的朋友吧?)深思熟慮,然後決定,切勿單憑一時衝動:只要你能做到這幾點,我們也就放心了。

對終身伴侶的要求,正如對人生一切的要求一樣不能太苛。事情總有正反兩面:追得你太迫切了,你覺得負擔重;追得不緊了,又覺得不够熱烈。溫柔的人有時會顯得懦弱,剛強了又近乎專制。幻想多了未免不切實際,能幹的管家太太又覺得俗氣。只有長處沒有短處的人在哪兒呢?世界上究竟有沒有十全十美的人或事物呢?撫躬自問,自己又完美到什麼程度呢?這一類的問題想必你考慮過不止一次。我覺得最主要的還是本質的善良,天性的溫厚,開闊的胸襟。有了這三樣,其他都可以逐漸培養;而且有了這三樣,將來即使遇到大大小小的風波也不致變成悲劇。做藝術家的妻子比做任何人的妻子都難;你要不預先明白這一點,即使你知道"責人太嚴,責己太寬",也不容易學會明哲、體貼、容忍。只要能代你解決生活瑣事，同時對你的事業感到興趣就行，對學問的鑽研等等暫時不必期望過奢，還得看你們婚後的生活如何。眼前雙方先學習相互的尊重、諒解、寬容。

對方把你作爲她整個的世界固然很危險，但也很寶貴！你既已發覺，一定會慢慢點醒她；最好旁敲側擊而勿正面提出，還要使她感到那是爲了維護她的人格獨立，擴大她的世界觀。倘若你已經想到奧里維的故事，不妨就把那部書叫她細讀一二遍，特別要她注意那一段插曲。像雅葛麗納那樣只知道 love, love, love! 的人只是童話中人物，在現實世界中非但得不到 love，連日子都會過不下去，因爲她除了 love 一無所知，一無所有，一無所愛。這樣狹窄的天地哪像一個天地！這樣片面的人生觀哪會得到幸福！無論男女，只有把興趣集中在事業上，學問上，藝術上，盡量拋開渺小的自我(ego)，才有快活的可能，才覺得活的有意義。未經世事的少女往往會存一個荒誕的夢想，以爲戀愛時期的感情的高潮也能在婚後維持下去。這是違反自然規律的妄想。古語說，"君子之交淡如水"；又有一句話說，"夫婦相敬如賓"。可見只有平静、含蓄、温和的感情方能持久；另外一句的意義是說，夫婦到後來完全是一種知己朋友的關係，也即是我們所謂的終身伴侶。未婚之前雙方能深切領會到這一點，就爲將來打定了最可靠的基礎，免除了多少不必要的誤會與痛苦。

你是以藝術爲生命的人，也是把真理、正義、人格等等看做高於一切的人，也是以工作爲樂生的人；我用不着嘮叨，想你早已把這些信念表白過，而且竭力灌輸給對方的了。我只想提醒你幾點：——第一，世界上最有力的論證莫如實際行動，最有效的教育莫如以身作則；自己做不到的事千萬勿要求別人；自己也要犯的毛病先批評自己，先改自己的。——第二，永遠不要忘了我教育你的時候犯的許多過嚴的毛病。我過去的錯誤要是能使你避免同樣的錯誤，我的罪過也可以減輕幾分；你受過的痛苦不再施之於他人，你也不算白白吃苦。總的來説，儘管指點別人，可不要給人“好爲人師”的感覺。奧諾麗納(你還記得巴爾扎克那個中篇嗎？)的不幸一大半是咎由自取，一小部分也因爲丈夫教育她的態度傷了她的自尊心。凡是童年不快樂的人都特別脆弱（也有訓練得格外堅强的，但只是少數），特別敏感，你回想一下自己，就會知道對付你的愛人要如何 delicate，如何 discreet 了。

我相信你對愛情問題看得比以前更鄭重更嚴肅了；就在這考驗時期，希望你更加用嚴肅的態度對待一切，尤其要對婚後的責任先培養一種忠誠、莊嚴、虔敬的心情！

一九六〇年九月七日（譯自英文）

親愛的彌拉：……人在宇宙中微不足道，身不由己，但對他人來説，却又神秘莫測，自成一套。所以要透徹了解一個人，相當困難，再加上種族、宗教、文化與政治背景的差異，就更不容易。因此，我們以爲你們兩人決定先訂婚一段日子，以便彼此能充分了解，尤其是了解對方的性格，確實是明智之舉。（但把“訂婚”期拖得太長也不太好，這一點我們以後會跟你們解釋。）我以爲訂婚期間還有一件要緊的事，就是要充分準備去了解現實，面對現實。現實與年輕人純潔的心靈所想像的情況截然不同。生活不僅充滿難以逆料的艱苦奮鬥，而且還包含許許多多日常瑣事，也許叫人更難以忍受。因爲這種煩惱看起來這麽渺小，這麽瑣碎，並且常常無緣無故，所以使人防不勝防。夫婦之間只有徹底諒解，全心包容，經常忍讓，並且感情真摯不渝，對生活有一致的看法，有共同的崇高理想與信念，才能在人生的旅途上平安渡過大大小小的風波，成爲琴瑟和諧的終身伴侶。

一九六〇年十月二十一日（譯自英文）

親愛的彌拉：……看來，你對文學已有相當修養，不必再需任何指導，我只想推薦幾本書，望你看後能從中汲取教益，尤其在人生藝術方面，有所提高。

莫 羅 阿：一，《戀愛與犧牲》；

二，《人生五大問題》。

（兩本都是格拉塞版）

巴爾扎克：一，《兩個新嫁娘的回憶》；

二，《奧諾麗納》（通常與另兩個故事合成一集，即《夏倍上校》與《禁治產》）。

因你對一切藝術很感興趣，可以一讀丹納之《藝術哲學》（Hachette出版，共兩册）。這本書不僅對美學提出科學見解（美學理論很多，但此理論極爲有益），並且是本藝術史通論，採用的不是一般教科書的形式，而是以淵博精深之見解指出藝術發展的主要潮流。我於一九五八年及一九五九年譯成此書，迄今尚未出版，待出版後，當即寄聰。

你現在大概已經看完《約翰·克利斯朵夫》了吧？（你是看法文版，是嗎？）這書是一八七〇年到一九一〇年間知識界之史詩，我相信一定對你大有啓發。從聰來信看來——雖然他信中談得很少，而且只是些無意中的觀察所得——自從克利斯朵夫時代以來，西方藝術與知識界並無多大的改變：誠實，勤奮，有創造能力的年輕人，仍然得經歷同樣的磨難，就説我自己，也還没有渡完克利斯朵夫的最後階段：身爲一個激進的懷疑論者，年輕時慣於跟所有形式的偶像對抗，又深受中國傳統哲學道德的熏陶，我經歷過無比的困難與無窮的痛苦，來適應這信仰的時代。你記不記得老克利斯朵夫與奧里維的兒子，年輕的喬治之間的種種衝突？（在《復旦》的第三部）這就是那些經歷過大時代動盪的人的悲劇。書中有某些片段，聰重讀之後，也許會有嶄新的體會。另一方面，像高脱弗烈特、摩達斯太、蘇兹教授、奧里維、雅葛麗納、愛麥虞限、葛拉齊亞等許多人物，在今日之歐洲仍生活在你的周圍。

當然，閱讀這部經典傑作之後，所引起的種種感情，種種問題，與種種思慮，我們不能在這封信中一一討論，但我相信，看了此書，你的視野一定會擴大不少，你對以前向未留意過的人物與事迹，一定會開始關注起來。

……你可敬的父親也一定可以體會到我的心情，因爲他寫信給我，把聰演奏會的情況熱情的詳述了一番。知道聰能以堅强的意志，控制熱情，收放自如，使我非常高興，這是我一向對他的期望。由於這是像你父親這樣的藝術家兼批評家告訴我的，當然極爲可信。没有什麼比以完美的形式表達出詩意的靈感與洋溢的熱情更崇高了。這就是古典主義的一貫理想。爲了聰的幸福，我不能不希望他遲早在人生藝術中也能像在音樂藝術中一樣，達到諧和均衡的境地。

一九六〇年十月二十一日夜

你的片子只聽了一次，一則唱針已舊，不敢多用，二則寄來唱片只有一套，也得特别愛護。初聽之下，只覺得你的風格變了，技巧比以前流暢，穩，乾凈，不覺得費力。音色的變化也有所不同，如何不同，一時還說不上來。pedal 用得更經濟。pp. 比以前更 pp.。朦朧的段落愈加朦朧了。總的感覺好像光華收斂了些，也許說凝練比較更正確。朔拿大一氣呵成，緊湊得很。largo 確如多數批評家所說 full of poetic sentiment 而沒有一絲一毫感傷情調。至此爲止，我只能說這些，以後有别的感想再告訴你。四支 *Ballads* 有些音很薄，好像換了一架鋼琴，但 *Berceuse*，尤其是 *Nocturne*（那支是否 Paci 最喜歡的？）的音仍然柔和醇厚。是否那些我覺得太薄太硬的音是你有意追求的？你前回說你不滿意 *Ballads*，理由何在，望告我。對 *Ballads*，我過去受 Cortot 影響太深，遇到正確的 style，一時還體會不到其中的妙處。瑪祖卡的印象也與以前大不同，melody 的處理也兩樣；究竟兩樣在哪裏，你能告訴我嗎？有一份唱片評論，說你每個 bar 的 1st or 2nd beat 往往有拖長的傾向，聽起來有些 mannered，你自己認爲怎樣？是否瑪祖卡真正的風格就需要拖長第一或第二拍？來信多和我談談這些問題吧，這是我最感興趣的。其實我也極想知道國外音樂界的一般情形，但你忙，我不要求你了。從你去年開始的信，可以看出你一天天的傾向於 wisdom 和所謂希臘精神。大概中國的傳統哲學和藝術理想越來越對你發生作用了。從貝多芬式的精神轉到這條路在我是相當慢的，你比我縮短了許多年。原因是你的童年時代和少年時代所接觸的祖國文化（詩歌、繪畫、哲學）比我同時期多的多。我從小到大，樣樣靠自己摸，只有從年長的朋友那兒偶然得到一些啓發，從來没人有意的有計劃的指導過我，所以事倍功半。來信提到××的情形使我感觸很多。高度的才能不和高度的熱愛結合，比只有熱情而缺乏能力的人更可惋惜。

一九六〇年十一月十二日（譯自英文）

親愛的彌拉——親愛的孩子：……在一個藝術家的家裏，品味必須高雅，而不流於奢華，别讓他爲了一時之快而浪費錢財。他的藝術生活正在開始，前途雖然明朗，仍未得到確切的保障。由於他對治家理財之道向來漫不經心，你若能勸勉他在開支方面自我約制，撙節用度，就是對他莫大的幫助。他對人十分輕信（這當然表明他天性純潔善良），不管是朋友，是陌生人，時常不分好歹的慷慨相待，你或許已經注意到，他很容易上歹徒騙子的當，所以，我們希望你能憑常識與直覺成爲他的守護天使。這種常識與直覺，對每個女性來説，無論多麼年輕，必然俱有；而對多數藝術家來説（我指的是真正的藝術家），無論多麼成熟，必然匱缺。過去十年以來，我們不斷給予聰這種勸告，但我們深信，戀人的話語有時比父母的忠言有效得多。而事實上，也只有兩人長相廝守，才能幫得了身旁的伴侶。

一九六〇年十一月十二日（譯自英文）*

親愛的彌拉：……聰是一個性情相當易變的藝術家，詼諧喜悦起來像個孩子，落落寡歡起來又像個浪漫派詩人。有時候很隨和，很容易相處；有時候又非常固執，不肯通融。而在這點上，我要説句公道話，他倒並非時常錯誤的。其實他心地善良溫厚，待人誠懇而富有同情心，胸襟開闊，天性謙和。

一九六〇年十一月十三日

親愛的孩子，十月二十二日寄你和彌拉的信各一封，想你瑞典回來都看到了吧？——前天十一月十一日寄出法譯《毛主席詩詞》一册、英譯關漢卿元人《劇作選》一册、曹禺《日出》一册、馮沅君《中國古典文學小史》一册四册共一包都是給彌拉的；又陳老蓮《花鳥草蟲册》一，計十幅，黃賓虹墨筆山水册頁五張攝影，箋譜兩套共二十張，我和媽媽放大照片二張友人攝，共作一包：以上均掛號平寄，由蘇聯轉，預計十二月十日前後可到倫敦。——陳老蓮《花鳥草蟲册》還是五八年印的，在現有木刻水印中技術最好，作品也選的最精；其中可挑六張，連同封套及打字説明，送彌拉的爸爸，表示我們的一些心意。余四張可留存，將來裝飾你的新居。黄氏作品均係原來尺寸，由專門攝影的友人代製，花了不少功夫。其他箋譜有些也可配小玻璃框懸掛。因國内紙張奇緊，印數極少，得之不易，千萬勿隨便送人；只有真愛真懂藝術的人才可酌送一二（指箋譜）。木刻水印在一切復製技術中最接近原作，工本浩大，望珍視之。西人送禮，尤其是藝術品，以少爲貴，故彌拉爸爸送六張陳老蓮已綽乎有餘。——這不是小氣，而是合乎國外慣例，同時也顧到我們供應不易。

《敦煌壁畫選》木刻水印的一種 非石印洋紙的一種 你身邊是否還有？我尚留着三集俱全的一套，你要的話可寄你。不過那是絶版了三五年的東西（木刻印數有限制，後來版子壞了，不能再印），更加名貴，你必須特别愛惜才好。要否望來信！

《音樂與音樂家》月刊八月號，有美作曲家 Copland 的一篇論列美洲音樂的創作問題，我覺得他根本未接觸到關鍵。他絶未提到美洲人是英、法、德、荷、意、西幾種民族的混合；混合的民族要産生新文化，尤其是新音樂，必須一個很長的時期，決非如 Copland 所説單從 jazz 的節奏或印第安人的音樂中就能打出路來。民族樂派的建立，本地風光的表達，有賴於整個民族精神的形成。歐洲的意、西、法、英、德、荷……許多民族，也是從七世紀起由更多的更早的民族雜凑混合起來的。他們都不是經過極長的時期融和與合流的時期，才各自形成獨特的精神面貌，而後再經過相當長的時期在各種藝術上開花結果嗎？

同一雜誌三月號登一篇John Pritchard的介紹(你也曾與Pritchard合作過),有下面一小段值得你注意:——

…Famous conductor Fritz Busch once asked John Pritchard: "How long is it since you looked at Renaissance painting?" To Pritchard's astonished "Why?", Busch replied: "Because it will improve your conducting by looking upon great things—do not become narrow."①

你在倫敦別錯過looking upon great things的機會,博物館和公園對你同樣重要。

一九六〇年十一月二十二日(譯自法文)

親愛的孩子:由於聰時常拘於自己的音樂主張,我很想知道他能否從那些有關他彈奏與演技的批評中得到好處?這些批評有時雖然嚴峻但却充滿睿智。不知他是否肯花功夫仔細看看這類批評,並且跟你一起討論②?你在藝術方面要求嚴格,意見中肯,我很放心,因爲這樣對他會有所幫助,可是他是否很有耐性聽取你的意見?還有你父親,他是藝術界極負盛名的老前輩,聰是否能夠虛心聆教?聰還很年輕,對某些音樂家的作品,在藝術與學識方面都尚未成熟,就算對那些他自以爲了解頗深的音樂家,例如莫扎特與舒伯特,他也可能犯了自以爲是的毛病,沉溺於偏激而不盡合理的見解。我以爲他很需要學習和聽從朋友及前輩的卓越見解,從中

---

① 著名指揮家弗里茨·布希(1890-1951)有次問約翰·普里查德(1921-),"你上次看文藝復興時代的繪畫有多久了?"普里查德很驚異的反問"爲什麼問我?"布希答道:"因爲看了偉大作品,可以使你指揮時得到進步——而不致於眼光淺窄。"——金聖華譯

② 舉例來說,你父親剛寄給我的那篇《泰晤士報》上的文章,其中有幾段說到聰對舒伯特及貝多芬(作品111號)奏鳴曲的演奏,依我看來就很值得好好反省。這樣就能根據他人的意見,對自己的長處與短處作客觀的分析。

汲取靈感與教益。你可否告訴我，他目前的愛好傾向於哪方面？假如他沒有直接用語言表達清楚，你聽了他的音樂也一定可以猜度出他在理智與感情方面的傾向。

一九六〇年十一月二十六日晚

親愛的孩子，自從彌拉和我們通信以後，好像你有了秘書，自己更少動筆了。知道你忙，精神緊張勞累，也不怪你。可是有些藝術問題非要你自己談不可。你不談，你我在精神上藝術上的溝通就要中斷，而在我這個孤獨的環境中更要感到孤獨。除了你，沒有人再和我交換音樂方面的意見。而我雖一天天的衰老，還是想多吹吹外面的風。你小時候我們指導你，到了今日，你也不能坐視爸爸在藝術的某一部門中落後！

孩子，你如今正式踏進人生的重要階段了，想必對各個方面都已嚴肅認真的考慮過：我們中國人對待婚姻——所謂終身大事——比西方人鄭重得多，你也決不例外；可是夫婦之間西方人比我們溫柔得多，delicate 得多，真有我們古人相敬如賓的作風（當然其中有不少虛偽的，互相欺騙的），想你也早注意到，在此訂婚四個月內也該多少學習了一些。至於經濟方面，大概你必有妥善的打算和安排。還有一件事，媽媽和我爭執不已，不贊成我提出。我認爲你們都還年輕，尤其彌拉，初婚後一二年內光是學會當家已是够煩了，是否需要考慮稍緩一二年再生兒育女，以便減輕一些她的負擔，讓她多輕鬆一個時期？媽媽反對，說還是早生孩子，寧可以後再節育。但我說晚一些也不過晚一二年，並非十年八年；說不說由我，聽不聽由你們；知無不言，言無不盡，朋友之間尚且如此，何況父母子女！有什麽忌諱呢？你說是不是？我不過表示我的看法，決定仍在你們。——而且即使我不說，也許你們已經討論過這個問題了。

彌拉的意思很對，你們該出去休息一個星期。我老是覺得，你離開琴，沉浸在大自然中，多沉思默想，反而對你的音樂理解與感受好處更多。人需要不時跳出自我的牢籠，才能有新的感覺，新的看法，也能有更正確的自我批評。

一九六〇年十二月二日

親愛的孩子，因爲鬧關節炎，本來這回不想寫信，讓媽媽單獨執筆；但接到你去維也納途中的信，有些藝術問題非由我親自談不可，只能撐起來再寫。知道你平日細看批評，覺得總能得到一些好處，真是太高興了。有自信同時又能保持自我批評精神，的確如你所說，是一切藝術家必須具備的重要條件。你對批評界的總的看法，我完全同意；而且是古往今來真正的藝術家一致的意見。所謂“文章千古事，得失寸心知。”往往自己認爲的缺陷，批評家並不能指出，他們指出的倒是反映批評家本人的理解不够或者純屬個人的好惡，或者是時下的風氣和流俗的趣味。從巴爾扎克到羅曼羅蘭，都一再說過這一類的話。因爲批評家也受他氣質與修養的限制單從好的方面看，藝術家胸中的境界沒有完美表現出來時，批評家可能完全捉摸不到，而只感到與習慣的世界抵觸；便是藝術家的理想真正完美的表現出來了，批評家囿於成見，也未必馬上能發生共鳴。例如雨果早期的戲劇，皮才的卡爾曼，特皮西的貝萊阿斯與梅利桑特。但即使批評家說的不完全對頭，或竟完全不對頭，也會有一言半語引起我們的反省，給我們一種 inspiration，使我們發見真正的缺點，或者另外一個新的角落讓我們去追求，再不然是使我們聯想到一些小枝節可以補充、修正或改善。——這便是批評家之言不可盡信，亦不可忽視的辯證關係。

來信提到批評家音樂聽得太多而麻痹，確實體會到他們的苦處。同時我也聯想到演奏家太多沉浸在音樂中和過度的工作或許也有害處。追求完美的意識太强太清楚了，會造成緊張與疲勞，反而妨害原有的成績。你灌唱片特別緊張，就因爲求全之心太切。所以我常常勸你勞逸要有恰當的安排，最要緊維持心理的健康和精神的平衡。一切做到問心無愧，成敗置之度外，才能臨場指揮若定，操縱自如。也切勿刻意求工，以免畫蛇添足，喪失了 spontaneity；理想的藝術總是如行雲流水一般自然，即使是慷慨激昂也像夏日的疾風猛雨，好像是天地中必然有的也是勢所必然的境界。一露出雕琢和斧鑿的痕跡，就變爲庸俗的工藝品而不是出於肺腑，發自內心的藝術了。我覺得你在放鬆精神一點上還大有可爲。不妨減少一些工作，增加一些深思默想，看看效果如何。別老説時間不夠；首先要從日常生活的瑣碎事情上——特別是梳洗穿衣等等，那是我幾年來常囑咐你的——節約時間，擠出時間來！要不工作，就痛快休息，切勿拖拖拉拉在日常猥瑣之事上浪費光陰。不妨多到郊外森林中去散步，或者上博物舘欣賞名畫，從造型藝術中去求恬靜閑適。你實在太勞累了！……你知道我説的休息絶不是懶散，而是調節你的身心，尤其是神經（我一向認爲音樂家的神經比別的藝術家更需要保護：這也是有科學與歷史根據的），目的仍在於促進你的藝術，不過用的方法比一味苦幹更合理更科學而已！

你的中文並不見得如何退步，你不必有自卑感。自卑感反會阻止你表達的流暢。Do take it easy！主要是你目前的環境多半要你用外文來思想，也因爲很少機會用中文討論文藝、思想等等問題。稍緩我當寄一些舊書給你，讓你温習温習辭彙和句法的變化。我譯的舊作中，嘉爾曼和服爾德的文字比較最洗煉簡潔，可供學習。新譯不知何時印，印了當然馬上寄。但我們紙張不足，對十九世紀的西方作品又經過批判與重新估價，故譯作究竟哪時會發排，完全無法預料。

其實多讀外文書寫得好的，也一樣能加强表達思想的能力。我始終覺得一個人有了充實豐富的思想，不怕表達不出。Arthur Hedley 寫的 *Chopin*（在 *master musician* 叢書內）內容甚好，文字也不太難。第十章提到 Chopin 的演奏，有些字句和一般人對你的評論很相近。

一九六〇年十二月三十一日（譯自英文）

親愛的孩子：你並非是一個不知感恩的人，但你很少向人表達謝意。朋友對我們的幫助、照應與愛護，不必一定要報以物質，而往往只需寫幾封親切的信，使他們快樂，覺得人生充滿温暖。既然如此，爲什麽要以没有時間爲推搪而不聲不響呢？你應該明白我兩年來没有跟勃隆斯丹太太通信是有充分的理由的。沉默很容易招人誤會，以爲我們冷漠忘恩，你很懂這些做人之道，但却永遠不能以此來改掉懶惰的習慣。人人都多少有些惰性，假如你的惰性與偏向不能受道德約束，又怎麽能够實現我們教育你的信條："先爲人，次爲藝術家，再爲音樂家，終爲鋼琴家"？

一九六一年一月五日（譯自英文）

……親愛的聰，我們很高興得知你對這一次的録音感到滿意，並且將於七月份在維也納灌録一張唱片。你在馬耳他用一架走調的鋼琴演奏必定很滑稽，可是我相信聽衆的掌聲是發自内心的。你的信寫得不長，也許是因爲患了重傷風的緣故，信中對馬耳他廢墟隻字未提，可見你對古代史一無所知；可是關於婚禮也略而不述却使我十分掛念，這一點證明你對現實毫不在意，你變得這麼像哲學家，這麼脱離世俗了嗎？或者更坦白的説，你難道乾脆就把這些事當作無關緊要的事嗎？但是無足輕重的小事從某一觀點以及從精神上來講就毫不瑣屑了。生活中崇高的事物，一旦出自庸人之口，也可變得傖俗不堪的。你知道得很清楚，我也不太看重物質生活，不太自我中心，我也熱愛藝術，喜歡遐想；但是藝術若是最美的花朵，生活就是開花的樹木。生活中物質的一面不見得比精神的一面次要及乏味，對一個藝術家而言，尤其如此。你有點過分偏重知識與感情了，凡事太理想化，因而忽略或罔顧生活中正當健康的樂趣。

不錯，你現在生活的世界並非萬事順遂，甚至是十分醜惡的；可是你的目標，誠如你時常跟我説起的，是抗禦一切誘惑，不論是政治上或經濟上的誘惑，爲你的藝術與獨立而勇敢鬥争，這一切已足够耗盡你的思想與精力了。爲什麼還要爲自己無法控制的事情與情況而憂慮？注意社會問題與世間艱苦，爲人類社會中醜惡的事情而悲痛是磊落的行爲。故此，以一個敏感的年輕人來説，對人類命運的不公與悲苦感到憤慨是理所當然的，但是爲此而鬱鬱不樂却愚不可及，無此必要。你説過很多次，你欣賞希臘精神，那麼爲什麼不培養一下恬静與智慧？你在生活中的成就老是遠遠不及你在藝術上的成就。我經常勸你不時接近大自然及造型藝術，你試過没有？音樂太刺激神經，需要其他較爲静態（或如你時常所説的較爲"客觀"）的藝術如繪畫、建築、文學等等……來平衡，在十一月十三日的信裏，我引了一小段 Fritz Busch 的對話，他説的這番話在另外一方面看來對你很有益處，那就是你要使自己的思想鬆弛平静下來，並且大量減少内心的衝突。

記得一九五六——五七年間，你跟我促膝談心時，原是十分健談的，當時說了很多有趣可笑的故事，使我大樂；相反的，寫起信來，你就越來越簡短，而且集中在知識的問題上，表示你對現實漠不關心，五七年以來，你難道變了這麼多嗎？或者你只是懶惰而已？我猜想最可能是因爲時常鬱鬱寡歡的緣故。爲了抵制這種傾向，你最好少沉浸在自己內心的理想及幻想中，多生活在外在的世界裏。

一九六一年一月五日*

聰，親愛的孩子，關於你所接觸的音樂界，你所來往的各方面的朋友，同我們講得太少了。你真不知道你認爲 trivial thing，在我們却是新鮮事兒，都是 knowledge；你知道對於我們，得到新的 knowledge，就是無上的樂趣。譬如這次彌拉告訴我們的（爸爸信上問的）Harriet Cohen 獎金的事，使我們知道了西方音樂界的一種情況，爸爸說那是小小的喜劇。Julius Ketchen 的同你討論 Beethoven 的 *Sonata*，又使我們領會到另一種情況；表示藝術家之間坦白真誠的思想交流。像你爸爸這樣會吸收，會舉一反三的人，對這些事的確感到很大的興趣。他要你多提音樂界的事，無非是進取心强，不甘落後，要了解國外藝術界的現狀，你何樂而不爲呢？他一知道你對希臘精神的嚮往，但認爲你對希臘精神還不明確，他就不厭其煩的想要滿足你。因爲丹納的《藝術哲學》不知何時出版，他最近竟重理舊稿，把其中講希臘的一個 chapter，約五萬餘字，每天抽出一部分時間抄録，預備寄你。爸爸雖是腰痠背痛，眼花流淚（多寫了還要頭痛），但是爲了你，他什麼都不顧了。前幾天我把舊稿替他理出來，他自己也嚇了一跳，原來的稿子，字寫得像螞蟻一樣小，不得不用了放大鏡來抄，而且還要仔仔細細的抄，否則就要出錯。他這樣壞的身體，對你的 devotion，對你的關懷，我看了也感動。孩子，世界上像你爸爸這樣的無微不至的教導，真是罕有的。你要真心的接受，而且要拿實際行動來表示。來信千萬別籠籠統統的，多一些報導，讓他心裏感到溫暖快樂，這就是你對爸爸的報答。……

一九六一年一月二十三日（譯自英文）

親愛的孩子們：……我認爲敦煌壁畫代表了地道的中國繪畫精粹，除了部分顯然受印度佛教藝術影響的之外，那些描繪日常生活片段的畫，確實不同凡響：創作別出心裁，觀察精細入微，手法大膽脱俗，而這些畫都是由一代又一代不知名的畫家繪成的（全部壁畫的年代跨越五個世紀）。這些畫家，比起大多數名留青史的文人畫家來，其創作力與生命力，要强得多。真正的藝術是歷久彌新的，因爲這種藝術對每一時代的人都有感染力，而那些所謂的現代畫家（如彌拉信中所述）却大多數是些騙子狂徒，只會向附庸風雅的愚人榨取錢財而已。我絶對不相信他們是誠心誠意的在作畫。聽説英國有"貓兒畫家"及用"一塊舊鐵作爲雕塑品而贏得頭獎"的事，這是真的嗎？人之喪失理智，竟至於此？

最近我收到傑維茨基教授的來信，他去夏得了肺炎之後，仍未完全康復，如今在療養院中，他特别指出聽在英國灌録的唱片彈奏蕭邦時，有個過分强調的retardo——比如説，*Ballad* 彈奏得比原曲長兩分鐘，傑教授説在波蘭時，他對你這種傾向，曾加抑制，不過你現在好像又故態復萌，我很明白演奏是極受當時情緒影響的，不過聽的retardo mood出現得有點過分頻密，倒是不容否認的，因爲多年來，我跟傑教授都有同感，親愛的孩子，請你多留意，不要太耽溺於個人的概念或感情之中，我相信你會時常聽自己的録音（我知道，你在家中一定保有一整套唱片），在節拍方面對自己要求越嚴格越好！彌拉在這方面也一定會幫你審核的。一個人拘泥不化的毛病，毫無例外是由於有特殊癖好及不切實的感受而不自知，或固執得不願承認而引起的。趁你還在事業的起點，最好控制你這種傾向，傑教授還提議需要有一個好的鋼琴家兼有修養的藝術家給你不時指點，既然你説起過有一名協助過 Annie Fischer 的匈牙利女士，傑教授就大力鼓勵你去見見她，你去過了嗎？要是還没去，你在二月三日至十八日之間，就有足够的時間前去求教，無論如何，能得到一位年長而有修養的藝術家指點，一定對你大有裨益。

一九六一年二月五日上午

親愛的孩子，上月二十四日宋家婆婆突然病故，卧牀不過五日，初時只尋常小恙，到最後十二小時才急轉直下。人生脆弱一至於此！我和你媽媽爲之四五天不能入睡，傷感難言。古人云秋冬之際，尤難爲懷；人過中年也是到了秋冬之交，加以體弱多病，益有草木零落，兔死狐悲之感。但西方人年近八旬尚在孜孜矻矻，窮究學術，不知老之“已”至：究竟是民族年輕，生命力特别旺盛，不若數千年一脈相承之中華民族容易衰老歟？抑是我個人未老先衰，生意索然歟？想到你們年富力强，蓓蕾初放，藝術天地正是柳暗花明，窺得無窮妙境之時，私心艷羡，豈筆墨所能盡宣！

因你屢屢提及藝術方面的希臘精神（Hellenism），特意抄出丹納《藝術哲學》中第四編“希臘雕塑”譯稿六萬餘字，釘成一本。原書雖有英譯本，但其中神話、史蹟、掌故太多，倘無詳註，你讀來不免一知半解；我譯稿均另加箋註，對你方便不少。我每天抄録一段，前後將近一月方始抄完第四編。奈海關對寄外文稿檢查甚嚴，送去十餘日尚無音信，不知何時方能寄出，亦不知果能寄出否。思之悵悵。——此書原係五七年“人文”向我特約，還是王任叔來滬到我家當面説定，我在五八——五九年間譯完，已擱置一年八個月。目前紙張奇緊，一時決無付印之望。

在一切藝術中，音樂的流動性最爲凸出，一則是時間的藝術，二則是刺激感官與情緒最劇烈的藝術，故與個人的 mood 關係特別密切。對樂曲的了解與感受，演奏者不但因時因地因當時情緒而異，即一曲開始之後，情緒仍在不斷波動，臨時對細節，層次，强弱，快慢，抑揚頓挫，仍可有無窮變化。聽衆對某一作品平日皆有一根據素所習慣與聽熟的印象構成的“成見”，而聽衆情緒之波動，亦復與演奏者無異：聽音樂當天之心情固對其音樂感受大有影響，即樂曲開始之後，亦仍隨最初樂句所引起之反應而連續發生種種情緒。此種變化與演奏者之心情變化皆非事先所能預料，亦非臨時能由意識控制。可見演奏者每次表現之有所出入，聽衆之印象每次不同，皆係自然之理。演奏家所以需要高度的客觀控制，以盡量減少一時情緒的影響；聽衆之需要高度的冷静的領會；對批評家之言之不可不信亦不能盡信，都是從上面幾點分析中引伸出來的結論。——音樂既是時間的藝術，一句彈完，印象即難以復按；事後批評，其正確性大有問題；又因爲是時間的藝術，故批評家固有之對某作品一成見，其正確性又大有問題。況執着舊事物舊觀念舊印象，排斥新事物，新觀念，新印象，原係一般心理，故演奏家與批評家之距離特别大。不若造型藝術，如繪畫，雕塑，建築，形體完全固定，作者自己可在不同時間不同心情之下再三復按，觀衆與批評家亦可同樣復按，重加審查，修正原有印象與過去見解。

按諸上述種種，似乎演奏與批評都無標準可言。但又並不如此。演奏家對某一作品演奏至數十百次以後，無形中形成一比較固定的輪廓，大大的減少了流動性。聽衆對某一作品聽了數十遍以後，也有一個比較穩定的印象。——尤其以唱片論，聽了數十百次必然會得出一個接近事實的結論。各種不同的心情經過數十次的中和，修正，各個極端相互抵消以後，對某一固定樂曲既是唱片，則演奏是固定的了，不是每次不同的了，而且可以盡量復按復查的感受與批評可以說有了平均的、比較客觀的價值。個別的聽衆與批評家，當然仍有個別的心理上精神上氣質上的因素，使其平均印象尚不能稱爲如何客觀；但無數“個別的”聽衆與批評家的感受與印象，再經過相當時期的大交流由於報章雜誌的評論，平日交際場中的談話，半學術性的討論爭辯而形成的大交流之後，就可得出一個 average 的總和。這個總印象總意見，對某一演奏家的某一作品的成績來說，大概是公平或近於公平的了。——這是我對羣衆與批評家的意見肯定其客觀價值的看法，也是無意中與你媽媽談話時談出來的，不知你覺得怎樣？——我經常與媽媽談天說地，對人生、政治、藝術、各種問題發表各種感想，往往使我不知不覺中把自己的思想整理出一個小小的頭緒來。單就這一點來說，你媽媽對我確是大有幫助，雖然不是出於她主動。——可見終身伴侶的相互幫助有許多完全是不知不覺的。相信你與彌拉之間一定也常有此感。

一九六一年二月六日上午

昨天敏自京回滬度寒假，馬先生交其帶來不少唱片借聽。昨晚聽了維伐第的兩支協奏曲，顯然是斯卡拉蒂一類的風格，敏說“非常接近大自然”，倒也說得中肯。情調的愉快、開朗、活潑、輕鬆，風格之典雅、嫵媚，意境之純凈、健康，氣息之樂觀、天真，和聲的柔和、堂皇，甜而不俗：處處顯出南國風光與意大利民族的特性，令我回想到羅馬的天色之藍，空氣之清冽，陽光的燦爛，更進一步追懷二千年前希臘的風土人情，美麗的地中海與柔媚的山脈，以及當時又文明又自然，又典雅又樸素的風流文采，正如丹納書中所描寫的那些境界。——聽了這種音樂不禁聯想到亨特爾，他倒是北歐人而追求文藝復興的理想的人，也是北歐人而憧憬南國的快樂氣氛的作曲家。你説他 humain 是不錯的，因爲他更本色，更多保留人的原有的性格，所以更健康。他有的是異教氣息，不像巴哈被基督教精神束縛，常常匍匐在神的脚下呼號，懺悔，誠惶誠恐的祈求。基督教本是歷史上某一特殊時代，地理上某一特殊民族，經濟政治某一特殊類型所綜合產生的東西；時代變了，特殊的政治經濟狀況也早已變了，民族也大不相同了，不幸舊文化——舊宗教遺留下來，始終統治着二千年來幾乎所有的西方民族，造成了西方人至今爲止的那種矛盾，畸形，與十九、二十世紀極不調和的精神狀態，處處同文藝復興以來的主要思潮抵觸。在我們中國人眼中，基督教思想尤其顯得病態。一方面，文藝復興以後的人是站起來了，到處肯定自己的獨立，發展到十八世紀的百科全書派，十九世紀的自然科學進步以及政治經濟方面的革命，顯然人類的前途，進步，能力，都是無限的；同時却仍然奉一個無所不能無所不在的神爲主宰，好像人永遠逃不出他的掌心，再加上原始罪惡與天堂地獄的恐怖與期望：使近代人的精神永遠處於支離破碎，糾結複雜，矛盾百出的狀態中，這個情形反映在文化的各個方面，學術的各個部門，使他們（西方人）格外心情複雜，難以理解。我總覺得從異教變到基督教，就是人從健康變到病態的主要表現與主要關鍵。——比起近代的西方人來，我們中華民族更接近古代的希臘人，因此更自然，更健康。我們的哲學、文學卽使是悲觀的部分也不是基督教式的一味投降，或者用現代語説，一味的"失敗主義"；而是人類一般對生老病死，春花秋月的慨嘆，如古樂府及我們全部詩詞中提到人生如朝露一類的作品；或者是憤激與反抗的表現，如老子的《道德經》。——就因爲此，我們對西方藝術中最喜愛的還是希臘的雕塑，文藝復興的繪畫，十九世紀的風景畫，——總而言之是非宗教性非説教類的作品。——猜想你近年來愈來愈喜歡莫扎特、斯卡拉蒂、亨特爾，大概也是由於中華民族的特殊氣質。在精神發展的方向上，我認爲你這條路線是正常的，健全的。——你的酷好舒伯特，恐怕也反映你愛好中國文藝中的某一類型。親切，熨貼，溫厚，惆悵，凄凉，而又對人生常帶哲學意味極濃的深思默想；愛人生，戀念人生而又隨時準備飄然遠行，高蹈，灑脱，遺世獨立，解脱一切等等的表現，豈不是我們漢晉六朝唐宋以來的文學中屢見不鮮的嗎？而這些因素不是在舒伯特的作品中也具備的嗎？——關於上述各點，我很想聽聽你的意見。關山遠阻而你我之間思想交流，精神默契未嘗有絲毫間隔，也就象徵你這個遠方遊子永遠和產生你的民族，撫養你的祖國，灌溉你的文化血肉相連，息息相通。

一九六一年二月七日

從文藝復興以來，各種古代文化，各種不同民族，各種不同的思想感情大接觸之下，造成了近代人的極度複雜的頭腦與心情；加上政治經濟和社會的急劇變化（如法國大革命，十九世紀的工業革命，封建社會與資本主義社會的交替等等），人的精神狀態愈加充滿了矛盾。這個矛盾中最尖鋭的部分仍然是基督教思想與個人主義的自由獨立與自我擴張的對立。凡是非基督徒的矛盾，僅僅反映經濟方面的苦悶，其程度決没有那麼强烈。——在藝術上表現這種矛盾特別顯著的，恐怕要算貝多芬了。以貝多芬與歌德作比較研究，大概更可證實我的假定。貝多芬樂曲中兩個主題的對立，決不僅僅從技術要求出發，而主要是反映他內心的雙重性。否則，一切 sonata form 都以兩個對立的 motifs 爲基礎，爲何獨獨在貝多芬的作品中，兩個不同的主題會從頭至尾鬥爭得那麼厲害，那麼兇猛呢？他的兩個主題，一個往往代表意志，代表力，或者説代

表一種自我擴張的個人主義（絶對不是自私自利的庸俗的個人主義或侵犯別人的自我擴張，想你不致誤會）；另外一個往往代表獷野的暴力，或者説是命運，或者説是神，都無不可。雖則貝多芬本人決不同意把命運與神混爲一談，但客觀分析起來，兩者實在是一個東西。鬥爭的結果總是意志得勝，人得勝。但勝利並不持久，所以每寫一個曲子就得重新掙扎一次，鬥爭一次。到晚年的四重奏中，鬥爭仍然不斷發生，可是結論不是誰勝誰敗，而是個人的隱忍與捨棄；這個境界在作者説來，可以美其名曰皈依，曰覺悟，曰解脱，其實是放棄鬥爭，放棄掙扎，以換取精神上的和平寧靜，即所謂幸福，所謂極樂。掙扎了一輩子以後再放棄掙扎，當然比一開場就奴顏婢膝的屈服高明得多，也就是説"自我"的確已經大大的擴張了；同時却又證明"自我"不能無限止的擴張下去，而且最後承認"自我"仍然是渺小的，鬥爭的結果還是一場空，真正得到的只是一個覺悟，覺悟鬥爭之無益，不如與命運、與神，言歸於好，求妥協。當然我把貝多芬的鬥爭説得簡單化了一些，但大致並不錯。此處不能作專題研究，有的地方只能籠統説説。——你以前信中屢次説到貝多芬最後的解脱仍是不徹底的，是否就是我以上説的那個意思呢？——我相信，要不是基督教思想統治了一千三四百年（從高盧人信奉基督教算起）的西方民族，現代歐洲人的精神狀態決不會複雜到這步田地，即使複雜，也將是另外一種性質。比如我們中華民族，儘管近半世紀以來也因爲與西方文化接觸之後而心情變得一天天複雜，儘管對人生的無常從古至今感慨傷嘆，但我們的內心矛盾，決不能與宗教信仰與現代精神（自我擴張）的矛盾相比。我們心目中的生死感慨，從無仰慕天堂的極其煩躁的期待與追求，也從無對永墮地獄的恐怖憂慮；所以我們的哀傷只是出於生物的本能，而不是由發熱的頭腦造出許多極樂與極可怖的幻象來一方面誘惑自己

一方面威嚇自己。同一苦悶，程度强弱之大有差別，健康與病態的分別，大概就取決於這個因素。

中華民族從古以來不追求自我擴張，從來不把人看做高於一切，在哲學文藝方面的表現都反映出人在自然界中與萬物佔着一個比例較爲恰當的地位，而非絶對統治萬物，奴役萬物的主宰。因此我們的苦悶，基本上比西方人爲少爲小；因爲苦悶的强弱原是隨欲望與野心的大小而轉移的。農業社會的人比工業社會的人享受差得多，因此欲望也小得多。況中國古代素來以不滯於物，不爲物役爲最主要的人生哲學。並非我們没有守財奴，但比起莫利哀與巴爾扎克筆下的守財奴與野心家來，就小巫見大巫了。中國民族多數是性情中正和平，淡泊，樸實，比西方人容易滿足。——另一方面，佛教影響雖然很大，但天堂地獄之説只是佛教中的小乘（净土宗）的説法，專爲知識較低的大衆而設的。真正的佛教教理並不相信真有天堂地獄；而是從理智上求覺悟，求超渡；覺悟是悟人世的虛幻，超渡是超脱痛苦與煩惱。儘管是出世思想，却不予人以熱烈追求幸福的鼓動，或急於逃避地獄的恐怖；主要是勸導人求智慧。佛教的智慧正好與基督教的信仰成爲鮮明的對比。智慧使人自然而然的醒悟，信仰反易使人入於偏執與熱狂之途。——我們的民族本來提倡智慧。（中國人的理想是追求智慧而不是追求信仰。我們只看見古人提到徹悟，從未以信仰堅定爲人生樂事〔這恰恰是西方人心目中的幸福〕。你認爲亨特爾比巴哈爲高，你説前者是智慧的結晶，後者是信仰的結晶：這個思想根源也反映出我們的民族性。）故知識分子受到佛教影響並無惡果。即使南北朝時代佛教在中國極盛，愚夫愚婦的迷信亦未嘗在吾國文化史上遺留什麽毒素，知識分子亦從未陷於虛無主義。即使有過一個短時期，但在歷史上並無大害。—— 相反，在兩漢以儒家爲唯一正統，罷斥百家，思想入於停滯狀態之後，佛教思想的輸入倒是給我們精神上的一種刺激，令人從麻痹中覺醒過來，從狹隘的一家一派的束縛中解放出來。在紀元二三世紀的思想情況之下這是一個可喜的現象。——對中國知識分子拘束最大的倒是僵死的禮教，從南宋的理學（程子朱子）起一直到清朝末年，養成了規行矩步，整天反省，唯恐背禮越矩的迂腐頭腦，也養成了口是心非的假道學、僞君子。其次是明清兩代的科舉制度，不僅束縛性靈，也使一部分有心胸有能力的人徘徊於功名利祿與真正修心養性，致知格物的矛盾中（反映於《儒林外史》中）。——然而這一類的矛盾也決不像近代西方人的矛盾那麽有害身心。我們的社會進步遲緩，資本主義制度發展若斷若續，封建時代的經濟基礎始終存在，封建時代的道德觀、人生觀、宇宙觀以及一切上層建築，到近百年中還有很大勢力，使我們的精神狀態，思想情形不致如資本主義高度發展的國家的人那樣混亂、複雜、病態；我們比起歐美人來一方面是落後，一方面也單純，就是説更健全一些。——從民族特性，傳統思想，以及經濟制度等等各個方面看，我們和西方人比較之下都有這個雙重性。——五四以來，情形急轉直下，西方文化的輸入使我們的頭腦受到極大的騷動，正如“帝國主義的資本主義”的侵入促成我們半封建半資本主義社會的崩潰一樣。我們開始感染到近代西方人的煩惱，幸而時期不久，並且宗教影響在我們思想上並無重大作用（西方宗教只影響到買辦階级以及一部分比較落後地區的農民，而且也並不深刻），故雖有現代式的苦悶，並不太尖鋭。我們還是有我們老一套的東方思想與東方哲學，作爲批判西方文化的尺度。當然以上所説特别是限於解放以前爲止的時期。解放以後情形大不相同，暇時再談。但卽是解放以前我們一代人的思想情況，你也承受下來了，感染得相當深了。我想你對西方藝術、西方思想、西方社會的反應和批評，骨子裏都有我們一代(比你早一代)的思想根源，再加上解放以後新社會給你的理想,使你對西歐的舊社會更有另外一種看法,另外一種感覺。——倘能從我這一大段歷史分析不管如何片面如何不正確來分析你目前的思想感情,也許能大大減少你內心苦悶的尖鋭程度,使你的矛盾不致影響你身心的健康與平衡,你説是不是?

人没有苦悶,没有矛盾,就不會進步。有矛盾才會逼你解決矛盾,解決一次矛盾卽往前邁進一步。到晚年矛盾減少,卽是生命將要告終的表現。没有矛盾的一片恬靜只是一個崇高的理想，真正實現的話並不是一個好現象。——憑了修養的功夫所能達到的和平恬靜只是極短暫的,比如浪潮的尖峰,一刹那就要過去的。或者理想的平和恬靜乃是微波盪漾,有矛盾而不太尖鋭,而且隨時能解決的那種精神修養,可決非一泓死水:一泓死水有什麽可羡呢?我覺得倘若苦悶而不致陷入悲觀厭世,有矛盾而能解決(至少在理論上認識上得到一個總結),那末苦悶與矛盾並不可怕。所要避免的乃是因苦悶而導致身心失常，或者玩世不恭，變做遊戲人生的態度。從另一角度看,最傷人的(對己對人,對小我與集體都有害的)乃是由 passion 出發的苦悶與矛盾，例如熱中名利而得不到名利的人,懷着野心而明明不能實現的人，經常忌妒別人、仇恨別人的人，那一類苦悶便是與己與人都有大害的。凡是從自卑感自溺狂等等來的苦悶對社會都是不利的,對自己也是致命傷。反之,倘是憂時憂國,不是爲小我打算而是爲了社會福利,人類前途而感到的苦悶,因爲出發點是正義,是理想,是熱愛，所以卽有矛盾，對己對人都無害處，倒反能逼自己作出一些小小的貢獻來。但此種苦悶也須用智慧來解決,至少在苦悶的時間不能忘了明哲的教訓,才不至於轉到悲觀絶望,用灰色眼鏡看事物,才能保持健康的心情繼續在人生中奮鬥,——而唯有如此,自己的小我苦悶才能轉化爲一種活潑潑的力量而不僅僅成爲憤世嫉俗的消極因素；因爲憤世嫉俗並不能解決矛盾，也就不能使自己往前邁進一步。由此得出一個結論，我們不怕經常苦悶，經常矛盾，但必須不讓這苦悶與矛盾妨礙我們愉快的心情。

一九六一年二月八日晨

記得你在波蘭時期，來信説過藝術家需要有single-mindedness，分出一部分時間關心別的東西，追求藝術就短少了這部分時間。當時你的話是特別針對某個問題而説的。我很了解（根據切身經驗），嚴格鑽研一門學術必須整個兒投身進去。藝術——尤其音樂，反映現實是非常間接的，思想感情必須轉化爲 emotion 才能在聲音中表達，而這一段醞釀過程，時間就很長；一受外界打擾，醞釀過程卽會延長，或竟中斷。音樂家特別需要集中（卽所謂single-mindedness），原因卽在於此。因爲音樂是時間的藝術，表達的又是流動性最大的 emotion，往往稍縱卽逝。——不幸，生在二十世紀的人，頭腦裝滿了多多少少的東西，世界上又有多多少少東西時時刻刻逼你注意；人究竟是社會的動物，不能完全與世隔絶；與世隔絶的任何一種藝術家都不會有生命，不能引起羣衆的共鳴。經常與社會接觸而仍然能保持頭腦冷靜，心情和平，同時能保持對藝術的新鮮感與專一的注意，的確是極不容易的事。你大概久已感覺到這一點。可是過去你似乎純用排斥外界的辦法（事實上你也做不到，因爲你對人生對世界的感觸與苦悶還是很多很强烈），而没頭没腦的沉浸在藝術裏，這不是很健康的作法。我屢屢提醒你，單靠音樂來培養音樂是有很大弊害的。以你的氣質而論，我覺得你需要多多跑到大自然中去，也需要不時欣賞造型藝術來調劑。假定你每個月郊遊一次，上美術舘一次，恐怕你不僅精神更愉快，更平衡，便是你的音樂表達也會更豐富，更有生命力，更有新面目出現。親愛的孩子，你無論如何應該試試看！

一月九日與林先生的畫同時寄出的一包書，多半爲溫習你中文着眼，故特別挑選文筆最好的書。——至於藝術與音樂方面的書，英文中有不少扎實的作品。暑中音樂會較少的期間，也該盡量閱讀。

一九六一年三月二十二日

拉凡爾的歌真美，我理想中的吾國新音樂大致就是這樣的一個藝術境界，可惜從事民間音樂的人還沒有體會到，也沒有這樣高的技術配備！

一九六一年三月二十八日晨（譯自英文）

親愛的彌拉：我會再勸聰在瑣屑小事上控制脾氣，他在這方面太像我了，我屢屢提醒他別受我的壞習慣影響。父母的缺點與壞脾氣應該不斷的作爲孩子的誡鑑，不然的話，人的性格就沒有改善的指望了。你媽媽却是最和藹可親，平易近人的女性（幸好你屬於她那一類型），受到所有親朋戚友的讚美，她溫柔婉約，對聰的爲人影響極大。多年來要不是經常有媽媽在當中任勞任怨，小心翼翼，耐心調停，我與聰可能不會像今日一般和睦相處，因爲我們兩人都脾氣急躁，尤其對小事情更沒有耐性。簡言之，我們在氣質上太相似了，一般來説，這是藝術家或詩人的氣質，可是在詩人畫家的妻子眼中看來，這種氣質却一點詩情畫意都沒有！我只能勸你在聰發脾氣的時候別太當真，就算他有時暴跳如雷也請你盡量克制，把他當作一個頑皮的孩子，我相信他很快會後悔，並爲自己蠻不講理而慚愧。我明白，要你保持冷靜，很不容易，你還這麼年輕！但是，這是平息風浪，避免波及的唯一方式，要不然，你自己的情緒也會因此變壞，那就糟了——這是家庭關係的致命傷！希望你在這一點上能原諒聰，正如媽媽一向原諒我一般，因爲我可以向你擔保，對小事情脾氣暴躁，可說是聰性格中唯一的嚴重缺點。

另一方面，我們認爲有一點很重要，就是聰在未來，應該把演奏次數減少，我在二月二十一日一信(E-No.11 T2)中，已經對你提過。一個人爲了工作神經過度緊張，時常會發起脾氣來。評論中屢次提到聰在演奏第一項節目時，表現得很緊張。爲了音樂，下一季他應該減少合約。把這問題好好的討論一下，不僅是爲他在公衆場所的演出水平，也更是爲你倆的幸福。假如成功與金錢不能爲你們帶來快樂，那麼爲什麼要爲這許多巡迴演出而疲於奔命呢？假如演出太多不能給你們家庭帶來安寧，那麼就酌情減少，倘若逾越分寸，世上就絶没有放縱無度而不自食其果的事！一切要合乎中庸之道，音樂亦不例外。這就是我一再勸聰應該時常去參觀畫廊的原因，欣賞造型藝術是維繫一個人身心平衡的最佳方式。

一九六一年四月九日(譯自英文)

親愛的彌拉：聰一定記得我們有句談到智者自甘淡泊的老話，説人心不知足，因此我們不應該受羈於貪念與欲望。這是人所盡知的常識，可是真要實踐起來，却非經歷生活的艱辛不可。一個人自小到大從未爲錢發愁固然十分幸運，從未見過自己的父母經濟發生困難也很幸運；但是他們一旦自己成家，就不善理財了。一個人如果少年得志，他就更不善理財，這對他一生爲害甚大。衆神之中，幸運女神最爲反覆無常，不懷好意，時常襲人於不備。因此我們希望聰減少演出，降低收入，減少疲勞，減輕壓力，緊縮開支，而多享受心境的平静以及婚姻生活的樂趣。親愛的彌拉，這對你也更好些。歸根結底，我相信你們倆對精神生活都比物質生活看得更重，因此就算家中並非樣樣舒裕也無關緊要——至少目前如此。真正的智慧在於聽取忠言，立即實行，因爲要一個人生來就聰明是不可能的，身爲女人，你不會時常生活在雲端裏，由於比較實際，你在持家理財上，一定比聰學得更快更容易。

我四歲喪父，二十五歲喪母，所以在現實生活中沒有人給我指點（在學識與文化方面亦復如此）。我曾經犯過無數不必要的錯誤，做過無數不必要的錯事，回顧往昔，我越來越希望能使我至愛的孩子們擺脱這些可能遇上但避免得了的錯誤與痛苦。此外，親愛的彌拉，因爲你生活在一個緊張的物質世界裏，我們傳統的一部分，尤其是中國的生活藝術（凡事要合乎中庸之道）也許會對你有些好處。你看，我像聰一樣是個理想主義者，雖然有時方式不同。你大概覺得我太迂腐，太道貌岸然了吧？

這兩星期，我在校閱丹納《藝術哲學》的譯稿，初稿兩年前就送給出版社了，但直到現在，書才到排字工人的手中。你知道，從排字到印刷，還得跨一大步，等一大段時日。這是一部有關藝術、歷史及人類文化的巨著，讀來使人興趣盎然，獲益良多，又有所啓發。你若有閑暇，一定得好好精讀和研究學習此書。

一九六一年四月十五日（譯自英文）

親愛的孩子，果然不出所料，你的信我們在十三號收到。從倫敦的郵簽看來是七號寄的，所以很快，這封信真好！這麼長，有意思及有意義的內容這麼多！媽媽跟我兩人把信念了好幾遍，（每封你跟彌拉寫來的信都要讀三遍！）每遍都同樣使我們興致勃勃，欣喜莫名！你真不愧爲一個現代的中國藝術家，有赤誠的心，凜然的正義感，對一切真摯、純潔、高尚、美好的事物都衷心熱愛，我的教育終於開花結果。你的天賦稟資越來越有所發揮；你是對得起祖國的兒子！你在非洲看到歐屬殖民地的種種醜惡行徑而感到義憤填膺，這是難怪的，安德烈·紀德三十年前訪問比屬剛果，寫下《剛果之行》來抗議所見的不平，當時他的印象與憤怒也與你相差無幾。你拒絕在南非演出是絕對正確的；當地的種族歧視最厲害，最叫人不可忍受。聽到你想爲非洲人義演，也使我感到十分高興。了不起！親愛的孩子！我們對你若非已愛到無以復加，就要爲此更加愛你了。

你們倆就算有時弄得一團糟也不必介懷，只要你們因此得到教訓，不再重蹈覆轍就行了，沒有人可以自詡從不犯錯，可是每個人都能夠越來越少犯錯誤。在私人生活方面，孩子氣很可愛，甚至很富有詩意，可是你很明白在嚴肅的事情及社交場合上，我們必須十分謹慎，處處小心，別忘了英國人基本上是清教徒式的，他們對世情俗務的要求是十分嚴苛的。

聰的長信給我們很多啓發，你跟我在許多方面十分相像，由於我們基本上都具有現代思想，很受十九世紀的西方浪漫主義以及他們的"世紀病"的影響。除了勤勉工作或專注於藝術、哲學、文學之外，我們永遠不會真正感到快樂，永遠不會排除"厭倦"，我們兩人都很難逃避世事變遷的影響。現在沒時間討論所有這些以及其他有關藝術的問題，日後再談吧！

我得提醒聰在寫和講英文時要小心些，我當然不在乎也不責怪你信中的文法錯誤，你沒時間去斟酌文字風格，你的思想比下筆快，而且又時常匆匆忙忙或在飛機上寫信，你不必理會我們，不過在你的日常會話中，就得潤飾一下，選用比較多樣化的形容詞、名詞及句法，盡可能避免冗贅的字眼及辭句，別毫無變化的說“多妙”或“多了不起”，你大可選用“宏偉”，“堂皇”，“神奇”，“神聖”，“超凡”，“至高”，“高尚”，“聖潔”，“輝煌”，“卓越”，“燦爛”，“精妙”，“令人讚賞”，“好”，“佳”，“美”等等字眼，使你的表達方式更多姿多彩，更能表現出感情、感覺、感受及思想的各種層次，就如在演奏音樂一般。要是你不在乎好好選擇字眼，長此以往，思想就會變得混沌、單調、呆滯、沒有色彩、沒有生命。再沒有什麼比我們的語言更能影響思想的方式了。

一九六一年四月二十日*

親愛的聰，接到你南非歸途中的長信，我一邊讀一邊激動得連心都跳起來了。爸爸沒念完就說了幾次 Wonderful! Wonderful! 孩子，你不知給了我們多少安慰和快樂! 從各方面看，你的立身處世都有原則性，可以說完全跟爸爸一模一樣。對黑人的同情，恨殖民主義者欺凌弱小，對世界上一切醜惡的憤懣，原是一個充滿熱情，充滿愛，有正義感的青年應有的反響。你的民族傲氣，愛祖國愛事業的熱忱，態度的嚴肅，也是你爸爸多少年來從頭至尾感染你的；我想你自己也感覺到。孩子，看到你們父子氣質如此相同，正直的行事如此一致，心中真是說不出的高興。你們談藝術、談哲學、談人生、上下古今無所不包，一言半語就互相默契，徹底了解；在父子兩代中能夠有這種情形，實在難得。我更回想到五六、五七兩年你回家的時期，沒有一天不談到深更半夜，當時我就覺得你爸爸早已把你當做朋友看待了。

但你成長以後和我們相處的日子太少，還有一個方面你沒有懂得爸爸。他有極 delicate 極 complex 的一面，就是對錢的看法。你知道他一生清白，公私分明，嚴格到極點。他幫助人也有極强的原則性，凡是不正當的用途，便是知己的朋友也不肯通融（我親眼見過這種例子）。凡是人家真有爲難而且是正當用途，就是素不相識的也肯慨然相助。就是説，他對什麽事都嚴肅看待，理智强得不得了。不像我是無原則的人道主義者，有求必應。你在金錢方面只承繼了媽媽的缺點，一些也没學到爸爸的好處。爸爸從來不肯有求於人。這二年來營養之缺乏，非你所能想像，因此百病叢生，神經衰弱、視神經衰退、關節炎、三叉神經痛，各種慢性病接踵而來。他雖然一向體弱，可也不至於此伏彼起的受這麽多的折磨。他自己常嘆衰老得快，不中用了。我看着心裏乾着急。有幾個知己朋友也爲之擔心，但是有什麽辦法呢？大家都一樣。人家提議："爲什麽不上飯店去吃幾頓呢？""爲什麽不叫兒子寄些食物來呢？"他却始終硬挺，既不願出門，也不肯向你開口；始終抱着置生命於度外的態度。（我不知道你有没有體會到爸爸這幾年來的心情？他不願，我也不願與你提，怕影響你的情緒。）後來我實在看不下去，便在去年十一月二十六日的信末向你表示。……你來信對此不提及。今年一月五日你從 Malta 來信還是隻字不提，於是我不得不在一月六日給你的信上明明白白告訴你："像我們這樣的父母，向兒子開口要東西是出於不得已，這一點你應該理解到。爸爸説不是非寄不可，只要回報一聲就行，免得人伸着脖子等。"二月九日我又寫道："我看他思想和心理活動都很複雜，每次要你寄食物的單子，他都一再躊躇，彷彿向兒子開口要東西也顧慮重重，並且也怕增加你的負擔。你若真有困難，應當來信説明，免得他心中七上八下。否則也該來信安慰安慰他。每次單子都是我從旁作主的。"的確，他自己也承認這一方面有複雜的心理（complex），有疙瘩存在，因爲他覺得有求於人，即使在骨肉之間也有屈辱之感。你是非常敏感的人，但是對你爸爸媽媽這方面的領會還不够深切和細膩。我一再表示，你好像都没有感覺，從來没有正面安慰爸爸。

他不但爲了自尊心有疙瘩，還老是擔心增加你的支出，每次 order 食物，心裏矛盾百出，屈辱感、自卑感，一古腦兒都會冒出來，甚至信也寫不下去了……他有他的隱痛：一方面覺得你粗心大意，對我們的實際生活不够體貼，同時也原諒你事情忙，對我們實際生活不加推敲，而且他也説藝術家在這方面總是不注意的，太懂實際生活，藝術也不會高明。從這幾句話你可想像出他一會兒煩惱一會兒譬解的心理與情緒的波動。此外他再三勸你跟彌拉每月要 save money，要作預算，要有計劃，而自己却要你寄這寄那，多化你們的錢，他認爲自相矛盾。尤其你現在成了家，開支浩大，不像單身的時候没有顧忌。彌拉固然體貼可愛，毫無隔膜，但是我們做公公婆婆的在媳婦面前總覺臉上不光彩。中國舊社會對兒女有特別的看法，説什麼"養子防老"等等；甚至有些父母還嫌兒子媳婦不孝順，這樣不稱心，那樣不滿意，以致引起家庭糾紛。我們從來不曾有過老派人依靠兒女的念頭，所以對你的教育也從來没有接觸到這個方面。正是相反，我們是走的另一極端：只知道撫育兒女，教育兒女，盡量滿足兒女的希望是我們的責任和快慰。從來不想到要兒女報答。誰料到一朝竟會真的需要兒子依靠兒子呢？因爲與一生的原則抵觸，所以對你有所要求時總要感到委屈，心裏大大不舒服，煩惱得無法解脱。

……他想到你爲了多掙錢，勢必要多開音樂會，以致疲於奔命，有傷身體，因此心裏老是忐忑不安，説不出的内疚！既然你没有明白表示，有時爸爸甚至後悔 order 食物，想還是不要你們寄的好。此中痛苦，此中顧慮，你萬萬想不到。我没有他那樣執着，常常從旁勸慰。……不論在哪一方面，你很懂得爸爸，但這方面的疙瘩，恐怕你連做夢也没想到過；我久已埋在心頭，没有和你細談。爲了讓你更進一步，更全面的了解他，我覺得責任難逃，應當告訴你。

我的身體也不算好，心臟衰弱，心跳不正常，累了就浮腫，營養更談不上。因爲我是一家中最不重要的人，還自認爲身體最棒，能省下來給你爸爸與弟弟吃是我的樂處（他們又硬要我吃，你推我讓，常常爲此争執），我這個作風，你在家也看慣的。這二年多來瘦了二十磅，一有心事就失眠，説明我也神經衰弱，眼睛老花，看書寫字非戴眼鏡不可。以上所説，想你不會誤解，我決不是念苦經，只是讓你知道人生的苦樂。趁我現在還有精力，我要盡情傾吐，使我們一家人，雖然一東一西分隔遥遠，還是能够融融洽洽，無話不談，精神互相貫通，好像生活在一起。同時也使你多知道一些實際的人生和人情。以上説的一些家常瑣碎和生活情形，你在外邊的人也當知道一個大概，免得與現實過分脱節。你是聰明人，一定會想法安慰爸爸，消除他心中的 complex！

……我們過的生活比大衆還好得多。我們的享受已經遠過於别人。我天性是最容易滿足的，你爸爸也守着“知足常樂”的教訓，總的説來，心情仍然愉快開朗；何況我們還有音樂、書法、圖畫……的精神享受以及工作方面得來的安慰！雖然客觀形勢困難，連着二年受到自然災害，但在上下一致的努力之下，一定會慢慢好轉。前途仍然是樂觀的。所以爸爸照樣積極，對大局的信心照樣很堅定。雖然帶病工作，對事業的那股欲罷不能的勁兒，與以前毫無分别。敏每次來信總勸爸爸多休息少工作，我也常常勸説。但是他不做這樣就做那樣，腦子不能空閑成了習慣，他自己也無法控制。

一九六一年四月二十五日

親愛的孩子，寄你“武梁祠石刻搨片”四張，乃係普通復製品，屬於現在印的畫片一類。

搨片一稱拓片，是吾國固有的一種印刷，原則上與過去印木版書，今日印木刻銅刻的版畫相同。惟印木版書畫先在版上塗墨，然後以白紙覆印；拓片則先覆白紙於原石，再在紙背以布球蘸墨輕拍細按，印訖後紙背卽成正面；而石刻凸出部分皆成黑色，凹陷部分保留紙之本色（卽白色）。木刻銅刻上原有之圖像是反刻的，像我們用的圖章；石刻原作的圖像本是正刻，與西洋的浮雕相似，故復製時方法不同。

古代石刻畫最常見的一種只勾線條，刻劃甚淺；拓片上只見大片黑色中浮現許多白線，構成人物鳥獸草木之輪廓；另一種則將人物四周之石挖去，如陽文圖章，在拓片上卽看到物像是黑的，具有整個形體，不僅是輪廓了。最後一種與第二種同，但留出之圖像呈半圓而微凸，接近西洋的淺浮雕。武梁祠石刻則是第二種之代表作。

給你的拓片，技術與用紙都不高明；目的只是讓你看到我們遠祖雕刻藝術的些少樣品。你在歐洲隨處見到希臘羅馬雕塑的照片，如何能没有祖國雕刻的照片呢？我們的古代遺物既無照相，只有依賴拓片，而拓片是與原作等大，絶未縮小之復本。

武梁祠石刻在山東嘉祥縣武氏祠内，爲公元二世紀前半期作品，正當東漢（卽後漢）中葉。武氏當時是個大地主大官僚，子孫在其墓畔築有享堂（俗稱祠堂）專供祭祀之用。堂内四壁嵌有石刻的圖畫。武氏兄弟數人，故有武榮祠武梁祠之分，惟世人混稱爲武梁祠。

同類的石刻畫尚有山東肥城縣之孝堂山郭氏墓，則是西漢（前漢）之物，早於武梁祠約百年（公元一世紀），且係陰刻，風格亦較古拙厚重。“孝堂山”與“武梁祠”爲吾國古雕塑兩大高峰，不可不加注意。此外尚有較晚出土之四川漢墓石刻,亦係精品。

石刻畫題材自古代神話，如女媧氏補天、三皇五帝等傳說起，至聖賢、豪傑烈士、諸侯之史實軼事，無所不包。——其中一部分你小時候在古書上都讀過。原作每石有數畫，中間連續，不分界限,僅於上角刻有題目,如«老萊子彩衣娱親»、«荆軻刺秦王»等等。惟文字刻劃甚淺,年代剥落,大半無存； 今日之下欲知何畫代表何人故事,非熟悉«春秋»«左傳»«國策»不可; 我無此精力，不能爲你逐條考據。

武梁祠全部石刻共佔五十餘石，題材總數更遠過於此。我僅有拓片二十餘紙,亦是殘帙,缺漏甚多，兹挑出拓印較好之四紙寄你,但線條仍不够分明,遒勁生動飄逸之美幾無從體會，只能説聊勝於無而已。

此種信紙①即是木刻印刷，今亦不復製造,值得細看一下。

另附法文説明一份,專供彌拉閲讀,讓她也知道一些中國古藝術的梗概與中國史地的常識。希望她爲你譯成英文，好解釋給你外國友人聽； 我知道大部分歷史與雕塑名詞你都不見得會用英文説。—— 倘裝在框内,拓片只可非常小心的壓平,切勿用力拉直拉平,無數皺下去的地方都代表原作的細節,將紙完全拉直拉平就會失去本來面目,務望與彌拉細説。

又漢代石刻畫純係吾國民族風格。人物姿態衣飾既是標準漢族氣味，雕刻風格亦毫無外來影響。南北朝（公元四世紀至六世紀)之石刻,如河南龍門、山西云崗之巨大塑像(其中很大部分是更晚的隋唐作品——相當於公元六—— 八世紀)，以及敦煌壁畫等等,顯然深受佛教藝術、希臘羅馬及近東藝術之影響。

① 這封信是用木刻水印箋紙寫的。

附帶告訴你這些中國藝術演變的零星知識，對你也有好處，與西方朋友談到中國文化，總該對主流支流，本土文明與外來因素，心中有個大體的輪廓才行。以後去不列顛博物館、巴黎盧佛美術館，在遠東藝術室中亦可注意及之。巴黎還有專門陳列中國古物的 Musée Guimet，值得參觀！

一九六一年五月一日

聰：四月十七、二十、二十四，三封信（二十日是媽媽寫的）都該收到了吧？三月十五寄你評論摘要一小本（非航空），由媽媽打字裝釘，是否亦早到了？我們花過一番心血的工作，不管大小，總得知道沒有遺失才放心。四月二十六日寄出漢石刻畫像拓片四張，二十九又寄《李白集》十册，《十八家詩鈔》二函，合成一包；又一月二十日交與海關檢查，到最近發還的丹納《藝術哲學·第四編（論希臘雕塑）》手鈔譯稿一册，亦于四月二十九寄你。以上都非航空，只是掛號。日後收到望一一來信告知。

中國詩詞最好是木刻本，古色古香，特別可愛。可惜不准出口，不得已而求其次，就挑商務影印本給你。以後還會陸續寄，想你一定喜歡。《論希臘雕塑》一編六萬餘字，是我去冬花了幾星期功夫抄的，也算是我的手澤，特別給你做紀念。內容值得細讀，也非單看一遍所能完全體會。便是彌拉讀法文原著，也得用功研究，且原著對神話及古代史部分沒有註解，她看起來還不及你讀譯文易懂。爲她今後閱讀方便，應當買幾部英文及法文的比較完整的字典才好。我會另外寫信給她提到。

一月九日寄你的一包書內有老舍及錢伯母的作品，都是你舊時讀過的。不過內容及文筆，我對老舍的早年作品看法已大大不同。從前覺得了不起的那篇《微神》，如今認爲太雕琢，過分刻劃，變得纖巧，反而貧弱了。一切藝術品都忌做作，最美的字句都要出之自然，好像天衣無縫，才經得起時間考驗而能傳世久遠。比如“山高月小，水落石出”不但寫長江中赤壁的夜景，歷歷在目，而且也寫盡了一切兼有幽遠、崇高與寒意的夜景；同時兩句話說得多麼平易，真叫做“天籟”！老舍的《柳家大院》還是有血有肉，活得很。——爲溫習文字，不妨隨時看幾段。沒人講中國話，只好用讀書代替，免得詞彙字句愈來愈遺忘。——最近兩封英文信，又長又詳盡，我們很高興，但爲了你的中文，仍望不時用中文寫，這是你唯一用到中文的機會了。寫錯字無妨，正好讓我提醒你。不知五月中是否演出較少，能抽空寫信來？

最近有人批判王氏的“無我之境”，說是寫純客觀，脫離階級鬥爭。此說未免褊狹。第一，純客觀事實上是辦不到的。既然是人觀察事物，無論如何總帶幾分主觀，即使力求擺脫物質束縛也只能做到一部分，而且爲時極短。其次能多少客觀一些，精神上倒是真正獲得鬆弛與休息，也是好事。人總是人，不是機器，不可能二十四小時只做一種活動。生理上就使你不能不飲食睡眠，推而廣之，精神上也有各種不同的活動。便是目不識丁的農夫也有出神的經驗，雖時間不過一剎那，其實即是無我或物我兩忘的心境。藝術家表現出那種境界來未必會使人意志頹廢。例如念了“寒波淡淡起，白鳥悠悠下”兩句詩，哪有一星半點不健全的感覺？假定如此，自然界的良辰美景豈不成年累月擺在人面前，人如何不消沉至於不可救藥的呢？——相反，我認爲生活越緊張越需要這一類的調劑；多親近大自然倒是維持身心平衡最好的辦法。近代人的大病即在於拚命損害了一種機能（或一切機能）去發展某一種機能，造成許多畸形與病態。我不斷勸你去郊外散步，也是此意。幸而你東西奔走的路上還能常常接觸高山峻嶺，海洋流水，日出日落，月色星光，無形中更新你的感覺，解除你的疲勞。等你讀了《希臘雕塑》的譯文，對這些方面一定有更深的體會。

另一方面，終日在瑣碎家務與世俗應對中過生活的人，也該時時到野外去洗掉一些塵俗氣，別讓這塵俗氣積聚日久成爲宿垢。彌拉接到我黃山照片後來信說，從未想到山水之美有如此者。可知她雖家居瑞士，只是偶爾在山脚下小住，根本不曾登高臨遠，見到神奇的景色。在這方面你得隨時培養她。此外我也希望她每天擠出時間，哪怕半小時吧，作爲閱讀之用。而閱讀也不宜老揀輕鬆的東西當作消遣；應當每年選定一二部名著用功細讀。比如丹納的《藝術哲學》之類，若能徹底消化，做人方面，氣度方面，理解與領會方面都有進步，不僅僅是增加知識而已。巴爾扎克的小說也不是只供消閑的。像你們目前的生活，要經常不斷的閱讀正經書不是件容易的事，需要很强的意志與紀律才行。望時常與她提及你老師勃隆斯丹近七八年來的生活，除了做飯、洗衣，照管丈夫孩子以外，居然堅持練琴，每日一小時至一小時半，到今日每月有四五次演出。這種精神值得彌拉學習。

你岳丈灌的唱片，十之八九已聽過，覺得以貝多芬的協奏曲與巴哈的 *Solo Sonata* 爲最好。Bartok 不容易領會，Bach 的協奏曲不及 piano 的協奏曲動人。不知怎麼，polyphonic 音樂對我終覺太抽象。便是巴哈的 *Cantata* 聽來也不覺感動。一則我領會音樂的限度已到了盡頭，二則一般中國人的氣質和那種宗教音樂距離太遠。——語言的隔閡在歌唱中也是一個大阻礙。勃拉姆斯的小提琴協奏曲似乎不及鋼琴協奏曲美，是不是我程度太低呢？

Louis Kentner 似乎並不高明，不知是與你岳丈合作得不大好，還是本來演奏不過爾爾？他的 Franck 朔拿大遠不及 Menuhin 的 violin part。Kreutzer 更差，2nd movement 的變奏曲部分 weak

之至（老是躲躲縮縮，退在後面，便是piano爲主的段落亦然如此）。你大概聽過他獨奏，不知你的看法如何？是不是我了解他不够或竟了解差了？

你往海外預備拿什麼節目出去？協奏曲是哪幾支？恐怕Van Wyck首先要考慮那邊羣衆的好惡；我覺得考慮是應當的，但也不宜太遷就。最好還是挑自己最有把握的東西。真有吸引力的還是一個人的本色；而保持本色最多的當然是你理解最深的作品。在英國少有表演機會的Bartok、Prokofiev等現代樂曲，是否上那邊去演出呢？——前信提及Cuba演出可能，還須鄭重考慮，我覺得應推遲一二年再說！暑假中最好結合工作與休息，不去遠地登台，一方面你們倆都需要鬆鬆，一方面你也好集中準備海外節目。——七月中去不去維也納灌貝多芬第一、四？——問你的話望當場記在小本子上，或要彌拉寫下，待寫信時答覆我們。一舉手之勞，我們的問題卽有着落。

一九六一年五月二十三日

親愛的孩子，越知道你中文生疏，我越需要和你多寫中文；同時免得彌拉和我們隔膜，也要盡量寫英文。有時一些話不免在中英文信中重複，望勿誤會是我老糊塗。從你婚後，我覺得對彌拉如同對你一樣負有指導的責任：許多有關人生和家常瑣事的經驗，你不知道還不打緊，彌拉可不能不學習，否則如何能幫助你解決問題呢？既然她自幼的遭遇不很幸福，得到父母指點的地方不見得很充分，再加西方人總有許多觀點與我們有距離，特別在人生的淡泊，起居享用的儉樸方面，我更認爲應當逐漸把我們東方民族（雖然她也是東方血統，但她的東方只是徒有其名了！）的明智的傳統灌輸給她。前信問你有關她與生母的感情，務望來信告知。這是人倫至性，我們不能不關心彌拉在這方面的心情或苦悶。

不願意把物質的事掛在嘴邊是一件事，不糊裏糊塗莫名其妙的丟失錢是另一件事！這是我與你大不相同之處。我也覺得提到阿堵物是俗氣，可是我年輕時母親（你的祖母）對我的零用抓得極緊，加上二十四歲獨立當家，收入不豐；所以比你在經濟上會計算，會籌劃，尤其比你原則性强。當然，這些對你的藝術家氣質不很調和，但也只是對像你這樣的藝術家是如此；精明能幹的藝術家也有的是。蕭邦即是一個有名的例子：他從來不讓出版商剥削，和他們談判條件從不怕煩。你在金錢方面的潔癖，在我們眼中是高尚的節操，在西方拜金世界和吸血世界中却是任人魚肉的好材料。我不和人争利，但也絶不肯被人剥削，遇到這種情形不能不争。——這也是我與你不同之處。但你也知道，我争的還是一個理而不是爲錢，争的是一口氣而不是爲的利。在這一點上你和我仍然相像。

總而言之，理財有方法，有系統，並不與重視物質有必然的聯繫，而只是爲了不吃物質的虧而採取的預防措施；正如日常生活有規律，並非求生活刻板枯燥，而是爲了争取更多的時間，節省更多的精力來做些有用的事，讀些有益的書，總之是爲了更完美的享受人生。

裴遼士我一向認爲最能代表法蘭西民族，最不受德、意兩國音樂傳統的影響。《基督童年》一曲樸素而又精雅，熱烈而又含蓄，虔誠而又健康，完全寫出一個健全的人的宗教情緒，廣義的宗教情緒，對一切神聖，純潔，美好，無邪的事物的崇敬。來信説的很對，那個曲子又有熱情又有恬静，又興奮又淡泊，第二段的古風尤其可愛。怪不得當初巴黎的批評家都受了騙，以爲真是新發現的十七世紀法國教士作的。但那 narrator 唱的太過火了些，我覺得家中原有老哥倫比亞的一個片段比這個新片更素雅自然。可惜你不懂法文，全篇唱詞之美在英文譯文中完全消失了。我對照看了幾段，簡直不能傳達原作的美於萬一！原文寫得像«聖經»一般單純！可是多美！想你也知道全部脚本是出於裴遼士的手筆。

你既對裴遼士感到很大興趣，應當趕快買一本羅曼羅蘭的«今代音樂家»（Romain Rolland: *Musiciens d'Aujourd'hui*），讀一讀論裴遼士的一篇。那篇文章寫得好極了！倘英譯本還有同一作者的«古代音樂家»（*Musiciens d'Autrefois*）當然也該買。正因爲裴遼士完全表達他自己，不理會也不知道（據說他早期根本不知道巴哈）過去的成規俗套，所以你聽來格外清新，親切，真誠，而且獨具一格。也正因爲你是中國人，受西洋音樂傳統的熏陶較淺，所以你更能欣賞獨往獨來，在音樂上追求自由甚於一切的裴遼士。而也由於同樣的理由，我熱切期望未來的中國音樂應該是這樣一個境界。爲什麼不呢？俄羅斯五大家不也由於同樣的理由愛好裴遼士嗎？同時，不也是由於同樣的理由，莫索斯基對近代各國的樂派發生極大的影響嗎？

你說的很對，"學然後知不足"，只有不學無術或是淺嘗即止的人才會自大自滿。我愈來愈覺得讀書太少，聊以自慰的就是還算會吸收，消化，貫通。像你這樣的藝術家，應當無書不讀，像 Busoni, Hindemith 那樣。就因爲此，你更需和彌拉倆妥善安排日常生活，一切起居小節都該有規律有計劃，才能擠出時間來。當然，藝術家也不能沒有懶洋洋的耽於幻想的時間，可不能太多；否則成了習慣就浪費光陰了。沒有音樂會的期間也該有個計劃，哪幾天招待朋友，哪幾天聽音樂會，哪幾天照常練琴，哪幾天讀哪一本書。

一朝有了安排,就不至於因爲無目的無任務而感到空虛與煩躁了。這些瑣瑣碎碎的項目其實就是生活藝術的內容。否則空談“人生也是藝術”,究竟指什麽呢?對自己有什麽好處呢?但願你與彌拉多談談這些問題,定出計劃來按步就班的做去。最要緊的是定的計劃不能隨便打破或打亂。你該回想一下我的作風,可以加强你實踐的意志。

一九四五年我和周伯伯辦《新語》,寫的文章每字每句脱不了羅曼羅蘭的氣息和口吻,我苦苦挣扎了十多天,終於擺脱了,重新找到了我自己的文風。這事我始終不能忘懷。——你現在思想方式受外國語文束縛,與我當時受羅曼羅蘭(翻了他120萬字的長篇自然免不了受影響)的束縛有些相似,只是你生活在外國語文的環境中,更不容易解脱,但並非絶對不可能解決。例如我能寫中文,也能寫法文和英文,固然時間要花得多一些,但不至於像你這樣二百多字的一頁中文(在我應當是英文——因我從來没有實地應用英文的機會)要花費一小時。問題在於你的意志,只要你立意克服,恢復中文的困難早晚能克服。我建議你每天寫一些中文日記,便是簡簡單單寫一篇三四行的流水賬,記一些生活瑣事也好,唯一的條件是有恒。倘你天天寫一二百字,持續到四五星期,你的中文必然會流暢得多。——最近翻出你五〇年十月昆明來信,讀了感慨很多。到今天爲止,敏還寫不出你十六歲時寫的那樣的中文。既然你有相當根基,恢復並不太難,希望你有信心,不要膽怯,要堅持,持久!你這次寫的第一頁,雖然氣力花了不少,中文還是很好,很能表達你的真情實感。——要長此生疏下去,我倒真替你着急呢!我竟説不出我和你兩人爲這個問題誰更焦急。可是乾着急無濟於事,主要是想辦法解決,想了辦法該堅決貫徹!再告訴你一點:你從英國寫回來的中文信，不論從措辭或從風格上看，都還比你的英文強得多；因爲你的中文畢竟有許多古書做底子，不比你的英文只是浮光掠影撫拾得來的。你知道了這一點應該更有自信心了吧！

一九六一年五月二十四日

……你也從未提及是否備有膠帶録音設備，使你能細細聽你自己的演奏。這倒是你極需要的。一般評論都説你的蕭邦表情太多，要是聽任樂曲本身自己表達（即少加表情），效果只會更好。批評家還説大概是你年齡關係，過了四十，也許你自己會改變。這一類的説法你覺得對不對？（Cologne 的評論有些寫得很拐彎抹角，完全是德國人脾氣，愛複雜。）我的看法，你有時不免誇張；理論上你是對的，但實際表達往往會"太過"。唯一的補救與防止，是在心情非常冷静的時候，多聽自己家裏的 tape 録音；聽的時候要盡量客觀，當作別人的演奏一樣對待。

我自己常常發覺譯的東西過了幾個月就不滿意；往往當時感到得意的段落，隔一些時候就覺得平淡得很，甚至於糟糕得很。當然，也有很多情形，人家對我的批評與我自己的批評並不對頭；人家指出的，我不認爲是毛病；自己認爲毛病的，人家却並未指出。想來你也有同樣的經驗。

在空閑（即無音樂會）期間有朋友來往，不但是應有的調劑，使自己不致與現實隔膜，同時也表示別人喜歡你，是件大好事。主要是這些應酬也得有限度有計劃。最忌有求必應，每會必到；也最忌臨時添出新客新事。西方習慣多半先用電話預約，很少人會作不速之客，——即使有不速之客，必是極知己的人，不致妨礙你原定計劃的。——希望彌拉慢慢能學會這一套安排的技術。原則就是要取主動,不能處處被動!!

孩子，來信有句話很奇怪。沉默如何就等於同意或了解呢?不同意或不領會,豈非也可用沉默來表現嗎?在我,因爲太追求邏輯與合理,往往什麽話都要説得明白,問得明白，答覆別人也答覆得分明;沉默倒像表示躲避,引起別人的感覺不是信任或放心，而是疑慮或焦急。過去我常問到你經濟情況,怕你開支浩大,演出太多,有傷身體與精神的健康;主要是因爲我深知一個藝術家在西方世界中保持獨立多麽不容易，而唯有經濟有切實保障才能維持人格的獨立。並且父母對兒女的物質生活總是特别關心。再過一二十年,等你的孩子長成以後,你就會體驗到這種心情。

一九六一年五月二十四日(譯自英文)

親愛的孩子:每次媽媽連續夢見你們幾晚，就會收到你們的信,這次也不例外,她不但夢見你們兩個,也夢見彌拉從窗下經過,媽媽叫了出來:彌拉!媽媽説,彌拉還對她笑呢!

從現在起,我得多寫中文信,好讓聰多接觸母語，同時我還會繼續給你們用英文寫信。

你們在共同生活的五個月當中,想必學習了不少實際事務,正如以前説過，安頓一個新家，一定使你們上了扎實的第一課。我希望，你們一旦安頓下來之後，就會爲小家庭施行一個良好的制度。也許在聽演奏頻繁的季節,一切還不難應付;反而是在較爲空閑必須應付俗務社交的日子,如何安排調度,就煞費周章了。以我看來,最主要的是控制事情,而勿消極的爲事情所控制。假如你們有一、兩個星期閑暇,不是應該事先有個計劃,哪幾天招待朋友,哪幾天輕鬆一下，哪幾天把時間化在認真嚴肅的閲讀與研究之上?當然,要把計劃付諸實行必須要有堅强的意志,但這不是小事，而是持家之道，也是人生藝術的要素。事前未經考慮，千萬不要輕率允諾任何事，不論是約會或茶會，否則很容易會爲踐諾而苦惱。爲人隨和固然很好，甚至很有人緣，但却時常會帶來不必要的麻煩，我常常特別吝惜時間（在朋友中出了名），很少跟人約會，這樣做使我多年來腦筋清靜，生活得極有規律。我明白，你們的生活環境很不相同，但是愼於許諾仍是好事，尤其是對保持聰的寧靜，更加有用。

一九六一年五月二十五日

倘寫純粹中文信太費時間，不妨夾着英文一起寫，作爲初步訓練，那總比根本不寫中文强，也比從頭至尾寫中文省力省時。設法每天看半小時（至少一刻鐘）的中國書，堅持半年以後必有成績。

一九六一年六月十四日夜

巴爾扎克的《幻滅》(*Lost Illusions*)英譯本，已由宋伯伯從香港寄來，彌拉不必再費心了。英譯本確是一九五一年新出，並寫明是某某人新譯，出版者是John Lehmann, 25 Gilbert St. London W. 1，彌拉問過幾家倫敦書店，都說並無此新譯本，可見英國書店從業員之孤陋寡聞。三十年前巴黎拉丁區的書店，你問什麼都能對答如流，簡直是一部百科辭典。英譯本也有插圖，但構圖之庸俗，用筆之淒迷瑣碎，線條之貧弱無力，可以說不堪一顧。英國畫家水準之低實屬不堪想像，無怪丹納在《藝術哲學》中對第一流的英國繪畫也批評得很兇。——至此爲止，此書我尚在準備階段。內容複雜，非細細研究不能動筆；況目力、體力、腦力，大不如前，更有蝸步之嘆。將來還有一大堆問題寄到巴黎去請教。

一九六一年六月二十六日晚

親愛的孩子，六月十八日信（郵戳十九）今晨收到。雖然化了很多鐘點，信寫得很好。多寫幾回就會感到更容易更省力。最高興的是你的民族性格和特徵保持得那麼完整，居然還不忘記：“一簞食（讀如“嗣”）一瓢飲，回也不改其樂。”唯有如此，才不致被西方的物質文明淹没。你屢次來信説我們的信給你看到和回想到另外一個世界，理想氣息那麼濃的，豪邁的，真誠的，光明正大的，慈悲的，無我的（即你此次信中説的 idealistic, generous, devoted, loyal, kind, selfless）世界。我知道東方西方之間的鴻溝，只有豪傑之士，領悟穎異，感覺敏鋭而深刻的極少數人方能體會。换句話説，東方人要理解西方人及其文化和西方人理解東方人及其文化同樣不容易。即使理解了，實際生活中也未必真能接受。這是近代人的苦悶：既不能閉關自守，東方與西方各管各的生活，各管各的思想，又不能避免兩種精神兩種文化兩種哲學的衝突和矛盾。當然，除了衝突與矛盾，兩種文化也彼此吸引，相互之間有特殊的魅力使人神往。東方的智慧、明哲、超脱，要是能與西方的活力、熱情、大無畏的精神融合起來，人類可能看到另一種新文化出現。西方人那種孜孜矻矻，白首窮經，只知爲學，不問成敗的精神還是存在（現在和克利斯朵夫的時代一樣存在），值得我們學習。你我都不是大國主義者，也深惡痛絶大國主義，但你我的民族自覺、民族自豪和愛國熱忱並無一星半點的排外意味。相反，這是一個有根有蒂的人應有的感覺與感情。每次看到你有這種表現，我都快活得心兒直跳，覺得你不愧爲中華民族的兒子！媽媽也爲之自豪，對你特別高興，特別滿意。

分析你岳父的一段大有見地，但願作爲你的鑑戒。你的兩點結論，不幸的婚姻和太多與太早的成功是藝術家最大的敵人，說得太中肯了。我過去爲你的婚姻問題操心，多半也是從這一點出發。如今彌拉不是有野心的女孩子，至少不會把你拉上熱衷名利的路，讓你能始終維持藝術的尊嚴，維持你嚴肅樸素的人生觀，已經是你的大幸。還有你淡於名利的胸懷，與我一樣的自我批評精神，對你的藝術都是一種保障。但願十年二十年之後，我不在人世的時候，你永遠能堅持這兩點。恬淡的胸懷，在西方世界中特別少見，希望你能樹立一個榜樣！

說到彌拉，你是否仍和去年八月初訂婚時來信說的一樣預備培養她？不是說培養她成一個什麼專門人材，而是帶她走上嚴肅，正直，坦白，愛美，愛善，愛真理的路。希望以身作則，鼓勵她多多讀書，有計劃有系統的正規的讀書，不是消閑趣時的讀書。你也該培養她的意志：便是有規律有系統的處理家務，掌握家庭開支，經常讀書等等，都是訓練意志的具體機會。不隨便向自己的 fancy 讓步，也不隨便向你的 fancy 讓步，也是鍛鍊意志的機會。孩子氣是可貴的，但決不能損害 taste，更不能影響家庭生活，起居飲食的規律。有些脾氣也許一輩子也改不了，但主觀上改，總比聽其自然或是放縱（即所謂 indulging）好。你說對嗎？彌拉與我們通信近來少得多，我們不怪她，但那也是她道義上感情上的一種責任。我們原諒她是一回事，你不從旁提醒她可就不合理，不盡你督促之責了。做人是整體的，對我們經常寫信也表示她對人生對家庭的態度。你別誤會，我再說一遍，別誤會我們嗔怪她，而是爲了她太年輕，需要養成一個好作風，處理實際事務的嚴格的態度；以上的話主要是爲她好，而不是僅僅爲我們多得一些你們消息的快樂。可是千萬注意，和她提到給我們寫信的時候，說話要和軟，否則反而會影響她與我們的感情。翁姑與媳婦的關係與父母子女的關係大不相同,你慢慢會咂摸到,所以處理要非常細緻。

最近幾次來信,你對我們託辦的事多半有交代,我很高興。你終於在實際生活方面也成熟起來了,表示你有頭有尾,責任感更强了。你的録音機迄未置辦,我很詫異;照理你佈置新居時,應與床鋪在預算表上佔同樣重要的地位。在我想來,少一二條地毯倒没關係,少一架好的録音機却太不明智。足見你們倆仍太年輕,分不出輕重緩急。但願你去美洲回來就有能力置辦!

我早料到你讀了«論希臘雕塑»以後的興奮。那樣的時代是一去不復返的了,正如一個人從童年到少年那個天真可愛的階段一樣。也如同我們的先秦時代、兩晉六朝一樣。近來常翻閲«世説新語»(正在尋一部鉛印而篇幅不太笨重的預備寄你),覺得那時的風流文采既有點兒近古希臘,也有點兒像文藝復興時期的意大利;但那種高遠、恬淡、素雅的意味仍然不同於西方文化史上的任何一個時期。人真是奇怪的動物,文明的時候會那麽文明,談玄説理會那麽雋永,野蠻的時候又同野獸毫無分别,甚至更殘酷。奇怪的是這兩個極端就表現在同一批人同一時代的人身上。兩晉六朝多少野心家,想奪天下、稱孤道寡的人,坐下來清談竟是深通老莊與佛教哲學的哲人!

亨特爾的神劇固然追求異教精神,但他畢竟不是紀元前四五世紀的希臘人,他的作品只是十八世紀一個意大利化的日耳曼人嚮往古希臘文化的表現。便是«賽米里»吧,口吻仍不免帶點兒浮誇(pompous)。這不是亨特爾個人之過,而是民族與時代之不同,絶對勉强不來的。將來你有空閑的時候(我想再過三五年,你音樂會一定可大大減少,多一些從各方面晉修的時間),讀幾部英譯的柏拉圖、塞諾封一類的作品，你對希臘文化可有更多更深的體會。再不然你一朝去雅典，儘管山陵剥落（如丹納書中所説）面目全非，但是那種天光水色（我只能從親自見過的羅馬和那不勒斯的天光水色去想像），以及巴德農神廟的廢墟，一定會給你强烈的激動，狂喜，非言語所能形容，好比四五十年以前鄧肯在巴德農廢墟上光着脚不由自主的跳起舞來。（«鄧肯（Duncun）自傳»，倘在舊書店中看到，可買來一讀。）真正體會古文化，除了從小“泡”過來之外，只有接觸那古文化的遺物。我所以不斷寄吾國的藝術復製品給你，一方面是滿足你思念故國，緬懷我們古老文化的饑渴，一方面也想用具體事物來影響彌拉。從文化上、藝術上認識而愛好異國，才是真正認識和愛好一個異國；而且我認爲也是加强你們倆精神契合的最可靠的鏈鎖。

石刻畫你喜歡嗎？是否感覺到那是真正漢族的藝術品，不像敦煌壁畫雲崗石刻有外來因素。我覺得光是那種寬袍大袖、簡潔有力的線條、渾合的輪廓、古樸的屋宇車輛、强勁雄壯的馬匹，已使我看了怦然心動，神遊於二千年以前的天地中去了。（裝了框子看更有效果。）

幾個月來做翻譯巴爾扎克«幻滅»三部曲的準備工作，七百五十餘頁原文，共有一千一百餘生字。發個狠每天温三百至四百生字，大有好處。正如你後悔不早開始把蕭邦的 *Etudes* 作爲每天的日課，我也後悔不早開始記生字的苦功。否則這部書的生字至多只有二三百。倘有錢伯伯那種記憶力，生字可減至數十。天資不足，只能用苦功補足。我雖到了這年紀，身體挺壞，這種苦功還是願意下的。

你對 Michelangeli 的觀感大有不同，足見你六年來的進步與成熟。同時，"曾經滄海難爲水"，"登東山而小魯，登泰山而小天下"，也是你意見大變的原因。倫敦畢竟是國際性的樂壇，你這兩年半的逗留不是没有收穫的。

最近在美國的《旅行家雜誌》(*National Geographic*)上讀到一篇英國人寫的愛爾蘭遊記，文字很長，圖片很多。他是三十年中第二次去周遊全島，結論是："什麽是愛爾蘭最有意思的東西？——是愛爾蘭人。"這句話與你在杜伯林匆匆一過的印象完全相同。

吃過晚飯，又讀了一遍(第三遍)來信。你自己説寫得亂七八糟，其實並不。你有的是真情實感，真正和真實的觀察，分析，判斷，便是雜亂也亂不到哪裏去。中文也並未退步；你爸爸最挑剔文字，我説不退步你可相信是真的不退步。而你那股熱情和正義感不知不覺洋溢於字裏行間，教我看了安慰，興奮……有些段落好像是我十幾年來和你説的話的回聲……你没有辜負園丁！

老好人往往太遷就，遷就世俗，遷就褊狹的家庭願望，遷就自己内心中不大高明的因素；不幸真理和藝術需要高度的原則性和永不妥協的良心。物質的幸運也常常毁壞藝術家。可見藝術永遠離不開道德——廣義的道德，包括正直，剛强，鬥争(和自己的鬥争以及和社會的鬥争)，毅力，意志，信仰……

的確，中國優秀傳統的人生哲學，很少西方人能接受，更不用説實踐了。比如"富貴於我如浮雲"在你我是一條極崇高極可羡的理想準則，但像巴爾扎克筆下的那些人物，正好把富貴作爲人生最重要的，甚至是唯一的目標。他們那股向上爬，求成功的蠻勁與狂熱，我個人簡直覺得難以理解。也許是氣質不同，並非多數中國人全是那麼淡泊。我們不能把自己人太理想化。

你提到英國人的抑制(inhibition)其實正表示他們獷野强悍的程度,不能不深自斂抑,一旦決堤而出,就是莎士比亞筆下的那些人物,如麥克白斯、奧賽羅等等,豈不 wild 到極點?

Bath 在歐洲亦是鼎鼎大名的風景區和溫泉療養地,無怪你覺得是英國最美的城市。看了你寄來的節目,其中幾張風景使我回想起我住過的法國內地古城:那種古色古香,那種幽靜與悠閑,至今常在夢寐間出現。——說到這裏,希望你七月去維也納,百忙中買一些美麗的風景片給我。爸爸坐井觀天,讓我從紙面上也接觸一下貝多芬、莫扎特、舒伯特住過的名城!

"After reading that, I found my conviction that Handel's music, specially his *oratorio* is the nearest to the Greek spirit in music 更加强了。His optimism, his radiant poetry, which is as simple as one can imagine but never vulgar, his directness and frankness, his pride, his majesty and his almost Physical ecstasy. I think that is why when an English chorus sings '*Hallelujah*' they suddenly become so wild, taking off completely their usual English inhibition, because at that moment they experience something really thrilling, something like ecstasy, …"

"讀了丹納的文章,我更相信過去的看法不錯:亨特爾的音樂,尤其神劇,是音樂中最接近希臘精神的東西。他有那種樂天的傾向,豪華的詩意,同時亦極盡樸素,而且從來不流於庸俗,他表現率直,坦白,又高傲又堂皇,差不多在生理上到達一種狂喜與忘我的境界。也許就因爲此,英國合唱隊唱 *Hallelujah* 的時候,會突然變得豪放，把平時那種英國人的抑制完全擺脱乾净，因爲他們那時有一種真正激動心弦，類似出神的感覺。”

爲了幫助你的中文，我把你信中一段英文代你用中文寫出。你看看是否與你原意有距離。ecstasy一字涵義不一，我不能老是用出神二字來翻譯。——像這樣不打草稿隨手翻譯，在我還是破題兒第一遭。

提醒你一句：信中把“自以爲是”寫作“自已爲是”，此是筆誤，但也得提一下。

一九六一年六月二十七日（譯自英文）

最親愛的彌拉：要是我寫一封長長的中文信給聰，而不給你寫幾行英文信，我就會感到不安。寫信給你們兩個，不僅是我的責任，也是一種抑止不住的感情，想表達我對你的親情與摯愛，最近十個月來，我們怎麼能想起聰而不同時想到你呢？在我們心目中，你們兩個已經不知不覺的合二而一了。但是爲了使聰不致於忘記中文，我必須多用中文給他寫信，所以你看，每次我給你們寫信時就不得不寫兩封。

…………

媽媽和我都很高興見到聰在現實生活中變得成熟些了，這當然是你們結合的好影響。你們結婚以來，我覺得聰更有自信了。他的心境更爲平静，傷感與乖戾也相應減少，雖則如此，他的意志力，在藝術方面之外，仍然薄弱，而看來你在這方面也不太堅强。最好隨時記得這一點，設法使兩人都能自律，都能容忍包涵。在家中維持有條理的常規，使一切井井有條，你們還年輕，這些事很難付諸實行並堅持下去，可是養成良好習慣，加强意志力永遠是件好事，久而久之，會受益無窮。

一個人(尤其在西方)一旦沒有宗教信仰，道德規範就自動成爲生活中唯一的圭臬。大多數歐洲人看到中國人沒有宗教（以基督教的眼光來看），而世世代代以來均能維繫一個有條有理，太平文明的社會，就大感驚異，秘密在於這世上除了中國人，再沒有其他民族是這樣自小受健全的道德教訓長大的。你也許已在聰的爲人方面看到這一點，我們的道德主張並不像西方的那麽“拘謹”，而是一種非常廣義的看法，相信人生中應誠實不欺，不論物質方面或精神方面，均不計報酬，像基督徒似的冀求一個天堂。我們深信，人應該爲了善、爲了榮譽、爲了公理而爲善，而不是爲了懼怕永恒的懲罰，也不是爲了求取永恒的福祉。在這一意義上，中國人是文明世界中真正樂觀的民族。在中國，一個真正受過良好教養和我們最佳傳統與文化熏陶的人，在不知不覺中自然會不逐名利，不慕虛榮，滿足於一種莊嚴崇高，但物質上相當清貧的生活。這種態度，你認爲是不是很理想很美妙？

親愛的孩子，有沒有想過我在E-No.17信中所引用的孟德斯鳩的名言：“樹人如樹木，若非善加栽培，必難欣欣向榮”？假如你想聽取孟德斯鳩的忠言，成爲一棵“枝葉茂盛”的植物，那麽這是開始自我修養的時候了。開始時也許在聰忙於演出的日子，你可以有閑暇讀些正經書，我建議你在今夏看這兩本書：丹納的《藝術哲學》和Etiemble的《新西遊記》(這本書我有兩册，是作者送的，我會立即寄一本給你)。讀第一本書可使你對藝術及一般文化歷史有所認識，第二本可促進你對現代中國的了解。

如果你可以在舊書店裏找到一本羅素的《幸福之路》，也請用心閱讀，這本書雖然是三十年前寫的，可是因爲書中充滿智慧及富有哲理的話很多，這些話永遠不會過時，所以對今日的讀者，仍然有所裨益。希望你也能念完《約翰·克利斯朵夫》。像你這樣一位年輕的家庭主婦要繼續上進，終身堅持自我教育，是十分困難的，我可以想像得出你有多忙，可是這件事是值得去努力争取的。媽媽快四十九歲了，仍然“挣扎”着每天要學習一些新東西（學習英語）。我有没有告訴過你，勃隆斯丹太太跟一般中產階級的家庭主婦一樣忙，可是她仍然每天堅持練琴（每日只練一小時至一小時半，可是日久見功），還能演奏及上電台播音。這種勇氣與意志的確叫人激賞，幾乎可説是英雄行徑！

一九六一年七月七日（譯自英文）

最親愛的彌拉：謝謝你寄來的 Magidoff 所寫關於你爸爸的書，這本書把我完全吸引住了，使我丢下手邊的工作，不顧上海天氣的炎熱（室内攝氏 32°），接連三個下午把它看完。過去五、六年來很少看過這麼精彩動人、内容翔實的書，你在五月十日的信中説，這本書寫得不太好，可是也許會讓我們覺得很新奇。傳記中的無數細節與插曲是否合乎事實，我當然不像你爸爸或家裏人一般有資格去評論，可是有一點我可以肯定：這本書對我來説不僅僅是新奇而已，並且對藝術家、所有看重子女教育的父母，以及一般有教養的讀者都啓發很深。我身為一個文學工作者，受過中國哲學思想的熏陶，在教養孩子的過程中經過了無數試驗和失誤，而且對一切真、善、美的事物特别熱愛，念起 Magidoff 這本書來，感到特别興奮，讀後使我深思反省有生以來的種種經歷，包括我對人生、道德、美學、教育等各方面的見解與思想變遷。我在教育方面多少像聰一樣，從父母那裏繼承了優點及缺點，雖然程度相差很遠。例如，我教育子女的方式非常嚴格，非常刻板，甚至很專制，我一直怕寵壞孩子，尤其是聰。我從來不許他選擇彈琴作為終生事業，直到他十六歲，我對他的傾向與天份不再懷疑時才准許，而且遲至十八歲，我還時常提醒他的老師對他不要過分稱讚。像我的母親一樣，我一直不斷的給聰灌輸淡於名利權勢，不慕一切虛榮的思想。

在教育的過程中，我用了上一代的方法及很多其他的方法，犯了無數過錯，使我時常後悔莫及，幸而兩個孩子都及早脫離了家庭的規範與指導。聰一定告訴過你，他十五歲時一個人在昆明待了兩年，不過，他在處世方面並沒有學得更練達，這一方面歸咎于他早年在家庭所受的教育不健全；一方面歸咎於我自己的缺點，一方面又由於他性格像媽媽，有點過分隨和，所以很難養成自律的習慣，以及向世界挑戰的勇氣。

…………

在藝術方面，你父親的榮譽，他的獨特與早熟，一生經歷過無數危機，在外人眼中却一帆風順，處處都樹立榜樣，表演了一齣最感人最生動的戲劇，在心理及美學方面，發人深省，使我們得以窺見一位名人及大音樂家的心靈。這本書也給年輕人上了最寶貴的一課（不論是對了解音樂或發展演奏及技巧而言），尤其是聰。甚至你，親愛的彌拉，你也該把這本書再讀一遍，我相信讀後可以對你父親有更進一步的了解（順便一提，没有人可以誇口徹底了解自己的親人，儘管兩人的關係有多親密）：了解他的性格，他那崇高的品德，以及輝煌的藝術成就。此外，把這本書用心細讀，你可以學習很多有關人生的事：你父親在二次世界大戰期間英勇慷慨的事跡，他在柏林（在猶太難民營中）以後在以色列對自己信念所表現出的大智大勇，使你可以看出，他雖然脾氣隨和，性情和藹，可是骨子裏是個原則堅定、性格堅强的人。一旦你們必須面對生活中真正嚴重的考驗時，這些令人讚賞的品格一定可以成爲你倆不能忽忘的楷模。我在中文信中告訴了聰，希望能有時間爲這本精彩的書寫篇長評，更確切的説，是爲你父親非凡的一生寫篇長評。我現在所説的只是個粗略的概梗(而且是隨便談的)，漫談我看了這本書之後的印象與心得,要使你充分了解我的興奮,聊聊數語是不足盡道的。

一九六一年七月七日晚

親愛的孩子，《近代文明中的音樂》和你岳父的傳記，同日收到。接連三個下午看完傳記,感想之多,情緒的波動,近十年中幾乎是絶無僅有的經歷。寫當代人的傳記有一個很大的便宜,人證物證多,容易從四面八方搜集材料,相互引證,核對。當然也有缺點:作者與對象之間距離太近,不容易看清客觀事實和真正的面目;當事人所牽涉的人和事大半尚在目前,作者不能毫無顧慮,内容的可靠性和作者的意見難免打很大的折扣。總的説來，瑪奇陶夫寫得很精彩;對人生,藝術,心理變化都有深刻的觀察和真切的感受;taste不錯，没有過分的恭維。作者本人的修養和人生觀都相當深廣。許多小故事的引用也並非僅僅爲了吸引讀者，而是旁敲側擊的烘托出人物的性格。

你大概馬上想像得到，此書對我有特殊的吸引力。教育兒童的部分,天才兒童的成長及其苦悶的歷史,缺乏苦功而在二十六歲至三十歲之間閉門(不是説絶對退隱,而是獨自摸索)補課,兩次的婚姻和戰時戰後的活動,都引起我無數的感觸。關於教育,你岳父的經歷對你我兩人都是一面鏡子。我許多地方像他的父母，不論是優點還是缺點,也有許多地方不及他的父母,也有某些地方比他們開明。我很慶幸没有把你關在家裏太久,這也是時代使然,也是你我的個性同樣倔强使然。父母子女之間的摩擦與衝突，甚至是反目,當時雖然對雙方都是極痛苦的事,從長裏看對兒女的成長倒是利多弊少。你祖岳母的驕傲簡直到了不近人情的地步，完全與她的宗教信仰不相容——世界上除了回教我完全茫然以外，沒有一個宗教不教人謙卑和隱忍，不教人克制驕傲和狂妄的。可是她對待老友 Goldman 的態度，對伊虛提在台上先向托斯卡尼尼鞠躬的責備，竟是發展到自高自大、目空一切的程度。她教兒女從小輕視金錢權勢，不向政治與資本家低頭，不許他們自滿，唯恐師友寵壞他們，這一切當然是對的。她與她丈夫竭力教育子女，而且如此全面，當然也是正確的，可敬可佩的；可是歸根結蒂，她始終沒有弄清楚教育的目的，只籠籠統統說要兒女做一個好人，哪怕當鞋匠也不妨；她却並未給好人 (honest man) 二字下過定義。在我看來，她的所謂好人實在是非常狹小的，限於 respectable 而從未想到更積極更闊大的天地和理想。假如她心目中有此意念，她必然會鼓勵孩子 "培養自己以便對社會對人類有所貢獻"。她絕未尊敬藝術，她對真、美、善毫無虔誠的崇敬心理；因此她看到別人自告奮勇幫助伊虛提（如埃爾曼資助他去歐洲留學，哥爾門送他 Prince K……小提琴等等）並不有所感動，而只覺得自尊心受損。她從未認識人的偉大是在於幫助別人，受教育的目的只是培養和積聚更大的力量去幫助別人，而絕對不是盲目的自我擴張。曼紐欣老夫人只看見她自己，她一家，她的和丈夫的姓氏與種族；所以她看別人的行爲也永遠從別人的自私出發。自己沒有理想，如何會想到茫茫人海中竟有具備理想的人呢？她學問豐富，只缺少一個高遠的理想作爲指南針。她爲人正直，只缺少忘我的犧牲精神——她爲兒女是忘我的，是有犧牲精神的；但"爲兒女"實際仍是"爲她自己"；她沒有急公好義，慷慨豪俠的仁慈！幸虧你岳父得天獨厚，凡是家庭教育所沒有給他的東西，他從音樂中吸收了，從古代到近代的樂曲中，從他接觸的前輩，尤其安內斯庫身上得到了啓示。他沒有感染他母親那種狹窄、閉塞、貧乏、自私的道德觀（卽西方人所謂的

prudery)。也幸而殘酷的戰爭教了他更多的東西，擴大了他的心靈和胸襟，燒起他內在的熱情……你岳父今日的成就，特別在人品和人生觀方面，可以說是 in spite of his mother。我相信真有程度的羣衆欣賞你岳父的地方(仍是指藝術以外的爲人)，他父母未必體會到什麽偉大。但他在海牙爲一個快要病死的女孩子演奏 Bach 的 *Chaconne*，以及他一九四七年在柏林對猶太難民的說話，以後在以色列的表現等等，我認爲是你岳父最了不起的舉動，符合我們威武不能屈的古訓。

書中值得我們深思的段落，多至不勝枚舉，對音樂，對莫扎特，巴哈直到巴托克的見解；對音樂記憶的分析，小提琴技術的分析，還有對協奏曲和你一開始即浸入音樂的習慣完全相似的態度，都大有細細體會的價值。他的兩次 restudy最後一次是一九四二——四五，你都可作爲借鑒。

了解人是一門最高深的藝術，便是最偉大的哲人、詩人、宗教家、小說家、政治家、醫生、律師，都只能掌握一些原則，不能說對某些具體的實例——個人——有徹底的了解。人真是矛盾百出，複雜萬分，神秘到極點的動物。看了傳記，好像對人物有了相當認識，其實還不過是一些粗疏的概念。尤其他是性情温和，從小隱忍慣的人，更不易摸透他的底。我想你也有同感。

你上次信中分析他的話，我不敢下任何斷語。可是世界上就是到處殘缺，没有完善的人或事。大家說他目前的夫人不太理想，但彌拉的母親又未嘗使他幸福。他現在的夫人的確多才多藝，精明强幹，而連帶也免不了多才多藝和精明强幹帶來的缺點。假如你和其他友人對你岳父的看法不錯，那也只能希望他的藝術良心會再一次覺醒，提到一個新的更高的水平，再來一次嚴格的自我批評。是否會有這幸運的一天，就得看他的生命力如何了。人的發展總是波浪式的，和自然界一樣：低潮之後還有高潮再起的可能，峰迴路轉，也許"柳暗花明又一村"，又來一個新天地呢！所以古人說對人要"蓋棺論定"。

多少零星的故事和插曲也極有意義。例如埃爾迦抗議紐門（Newman）對伊虛提演奏他小提琴協奏曲的評論：紐門認爲伊虛提把第二樂章表達太甜太 luscious，埃爾迦說他寫的曲子，特別那個主題本身就是甜美的，luscious，"難道英國人非板起面孔不可嗎？我是板起面孔的人嗎？"可見批評家太着重於一般的民族性，作家越出固有的民族性，批評家竟熟視無睹，而把他所不贊成的表現歸罪於演奏家。而紐門還是世界上第一流的學者兼批評家呢！可嘆學問和感受和心靈往往碰不到一起，感受和心靈也往往不與學問合流。要不然人類的文化還可大大的進一步呢？巴托克聽了伊虛提演奏他的小提琴協奏曲後說："我本以爲這樣的表達只能在作曲家死了長久以後才可能。"可見了解同時代的人推陳出新的創造的確不是件容易的事。——然而我們又不能執着 Elgar 對 Yehudi 的例子，對批評家的言論一律懷疑。我們只能依靠自我批評精神來作取捨的標準，可是我們的自我批評精神是否永遠可靠，不犯錯誤呢（infallible）？是否我們常常在應該堅持的時候輕易讓步而在應當信從批評家的時候又偏偏剛愎自用、頑固不化呢？我提到這一點，因爲你我都有一個缺點："好辯"；人家站在正面，我會立刻站在反面；反過來亦然。而你因爲年輕，這種傾向比我更强。但願你慢慢的學得客觀、冷靜、理智，別像古希臘人那樣爲争辯而争辯！

阿陶夫·蒲希和安内斯庫兩人對巴哈 *Fugue* 主題的 forte or dolce 的看法不同，使我想起太多的書本知識要没有高度的理解力協助，很容易流於教條主義，成爲學院派。

另一方面，Ysaye 要伊虛提拉 arpeggio 的故事，完全顯出一個真正客觀冷靜的大藝術家的"巨眼"，不是巨眼識英雄，而是有看破英雄的短處的"巨眼"。青年人要尋師問道,的確要從多方面着眼。你岳父承認跟 Adolph Busch 還是有益的,儘管他氣質上和心底裏更喜歡安內斯庫。你岳父一再後悔不曾及早注意伊薩伊的暗示。因此我勸你空下來靜靜思索一下,你幾年來可曾聽到過師友或批評家的一言半語而沒有重視的。趁早想,趁早補課爲妙!你的祖岳母說:"我母親常言,只有傻瓜才自己碰了釘子方始回頭;聰明人看見別人吃虧就學了乖。"此話我完全同意,你該記得一九五三年你初去北京以後我說過在信上同樣的話,記得我說的是:"家裏囑咐你的話多聽一些,在外就不必只受別人批評。"大意如此。

你説過的那位匈牙利老太太,指導過 Anni Fischer 的,千萬上門去請教,便是去一二次也好。你有足够的聰明,人家三言兩語,你就能悟出許多道理。可是從古到今沒有一個人聰明到不需要聽任何人的意見。智者千慮,必有一失。也許你去美訪問以前就該去拜訪那位老人家!親愛的孩子,聽爸爸的話,安排時間去試一試好嗎?——再附帶一句:去之前一定要存心去聽"不入耳之言"才會有所得,你得隨時去尋訪你周圍的大大小小的伊薩伊!

話愈説愈遠——也許是愈説愈近了。假如念的書不能應用到自己身上來,念書幹嘛?

你岳父清清楚楚對他自幼所受的教育有很大的反響。他一再聲明越少替兒童安排他們的前途越好。這話其實也只説對了一部分,同時也得看這種放任主義如何執行。

要是有時間與精力,這樣一本書可以讓我寫一篇上萬字的批評。但老實説,我與伊虛提成了親家,加上狄阿娜夫人 so sharp and so witty,我也下筆有顧忌,只好和你談談。

最後問你一句:你看過此書沒有?倘未看,可有空卽讀,而且隨手拿一支紅筆,要標出(underline)精彩的段落。以後有空還得再念第二三遍。彌拉年輕，未經世事，我覺得她讀了此書並無所得。

……媽媽送了她東西，她一個字都没有，未免太不禮貌。尤其我們没有真好的東西給她(環境限制)，可是“禮輕心意重”，總希望受的人接受我們一份情意。倘不是爲了身體不好，光是忙，不能成爲一聲不出的理由。這是體統和規矩問題。我看她過去與後母之間不大融洽，說不定一半也由於她太“少不更事”。——但這事你得非常和緩的向她提出，也别露出是我信中嗔怪她，只作爲你自己發覺這樣不大好，不够 kind，不合乎做人之道。你得解釋，這不過是一例，做人是對整個社會，不僅僅是應付家屬。但對近親不講禮貌的人也容易得罪一般的親友。——以上種種，你需要掌握時機，候她心情愉快的當口委婉細緻，心平氣和，像對知己朋友進忠告一般的談。假如爲了我們使你們小夫婦倆不歡，是我極不願意的。你總得讓她感覺到一切是爲她好，幫助她學習，live the life; 而絶非爲了父母而埋怨她。孩子，這件微妙的任務希望你順利完成！對你也是一種學習和考驗。忠言逆耳，但必須出以一百二十分柔和的態度，對方才能接受。

一九六一年七月八日上午

在過去的農業社會裏，人的生活比較閑散，周圍没有緊張的空氣，隨遇而安，得過且過的生活方式還能對付。現在時代大變，尤其在西方世界，整天整月整年社會像一個瞬息不停的萬花筒，生存競爭的劇烈，想你完全體會到了。最好作事要有計劃，至少一個季度事先要有打算，定下的程序非萬不得已切勿臨時打亂。你是一個經常出台的演奏家，與教授、學者等等不同：生活忙亂得多，不容易控制。但愈忙亂愈需要有全面計劃，我總覺得你太被動，常常 be carried away,被環境和大大小小的事故帶着走。從長遠看，不是好辦法。過去我一再問及你經濟情況，主要是爲了解你的物質基礎,想推測一下再要多少時期可以減少演出,加强學習——不僅僅音樂方面的學習。我很明白在西方社會中物質生活無保障，任何高遠的理想都談不上。但所謂物質保障首先要看你的生活水準，其次要看你會不會安排收支,保持平衡,經常有規律的儲蓄。生活水準本身就是可上可下,好壞程度、高低等級多至不可勝計的;究竟自己預備以哪一種水準爲準,需要想個清楚,弄個徹底，然後用堅强的意志去貫徹。唯有如此，方談得到安排收支等等的理財之道。孩子,光是瞧不起金錢不解決問題;相反，正因爲瞧不起金錢而不加控制,不會處理,臨了竟會吃金錢的虧，做物質的奴役。單身漢還可用顏回的刻苦辦法應急,有了家室就不行,你若希望彌拉也會甘於素衣淡食就要求太苛，不合實際了。爲了避免落到這一步，倒是應當及早定出一個中等的生活水準使彌拉能同意，能實踐，幫助你定計劃執行。越是輕視物質越需要控制物質。你既要保持你藝術的尊嚴,人格的獨立,控制物質更成爲最迫切最重要的先决條件。孩子,假如你相信我這個論點,就得及早行動。

經濟有了計劃，就可按照目前的實際情況定一個音樂活動的計劃。比如下一季度是你最忙,但也是收入最多的季度:那筆收入應該事先做好預算;切勿錢在手頭,撒漫使花，而是要作爲今後減少演出的基礎——説明白些就是基金。你常説音樂世界是茫茫大海,但音樂還不過是藝術中的一支,學問中的一門。望洋興嘆是無濟於事的,要鑽研仍然要定計劃——這又跟你的演出的多少,物質生活的基礎有密切關係。你結了婚,不久家累會更重;你已站定脚跟,但最要防止將來爲了家累,爲了物質基礎不穩固，不知不覺的把演出、音樂爲你一家數口服務。古往今來——尤其近代,多少藝術家包括各個部門的到中年以後走下坡路，難道真是他們願意的嗎？多半是爲家庭拖下水的，而且拖下水的經過完全出於不知不覺。孩子，我爲了你的前途不能不長篇累牘的告誡。現在正是設計你下一階段生活的時候，應當振作精神，面對當前，眼望將來，從長考慮。何況我相信三五年到十年之內，會有一個你覺得非退隱一年二年不可的時期。一切真有成就的演奏家都逃不過這一關。你得及早準備。

最近三個月，你每個月都有一封長信，使我們好像和你對面談天一樣：這是你所能給我和你媽媽的最大安慰。父母老了，精神上不免一天天的感到寂寞。唯有萬里外的遊子歸鴻使我們生活中還有一些光彩和生氣。希望以後信中除了藝術，也談談實際問題。你當然領會到我做爸爸的只想竭盡所能幫助你進步，增進你的幸福，想必不致嫌我煩瑣吧？

一九六一年八月一日

親愛的孩子，二十四日接彌拉十六日長信，快慰之至。幾個月不見她手跡着實令人掛心，不知怎麼，我們真當她親生女兒一般疼她；從未見過一面，却像久已認識的人那樣親切。讀她的信，神情笑貌躍然紙上。口吻那麼天真那麼樸素，taste 很好，真叫人喜歡。成功的婚姻不僅對當事人是莫大的幸福，而且溫暖的光和無窮的詩意一直照射到、滲透入雙方的家庭。敏讀了彌拉的信也非常欣賞她的人品。

彌拉報告中有一件事教我們特別高興：你居然去找過了那位匈牙利太太！（姓名彌拉寫得不清楚，望告知！）多少個月來（在傑老師心中已是一年多了），我們盼望你做這一件事，一旦實現，不能不爲你的音樂前途慶幸。——寫到此，又接你明信片；那末原來希望本月四日左右接你長信，又得推遲十天了。但願你把技巧改進的經過與實際談得詳細些，讓我轉告李先生好慢慢幫助國內的音樂青年,想必也是你極願意做的事。本月十二至二十七日間,九月二十三日以前,你都有空閑的時間，除了出門休息(想你們一定會出門吧?)以外,盡量再去拜訪那位老太太,向她請教。尤其維也納派(莫扎特,貝多芬,舒伯特)，那種所謂 repose 的風味必須徹底體會。好些評論對你這方面的欠缺都一再提及。——至於追求細節太過,以致妨礙音樂的樸素與樂曲的總的輪廓,批評家也說過很多次。據我的推想，你很可能犯了這些毛病。往往你會追求一個目的,忘了其他,不知不覺鑽入牛角尖(今後望深自警惕)。可是深信你一朝醒悟,信從了高明的指點,你回頭是岸,糾正起來是極快的,只是別矯枉過正,望另一極端搖擺過去就好了。

像你這樣的年齡與經驗,隨時隨地吸收別人的意見非常重要。經常請教前輩更是必需。你敏感得很，准會很快領會到那位前輩的特色與專長,盡量汲取——不到汲取完了決不輕易調換老師。

上面說到維也納派的 repose，推想當是一種閑適恬淡而又富於曠達胸懷的境界,有點兒像陶靖節、杜甫(某一部分田園寫景)、蘇東坡、辛稼軒(也是田園曲與牧歌式的詞)。但我還捉摸不到真正維也納派的所謂 repose,不知你的體會是怎麼回事?

近代有名的悲劇演員可分兩派:一派是渾身投入，忘其所以，觀衆好像看到真正的劇中人在面前歌哭；情緒的激動，呼吸的起伏,竟會把人在火熱的浪潮中卷走，Sarah Bernhardt 1844—1923 即是此派代表（巴黎有她的紀念劇院）。一派刻劃人物維妙維肖，也有大起大落的激情,同時又處處有一個恰如其分的節度,從來不流於“狂易”之境。心理學家說這等演員似乎有雙重人格：既是演員，同時又是觀衆。演員使他與劇中人物合一，觀衆使他一切演技不會過火（即是能入能出的那句老話）。因爲他隨時隨地站在圈子以外冷眼觀察自己，故即使到了猛烈的高潮峰頂仍然能控制自己。以藝術而論，我想第二種演員應當是更高級。觀衆除了與劇中人發生共鳴，親身經受强烈的情感以外，還感到理性節制的偉大，人不被自己情欲完全支配的偉大。這偉大也就是一種美。感情的美近於火焰的美，浪濤的美，疾風暴雨之美，或是風和日暖、鳥語花香的美；理性的美却近於鑽石的閃光，星星的閃光，近於雕刻精工的美，完滿無疵的美，也就是智慧之美！情感與理性平衡所以最美，因爲是最上乘的人生哲學，生活藝術。

記得好多年前我已與你談起這一類話。現在經過千百次實際登台的閱歷，大概更能體會到上述的分析可應用於音樂了吧？去冬你岳父來信説你彈兩支莫扎特協奏曲，能把强烈的感情納入古典的形式之内，他意思即是指感情與理性的平衡。但你還年輕，出台太多，往往體力不濟，或技巧不够放鬆，難免臨場緊張，或是情不由己，be carried away。並且你整個品性的涵養也還没到此地步。不過早晚你會在這方面成功的，尤其技巧有了大改進以後。

國内形勢八個月來逐漸改變，最近周總理關於文藝工作十大問題的報告長達八小時，内容非常精彩。惟尚未公佈，只是京中極高級的少數人聽到，我們更只知道一鱗半爪，不敢輕易傳達。總的傾向是由緊張趨向緩和，由急進趨向循序漸進。也許再過一些日子會有更明朗的輪廓出現。

一九六一年八月十九日

近幾年來常常想到人在大千世界、星雲世界中多麼微不足道，因此更感到人自命爲萬物之靈實在狂妄可笑。但一切外界的事物仍不斷對我發生强烈的作用，引起强烈的反應和波動，憂時憂國不能自已；另一時期又覺得轉眼之間即可撒手而去，一切於我何有哉！這一類矛盾的心情幾乎經常控制了我：主觀上並無出世之意，事實上常常浮起虛無幻滅之感。個人對一切感覺都敏鋭、强烈，而常常又自笑愚妄。不知這是現代中國知識分子的共同苦悶，還是我特殊的氣質使然。即使想到你，有些安慰，却也立刻會想到隨時有離開你們的可能，你的將來，你的發展，我永遠看不見的了，你十年二十年後的情形，對於我將永遠是個謎，正如世界上的一切，人生的一切，到我脱離塵世之時都將成爲一個謎——個人消滅了，茫茫宇宙照樣進行，個人算得什麽呢！

一九六一年八月三十一日夜

親愛的孩子，八月二十四日接十八日信，高興萬分。你最近的學習心得引起我許多感想。傑老師的話真是至理名言，我深有同感。會學的人舉一反三，稍經點撥，即能躍進。不會學的不用説聞一以知十，連聞一以知一都不容易辦到，甚至還要纏夾，誤入歧途，臨了反抱怨老師指引錯了。所謂會學，條件很多，除了悟性高以外，還要足够的人生經驗。……現代青年頭腦太單純，説他純潔固然不錯，無奈遇到現實，純潔没法作爲鬥争的武器，倒反因天真幼稚而多走不必要的彎路。玩世不恭，cynical 的態度當然爲我們所排斥，但不懂得什麽叫做 cynical 也反映入世太淺，眼睛只會朝一個方向看。周總理最近批評我們的教育，使青年只看見現實世界中没有的理想人物，將來到社會上去一定感到失望與苦悶。胸襟眼界狹小的人，即使老輩告訴他許多舊社會的風俗人情，也幾乎會駭而却走。他們既不懂得人是從歷史上發展出來的，經過幾千年上萬年的演變過程才有今日的所謂文明人，所謂社會主義制度下的人，一切也就免不了管中窺豹之弊。這種人倘使學文學藝術，要求體會比較複雜的感情，光暗交錯，善惡並列的現實人生，就難之又難了。要他們從理論到實踐，從抽象到具體，樣樣結合起來，也極不容易。但若不能在理論→實踐，實踐→理論，具體→抽象，抽象→具體中不斷來回，任何學問都難以入門。

以上是綜合的感想。現在談談你最近學習所引起的特殊問題。

據來信，似乎你說的 relax 不是五六年以前談的純粹技巧上的 relax，而主要是精神、感情、情緒、思想上的一種安詳、閑適、淡泊、超逸的意境，即使牽涉到技術，也是表現上述意境的一種相應的手法，音色與 tempo rubato 等等。假如我這樣體會你的意思並不錯，那我就覺得你過去並非完全不能表達 relax 的境界，只是你沒有認識到某些作品某些作家確有那種 relax 的精神。一年多以來，英國批評家有些說你的貝多芬（當然指後期的朔拿大）缺少那種 Viennese repose，恐怕即是指某種特殊的安閑、恬淡、寧静之境，貝多芬在早年中年劇烈掙扎與苦鬥之後，到晚年達到的一個 peaceful mind，也就是一種特殊的serenity（是一種 resignation產生的serenity）。但精神上的清明恬静之境也因人而異，貝多芬的清明恬静既不同於莫扎特的，也不同於舒伯特的。稍一混淆，在水平較高的批評家、音樂家以及聽衆耳中就會感到氣息不對，風格不合，口吻不真。我是用這種看法來説明你爲何在彈斯卡拉蒂和莫扎特時能完全 relax，而遇到貝多芬與舒伯特就成問題。另外兩點，你自己已分析得很清楚：一是看到太多的 drama，把主觀的情感加諸原作；二是你的個性與氣質使你不容易 relax，除非遇到斯卡拉蒂與莫扎特，只有輕靈、鬆動、活潑、幽默、嫵媚、温婉而没法找出一點兒藉口可以裝進你自己的 drama。因爲莫扎特的 drama 不是十九世紀的

drama，不是英雄式的鬥爭，波濤洶湧的感情激動，如醉若狂的 anaticism; 你身上所有的近代人的 drama 氣息絕對應用不到莫扎特作品中去; 反之，那種十八世紀式的 flirting 和詼諧、俏皮、譏諷等等，你倒也很能體會; 所以能把莫扎特表達得恰如其分。還有一個原因，凡作品整體都是 relax 的，在你不難掌握; 其中有激烈的波動又有蒼茫惆悵的那種 relax 的作品，如蕭邦，因爲與你氣味相投，故成績也較有把握。但若既有激情又有隱忍恬淡如貝多芬晚年之作，你即不免抓握不準。你目前的發展階段，已經到了理性的控制力相當强，手指神經很馴服的能聽從頭腦的指揮，故一朝悟出了關鍵所在的作品精神，領會到某個作家的 relax 該是何種境界何種情調時，即不難在短時期内改變面目，而技巧也跟着適應要求，像你所說"有些東西一下子顯得容易了"。舊習未除，亦非短期所能根絶，你也分析得很徹底：悟是一回事，養成新習慣來體現你的"悟"是另一回事。

最後你提到你與我氣質相同的問題，確是非常中肯。你我秉性都過敏，容易緊張。而且凡是熱情的人多半流於執着，有 fanatic 傾向。你的觀察與分析一點不錯。我也常説應該學學周伯伯那種瀟灑，超脱，隨意遊戲的藝術風格，冲淡一下太多的主觀與肯定，所謂 positivism。無奈嚮往是一事，能否做到是另一事。有時個性竟是頑强到底，什麽都扭它不過。幸而你還年輕，不像我業已定型; 也許隨着閱歷與修養，加上你在音樂中的熏陶，早晚能獲致一個既有熱情又能冷静，能入能出的境界。總之，今年你請教 Kabos① 太太後，所有的進步是我與傑老師久已期待的; 我早料到你并不需要到四十左右才悟到某些淡泊、樸素、閑適之美——像去年四月《泰

① Kabos (1893—1973)，匈牙利出生的英國鋼琴家和鋼琴教育家。

晤士報》評論你兩次蕭邦音樂會所說的。附帶又想起批評界常說你追求細節太過,我相信事實確是如此,你專追一門的勁也是fanatic 得厲害,比我還要執着。或許近二個月以來,在這方面你也有所改變了吧? 注意局部而忽視整體,雕琢細節而動搖大的輪廓固談不上藝術; 即使不妨礙完整,雕琢也要無斧鑿痕,明明是人工,聽來却宛如天成,才算得藝術之上乘。這些常識你早已知道,問題在於某一時期目光太集中在某一方面,以致耳不聰,目不明,或如孟子所說"明察秋毫而不見輿薪"。一旦醒悟,回頭一看,自己就會大吃一驚,正如五五年時你何等欣賞彌蓋朗琪利[1],最近却弄不明白當年為何如此着迷。

一九六一年九月一日

早在一九五七年李克忒[2]在滬演出時,我即覺得他的舒伯特沒有 grace。以他的身世而論很可能於不知不覺中走上神秘主義的路。生活在另外一個世界中,那世界只有他一個人能進去,其中的感覺、刺激、形象、色彩、音響都另有一套,非我們所能夢見。神秘主義者往往只有純潔、樸素、真誠,但缺少一般的溫馨嫵媚。便是文藝復興初期的意大利與法蘭德斯宗教畫上的 grace 也帶一種聖潔的他世界的情調,與十九世紀初期維也納派的風流蘊藉,熨貼細膩,同時也帶一些淡淡的感傷的柔情毫無共通之處。而斯拉夫族,尤其俄羅斯民族的神秘主義又與西歐的羅馬正教一派的神秘主義不同。聽衆對李克忒演奏的反應如此懸殊也是理所當然的。二十世紀六十年代的人還有幾個能容忍音樂上的神秘主義呢? 至於捧他上天的批評只好目之為夢囈,不值一哂。

---

① 即 Michelangeli,意大利著名鋼琴家。
② 即 Richter,蘇聯著名鋼琴家。

從通信所得的印象,你岳父說話不多而含蓄甚深,涵養功夫極好,但一言半語中流露出他對人生與藝術確有深刻的體會。以他成年前所受的教育和那麼嚴格的紀律而論,能長成爲今日這樣一個獨立自由的人,在藝術上保持鮮明的個性,已是大不容易的了;可見他秉性還是很强,不過藏在内裏,一時看不出罷了。他自己在書中說:"我外表是哈潑齊巴,内心是雅爾太。"①但他堅强的個性不曾發展到他母親的路上,没有那種過分的民族自傲,也算大幸。

儘管那本傳記經過狄安娜夫人校閱,但其中並無對狄安娜特别恭維的段落,對諾拉② 亦無貶詞——這些我讀的時候都很注意。上流社會的婦女總免不了當面一套,背後一套:爲了在西方社會中應付,也有不得已的苦衷。主要仍須從大事情大原則上察看一個人的品質。希望你竭力客觀,頭腦冷静。前妻的子女對後母必有成見,我們局外人只能以親眼目睹的事實來判斷,而且還須分析透徹。年輕人對成年人的看法往往不大公平,何況對待後母!故凡以過去的事爲論證的批評最好先打個問號,採取保留態度,勿急於下斷語。家務事曲折最多,單憑一面之詞難以窺見真相。

一九六一年九月二日中午

感慨在英文中如何説,必姨來信説明如下:

"有時就是(deeply) affected,(deeply) moved;有時是(He is) affected with painful recollections;the music(或詩或文)calls forth painful memories 或 stirs up painful (or mournful, melancholy) memories。如嫌 painful 太重,就説那音樂starts a train of melan-

① 哈潑齊巴(1982 年病故)和雅爾太是曼紐因的大妹妹和小妹妹。

② 諾拉是曼紐因的前妻。

choly thoughts, (sorrowful, mournful,sad) thoughts。對人生的慨嘆有時不用 memory,recollection,就用 reflection, 形容詞還是那幾個,e.g.His letter is full of sad reflections on life。”

據我的看法,“感慨”、“慨嘆”純是描寫中國人特殊的一種心理狀態,與西洋人的 recollection 固大大不同,即與 reflection 亦有出入,故難在外文中找到恰當的 equivalent。英文的 recollection 太肯定,太“有所指”; reflection 又嫌太籠統,此字本義是反應、反映。我們的感慨只是一種悵惘、蒼茫的情緒,説 sad 也不一定 sad,或者未免過分一些;毋寧是帶一種哲學意味的 mood,就是説感慨本質上是一種情緒,但有思想的成分。

從去年冬天起,黨中央頒佈了關於農業工作十二條,今年春季又擴充爲六十條,糾正過去人民公社中的歪風(所謂亂颳共産風),定出許多新的措施,提高農民的積極性,增加物質報酬,刺激生産。大半年以來農村情況大有改變,農民工作都有了勁,不再拖拉,磨洋工。據説六十條是中央派了四十人的調查團,分别深入各地,住在農民家中實地調查研究以後得出的結論。可見黨對人民生活的關心,及時大力扭轉偏差,在天災頻仍的關頭提出“大辦農業,大種糧食”的口號。我個人感覺:人事方面,社會主義制度下最重要的關鍵仍然要消滅官僚主義;農業增産要達到理想指標必須機耕與化肥兩大問題基本解決以後才有可能。並且吾國人民的飲食習慣倘不逐漸改變,不用油脂和蛋白、肉類,來代替大量的澱粉,光靠穀類增産還是有困難。吾國人口多,生育率高,消耗澱粉(米、麥、高粱及一切雜糧)的總量大得驚人,以絶大部分的可耕地種穀類所能供應人的熱力(即加洛里),遠不如少量面積種油脂作物所能供應人的熱量爲多。在經濟核算上,在國民健康觀點上,油脂的價值遠過於穀類。我們工農階級的食物,油脂與澱粉質消耗的比例,正好和西歐工農在這兩類上的比例相反。結果我們的胃撐得很大，到相當年紀又容易下垂，所得營養却少得可憐。——但要改變大家幾千年來多吃穀類的習慣大不容易，至少也要一二代才能解決。同時增加油脂作物和畜牧生產也是件大事。以上僅僅是我個人的感想，社會上尚未聽見有人提出。

教育與文藝方面，半年來有不少黨中央的報告，和前幾年的看法做法也大有不同。對知識分子思想水平的要求有所調整，對紅專問題的標準簡化爲：只要有國際主義愛國主義精神，接受馬列主義，就算紅。當然紅與專都無止境，以之爲終身努力的目標是應該的，但對目前知識分子不能要求過高，期望太急。文藝創作的題材亦可不限於工農兵，只消工農兵喜愛，能爲工農兵看了以後消除疲勞也就是爲工農兵服務。政治固然是判斷作品的第一標準，但並非"唯一的"標準。以後要注意藝術性。學校教育不能再片面强調政治，不能停了課"搞運動"。周揚部長與陳副總理都提到工廠不搞生產如何成爲工廠，學校不搞學習如何成爲學校；今後培養青年一定要注重業務，要"專"，決不允許紅而不專。諸如此類的指示有許許多多，大致都根據以上説的幾個方針。問題在於如何執行，如何貫徹。基層幹部的水平不可能一轉眼就提高，也就不可能一下子正確領會黨中央的政策與精神。大家"撥一撥、動一動"的惰性已相當深，要能主動掌握，徹底推行中央決定，必須經過長時期的教育與自我教育。國家這樣大，人這麼多，攤子擺得這麼多、這麼大，哪裏一下就能扭轉錯誤！現在只是調整方向方針，還未到全面實現的階段。不過有此轉變已經是可喜之至了。

以往四年簡直不和你談到這些，原因你自會猜到。我的感想與意見寫起來也許會積成一厚本；我吃虧的就是平日想的太多，無論日常生活，大事小事，街頭巷尾所見所聞，都引起我許多感想；更吃虧的是看問題水平提得太高(我一向説不是我水平高,而是一般的水平太低),發見癥結爲時太早:許多現在大家承認爲正確的意見,我在四五年、六七年以前就有了;而在那時的形勢下,在大家眼中我是思想落後,所以有那些看法。

九月是你比較空閑的一月,我屢次要你去博物館看畫,無論如何在這個月中去一二回!先定好目標看哪一時期的哪一派,集中看,切勿分散精力。早期與中期文藝復興(意大利派)也許對你理解斯卡拉蒂更有幫助。造型藝術與大自然最能培養一個人身心的relax!

你的中文信並未退步,辭彙也仍豐富,只是作主詞的"我"字用得太多,不必要的虛字也用多了些。因你時間有限,我不苛求;僅僅指出你的毛病,讓你知道而已。

一九六一年九月十四日晨

你工作那麼緊張,不知還有時間和彌拉談天嗎?我無論如何忙,要是一天之内不與你媽談上一刻鐘十分鐘,就像漏了什麼功課似的。時事感想,人生或大或小的事務的感想,文學藝術的觀感,讀書的心得,翻譯方面的問題,你們的來信,你的行蹤……上下古今,無所不談,拉拉扯扯,不一定有系統,可是一邊談一邊自己的思想也會整理出一個頭緒來,變得明確;而媽媽今日所達到的文化、藝術與人生哲學的水平,不能不説一部分是這種長年的閑談熏陶出來的。去秋你信中説到培養彌拉,不知事實上如何作?也許你父母數十年的經歷和生活方式還有值得你參考的地方。以上所提的日常閑聊便是熏陶人最好的一種方法。或是飯前飯後或是下午喝茶(想你們也有英國人喝 tea 的習慣吧?)的時候,隨便交換交換意見,無形中彼此都得到不少好處:啓發,批評,不知不覺的提高自己,提高對方。總不能因爲忙,各人獨自生活在一個小圈子裏。少女少婦更忌精神上的孤獨。共同的理想,熱情,需要長期不斷的灌溉栽培,不是光靠興奮時説幾句空話所能支持的。而一本正經的説大道理,遠不如日常生活中瑣瑣碎碎的一言半語來得有效,——只要一言半語中處處貫徹你的做人之道和處世的原則。孩子,別因爲埋頭於業務而忘記了你自己定下的目標,別爲了音樂的藝術而抛荒生活的藝術。彌拉年輕,根基未固,你得耐性細緻,孜孜不倦的關懷她,在人生瑣事方面,讀書修養方面,感情方面,處處觀察,分析,思索,以誠摯深厚的愛作原動力,以冷靜的理智作行動的指針,加以教導,加以誘引,和她一同進步!倘或做這些工作的時候有什麽困難,千萬告訴我們,可幫你出主意解決。你在音樂藝術中固然只許成功,不許失敗;在人生藝術中,婚姻藝術中也只許成功,不許失敗!這是你爸爸媽媽最關心的,也是你一生幸福所繫。而且你很明白,像你這種性格的人,人生没法與藝術分離,所以要對你的藝術有所貢獻,家庭生活與夫婦生活更需要安排得美滿。——語重心長,但願你深深體會我們愛你和愛你的藝術的熱誠,從而在行動上徹底實踐!

我老想幫助彌拉,但自知手段笨拙,深怕信中處處流露出説教口吻和家長面孔。青年人對中年老年人另有一套看法,尤其西方少婦。你該留意我的信對彌拉起什麽作用:要是她覺得我太古板,太迂等等,得趕快告訴我,讓我以後對信中的措辭多加修飾。我决不嗔怪她,可是我極需要知道她的反應來調節我教導的方式方法。你務須實事求是,切勿粉飾太平,歪曲真相:日子久了,這個辦法只能產生極大的弊害。你與她有什麽不協和,我們就來解釋,勸説;她與我們之間有什麽不協和,你就來解釋,勸説:這樣才能做到所謂"同舟共濟"。我在中文信中談的問題,你都可挑出一二題目與她討論;我説到敏的情形也好告訴她:這叫做旁敲側擊,使她更了解我們。我知道她家務雜務，裏裏外外忙得不可開交，故至今不敢在讀書方面督促她。我屢屢希望你經濟穩定，早日打定基礎，酌量減少演出，使家庭中多些閑暇，一方面也是爲了彌拉的晉修。（要人晉修，非給他相當時間不可。）我一再提議你去森林或郊外散步，去博物館欣賞名作，大半爲了你，一小半也是爲了彌拉。多和大自然與造型藝術接觸，無形中能使人恬静曠達（古人所云"蕩滌胸中塵俗"，大概卽是此意），維持精神與心理的健康。在衆生萬物前面不自居爲"萬物之靈"，方能祛除我們的狂妄，打破紙醉金迷的俗夢，養成淡泊灑脱的胸懷，同時擴大我們的同情心。欣賞前人的劇蹟，看到人類偉大的創造，才能不使自己被眼前的局勢弄得悲觀，從而鞭策自己，竭盡所能的在塵世留下些少成績。以上不過是與大自然及造型藝術接觸的好處的一部分；其餘你們自能體會。

一九六一年九月十四日下午

前幾日細細翻閱你六〇、六一兩年的節目，發覺你練的新作品寥寥無幾。一方面演出太多，一方面你的表達方式與技術正在波動與轉變，没有時間精力與必要的心情練新作品。這些都不難理解；但爲長久之計，不能不及早考慮增加"曲碼"的問題。預計哪一年可騰出較多的時間，今後的日課應如何安排以便擠出時間來，起居生活的細節應如何加速動作，不讓佔去很多工作時間……都有待於仔細籌劃。

在英國演出現代作品的機會太少，在美澳兩洲是否較多呢？可是放下已久的東西，如在華沙時練好的普羅科菲埃夫與蕭斯塔科維奇的朔拿大，以及巴托克的協奏曲，恐非短時期的温習就能拿出去登台，是不是？可是這一方面的學習計劃不妨與我談談！

一九六一年十月五日深夜

八九兩月你統共只有三次演出，但似乎你一次也没去郊外或博物館。我知道你因技術與表達都有大改變，需要持續加工和鞏固;訪美的節目也得加緊準備; 可是二個月內毫不鬆散也不是辦法。兩年來我不知説了多少次，勸你到森林和博物館走走:你始終不能接受。孩子，我多擔心你身心的健康和平衡;一切都得未雨綢繆，切勿到後來悔之無及。單説技巧吧，有時硬是彆扭，倘若丢開一個下午，往大自然中跑跑，或許下一天就能順利解决。人的心理活動總需要一個醞釀的時期，不成熟時硬要克服難關，只能弄得心煩意躁，浪費精力。音樂理解亦然如此。我始終覺得你犯一個毛病，太偏重以音樂本身去領會音樂。你的思想與信念並不如此狹窄，很會海闊天空的用想像力; 但與音樂以外的別的藝術，尤其大自然，實際上接觸太少。整天看譜、練琴、聽唱片……久而久之會減少藝術的新鮮氣息，趨於抽象，閉塞，缺少生命的活躍與搏擊飛縱的氣勢。我常常爲你預感到這樣一個危機，不能不舌敝唇焦，及早提醒，要你及早防止。你的專業與我的大不同。我是不需要多大創新的，我也不是有創新才具的人:長年關在家裏不致在業務上有什麽壞影響。你的藝術需要時時刻刻的創造，便是領會原作的精神也得從多方面(音樂以外的感受)去探討: 正因爲過去的大師就是從大自然，從人生各方面的材料中“泡”出來的，把一切現實昇華爲 emotion 與 sentiment，所以表達他們的作品也得走同樣的路。這些理論你未始不知道，但似乎並未深信到身體力行的程度。另外我很奇怪:你年紀還輕，應該比我愛活動;你也强烈的愛好自然:怎麽實際生活中反而不想去親近自然呢。我記得很清楚，我二十二三歲在巴黎、瑞士、意大利以及法國鄉間，常常在月光星光之下，獨自在林中水邊踏着綠茵，呼吸濃烈的草香與泥土味、水味，或是藉此舒散苦悶，或是沉思默想。便是三十多歲在上海，一逛公園就覺得心平氣和，精神健康多了。太多與刺激感官的東西（音樂便是刺激感官最强烈的）接觸，會不知不覺失去身心平衡。你既憧憬希臘精神，爲何不學學古希臘人的榜樣呢？你既熱愛陶潛、李白，爲什麽不試試去體會"採菊東籬下，悠然見南山"的境界（實地體會）呢？你既從小熟讀克利斯朵夫，總不致忘了克利斯朵夫與大自然的關係吧？還有造型藝術，別以家中掛的一些爲滿足：幹麽不上大不列顛博物館去流連一下呢？大概你會回答我說没有時間：做了這樣就得放棄那樣。可是暑假中比較空閑，難道去一二次郊外與美術館也抽不出時間嗎？只要你有興致，便是不在假中，也可能特意上美術館，在心愛的一二幅畫前面呆上一刻鐘半小時。不必多，每次只消集中一二幅，來回統共也花不了一個半小時；無形中積累起來的收穫可是不小呢！你說我信中的話，你"没有一句是過耳不入"的；好吧，那末在這方面希望你思想上慢慢醖釀，考慮我的建議，有機會隨時試一試，怎麽樣？行不行呢？我一生爲你的苦心，你近年來都體會到了。可是我未老先衰，常有爲日無多之感，總想盡我僅有的一些力量，在我眼光所能見到的範圍以內幫助你，指導你，特別是早早指出你身心與藝術方面可能發生的危機，使你能預先避免。"語重心長"這四個字形容我對你的態度是再貼切没有了。只要你真正愛你的爸爸，愛你自己，愛你的藝術，一定會鄭重考慮我的勸告，接受我數十年如一日的這股赤誠的心意！

你也很明白，鋼琴上要求放鬆先要精神上放鬆：過度的室內生活與書齋生活恰恰是造成現代知識分子神經緊張與病態的主要原因；而蕭然意遠，曠達恬静，不滯於物，不凝於心的境界只有從自然界中獲得，你總不能否認吧？

還有很重要的一點：彌拉比你小五歲，應該是喜歡活動的年紀。你要是閉户家居，豈不連帶她感到岑寂枯索？而看她的氣質，倒也很愛藝術與大自然，那就更應該同去欣賞，對彼此都有好處。只有不斷與森林，小溪，花木，鳥獸，蟲魚和美術館中的傑作親炙的人，才會永遠保持童心，純潔與美好的理想。培養一個人，空有志願有什麽用？主要從行動着手！無論多麽優秀的種籽，没有適當的環境、水土、養分，也難以開花結果，説不定還會中途變質或夭折。彌拉的媽媽諾拉本性何嘗不好、不純潔，就是與伊虚提之間缺少一個共同的信仰與熱愛，缺少共同的 devotion，才會如此下場。卽使有了共同的理想與努力的目標，仍然需要年紀較長的伙伴給她熨貼的指點，帶上健全的路，幫助她發展，給她可能發展的環境和條件。你切不可只顧着你的藝術，也得分神顧到你一生的伴侶。二十世紀登台演出的人更非上一世紀的演奏家可比，他要緊張得多，工作繁重得多，生活忙亂得多，更有賴於一個賢内助。所以分些精神顧到彌拉（修養、休息、文娱活動……），實際上仍是爲了你的藝術；雖然是間接的，影響與後果之大却非你意想所及。你首先不能不以你爸爸的缺點——脾氣暴躁爲深戒，其次不能期待彌拉也像你媽媽一樣和順。在西方女子中，我與你媽媽都深切感到彌拉已是很好的好脾氣了，你該知足，該約制自己。天下父母的心總希望子女活得比自己更幸福；只要我一旦離開世界的時候，對你們倆的結合能有確切不移的信心，也是我一生極大的酬報了！

十一月至明春二月是你去英後最忙的時期，也是出入重大的關頭；旅途辛苦，演出勞累，難免神經脆弱，希望以最大的忍耐控制一切，處處爲了此行的使命，與祖國榮辱攸關着想。但願你明年三月能够以演出與性情脾氣雙重的成功報告我們，那我們真要快樂到心花怒放了！——放鬆，放鬆！精神上徹底的輕鬆愉快，無掛無礙，將是你此次雙重勝利的秘訣！

另一問題始終説服不了你，但爲你的長久利益與未來的幸福不得不再和你嘮叨。你歷來厭惡物質，避而不談；殊不知避而不談並不解決問題，要不受物質之累只有克服物質控制物質，把收支情況讓我們知道一個大概，幫你出主意妥善安排。唯有妥善安排才能不受物質奴役。凡不長於理財的人少有不吃銀錢之苦的。我和你媽媽在這方面自問還有相當經驗可給你作參考。你怕煩，不妨要彌拉在信中告訴我們。她年少不更事，只要你從旁慫慂一下，她未始不願向我們學學理財的方法。你們早晚要有兒女，如不及早準備，臨時又得你增加演出來彌補，對你的藝術却無裨益。其次要彌拉進修，多用些書本功夫也該給她時間；目前只有一個每週來二次的 maid，可見彌拉平日處理家務還很忙。最好先逐步争取，經濟上能僱一個每日來幫半天的女傭。每年暑假至少要出門完全休息兩星期。這種種都得在家庭收支上調度得法，定好計劃，方能於半年或一年之後實現。當然主要在於實際執行而不僅僅是一紙空文的預算和計劃。唱片購買也以隨時克制爲宜，勿見新卽買。我一向主張多讀譜，少聽唱片，對一個像你這樣的藝術家幫助更大。讀譜好比彈琴用 Urtext，聽唱片近乎用某人某人 edit 的譜。何況我知道你十年二十年後不一定永遠當演奏家；假定還可能向別方面發展，長時期讀譜也是極好的準備。我一心一意爲你打算，不論爲目前或將來，尤其爲將來。你忙，没空閑來靜靜的分析，考慮；倘我能代你籌劃籌劃，使我身後你還能得到我一些好處——及時播種的好處，那我真是太高興了。

一九六一年十月五日夜*

孩子，你跟爸爸相似的地方太多了，連日常生活也如此相似，老關在家裏練琴,聽唱片,未免太單調。要你出去走走,看看博物館,無非是調劑生活,豐富你的精神生活。你的主觀、固執,看來與爸爸不相上下,這個我是絶對同情彌拉的,我决不願意身受折磨會在下一代的兒女身上重現。——你是自幼跟我在一起,生活細節也看得多,你是最愛媽媽的,也應該是最理解媽媽的。我對你爸爸性情脾氣的委曲求全,逆來順受,都是有原則的,因爲我太了解他,他一貫的秉性乖戾,嫉惡如仇,是有根源的,當時你祖父受土豪劣紳的欺侮壓迫,二十四歲上就鬱悶而死,寡母孤兒(你祖母和你爸爸)悲慘凄涼的生活,修道院式的童年,真是不堪回首。到成年後,孤軍奮鬥,愛真理,恨一切不合理的舊傳統和殺人不見血的舊禮教,爲人正直不苟,對事業忠心耿耿,我愛他,我原諒他。爲了家庭的幸福,兒女的幸福,以及他孜孜不倦的事業的成就,放棄小我,顧全大局。爸爸常常抱恨自己把許多壞脾氣影響了你,所以我們要你及早注意,克制自己,把我們家上代悲劇的烙印從此結束,而這個結束就要從你開始,才能不再遺留到後代身上去。

一九六一年十二月十七日(譯自英文)

親愛的孩子們:兩個月以來,我的工作越來越重:翻譯每天得花八小時,再加上額外工作如見客、看信、回信等,我的頭腦通常每天得保持活躍十一、二小時,幾乎連休息的時間也没有。甚至星期天,由於有那麽多信件以及平時未完的事有待清理,也是整日忙碌的。你看,在腦力活動上聰就像我,我並非不想去公園裏散散步或者逛逛古董鋪,實在是没有這種閑暇,工作對我來説變成一種激情,一種狂熱,只有拚命工作才能對我有所裨益,使我在臨睡之前,多少有些自我滿足的感覺,彌拉也許會説:“有其父,必有其子!”

一九六二年一月十四日下午

聰，親愛的孩子，又快一個月没給你寫信了。你們信少，我們的信也不知不覺跟着減少。你在外忙得昏天黑地，未必有閑情逸致讀長信；有些話和你説了你亦過日卽忘；再説你的情形我們一無所知，許多話也無從談起。十日收到來電，想必你們倆久不執筆，不免内疚，又怕我們着急之故吧？不管怎樣，一個電報引得媽媽眉開顏笑，在吃飯前説：“開心來……”我問：“爲什麼？”她説：“爲了孩子。”今天星期日，本想休息，誰知一提筆就寫了七封信，這一封是第八封了。從十一月初自蘇州回來後，一口氣工作到今，賽過跑馬拉松，昨天晚上九點半放下筆也感到腦子疲憊得很了。想想自己也可笑，開頭只做四小時多工作，加到六小時，譯一千字已經很高興了；最近幾星期每天做到八九小時，譯到兩千字，便又拿兩千字作爲新定量，好似老是跟自己勞動競賽，搶“紅旗”似的。幸而腦力還能支持，關節炎也不常發。只是每天上午淚水滔滔，呵欠連連；大概是目力用得過度之故。

此次出外四月，收入是否預先定好計劃？不管你們倆聽從與否，我總得一再提醒你們。既然生活在金錢世界中，就不能不好好的控制金錢，才不致爲金錢所奴役。

當然，世界上到處没有兩全之事，一切全賴自己掌握，目的無非是少受些物質煩惱，多一些時間獻給學問和藝術。理想的世界始終是理想；無論天南地北，看不上眼的事總是多於看得上眼的。但求不妨礙你的鑽研，别的一切也就可以淡然置之。煩悶徒然浪費時間，擾亂心緒，犯不上！你恐怕對這些也想過很多，曠達了不少吧？

一九六二年一月二十一日下午

親愛的孩子，斐濟島來信，信封上寫明掛號，事實並没有掛號，想必交旅館寄,他們馬虎過去了。以後別忘了託人代送郵局的信,一定要追討收條。你該記得五五年波蘭失落一長信,害得我們幾個星期心緒不寧。十一月到十二月間,敏有二十六天沒家信,打了兩個電報去也不覆,我們也爲之寢食不安;誰知中間失落了二封信,而他又功課忙,不卽回電,累我們急得要命。

讀來信,感觸萬端。年輕的民族活力固然旺盛,幼稚的性情脾氣少接觸還覺天真可愛,相處久了恐怕也要吃不消的。我們中國人總愛靜穆,沉着,含蓄,講 taste,遇到 silly 的表現往往會作嘔。生命力旺盛也會帶咄咄逼人的意味,令人難堪。我們朋友中卽有此等性格的,我常有此感覺。也許我自己的 dogmatic 氣味,人家背後已在怨受不了呢。我往往想,像美國人這樣來源複雜的民族究竟什麽是他的定型,什麽時候才算成熟。他們二百年前的祖先不是在歐洲被迫出亡的宗教難民(新舊教都有,看歐洲哪個國家而定;大多數是新教徒——來自英法。舊教徒則來自荷蘭及北歐),便是在事業上栽了筋斗的人,不是年輕的淘金者便是真正的强盜和殺人犯。這些人的後代,反抗與鬥争性特別强是不足爲奇的,但傳統文化的熏陶欠缺,甚至於絶無僅有也是想像得到的。只顧往前直衝,不問成敗,什麽都可以孤注一擲,一切只問眼前,冒起危險來絶不考慮值不值得,不管什麽場合都不難視生命如鴻毛:這一等民族能創業,能革新,但缺乏遠見和明智,難於守成,也不容易成熟;自信太强,不免流於驕傲,看事太輕易,未免幼稚狂妄。難怪資本主義到了他們手裏會發展得這樣快,畸形得這樣厲害。我覺得他們的社會好像長着一個癌:少數細胞無限止的擴張,把其他千千萬萬的細胞吞掉了;而千千萬萬的細胞在未被完全吞掉以前,還自以爲健康得很,"自由""民主"得很呢!

可是社會的發展畢竟太複雜了,變化太多了,不能憑任何理論

"一以蔽之"的推斷。比如說,關於美國鋼琴的問題,在我們愛好音樂的人聽來竟可說是象徵音樂文化在美國的低落;但好些樂隊水準比西歐高,又怎麼解釋呢?經理人及其他音樂界的不合理的事實,壟斷,壓制,扼殺個性等等令人爲之髮指;可是有才能的藝術家在青年中還是連續不斷的冒出來:難道就是新生的與落後的鬥爭嗎?還是新生力量也已到了强弩之末呢?美國音樂創作究竟是在健康的路上前進呢,還是總的說來是趨向於消沉,以至於腐爛呢?人民到處是善良正直的,分得出是非美醜的,反動統治到處都是牛鬼蛇神;但在無線電、TV、報刊等等的麻痹宣傳之下,大多數人民的頭腦能保得住清醒多久呢?我没領教過極端的物質文明,但三十年前已開始關心這個問題。歐洲文化界從第一次大戰以後曾經幾次三番討論過這個問題。可是真正的答案只有未來的歷史。是不是不窮不白就鬧不起革命呢,還是有家私的國家鬧出革命來永遠不會徹底?就是徹底了,窮與白的病症又要多少時間治好呢?有時我也像服爾德小說中寫的一樣,假想自己在另一個星球上,是另一種比人更高等的動物,來看這個星球上的一切,那時不僅要失笑,也要感到茫茫然一片,連生死問題都不知該不該肯定了。當然,我不過告訴你不時有這種空想,事實上我受着"人"的生理限制,不會真的虛無寂滅到那個田地的,而痛苦煩惱也就不可能擺脱乾浄,只有靠工作來麻醉自己了。

辛西納蒂,紐約,舊金山三處的批評都看到了一些樣品,都不大高明(除了一份),有的還相當"小兒科"。至於彌拉講的《紐約時報》的那位仁兄,簡直叫人發笑。而《紐約時報》和《先驅論壇報》還算美國最大的兩張日報呢!關於批評家的問題以及你信中談到的其他問題,使我不單單想起《約翰・克利斯朵夫》中的節場,更想起巴爾扎克在《幻滅》(我正在譯)第二部中描寫一百三十年前巴黎的文壇、報界、戲院的內幕。巴爾扎克不愧爲現實派的大師,他的手筆完全有血有肉,個個人物歷歷如在目前,決不像羅曼羅蘭那樣只有意識形態而近於抽象的漫畫。學藝術的人,不管繪畫、雕塑、音樂,學不成都可以改行;畫家可以畫畫插圖、廣告等等,雕塑家不妨改做室內裝飾或手工業藝術品。鋼琴家提琴家可以收門徒。專搞批評的人倘使低能,就沒有別的行業可改,只能一輩子做個蹩脚批評家,或竟受人僱傭,專做捧角的拉拉隊或者打手。不但如此,各行各業的文化人和知識分子,一朝沒有出路,自己一門毫無成就,無法立足時,都可以轉業爲批評家;於是批評界很容易成爲垃圾堆。高明、嚴肅、有良心、有真知灼見的批評家所以比真正的藝術家少得多,恐怕就由於這些原因:你以爲怎樣?

一九六二年一月二十一日夜

沒想到澳洲演出反比美洲吃重,怪不得你在檀香山不早寫信。重溫巴托克,我聽了很高興,有機會彈現代的東西就不能放過,便是辛苦些也值得。對你的音樂感受也等於吹吹新鮮空氣。

這次彌拉的信寫得特別好,細膩,婉轉,顯出她很了解你,也對你的藝術關切到一百二十分。從頭至尾感情豐富。而且文字也比以前進步。我得大大誇獎她一番才好。此次出門,到處受到華僑歡迎,對她也大有教育作用,讓她看看我們的民族的氣魄,同時也能培養她的熱情豪俠。我早知道你對於夫婦生活的牢騷不足爲憑。第一,我只要看看我自己,回想自己的過去,就知道你也是遇事挑剔,說話愛誇大,往往三分事實會說成六七分;其次青年人婚後,特別是有性格的人,多半要經過長時期的摸索方始能逐漸知情識性，相處融洽。恐怕此次旅行，要不是她始終在你身旁，你要受到許多影響呢。瑣碎雜務最打擾人，尤其你需要在琴上花足時間，經不起零星打攪。我們一年多觀察下來，彌拉確是本性善良，絶頂聰明的人，只要耐着性子，多過幾年，一切小小的對立自會不知不覺的解決的。總而言之，我們不但爲你此次的成功感到欣慰，也爲你們二人一路和諧相處感到欣慰！

在舊金山可曾遇到 Lazeloff 老先生？你還記得十歲時李阿姨帶你去請教過他嗎？

一九六二年二月二十一日夜

今年春節假期中來客特別多，有些已四五年不見面了。雷伯伯也從蕪湖回申（他於五八年調往安徽皖南大學），聽了你最近的唱片，説你的蕭邦確有特點，詩意極濃，近於李白的味道。此話與你數年來的感受不謀而合。可見真有藝術家心靈的人總是一拍即合的。雷伯伯遠在内地，很少接觸音樂的機會，他的提琴亦放棄多年，可是一聽到好東西馬上會感受。想你聽了也高興。他是你的開蒙鋼琴老師，亦是第一個賞識你的人（五二年你在蘭心演出半場，他事後特意來信，稱道你沉浸在音樂内的忘我境界，國内未有前例），至今也仍然是你的知己。

前信提到美國經理人的種種剥削，不知你爲何不在他建議訂下年合同時提出條件，倘仍有那麼多莫名其妙的賬單開出來，你就不考慮簽新合同？你要是患得患失，就只能聽人宰割；要是怕難爲情，剥削者更是正中下懷。這一回的教訓應當牢牢記住，以後與任何新經理人打交道，事先都該問明，除佣金外，還有哪些開支歸藝術家負擔，最好在合同上訂明，更有保障。還有灌唱片的事，恐怕也不免大受盤剥吧？

一九六二年三月八日①

親愛的孩子，……對戀愛的經驗和文學藝術的研究，朋友中數十年悲歡離合的事蹟和平時的觀察思考，使我們在兒女的終身大事上能比別的父母更有參加意見的條件。……

首先態度和心情都要盡可能的冷静。否則觀察不會準確。初期交往容易感情衝動，單憑印象，只看見對方的優點，看不出缺點，甚至誇大優點，美化缺點。便是與同性朋友相交也不免如此，對異性更是常有的事。許多青年男女婚前極好，而婚後逐漸相左，甚至反目，往往是這個原因。感情激動時期不僅會耳不聰，目不明，看不清對方；自己也會無意識的只表現好的方面，把缺點隱藏起來。保持冷静還有一個好處，就是不至於爲了談戀愛而荒廢正業，或是影響功課或是浪費時間或是損害健康，或是遇到或大或小的波折時擾亂心情。

所謂冷静，不但是表面的行動，尤其内心和思想都要做到。當然這一點是很難。人總是人，感情上來，不容易控制，年輕人没有戀愛經驗更難維持身心的平衡，同時與各人的氣質有關。我生平總不能臨事沉着，極容易激動，這是我的大缺點。幸而事後還能客觀分析，周密思考，才不致於使當場的意氣繼續發展，鬧得不可收拾。我告訴你這一點，讓你知道如臨時不能克制，過後必須由理智來控制大局：該糾正的就糾正，該向人道歉的就道歉，該收篷時就收篷，總而言之，以上二點歸納起來只是：感情必須由理智控制。要做到，必須下一番苦功在實際生活中長期鍛鍊。

我一生從來不曾有過“戀愛至上”的看法。“真理至上”“道德至

① 給傅敏的信。

上”“正義至上”這種種都應當作爲立身的原則。戀愛不論在如何狂熱的高潮階段也不能侵犯這些原則。朋友也好，妻子也好，愛人也好，一遇到重大關頭，與真理、道德、正義……等等有關的問題，決不讓步。

其次，人是最複雜的動物，觀察決不可簡單化，而要耐心、細緻、深入，經過相當的時間，各種不同的事故和場合。處處要把科學的客觀精神和大慈大悲的同情心結合起來。對方的優點，要認清是不是真實可靠的，是不是你自己想像出來的，或者是誇大的。對方的缺點，要分出是否與本質有關。與本質有關的缺點，不能因爲其他次要的優點而加以忽視。次要的缺點也得辨別是否能改，是否發展下去會影響品性或日常生活。人人都有缺點，談戀愛的男女雙方都是如此。問題不在於找一個全無缺點的對象，而是要找一個雙方缺點都能各自認識，各自承認，願意逐漸改，同時能彼此容忍的伴侶。(此點很重要。有些缺點雙方都能容忍；有些則不能容忍，日子一久卽造成裂痕。)最好雙方盡量自然，不要做作，各人都拿出真面目來，優缺點一齊讓對方看到。必須彼此看到了優點，也看到了缺點，覺得都可以相忍相讓，不會影響大局的時候，才談得上進一步的了解；否則只能做一個普通的朋友。可是要完全看出彼此的優缺點，需要相當時間，也需要各種大大小小的事故來考驗；絶對急不來！更不能輕易下結論(不論是好的結論或壞的結論)！唯有極坦白，才能暴露自己；而暴露自己的缺點總是越早越好，越晚越糟！爲了求戀愛成功而盡量隱藏自己的缺點的人其實是愚蠢的。當然，在戀愛中不知不覺表現出自己的光明面，不知不覺隱藏自己的缺點，不在此例。因爲這是人的本能，而且也證明愛情能促使我們進步，往善與美的方向發展，正是愛情的偉大之處，也是古往今來的詩人歌頌愛情的主要原因。小説家常常提到，我們在生活中也一再經歷：戀愛中的男女往往比平時聰明；讀起書來也理解得快；心地也往往格外善良，爲了自己幸福而也想使別人幸福，或者減少別人的苦難；同情心擴大就是愛情可貴的具體表現。

事情主觀上固盼望必成，客觀方面仍須有萬一不成的思想準備。爲了避免失戀等等的痛苦，這一點“明智”我覺得一開頭就應當充分掌握。最好勿把對方作過於肯定的想法，一切聽憑自然演變。

總之，一切不能急，越是事關重要，越要心平氣和，態度安詳，從長考慮，細細觀察，力求客觀！感情衝上高峰很容易，無奈任何事物的高峰（或高潮）都只能維持一個短時間，要久而彌篤的維持長久的友誼可很難了。……

除了優缺點，倆人性格脾氣是否相投也是重要因素。剛柔、軟硬、緩急的差別要能相互適應調劑。還有許多表現在舉動、態度、言笑、聲音……之間說不出也數不清的小習慣，在男女之間也有很大作用，要弄清這些就得冷眼旁觀慢慢咂摸。所謂經得起考驗乃是指有形無形的許許多多批評與自我批評（對人家一舉一動所引起的反應即是無形的批評）。詩人常說愛情是盲目的，但不盲目的愛畢竟更健全更可靠。

人生觀世界觀問題你都知道，不用我談了。人的雅俗和胸襟氣量倒是要非常注意的。據我的經驗：雅俗與胸襟往往帶先天性的，後天改造很少能把低的往高的水平上提；故交往期間應該注意對方是否有勝於自己的地方，將來可幫助我進步，而不至於反過來使我往後退。你自幼看慣家裏的作風，想必不會忍受量窄心淺的性格。

以上談的全是籠籠統統的原則問題。……

長相身材雖不是主要考慮點，但在一個愛美的人也不能過於忽視。

交友期間，盡量少送禮物，少花錢：一方面表明你的戀愛觀念與物質關係極少牽連；另一方面也是考驗對方。

一九六二年三月九日

三、四兩個月還是那麼忙，我們只操心你身體。平日飲食睡眠休息都得經常注意。只要身心支持得住，音樂感覺不遲鈍不麻木，那末演出多一些亦無妨；否則即須酌減。演奏家若果發見感覺的靈敏有下降趨勢，就該及早設法；萬不能因循拖延！多多爲長遠利益打算才是！萬一感到出台是很重的負擔，你就應警惕，分析原因何在，是否由於演出過多而疲勞過度。其次你出台頻繁，還有時間與精力補充新的 repertoire 嗎？這也是我常常關心的一點。

我近來目力又退步，工作一停就要流淚打呵欠，平日總覺眼皮沉重得很，尤其左眼，簡直不容易張開來。這幾天不能不休息，但又苦於不能看書(休息原是爲了眼睛嘛)，心煩得厲害。知識分子一離開書本真是六神無主。

昨天晚上陪媽媽去看了“青年京崑劇團赴港歸來彙報演出”的《白蛇傳》。自五七年五月至今，是我第一次看戲。劇本是田漢改編的，其中有崑腔也有京腔。以演技來說，青年戲曲學生有此成就也很不差了，但並不如港九報紙捧的那麼了不起。可見港九羣衆藝術水平實在不高，平時接觸的戲劇太蹩脚了。至於劇本，我的意見可多啦。老本子是乾隆時代的改本，倒頗有神話氣息，而且便是荒誕妖異的故事也編得入情入理，有曲折有照應，邏輯很强，主題的思想，不管正確與否，從頭至尾是一貫的、完整的。目前改編本仍稱爲"神話劇",說明中却大有翻案意味,而戲劇內容並不彰明較著表現出來，令人只感到態度不明朗，思想混亂，好像主張戀愛自由,又好像不是;說是據說明書金山寺高僧法海嫉妒白蛇所謂白娘娘與許宣俗稱許仙的愛情，但一個和尚爲什麼無事端端嫉妒青年男女的戀愛呢?青年戀愛的實事多得很,爲什麼嫉妒這一對呢?總之是違背情理，没有 logic，有些場面簡單化到可笑的地步:例如許仙初遇白素貞後次日去登門拜訪,老本說是二人有了情，白氏與許生訂婚，並送許白金百兩;今則改爲拜訪當場定親成婚:豈不荒謬!古人編神怪劇仍顧到常理,二十世紀的人改編反而不顧一切,視同兒戲。改編理當去蕪成菁，今則將武戲場面全部保留，滿足觀衆看雜耍要求，未免太低級趣味。倘若節略一部分,反而精彩(就武功而論)。"斷橋"一齣在崑劇中最細膩,今仍用京劇演出,粗糙單調:誠不知改編的人所謂崑京合演,取捨根據什麼原則。總而言之，無論思想，精神,結構,情節,唱辭,演技,新編之本都缺點太多了。真弄不明白劇壇老前輩的藝術眼光與藝術手腕會如此不行;也不明白內部從上到下竟無人提意見:解放以來不是一切劇本都走羣衆路線嗎?相信我以上的看法,老藝人中一定有許多是見到的;文化部領導中也有人感覺到的。結果演出的情形如此，着實費解。報上也從未見到批評,可知文藝家還是噤若寒蟬,没辦法做到百家争鳴。

四月初你和 London Mozart Players 同在瑞士演出七場，想必以 Mozart 爲主。近來多彈了 Mozart，不知對你心情的恬靜可有幫助?我始終覺得藝術的進步應當同時促成自己心情方面的恬淡，安詳，提高自己氣質方面的修養。又去年六月與 Kabos 討教過後,到現在爲止你在 relax 方面是否繼續有改進?對 Schubert 與 Beethoven 的理解是否進了一步?你出外四個月間演奏成績，想必心中有數;很想聽聽你自己的評價。

《音樂與音樂家》月刊十二月號上有篇文章叫做*Liszt's Daughter Who Ran Wagner's Bayreuth*, 作者是現代巴赫專家 Dr. Albert Schweitzer, 提到 Cosima Wagner 指導的 Bayreuth Festival 有兩句話: At the most moving moments there were lacking that spontaneity and that naturalness which come from the fact that the actor has let himself be carried away by his playing and so surpass himself. Frequently, it seemed to me, perfection was obtained only at the expense of life. 其中兩點值得注意:(一) 藝術家演出時的“不由自主”原是犯忌的, 然而興往神來之際也會達到前所未有的高峰, 所謂 surpass himself。(二)完滿原是最理想的,可不能犧牲了活潑潑的生命力去換取。大概這兩句話,你聽了一定大有感觸。怎麼能在“不由自主”(carried by himself) 的時候超過自己而不是越出規矩, 變成“野”、“海”、“狂”,是個大問題。怎麼能保持生機而達到完滿, 又是個大問題。作者在此都着重在 spontaneity and naturalness 方面, 我覺得與個人一般的修養有關,與能否保持童心和清新的感受力有關。

過去聽你的話,似乎有時對作品鑽得過分,有點兒鑽牛角尖:原作所没有的,在你主觀强烈追求之下未免强加了進去,雖然仍有吸引力,仍然 convincing(像你自己所説),但究竟違背了原作的精神, 越出了 interpreter 的界限。近來你在這方面是不是有進步,能克制自己,不過於無中生有的追求細節呢?

一九六二年三月十四日

敏,親愛的孩子,……有理想有熱情而又理智很强的人往往令人望而生畏, 大概你不多幾年以前對我還有這種感覺。去年你哥哥信中說:“爸爸文章的每一字每一句都充滿了熱情,很執着,almost fanatic。”最後一句尤其說得中肯。這是我的長處,也是我的短處。因爲理想高,熱情强,故處處流露出好爲人師與拚命要說服人的意味。可是孩子,別害怕,我年過半百,世情已淡,而且天性中也有極灑脫的一面,就是中國民族性中的“老莊”精神:换句話說,我執着的時候非常執着,擺脱的時候生死皆置之度外。對兒女們也抱着說不說由我,聽不聽由你的態度。只是責任感强,是非心强,見到的總不能不說而已。你哥哥在另一信中還提到:“在這個 decadent 世界,在國外這些年來,我遇見了不少人物 Whom I admire and love,from whom I learn,可是從來没有遇到任何人能帶我到那個 at the same time passionate and serene,profound and simple, affectionate and proud、subtle and straightforward 的世界。”可見他的確了解我的“兩面性”,也了解到中國舊文化的兩面性。又熱烈又恬静,又深刻又樸素,又溫柔又高傲,又微妙又率直:這是我們固有文化中的精華,值得我們自豪的!

當然上述的特點我並没有完全具備,更没有具備到恰如其分的程度,僅僅是那種特點的傾向很强,而且是我一生嚮往的境界罷了。比如說,我對人類抱有崇高的理想與希望,同時也用天文學地質學的觀點看人類的演變,多少年前就慣於用“星際”思想看待一些大事情,並不把人類看做萬物之靈,覺得人在世界上對一切生物表示“唯我獨尊”是狂妄可笑的。對某個大原則可能完全贊同,抱有信心,我可照樣對具體事例與執行情況有許多不同意見。對善惡美醜的愛憎心極强,爲了一部壞作品,爲了社會上某個不合理現象,會憤怒得大生其氣,過後我却也會心平氣和的分析,解釋,從而對個別事例加以寬恕。我執着真理,却又時時抱懷疑態度,覺得死抱一些眼前的真理反而使我們停滯,得不到更高級更進步的真理。

以上也是隨便閑扯，讓你多體會到你爸爸的複雜心理，從而知道一個人愈有知識愈不簡單，愈不能單從一二點三四點上去判斷。

很高興你和她都同意我前信說的一些原則，但願切實做去，爲着共同的理想(包括個人的幸福和爲集體貢獻自己的力量兩項)一步步一步步相勉相策。許多問題只有在實踐中才能真正認識，光是理性上的認識是浮表的，靠不住的，經不住風狂雨驟的考驗的。……從小不大由父母嚴格管教的青年也有另外一些長處，就是獨立自主的能力較强，像你所謂能自己管自己。可是有一部分也是先天比後天更强：你該記得，我們對你數十年的教育即使缺點很多，但在勞動家務，守紀律，有秩序等等方面從未對你放鬆過，而我和你媽媽給你的榜樣總還是勤勞認真的，……我們過了半世，仍舊做人不够全面，缺點累累，如何能責人太苛呢？可是古人常說：取法乎上，得乎其中；取法乎中，得乎其下。而我對青年人、對我自己的要求，除了吃苦(肉體上，物質上的吃苦)以外，從不比黨對黨團員的要求低；這是你知道的。但願我們大家都來不斷提高自己，不僅是學識，而尤其是修養和品德！

一九六二年四月一日

聰，親愛的孩子，每次接讀來信，總是說不出的興奮，激動，喜悦，感慨，惆悵！最近報告美澳演出的兩信，我看了在屋内屋外盡兜圈子，多少的感觸使我定不下心來。人吃人的殘酷和醜惡的把戲多可怕！你辛苦了四五個月落得兩手空空，我們想到就心痛。固然你不以求利爲目的，做父母的也從不希望你發什麼洋財，——而且還一向鄙視這種思想；可是那些中間人憑什麼來霸占藝術家的勞動所得呢！眼看孩子被人剥削到這個地步，像你小時候被强暴欺凌一樣，使我們對你又疼又憐惜，對那些吸血鬼又氣又惱，恨得牙癢癢地！相信早晚你能從魔掌之下挣脱出來，不再做魚肉。巴爾扎克説得好：社會踩不死你，就跪在你面前。在西方世界，不經過天翻地覆的革命，這種醜劇還得演下去呢。當然四個月的巡迴演出在藝術上你得益不少，你對許多作品又有了新的體會，深入了一步。可見唯有藝術和學問從來不辜負人：花多少勞力，用多少苦功，拿出多少忠誠和熱情，就得到多少收穫與進步。寫到這兒，想起你對新出的莫扎特唱片的自我批評，真是高興。一個人停滯不前才會永遠對自己的成績滿意。變就是進步，——當然也有好的變質，成爲壞的；——眼光一天天不同，才窺見學問藝術的新天地，能不斷的創造。媽媽看了那一段嘆道："聰真像你，老是不滿意自己，老是在批評自己！"

美國的評論絶大多數平庸淺薄，讚美也是皮毛。英國畢竟還有音樂學者兼寫報刊評論，如倫敦 *Times* 和曼徹斯忒的《導報》，兩位批評家水平都很高；紐約兩家大報的批評家就不像樣了，那位《紐約時報》的更可笑。很高興看到你的中文並不退步，除了個別的辭彙。我們説"心亂如麻"，不説"心痛如麻"。形容後者只能説"心痛如割"或"心如刀割"。又鄙塞、鄙陋不能説成"陋塞"；也許是你筆誤。讀你的信，聲音笑貌歷歷在目；議論口吻所流露的坦率，真誠，樸素，熱情，愛憎分明，正和你在琴上表現出來的一致。孩子，你説過我們的信對你有如一面鏡子；其實你的信對我們也是一面鏡子。有些地方你我二人太相像了，有些話就像是我自己説的。平時盼望你的信即因爲"薰蕕同臭"，也因爲對人生、藝術，周圍可談之人太少。不過我們很原諒你，你忙成這樣，怎麽忍心再要你多寫呢？此次來信已覺出於望外，原以爲你一回英國，演出那麽多，不會再動筆了。可是這幾年來，我們倆最大的安慰和快樂，的確莫過於定期接讀來信。還得告訴你，你寫的中等大的字（如此次評論封套上寫的）非常好看；近來我的鋼筆字已難看得不像話了。你難得寫中國字，真難爲你了！

來信説到中國人弄西洋音樂比日本人更有前途，因爲他們雖用苦功而不能化。化固不易，用苦功而得其法也不多見。以整個民族性來説，日華兩族確有這點兒分別。可是我們能化的人也是鳳毛麟角，原因是接觸外界太少，吸收太少。近幾年營養差，也影響腦力活動。我自己深深感到比從前笨得多。在翻譯工作上也苦於化得太少，化得不够，化得不妙。藝術創造與再創造的要求，不論哪一門都性質相仿。音樂因爲抽象，恐怕更難。理會的東西表達不出，或是不能恰到好處，跟自己理想的境界不能完全符合，不多不少。心、腦、手的神經聯繫，或許在音樂表演比別的藝術更微妙，不容易掌握到成爲 automatic 的程度。一般青年對任何學科很少能作獨立思考，不僅缺乏自信，便是給了他們方向，也不會自己摸索。原因極多，不能怪他們。十餘年來的教育方法大概有些缺陷。青年人不會觸類旁通，研究哪一門學問都難有成就。思想統一固然有統一的好處；但到了後來，念頭只會望一個方向轉，只會走直線，眼睛只看到一條路，也會陷於單調，貧乏，停滯。望一個方向鑽並非壞事，可惜沒鑽得深。

月初看了蓋叫天口述，由別人筆錄的《粉墨春秋》，倒是解放以來談藝術最好的書。人生—教育—倫理—藝術，再沒有結合得更完滿的了。從頭至尾都有實例，決不是枯燥的理論。關於學習，他提出，"慢就是快"，説明根基不打好，一切都築在沙上，永久爬不上去。我覺得這一點特別值得我們深思。倘若一開始就猛衝，只求速成，臨了非但一無結果，還造成不踏實的壞風氣。德國人要不在整個十九世紀的前半期埋頭苦幹，在每一項學問中用死功夫，哪會在十九世紀末一直到今天，能在科學、考據、文學各方面放異彩？蓋叫天對藝術更有深刻的體會。他說學戲必需經過一番“默”的功夫。學會了唱、念、做，不算數；還得坐下來叫自己“魂靈出竅”，就是自己分身出去，把一齣戲默默的做一遍、唱一遍；同時自己細細觀察，有什麽缺點該怎樣改。然後站起身來再做，再唱，再念。那時定會發覺剛才思想上修整很好的東西又跑了，做起來同想的完全走了樣。那就得再練，再下苦功，再“默”，再做。如此反覆做去，一齣戲才算真正學會了，拿穩了。——你看，這段話說得多透徹，把自我批評貫徹得多好！老藝人的自我批評決不放在嘴邊，而是在業務中不斷實踐。其次，經過一再“默”練，作品必然深深的打進我們心裏，與我們的思想感情完全化爲一片。此外，蓋叫天現身說法，談了不少藝術家的品德，操守，做人，必須與藝術一致的話。我覺得這部書值得寫一長篇書評：不僅學藝術的青年、中年、老年人，不論學的哪一門，應當列爲必讀書，便是從上到下一切的文藝領導幹部也該細讀幾遍；做教育工作的人讀了也有好處。不久我就把這書寄給你，你一定喜歡，看了也一定無限興奮。

一九六二年四月三十日

最近買到一本法文舊書，專論寫作藝術。其中談到“自然”(natural)，引用羅馬文豪西塞羅的一句名言：It is an art to look like without art. 作者認爲寫得自然不是無意識的天賦，而要靠後天的學習。甚至可以說自然是努力的結果 (The natural is result of efforts)，要靠苦功磨練出來。此話固然不錯，但我覺得首先要能體會到“自然”的境界，然後才能望這個境界邁進。要愛好自然，與個人的氣質、教育、年齡，都有關係；一方面是勉强不來，不能操之過急；一方面也不能不逐漸作有意識的培養。也許浸淫中國古典文學的人比較容易欣賞自然之美，因爲自然就是樸素、淡雅、天真;而我們的古典文學就是具備這些特點的。

全國人大及政協開會才完,參加的朋友們回來説起,中央各方面對你很關切,認爲你的愛國精神難得,説明望能回來。中宣部、中央統戰部也表示對我關切,地方上也多方照顧。本來做人只能求自己良心平安,一時毁譽均所不計。但日子久了,你的人格、作風,究竟還是有公平估價的。

一九六二年五月九日

昨天收到你上月二十七自丟林(Torino)發的短信,感慨得很。藝術最需要靜觀默想,凝神壹志;現代生活偏偏把藝術弄得如此商業化,一方面經理人作爲生財之道,把藝術家當作摇錢樹式的機器,忙得不可開交,一方面把羣衆作爲看雜耍或馬戲班的單純的好奇者。在這種溷濁的洪流中打滚的,當然包括所有老輩小輩,有名無名的演奏家歌唱家。像你這樣初出道的固然另有苦悶,便是久已打定天下的前輩也不免隨波逐流,那就更可嘆了。也許他們對藝術已經缺乏信心,熱誠,僅僅作爲維持已得名利的工具。年輕人想要保衛藝術的純潔與清新,唯一的辦法是減少演出;這却需要三個先決條件:(一)經理人剥削得不那麼兇(這是要靠演奏家的年資積累,逐漸争取的),(二)個人的生活開支安排得極好,這要靠理財的本領與高度理性的控制,(三)減少出台不至於冷下去,使羣衆忘記你。我知道這都是極不容易做到的,一時也急不來。可是爲了藝術的尊嚴,爲了你藝術的前途,也就是爲了你的長遠利益和一生的理想,不能不把以上三個條件作爲努力的目標。任何一門的藝術家,一生中都免不了有幾次藝術難關(crisis),我們應當早作思想準備和實際安排。愈能保持身心平衡(那就決不能太忙亂),藝術難關也愈容易闖過去。希望你平時多從這方面高瞻遠矚，切勿被終年忙忙碌碌的漩渦弄得昏昏沉沉，就是說要對藝術生涯多從高處遠處着眼；即使有許多實際困難，一時不能實現你的計劃，但經常在腦子裏思考成熟以後，遇到機會就能緊緊抓住。這一類的話恐怕將來我不在之後，再沒有第二個人和你說；因爲我自信對藝術的熱愛與執着，在整個中國也不是很多人有的。

……提到洛桑(Lausanne)和日內瓦，萊芒湖與白峰的形象又宛然如在目前。一九二九年我在萊芒湖的另外一端，法瑞交界處的小村子"聖·揚高爾夫"住過三個多月；環湖游覽了兩次。有一回是和劉抗伯伯、劉海粟伯伯等同去的。

聽過列巴蒂[①] 彈的巴卡洛爾，很精彩；那味兒有些像 *Prelude Op.45*，想來你一定能勝任。

近來我正在經歷一個藝術上的大難關，眼光比從前又高出許多(五七年前譯的都已看不上眼)，腦子却笨了許多，目力體力也不行，睡眠近十多天又不好了。大概是精神苦悶的影響。生就惶惶不安的性格，有什麼辦法呢？

一九六二年六月十六日晚

彌拉真會說話，把久不寫信推爲 no inspiration，說明如爲了責任感而寫，就會寫得 dull，你看是不是伶牙俐齒？可是如果我一連三個月不動筆，你們是不是也要惶惶不安呢？

---

① 即 Denu Lipatti(1917—1950)，羅馬尼亞著名鋼琴家。

一九六二年八月十二日

聰,親愛的孩子,很少這麼久不給你寫信的。從七月初起你忽而維也納,忽而南美,行踪飄忽,恐去信落空。彌拉又說南美各處郵政很不可靠,故雖給了我許多通訊處,也不想寄往那兒。七月二十九用七張風景片寫成的信已於八月九日收到。委內瑞拉的城街,智利的河山,前年曾在外國雜誌上見過彩色照相,來信所云,頗能想像一二。現代國家的發展太畸形了,尤其像南美那些落後的國家。一方面人民生活窮困,一方面物質的設備享用應有盡有。照我們的理想,當然先得消滅不平等,再來逐步提高。無奈現代史實告訴我們,革命比建設容易,消滅少數人所壟斷的享受並不太難,提高多數人的生活却非三五年八九年所能見效。尤其是精神文明,總是普及易,提高難;而在普及的階段中往往降低原有的水準,連保持過去的高峰都難以辦到。再加老年,中年,青年三代脫節,缺乏接班人,國內外溝通交流幾乎停止,恐怕下一輩連什麼叫標準,前人達到過怎樣的高峰,眼前別人又到了怎樣的高峰,都不大能知道;再要迎頭趕上也就更談不到了。這是前途的隱憂。過去十一二年中所造成的偏差與副作用,最近一年正想竭力扭轉;可是十年種的果,已有積重難返之勢;而中老年知識分子的意氣消沉的情形,尚無改變跡象,——當然不是從他們口頭上,而是從實際行動上觀察。人究竟是唯物的,没有相當的客觀條件,單單指望知識界憑熱情苦幹,而且幹出成績來,也是不現實的。我所以能堅守陣地,耕種自己的小園子,也有我特殊優越的條件,不能責望於每個人。何況就以我來說,體力精力的衰退,已經給了我很大的限制,老是感到心有餘而力不足!

前信你提到灌唱片問題,認爲太機械。那是因爲你習慣於流動性特大的藝術（音樂）之故，也是因爲你的氣質特別容易變化，情緒容易波動的緣故。文藝作品一朝完成，總是固定的東西：一幅畫，一首詩，一部小說，哪有像音樂演奏那樣能够每次予人以不同的感受？觀衆對繪畫，讀者對作品，固然每次可有不同的印象，那是在於作品的暗示與含蓄非一時一次所能體會，也在於觀衆與讀者自身情緒的變化波動。唱片卽使開十次二十次，聽的人感覺也不會千篇一律，除非演奏太差太呆板；因爲音樂的流動性那麼强，所以聽的人也不容易感到多聽了會變成機械。何況唱片不僅有普及的效用，對演奏家自身的學習改進也有很大幫助。我認爲主要是克服你在 microphone 前面的緊張，使你在灌片室中跟在台上的心情沒有太大差別。再經過幾次實習，相信你是做得到的。至於完美與生動的衝突，有時幾乎不可避免；記得有些批評家就說過，perfection 往往要犧牲一部分 life。但這個弊病恐怕也在於演奏家屬於 cold 型。熱烈的演奏往往難以 perfect，萬一 perfect 的時候，那就是 incomparable 了！

一九六二年九月二日

聰，親愛的孩子，上月初旬接哥侖比亞來信後杳無消息，你四處演出，席不暇暖固不必說；便是彌拉從離英前夕來一短簡後迄今亦無隻字。天各一方兒媳異地，誠不勝飄蓬之慨。南美氣候是否酷熱？日程緊張，當地一切不上軌道，不知途中得無勞累過度？我等在家無日不思，苦思之餘惟有取出所灌唱片，反覆開聽，聊以自慰。上次收到貝多芬朔拿大，……*Op.110* 最後樂章兩次 arioso dolente 表情深淺不同，大有分寸，從最輕到最響十個 chord，以前從未有此印象，可證 interpretation 對原作關係之大。*Op.109* 的許多變奏曲，過去亦不覺面目變化有如此之多。有一份評論說：“At first hearing there seemed light-weight interpretations.” light-weight 指的是什麼？你對 Schnabel 灌的貝多芬現在有何意見？Kempff 近來新灌之貝多芬朔拿大，你又覺得如何？我都極想知道，望來信詳告！七月份《音樂與音樂家》雜誌 p.35 有書評，介紹Eva & Paul Badura-Skoda 合著 *Interpreting Mozart on the Keyboard*，你知道這本書嗎？似乎值得一讀，尤其你特別關心莫扎特。

前昨二夜聽了李斯特的第二協奏曲（匈牙利鋼琴家彈），但丁朔拿大、意大利巡禮集第一首，以及 Annie Fischer 彈的 *B Min. Sonata*，都不感興趣。只覺得炫耀新奇，並無真情實感；浮而不實，没有深度，没有邏輯，不知是不是我的偏見？不過這一類風格，對現代的中國青年鋼琴家也許倒正合適，我們創作的樂曲多多少少也有這種故意做作七拼八凑的味道。以作曲家而論，李兹遠不及舒曼和勃拉姆斯，你以爲如何？

上月十三日有信（No.41）寄瑞士，由彌拉回倫敦時面交，收到没有？在那封信中，我談到對唱片的看法，主要不能因爲音樂是流動的藝術，或者因爲個人的氣質多變，而忽視唱片的重要。在話筒面前的緊張並不難於克服。灌協奏曲時，指揮務必先經鄭重考慮，早早與唱片公司談妥。爲了藝術，爲了向羣衆負責，也爲了唱片公司的利益，獨奏者對合作的樂隊與指揮，應當有特別的主張，有堅持的權利，望以後在此等地方勿太“好説話”！

想到你們倆的忙碌，不忍心要求多動筆，但除了在外演出，平時你們該反過來想一想；假定我們也住在倫敦，難道每兩星期不得上你們家吃一頓飯，你們也得花費一二小時陪我們談談話嗎？今既相隔萬里，則每個月花兩小時寫封比較詳細的信，不也應該而且比同在一地已經省掉你們很多時間嗎？——要是你們能常常作此想，就會多給我們一些消息了。

長期旅行演出後，務必好好休息，只會工作不會休息，也不是生活的藝術，而且對你本門的藝術，亦無好處！

一九六二年九月二十三日

説起我的書，人文副社長去年十一月來看我，説争取去年之内先出一種。今年八月來電報，説第三季度可陸續出書，但今已九月下旬，恐怕今年年内也出不了一二種。這又是令人啼笑皆非的事。

你的笑話叫我們捧腹不置，可是當時你的確是窘極了的。南美人的性格真是不可思議，如此自由散漫的無政府狀態，居然還能立國，社會不至於大亂，可謂奇跡。經歷了這些怪事，今後無論何處遇到什麼荒唐事兒都將見怪不怪，不以爲奇了。也可見要人類合理的發展，社會一切上軌道，不知還得等幾百年，甚至上千年呢。

還有，在那麼美麗的自然環境中，人民也那麼天真可愛，就是不能適應二十世紀的生活。究竟是這些人不宜於過現代生活呢，還是現代生活不適於他們？換句話説：人應當任情適性的過日子呢，還是要削足適履，遷就客觀現實？有一點可以肯定：就是人在世界上活了幾千年，還仍然没法按照自己的本性去設計一個社會。世界大同看來永遠是個美麗的空想：既然不能在精神生活物質生活方面五大洲的人用同一步伐同一速度向前，那麼先進與落後的衝突永遠没法避免。試想二千三百年以前的希臘人如果生在今日，豈不一樣攪得一團糟，哪兒還能創造出雅典那樣的城市和雅典文明？反過來，假定今日的巴西人和其他的南美民族，生在文藝復興前後，至少是生在閉關自守，没有被近代的工業革命侵入之前，安知他們不會創造出一種和他們的民族性同樣天真可愛，與他們優美的自然界調和的文化？

巴爾扎克説過:"現在的政府,缺點是過分要人去適應社會,而不想叫社會去適應人。"這句話值得一切抱救世渡人的理想的人深思!

前信已和你建議找個時期休息一下，無論在身心健康或藝術方面都有必要。你與我缺點相同:能張不能弛,能勞不能逸。可是你的藝術生活不比我的閑散,整月整年，天南地北的奔波,一方面體力精力消耗多,一方面所見所聞也需要静下來消化吸收,——而這兩者又都與你的藝術密切相關。何況你條件比我好,音樂會雖多,也有空隙可利用;隨便哪個鄉村待上三天五天也有莫大好處。聽説你岳父岳母正在籌備於年底年初到巴伐里亞區阿爾卑斯山中休養,照樣可以練琴。我覺得對你再好没有:去北美之前正該養精蓄鋭。山中去住兩三星期一滌塵襟，便是尋常人也會得益。狄阿娜來信常常表示關心你，看來也是出於真情。岳父母想約你一同去山中的好意千萬勿辜負了。望勿多所顧慮,早日打定主意,讓我們和彌拉一齊高興高興。真的,我體會得很清楚:不管你怎麽説，彌拉始終十二分關懷你的健康和藝術。而我爲了休息問題也不知向你提過多少回了,如果是口頭説的話,早已舌敝唇焦了。你該知道我這個爸爸不僅是愛孩子,而且熱愛藝術;愛你也就是爲愛藝術,愛藝術也是爲愛你!你千萬别學我的樣,你我年齡不同,在你的年紀,我也不像你現在足不出户。便是今日,只要物質條件可能，每逢春秋佳日,還是極喜歡徜徉於山巔水涯呢!

八月號的《音樂與音樂家》雜誌有三篇紀念特皮西的文章，都很好。Maggie Teyte 的 *Memoiries of Debussy* 對貝萊阿斯與梅麗桑特的理解很深。不知你注意到没有？前信也與你提到新出討論莫扎特鋼琴樂曲的書，想必記得。《音樂與音樂家》月刊自改版以來，格式新穎，內容也更豐富。

南美之行收入如何？是否比去冬北美演出較實惠？你儘管不愛談物質問題，父母却是對此和其他有關兒子的事同樣迫切的關心，總想都知道一些。

聽過你的唱片，更覺得貝多芬是部讀不完的大書，他心靈的深度、廣度的確代表了日耳曼民族在智力、感情、感覺方面的特點，也顯出人格與意志的頑强，飄渺不可名狀的幽思，上天下地的幻想，對人生的追求，不知其中有多少深奧的謎。貝多芬實在不僅僅是一個音樂家，無怪羅曼羅蘭要把歌德與貝多芬作爲不僅是日耳曼民族並且是全人類的兩個近代的高峰。

中國古畫贋者居絕大多數，有時連老輩鑑賞家也不易辨別，你在南美買的唐六如册頁，真僞恐有問題，是紙本抑絹本、水墨抑設色，望一一告知，最好拍照片，適當放大寄來。（不妨去大不列顛博物館看看中國作品，特別是明代的，可與你所得唐寅對照一下。）以後遇有此種大名家的作品，最要小心提防；價高者尤不能隨便肯定，若價不過昂，則發現問題後，尚可轉讓與人，不致太吃虧。我平時不收大名家，寧取"冷名頭"，因"冷名頭"不值錢，作假者少，但此等作品，亦極難遇。最近看到黃賓虹的畫亦有假的。

一轉眼快中秋了，才從炎暑中透過氣來，又要擔心寒冬難耐了。去冬因爐子洩氣，室内臭穢，只生了三十餘日火，連華氏 40 餘度的天氣也打熬過去了。手捧熱水袋，脚擁湯婆子，照常工作。人生就在寒來暑往中老去！一個夏天揮汗作日課，精神勉强支持，惟腦子轉動不來，處處對譯文不滿，苦悶不已。

過幾日打算寄你《中國文學發展史》《宋詞選》《世說新語》。第一種是友人劉大杰舊作，經過幾次修改的。先出第一册，以後續出當續寄。此書對古文字古典籍有概括敍述，也可補你常識之不足。特別是關於殷代的甲骨，《書經》《易經》的性質等等。《宋詞選》的序文寫得不錯，作者胡雲翼也是一位老先生了。大體與我的見解相近，尤其對蘇、辛二家的看法，我也素來反對傳統觀點。不過論詞的確有兩個不同的角度，一是文學的，一是音樂的；兩者各有見地。時至今日，宋元時唱詞唱曲的技術皆已無考，則再從音樂角度去評論當日的詞，也就變成無的放矢了。

另一方面，現代爲歌曲填詞的人却是對音樂太門外，全不知道講究陰陽平仄，以致往往拗口；至於哪些音節可拖長，哪些字音太短促，不宜用作句子的結尾，更是無人注意了。本來現在人寫散文就不知道講究音節與節奏；而作歌詞的人對寫作技巧更是生疏。電台上播送中譯的西洋歌劇的 aria，往往無法卒聽。

《世說新語》久已想寄你一部，因找不到好版子，又想弄一部比較小型輕巧的，便於出門攜帶。今向友人索得一部是商務鉛印，中國紙線裝的，等媽媽換好封面，分册重釘後即寄。我常常認爲這部書可與希臘的《對話錄》媲美，怪不得日本人歷來作爲枕中秘笈，作爲牀頭常讀的書。你小時念的國文，一小部分我即從此中取材。

一九六二年十月二十日

親愛的孩子，十四日信發出後第二天即接瑞典來信，看了又高興又激動，本想即覆，因日常工作不便打斷，延到今天方始提筆。這一回你答覆了許多問題，尤其對舒曼的表達解除了我們的疑團。我既沒親耳朵聽你演奏，即使聽了也够不上判別是非好壞，只有從評論上略窺一二;評論正確與否完全不知道,便是懷疑人家説的不可靠,也没有别的方法得到真實報導。可見我不是把評論太當真,而是無法可想。現在聽你自己分析,當然一切都弄明白了。以後還是跟我們多談談這一類的問題,讓我們經常對你的藝術有所了解。

文章千古事,得失寸心知,哪一門藝術不如此! 真懂是非,識得美醜的,普天之下能有幾個? 你對藝術上的客觀真理很執着,對自己的成績也能冷静檢查,批評精神很強,我早已放心你不會誤入歧途;可是單知道這些原則並不能了解你對個別作品的表達,我要多多探聽這方面的情形:一方面是關切你,一方面也是關切整個音樂藝術,渴欲知道外面的趨向與潮流。

你常常夢見回來,我和你媽媽也常常有這種夢。除了骨肉的感情,跟鄉土的千絲萬縷,割不斷的關係,純粹出於人類的本能之外,還有一點是真正的知識分子所獨有的,就是對祖國文化的熱愛。不單是風俗習慣,文學藝術,使我們離不開祖國,便是對大大小小的事情的看法和反應,也隨時使身處異鄉的人有孤獨寂寞之感。但願早晚能看到你在我們身邊! 你心情的複雜矛盾,我敢説都體會到,可是一時也無法幫你解決。原則和具體的矛盾,理想和實際的矛盾,生活環境和藝術前途的矛盾,東方人和西方人根本氣質的矛盾,還有我們自己内心的許許多多矛盾……如何統一起來呢? 何況舊矛盾解決了,又有新矛盾,循環不已,短短一生就在這過程中消磨! 幸而你我都有工作寄託,工作上的無數的小矛盾,往往把人生中的大矛盾暫時遮蓋了,使我們還有喘息的機會。至於"認真"受人尊重或被人訕笑的問題,事實上並不像你説的那麼簡單。

一切要靠資歷與工作成績的積累。即使在你認爲更合理的社會中,認真而受到重視的實例也很少;反之在烏煙瘴氣的場合,正義與真理得勝的事情也未始沒有。你該記得五六——五七年間毛主席說過黨員若欲堅持真理,必須準備經受折磨……等等的話,可見他把事情看得多透徹多深刻。再回想一下羅曼羅蘭寫的名人傳和克利斯朵夫,執着真理一方面要看客觀的環境,一方面更在於主觀的鬥争精神。客觀環境較好,個人爲鬥争付出的代價就比較小,並非完全不要付代價。以我而論,僥倖的是青壯年時代還在五四運動的精神没有消亡,而另一股更進步的力量正在興起的時期,並且我國解放前的文藝界和出版界還没有被資本主義腐蝕到不可救藥的地步。反過來,一百三十年前的法國文壇,報界,出版界,早已腐敗得出於我們意想之外;但法國學術至今尚未完全死亡,至今還有一些認真嚴肅的學者在鑽研:這豈不證明便是在惡劣的形勢之下,有骨頭,有勇氣,能堅持的人,仍舊能撑持下來嗎?

一九六二年十一月二十五日

敏尚在京等待分配。……大概在北京當中學教員,單位尚未定。他心情波動……我們當然去信勸慰。青年初出校門,未經鍛鍊,經不起挫折。過去的思想訓練,未受實際生活陶冶,仍是空的。從小的家庭環境使他重是非,處處認真,倒是害苦了他。在這個年紀上還不懂現實與理想的距離,即使理性上認識到,也未能心甘情願的接受。只好等社會教育慢慢的再磨練他。

本月初彌拉信中談到理想主義者不會快樂,藝術家看事情與一般人大大不同等等,足見她對人生有了更深的了解。我們很高興。可見結婚兩年,她進步了不少,人總要到婚後才成熟。

一九六二年十一月二十五日(譯自英文)

親愛的彌拉：你在上封信中提到有關藝術家的孤寂的一番話很有道理，人類有史以來，理想主義者永遠屬於少數，也永遠不會真正快樂，藝術家固然可憐，但是沒有他們的努力與痛苦，人類也許會變得更渺小更可悲。你一旦了解這種無可避免的命運，就會發覺生活，尤其是婚姻生活更易忍受，看來你們兩人對生活有了進一步了解，這對處理物質生活大有幫助。

一九六二年十二月二日

敏於十一月底分配到北京第一女中教英文。校舍是民房，屋少人多，三四個人住一間。青年人應當受鍛鍊，已盡量寫信去給他打氣。

一九六三年三月三日(譯自英文)

親愛的彌拉：得知聰與你父親一月底合作演出，非常成功，使我深感快慰，尤其高興的是聰在預演及演奏中，得到很多啓發，可以促進他自己的音樂見解。聰時時都對自己批評甚嚴，這一點使我們非常欣慰。

一九六三年六月二日晚

既然批評界敵意持續至一年之久，還是多分析分析自己，再多問問客觀、中立、有高度音樂水平的人的意見。我知道你自我批評很強，但外界的敵意仍應當使我們對自己提高警惕：也許有些不自覺的毛病，自己和相熟的朋友們不曾看出。多探討一下沒有害處。若真正是批評界存心作對，當然不必介意。歷史上受莫名其妙的指摘的人不知有多少，連迦利略、服爾德、巴爾扎克輩都不免，何況區區我輩！主要還是以君子之心度人，作爲借鑒之助，對自己只有好處。老話説得好：是非自有公論，日子久了自然會黑白分明！

一九六三年七月二十二日

親愛的孩子，五十多天不寫信了。千言萬語，無從下筆；老不寫信又心神不安；真是矛盾百出。我和媽媽常常夢見你們，聲音笑貌都逼真。夢後總想寫信，也寫過好幾次没寫成。我知道你的心情也波動得很。有理想就有苦悶，不隨波逐流就到處齟齬。可是能想到易地則皆然，或許會平静一些。生年不滿百，常懷千歲憂：此二語可爲你我寫照。兩個多月没有你們消息，但願身心健康，勿過緊張。你倆體格都不很強壯，平時總要善自保養。勞逸調劑得好，才是久長之計。我們别的不擔心，只怕你工作過度，連帶彌拉也吃不消。任何躭溺都有流弊，爲了躭溺藝術而犧牲人生也不是明智的！

六月下旬起我的許多老毛病次第平復，目前僅過敏性鼻炎糾纏不休。關節炎根本是治不好的，氣候一變或勞頓過度即會復發。也只能過一天算一天，只要發作時不太劇烈，妨礙工作，就是上上大吉。

一九六三年七月二十二日（譯自法文）

親愛的孩子：快三個月了，雖然我一直在想念你，却一個字都没有寫給你，對我來説這是絶無僅有的事。也許你可以猜出我久無音訊的原因，這是一種難以言喻的困惱，可能跟聰不願提筆的理由差不多。人在飽經現實打擊，而仍能不受影響去幻想時，理想主義的確可以予人快樂；但是更多時候理想主義會令人憂鬱失望，不滿現實。我自忖也許庸人多福，我國的古人曾經辛酸地羨慕過無知庸人，但是實際上，我却不相信他們會比別人更無牽無掛，他們難道不會爲自私自利的興趣及家務瑣事而飽受折磨嗎？總的來說，我的身體還不錯，但除了日常工作外，很少提筆，希望你不要見怪才好。

一九六三年九月一日

親愛的孩子，很高興知道你終於徹底休息了一下。瑞士確是避暑最好的地方。三十四年前我在日內瓦的西端，一個小小的法國村子裏住過三個月，天天看到白峰(Mont Blanc)上的皚皚積雪，使人在盛暑也感到一股涼意。可惜沒有去過瑞士北部的幾口湖，聽說比日內瓦湖更美更幽。你從南非來的信上本說要去希臘，那兒天氣太熱，不該在夏季去。你們改變遊程倒是聰明的。威尼斯去了沒有？其實意大利北部幾口湖也風景秀麗，值得小住幾天。相信這次旅行定能使你感覺新鮮，精神上洗個痛快的澡。彌拉想來特別快樂。她到底身體怎樣？在 Zurich 療養院檢查結果又怎麼樣？除了此次的明信片以外，她從五月十日起沒有來過信，不知中間有沒有遺失？我寫到 Gstaad 的信，你們收到沒有？下次寫信來，最好提一筆我信上的編號，別籠籠統統只說“來信都收到”。最好也提一筆你們上一封信的日期，否則丢了信也不知道。七月下旬勃隆斯丹夫人有信來，報告你們二月中會面的情形，簡直是排日描寫，不僅詳細，而且事隔五月，字裏行間的感情還是那麼強烈，看了真感動。世界上這樣真誠，感情這樣深的人是不多的！

巴爾扎克的長篇小說《幻滅》(*Lost Illusions*)三部曲，從六一年起動手，最近才譯完初稿。第一二部已改過，第三部還要改，便是第一二部也得再修飾一遍，預計改完謄清總在明年四五月間。總共五十萬字，前前後後要花到我三年半時間。文學研究所有意把《高老頭》收入"文學名著叢書",要重排一遍,所以這幾天我又在從頭至尾修改,也得花一二十天。翻譯工作要做得好,必須一改再改三改四改。《高老頭》還是在抗戰期譯的,五二年已重譯一過,這次是第三次大修改了。此外也得寫一篇序。第二次戰後，法國學術界對巴爾扎克的研究大有發展，那種熱情和淵博(erudition)令人欽佩不置。

敏在家住了一月，又已回京。他教書頗有興趣，也很熱心負責,拚命在課外找補充材料。校長很重視他，學生也喜歡他，雖然辛苦些,只要能踏踏實實爲人民做點工作,總是值得的。

一九六三年九月一日(譯自法文)

親愛的孩子:一九二九年夏,我在日内瓦湖的西端，Villeneuve對面,半屬法國半屬瑞士的小村落 St. Gingolphe 住過三個月。天天看到白峰 (Mont Blanc) 上的皚皚積雪。誰會想到三十四年之後,一個中國人至愛的子女竟會涉足同一地區,甚至遍遊更遠更壯麗的地方?這豈非巧合?聰在寄來的明信片中說，你準備自己駕車直達意大利,甚至遠至威尼斯; 但是以一個業餘駕車者在山區,尤其是在阿爾卑斯山上駕駛,實在是有點"冒險",這樣你也不能在路上流覽沿途景色了。不過,現在已經遊覽完畢,你們也已平安返抵倫敦了。假如可能的話，又假如你有點時間，我很願意讀到你對旅途的詳盡描述，我没法子靠阿聰，他寫起信來總是只有三言兩語。

一九六三年十月十四日

親愛的孩子，你赫辛斯基來信和彌拉倫敦來信都收到。原來她瑞士寫過一信，遺失了。她寫起長信來可真有意思：報告意大利之行又詳細又生動。從此想你對意大利繪畫，尤其威尼斯派，領會得一定更深切。瑞士和意大利的湖泊都在高原上，真正是山高水深，非他處所及。再加人工修飾，古蹟林立，令人緬懷以往，更加徘徊不忍去。我們的名勝最吃虧的是建築：先是磚木結構，抵抗不了天災人禍、風雨侵蝕；其次，建築也是中國藝術中比較落後的一門。

接彌拉信後，我大查字典，大翻地圖和旅行指南。一九三一年去羅馬時曾買了一本《藍色導遊》(*Guide Bleu*)中的《意大利》，厚厚一小册，五百多面，好比一部字典。這是法國最完全最詳細的指南，包括各國各大城市(每國都是一厚册)，竟是一部旅行叢書。你們去過的幾口湖，Maggiore, Lugarno, Como, Iseo, Garda，你們歇宿的 Stresa 和 Bellagio，都在圖上找到了，並且每個湖各有詳圖。我們翻了一遍，好比跟着你們"神遊"了一次。彌拉一路駕駛，到底是險峻的山路，又常常摸黑，真是多虧她了，不知駕的是不是你們自己的車，還是租的？

此刻江南也已轉入暮秋，桂花已謝，菊花即將開放。想不到倫敦已是風啊雨啊霧啊，如此沉悶！我很想下月初去天目山（浙西）賞玩秋色，屆時能否如願，不得而知。四八年十一月曾和俞布伯伯同去東西天目，秋色斑斕，江山如錦繡，十餘年來常在夢寐中。

《高老頭》已改訖，譯序也寫好寄出①。如今寫序要有批判，極難下筆。我寫了一星期，幾乎弄得廢寢忘食，緊張得不得了。至於譯文，改來改去，總覺得能力已經到了頂，多數不滿意的地方明知還可修改，却都無法勝任，受了我個人文筆的限制。這四五年來愈來愈清楚的感覺到自己的 limit，彷彿一道不可超越的鴻溝。

一九六三年十月十四日（譯自法文）

親愛的彌拉：收到你在九月二十三日與月底之間所寫、在十月一日自倫敦發出的長信，真是十分欣慰，得知你們的近況，是我們最大的快樂，而每次收到你們的信，總是家中一件大事。信是看了一遍又一遍，不停的談論直到收到下一封信爲止。這一次，我們亦步亦趨跟着你們神遊意大利：我查閱二十世紀的《拉羅斯大字典》裏的地圖，也不斷的翻閱《藍色導遊》（你們旅遊時手上是否有這本《導遊》？），以便查看意大利北部，你們去過的幾口湖，例如 Maggiore, Lugarno, Como, Iseo, Garda 等。你們歇宿的 Stresa 和 Bellagio，都在圖上找到了。我們還念了 Bergamo 城的描繪（也在《藍色導遊》中找到）。這城裏有一個高鎮，一個低鎮，還有中古的教堂，你現在該知道我們怎樣爲你們的快樂而歡欣了！人不是會在不知不覺中，生活在至愛的親人身上嗎？我們這兒沒有假期，可是你使我們分享你們所有的樂趣而不必分擔你們的疲勞，更令我們爲之精神大振！

你倆真幸福，得以遍遊優美的國度如瑞士，意大利。我當學生的時候，只於一九二九年在日內瓦湖畔，Villeneuve 對面一個小小的村子裏度過三個月。此外，我只在一九三一年五月去過羅馬、那不勒斯、西西里島，没能去佛羅倫薩及威尼斯。當時我很年輕，

① 六三年修改《高老頭》譯文，寫了一篇序文，在十年浩刼中失散。

而學生的口袋,你們不難理解,時常是很拮据的。相反的，我反而有機會結識羅馬的傑出人士,意大利的作家與教授,尤其是當時的漢學家,還有當地的貴族，其中尤以巴索里尼伯爵夫人(一位七十開外的夫人)，以及她那位風度綽約的媳婦 Borghèse 公主,對我特別親切。由於她們的引薦,我得以在六月份應邀於意大利皇家地理學會及羅馬扶輪社演講，談論有關現代中國的問題。我那時候才二十三歲,居然在一羣不僅傑出,而且淵博的聽衆面前演講，其中不乏部長將軍輩,實在有些不知天高地厚。想起三十年之後,我的兒子,另一個年輕人,以優秀音樂家的身份，而不至於像乃父一般多少有點冒充內行,在意大利同樣傑出的聽衆面前演奏,豈不像一場夢!

看到你描繪參觀羅浮宮的片段,我爲之激動不已,我曾經在這座偉大的博物館中,爲學習與欣賞而消磨過無數時光。得知往日燻黑蒙塵的蒙娜麗莎像,如今經過科學的清理,已經煥然一新，真是一大喜訊，我多麽喜愛從香榭麗舍大道一端的協和廣場直達凱旋門的這段全景! 我也永遠不能忘記橋上的夜色，尤其是電燈與煤氣燈光相互交織,在塞納河上形成瑰麗的倒影,水中波光粼粼，白色與瑰色相間(電燈光與煤氣燈光),我每次坐公共汽車經過橋上,絶不會不盡情流覽。告訴我,孩子,當地是否風光依舊?

一九六三年十一月三日

親愛的孩子,最近一信使我看了多麽興奮,不知你是否想像得到?真誠而努力的藝術家每隔幾年必然會經過一次脱胎換骨，達到一個新的高峰。能够從純粹的感覺(sensation)轉化到觀念(idea)當然是邁進一大步,這一步也不是每個藝術家所能辦到的,因爲同各人的性情氣質有關。不過到了觀念世界也該提防一個 pitfall：在精神上能跟踪你的人越來越少的時候，難免鑽牛角尖，走上太抽象的路，和羣衆脱離。嘩衆取寵（就是一味用新奇唬人）和取媚庸俗固然都要不得，太沉醉於自己理想也有它的危險。我這話不大説得清楚，只是具體的例子也可以作爲我們的警戒。李克忒某些演奏某些理解很能説明問題。歸根結蒂，仍然是"出"和"入"的老話。高遠絶俗而不失人間性人情味，才不會叫人感到 cold。像你説的"一切都遠了，同時一切也都近了"，正是莫扎特晚年和舒伯特的作品達到的境界。古往今來的最優秀的中國人多半是這個氣息，儘管 sublime，可不是 mystic（西方式的）；儘管超脱，仍是 warm，intimate，human 到極點！你不但深切了解這些，你的性格也有這種傾向，那就是你的藝術的 safeguard。基本上我對你的信心始終如一，以上有些話不過是隨便提到，作爲"聞者足戒"的提示罷了。

我和媽媽特别高興的是你身體居然不摇擺了：這不僅是給聽衆的印象問題，也是一個對待藝術的態度，掌握自己的感情，控制表現，能入能出的問題，也具體證明你能化爲一個 idea，而超過了被音樂帶着跑，變得不由自主的階段。只有感情淨化，人格昇華，從 dramatic 進到 contemplative 的時候，才能做到。可見這樣一個細節也不是單靠注意所能解決的，修養到家了，自會迎刃而解。（胸中的感受不能完全在手上表達出來，自然會身體摇擺，好像無意識的要"手舞足蹈"的幫助表達。我這個分析你説對不對？）

相形之下，我却是愈來愈不行了。也説不出是退步呢，還是本來能力有限，以前對自己的缺點不像現在這樣感覺清楚。越是對原作體會深刻，越是欣賞原文的美妙，越覺得心長力絀，越覺得譯文遠遠的傳達不出原作的神韻。返工的次數愈來愈多，時間也花得愈來愈多，結果却總是不滿意。時時刻刻看到自己的 limit，運用腦子的 limit，措辭造句的 limit，先天的 limit——例如句子的轉彎抹角太生硬，色彩單調，說理強而描繪弱，處處都和我性格的缺陷與偏差有關。自然，我並不因此灰心，照樣“知其不可爲而爲之”，不過要心情愉快也很難了。工作有成績才是最大的快樂：這一點你我都一樣。

另外有一點是肯定的，就是西方人的思想方式同我們距離太大了。不做翻譯工作的人恐怕不會體會到這麼深切。他們刻畫心理和描寫感情的時候，有些曲折和細膩的地方，複雜繁瑣，簡直與我們格格不入。我們對人生瑣事往往有許多是認爲不值一提而省略的，有許多只是羅列事實而不加分析的；如果要寫情就用詩人的態度來寫；西方作家却多半用科學家的態度，歷史學家的態度（特別巴爾扎克），像解剖昆蟲一般。譯的人固然懂得了，也感覺到它的特色，妙處，可是要叫思想方式完全不一樣的讀者領會就難了。思想方式反映整個的人生觀，宇宙觀，和幾千年文化的發展，怎能一下子就能和另一民族的思想溝通呢？你很幸運，音樂不像語言的局限性那麼大，你還是用音符表達前人的音符，不是用另一種語言文字，另一種邏輯。

真了解西方的東方人，真了解東方人的西方人，不是没有，只是稀如星鳳。對自己的文化遺產徹底消化的人，文化遺產決不會變成包袱，反而養成一種無所不包的胸襟，既明白本民族的長處短處，也明白別的民族的長處短處，進一步會截長補短，吸收新鮮的養料。任何孤獨都不怕，只怕文化的孤獨，精神思想的孤獨。你前信所謂孤獨，大概也是指這一點吧？

儘管我們隔得這麼遠，彼此的心始終在一起，我從來不覺得和你有什麼精神上的隔閡。父子兩代之間能如此也不容易：我爲此很快慰。

一九六三年十一月三日（譯自英文）

親愛的孩子：聰上次的巡迴演奏使他在音樂事業中向前邁了一大步，你一定跟我們一樣高興。並非每一個音樂家，甚至傑出的音樂家，都能進入這樣一個理想的精神境界，這樣渾然忘我，感到與現實世界既遙遠又接近。這不僅要靠高尚的品格，對藝術的熱愛，對人類的無限同情，也有賴於藝術家的個性與氣質，這種"心靈的境界"絶不神秘，再没有什麽比西方的神秘主義與中國的心理狀態更格格不入了（我説中國是指中國的優秀分子）。這無非是一種啓蒙人文思想的昇華，我很高興聰在道德演變的過程中從未停止進步。人在某一段時間内滯留不進，就表示活力已經耗盡，而假如人自溺於此，那麽他的藝術生命也就日暮途窮了。

另一個好消息是現在聰演奏起來身體不摇擺了！這不僅是一個演奏家應有的良好風度，也表示一個人對藝術的態度截然不同了，十年前我就想糾正他身體的擺動，此後又在信中再三提醒他，但是要他在音樂方面更加成熟，更加穩定以求身體的平穩，是需要時間的。你看，我忍不住要跟你討論這些事，因爲你深知其重要，而且這種快樂也應該是闔家分享的。

一九六三年十二月十一日

……這一年多開始做了些研究巴爾扎克的工作，發見從一九四〇年以後，尤其在戰後，法國人在這方面着實有貢獻。幾十年來一共出版了四千多種關於巴爾扎克的傳記、書評、作品研究；其中絶大多數是法國人的著作。我不能不挑出幾十種最有份量的，託巴黎友人代買。法國書印數還是不多，好多書一時都脱銷，要等重印，或託舊書商物色。

一九六四年四月十二日

親愛的孩子,你從北美回來後還没來過信,不知心情如何？寫信的確要有適當的心情,我也常有此感。彌拉去彌阿彌後,你一日三餐如何解決？生怕你練琴出了神,又怕出門麻煩,只吃咖啡麪包了事,那可不是日常生活之道。尤其你工作消耗多,切勿飲食太隨便,營養(有規律進食)畢竟是要緊的。你行踪無定,即使在倫敦,琴聲不斷,房間又隔音,掛號信送上門,打鈴很可能聽不見,故此信由你岳父家轉,免得第三次退回。瑞士的 tour 想必滿意,地方既好,氣候也好,樂隊又是老搭檔,瑞士人也喜愛莫扎特,效果一定不壞吧？六月南美之行,必有巴西在内;近來那邊時局突變,是否有問題,出發前務須考慮周到,多問問新聞界的朋友,同倫敦的代理人多商量商量,不要臨時找麻煩,切記切記！三月十五日前後歐美大風雪,我們看到新聞也代你擔憂,幸而那時不是你飛渡大西洋的時候。此間連續幾星期春寒春雨,從早到晚,陰沉沉的,我老眼昏花,只能常在燈下工作。天氣如此,人也特别悶塞,别説郊外踏青,便是跑跑書店古董店也不成。即使風和日暖,也捨不得離開書桌。要做的事,要讀的書實在太多了,不能怪我吝惜光陰。從二十五歲至四十歲,我浪費了多少寶貴的時日！

近幾月老是研究巴爾扎克,他的一部分哲學味特别濃的小説,在西方公認爲極重要,我却花了很大的勁才勉强讀完,也花了很大的耐性讀了幾部研究這些作品的論著。總覺得神秘氣息玄學氣息不容易接受,至多是了解而已,談不上欣賞和共鳴。中國人不是不講形而上學,但不像西方人抽象,而往往用詩化的意境把形而上學的理論説得很空靈,真正的意義固然不易捉摸,却不至於像西方形而上學那麽枯燥，也沒那種刻舟求劍的宗教味兒叫人厭煩。西方人對萬有的本原，無論如何要歸結到一個神，所謂 God，似乎除了 God，不能解釋宇宙，不能說明人生，所以非肯定一個造物主不可。好在誰也提不出證明 God 是沒有的，只好由他們去說；可是他們的正面論證也牽強得很，沒有說服力。他們首先肯定人生必有意義，靈魂必然不死，從此推論下去，就歸納出一個有計劃有意志的神！可是爲什麽人生必有意義呢？靈魂必然不死呢？他們認爲這是不辯自明之理，我認爲歐洲人比我們更驕傲，更狂妄，更 ambitious，把人這個生物看做天下第一，所以千方百計要造出一套哲學和形而上學來，證明這個"人爲萬物之靈"的看法，彷彿我們真是負有神的使命，執行神的意志一般。在我個人看來，這都是 vanity 作祟。東方的哲學家玄學家要比他們謙虛得多。除了程朱一派理學家 dogmatic 很厲害之外，別人就是講什麽陰陽太極，也不像西方人講 God 那麽絕對，鑿鑿有據，咄咄逼人，也許骨子裏我們多少是懷疑派，接受不了太強的 insist，太過分的 certainty。

前天偶爾想起，你們要是生女孩子的話，外文名字不妨叫 Gracia ①，此字來歷想你一定記得。意大利字讀音好聽，grace 一字的意義也可愛。彌拉不喜歡名字太普通，大概可以合乎她的條件。陰曆今年是甲辰，辰年出生的人肖龍，龍從雲，風從虎，我們提議女孩子叫"凌雲"(Lin Yuan)，男孩子叫"凌霄"(Lin Sio)。你看如何？男孩的外文名沒有 inspiration，或者你們決定，或者我想到了以後再告。這些我都另外去信講給彌拉聽了。（凌雲＝to tower over the clouds，凌霄＝to tower over the sky，我和 Mira 就是這樣解釋的。）

① 葛拉齊亞，係羅曼羅蘭小説《約翰·克利斯朵夫》中之人物。

一九六四年四月十二日*

……最近一個月來,陸陸續續打了幾件毛線衣,另外買了一件小斗篷,小被頭,作爲做祖母的一番心意,不日就要去寄了,怕你們都不在,還是由你岳父轉的。我也不知對你們合適否?衣服尺寸都是望空做的,好在穿絨線衣時要九十月才用得着,將來需要,不妨來信告知,我可以經常代你們打。孩子的名字,我們倆常在商量,因爲今年是龍年,就根據龍的特性來想,前兩星期去新城隍廟看看花草,有一種叫凌霄的花,據周朝楨先生説,此花開在初夏,色帶火黄,非常艷麗,我們就買了一棵回來,後來我靈機一動,"凌霄"作爲男孩子的名字不是很好麽?聲音也好聽,意義有高翔的意思;傳説龍在雲中,那末女孩子叫"凌雲"再貼切没有了,我們就這麽決定了。再有我們姓傅的,三代都是單名(你祖父叫傅鵬,父雷,你聰),來一個雙名也挺有意思。你覺得怎樣?

阿敏去冬年假没回來,工作非常緊張,他對教學相當認真,相當鑽研,校方很重視他。他最近來信説:"我教了一年多書,深深體會到傳授知識比教人容易,如果只教書而不教人的話,書絶對教不好,而要教好人,把學生教育好,必須注意身教和言教,更重要的是身教,處處要嚴格要求自己,以身作則。越是紀律不好的班,聰明的孩子越多,她們就更敏感,這就要求自己以身作則,否則很難把書教好。"他對教學的具體情況,有他的看法,也有他的一套,爸爸非常贊同。你看我多高興,阿敏居然長成得走正路,這正是我倆教育孩子的目的,我們没有名利思想,只要做好本門工作就很好了,你做哥哥的知道弟弟有些成績,一定也慶幸。

一九六五年二月二十日

親愛的孩子,半年來你唯一的一封信不知給我們多少快慰。

看了日程表，照例跟着你天南地北的神遊了一趟，作了半天白日夢。人就有這點兒奇妙，足不出户，身不離斗室，照樣能把萬里外的世界，各地的風光，聽衆的反應，遊子的情懷，一樣一樣的體驗過來。你說在南美彷彿回到了波蘭和蘇聯，單憑這句話，我就咂摸到你當時的喜悅和激動；拉丁民族和斯拉夫民族的熱情奔放的表現也歷歷如在目前。

照片則是給我們另一種興奮，虎着臉的神氣最像你。大概照相機離得太近了，孩子看見那怪東西對準着他，不免有些驚恐，有些提防。可惜帶笑的兩張都模糊了（神態也最不像你），下回拍動作，光圈要放大到 F.2 或F.3.5，時間用 1/100 或 1/150 秒。若用閃光（即 flash）則用 F.11，時間 1/100 或1/150 秒。望着你彈琴的一張最好玩，最美；應當把你們倆作爲特寫放大，左手的空白完全不要；放大要五或六英寸才看得清，因原片實在太小了。另外一張不知坐的是椅子是車子？地下一張裝中國畫（誰的？）的玻璃框，我們猜來猜去猜不出是怎麼回事，望說明！

你父性特別强是像你媽，不過還是得節制些，第一勿妨礙你的日常工作，第二勿寵壞了凌霄。——小孩兒經常有人跟他玩，成了習慣，就非時時刻刻抓住你不可，不但苦了彌拉，而且對孩子也不好。耐得住寂寞是人生一大武器，而耐寂寞也要自幼訓練的！疼孩子固然要緊，養成紀律同樣要緊；幾個月大的時候不注意，到兩三歲時再收緊，大人小兒都要痛苦的。你的心緒我完全能體會。你說的不錯，知子莫若父，因爲父母子女的性情脾氣總很相像，我不是常說你是我的一面鏡子嗎？且不說你我的感覺一樣敏鋭，便是變化無常的情緒，忽而高潮忽而低潮，忽而興奮若狂，忽而消沉喪氣等等的藝術家氣質，你我也相差無幾。不幸這些遺傳（或者說後天的感染)對你的實際生活弊多利少。凡是有利於藝術的,往往不利於生活;因爲藝術家兩脚踏在地下,頭腦却在天上，這種姿態當然不適應現實的世界。我們常常覺得彌拉總算不容易了，你切勿用你媽的性情脾氣去衡量彌拉。你得隨時提醒自己，你的苦悶没有理由發洩在第三者身上。況且她的童年也並不幸福，你們倆正該同病相憐才對。我一輩子没有做到克己的功夫，你要能比我成績强,收效早,那我和媽媽不知要多麽快活呢!

要說 exile,從古到今多少大人物都受過這苦難，但丁便是其中的一個;我輩區區小子又何足道哉!據說《神曲》是受了 exile 的感應和刺激而寫的,我們倒是應當以此爲榜樣,把 exile 的痛苦昇華到藝術中去。以上的話,我知道不可能消除你的悲傷愁苦,但至少能供給你一些解脱的理由，使你在憤懣鬱悶中有以自拔。做一個藝術家,要不帶點兒宗教家的心腸,會變成追求純技術或純粹抽象觀念的 virtuoso,或者像所謂抽象主義者一類的狂人;要不帶點兒哲學家的看法,又會自苦苦人(苦了你身邊的伴侶),永遠不能超脱。最後還有一個實際的論點:以你對音樂的熱愛和理解,也許不能不在你厭惡的社會中掙扎下去。你自己說到處都是 outcast,不就是這個意思嗎?藝術也是一個 tyrant,因爲做他奴隸的都心甘情願,所以這個 tyrant 尤其可怕。你既然認了藝術做主子,一切的辛酸苦楚便是你向他的納貢,你信了他的宗教,怎麽能不把少牢太牢去做犧牲呢?每一行有每一行的 humiliation 和 misery,能够 resign 就是少痛苦的不二法門。你可曾想過,蕭邦爲什麽後半世自願流亡異國呢?他的 *Op.25* 以後的作品付的是什麽代價呢?

任何藝術品都有一部分含蓄的東西，在文學上叫做言有盡而意無窮，西方人所謂 between lines。作者不可能把心中的感受寫盡，他給人的啓示往往有些還出乎他自己的意想之外。繪畫、雕塑、戲劇等等，都有此潛在的境界。不過音樂所表現的最是飄忽，最是空靈，最難捉摸，最難肯定，弦外之音似乎比別的藝術更豐富，更神秘，因此一般人也就懶於探索，甚至根本感覺不到有什麼弦外之音。其實真正的演奏家應當努力去體會這個潛在的境界（即淮南子所謂"聽無音之音者聰"，無音之音不是指這個潛藏的意境又是指什麼呢？）而把它表現出來，雖然他的體會不一定都正確。能否體會與民族性無關。從哪一角度去體會，能體會作品中哪一些隱藏的東西，則多半取決於各個民族的性格及其文化傳統。甲民族所體會的和乙民族所體會的，既有正確不正確的分別，也有種類的不同，程度深淺的不同。我猜想你和岳父的默契在於彼此都是東方人，感受事物的方式不無共同之處，看待事物的角度也往往相似。你和董氏兄弟初次合作就覺得心心相印，也是這個緣故。大家都是中國人，感情方面的共同點自然更多了。

你的中文還是比英文强，別灰心，多寫信，多看中文書，就不會失去用中文思考的習慣。你的英文基礎不够，看書太少，句型未免單調。

一九六五年五月十六日夜

親愛的孩子，從香港到馬尼拉，恐怕一出機場就要直接去音樂廳，這樣匆促也够辛苦緊張了，何況五月三日晚上你只睡了四五小時，虧你有精力應付得了！要不是劉抗伯伯四月二十三日來信報告，怎想得到你在曼谷和馬尼拉之間加出了兩場新加坡演出，又兼做什麼鋼琴比賽的評判呢？在港登台原説是明年可能去日本時順便來的，誰知今年就實現了。你定的日程使我大吃一驚：六月五日你不是要同 London Mozart Players 合作 Mozart *K.503*，場子是 Croyden 的 Fairfield Hall 嗎？這一類定期演出不大可能在一二個月以前有變動，除非獨奏的人臨時因故不能出場，那也要到期前十天半個月才發生。是不是你一時太興奮，看錯了日程表呢？想來你不至於粗心到這個地步。那末到底是怎麼回事呢？我既然發現了這個疑問，當然不能不讓蕭伯母知道，她的信五月十二日中午到滬，我吃過飯就寫信，把你在新西蘭四處地方的日程抄了一份給她，要她打電報給你問問清楚，免得出亂子。同時又去信要彌拉向 Van Wyck 核對你六月五日倫敦的演出。我直要等彌拉回信來了以後，心上一塊石頭才能落地！我們知道你此次預備在港演出主要是爲了增加一些收入，但倫敦原有的日程不知如何安排？

香港的長途電話給我們的興奮，簡直沒法形容。五月四日整整一天我和你媽媽魂不守舍，吃飯做事都有些飄飄然，好像在作夢；我也根本定不下心來工作。尤其四日清晨媽媽告訴我説她夢見你還是小娃娃的模様，餵了你奶，你睡着了，她把你放在牀上。她這話説過以後半小時，就來了電話！怪不得好些人要迷信夢！蕭伯母的信又使我們興奮了大半日，她把你過港二十三小時的情形詳詳細細寫下來了，連你點的上海菜都一様一様報了出來，多有意思。信，照片，我們翻來覆去看了又看，電話中聽到你的聲音，如今天看到你打電話前夜的人，這才合起來，成爲一個完整的你！（我不是説你聲音有些變了嗎？過後想明白了，你和我一生通電話的次數最少，經過電話機變質以後的你的聲音，我一向不熟悉；五六年你在北京打來長途電話，當時也覺得你聲音異様。）看你五月三日晚剛下飛機的神態，知道你儘管風塵僕僕，身心照様健康，我們快慰之至。你能練出不怕緊張的神經，吃得起勞苦的身體，能應付二十世紀演奏家的生活，歸根到底也是得天獨厚。我和你媽媽年紀大了，越來越神經脆弱，一點兒小事就會使我們緊張得沒有辦法。一方面是性格生就，另一方面是多少年安靜的生活越發叫我們没法適應天旋地轉的現代 tempo。

一九六五年五月二十一日深夜

另一件牽掛的事是你說的搬房子問題。按照彌拉六一年三月給我們畫的圖樣,你現在不是除了 studio 以外,還有一間起居室嗎?孩子和你們倆也各有臥房,即使比没有孩子的時候顯得擠一些,總還不至於住不下吧?倫敦與你等級輩份相仿的青年演奏家,恐怕未必住的地方比你更寬敞。你既不出去應酬,在家也不正式招待,不需要顧什麼排場;何况你也不喜歡講究排場,跟你經常來往的少數人想必也氣味相投,而決非看重空場面的人。你一向還認爲樸素是中國人的美德,尤其中國藝術家傳統都以清貧自傲:像你目前的起居生活也談不到清貧,能將就還是將就一下好。有了孩子,各式各樣不可預料的支出隨着他年齡而一天天加多;即使此刻手頭還能周轉,最好還是存一些款子,以備孩子身上有什麼必不可少的開支時應用。再說,據我從你六一年租居的經過推想,倫敦大概用的是"典屋"(吾國舊時代也有類似的辦法,我十歲以前在内地知道有這種規矩,名目叫"典屋",不是後來上海所通行的"頂")的辦法:開始先付一筆錢,以後每季或每月付,若干年後付滿了定額,就享有永久(或半永久)的居住權,土地則一律屬於政府,不歸私人。這種屋子隨時可以"轉典"出去,原則上自己住過幾年,轉典的價必然比典進時的原價要減少一些,就是說多少要有些損失。除非市面特別好——所謂國民經濟特別景氣的時期,典出去的價格會比典進來時反而高。但是你典出了原住的房子,仍要典進新的屋子,假如市面好,典出的價格高,那末典進新屋的價也同樣高:兩相抵銷,恐怕還是自己要吃虧的;因爲你是要調一所大一些的屋子,不是原住的屋子大而調進的屋子小;屋子大一些,典價當然要高一些，換句話說，典進和典出一定有差距，而且不可能典出去的價錢比典進來的價錢高。除非居住的區域不同，原來的屋子在比較高級的住宅區，將來調進的屋子在另一個比較中級的住宅區：只有這個情形之下，典出去的價才可能和典進較大的新屋的價相等，或者反而典出去的價高於典進新屋的價。你說，我以上的說法（更正確的說來是推測）與事實相符不相符？除開典進典出的損失，以及今後每月或每季的負擔多半要加重以外，還有些問題需要考慮：——（一）你住的地方至少有一間大房間必須裝隔音設備，這一筆費用很大，而且並不能增加屋子的市價。比如說你現住的屋子，studio有隔音設備，可並不能因此而使典出去的價錢較高，除非受典的人也是音樂演奏家。（二）新屋仍須裝修，如地毯，窗帘等等，不大可能老屋子裏原有的照樣好拿到新屋子用。這又是一筆可觀的支出。（三）你家的實際事務完全由彌拉一個人頂的，她現在不比六一年，有了孩子，不搬家也夠忙了，如果爲了搬家忙得影響身體，也不大上算。再說，她在家忙得團團轉，而正因爲太忙，事情未必辦得好；你又性急又挑剔，看了不滿意，難免一言半語怪怨她，叫她吃力不討好，弄得怨氣衝天，影響兩人的感情，又是何苦呢！？因此種種，務望你回去跟彌拉從長計議，把我信中的話細細說與她聽，三思而行，方是上策。這件事情上，你岳父的意見不能太相信，他以他的地位，資歷，看事情當然與我們不同。況且他家裏有僕役，恐怕還不止一個，搬家在他不知要比你省事省力多少倍：他認爲輕而易舉的事，在你可要花九牛二虎之力。此點不可不牢牢記住！

別以爲許多事跟我們說不清，以爲我們國內不會了解外面的情形；我們到底是舊社會出身，只要略微提幾句，就會明白。例如你電話中說到“所得稅”，我馬上懂得有些精明的人想法逃稅，而你非但不會做，也不願意做。

寫到此，想起一年前聽到的傳聞，説你岳父在倫敦郊外送你一所別墅：我聽了大笑，我説聰哪裏來的錢能付這樣一筆“贈與税”？又哪兒來的錢維持一所別墅？由此可見，關於你的謡言，我們聽得着實不少，不論謡言是好是壞，我們都一笑置之。

世上巧事真多：五月四日剛剛你來過電話，下樓就收到另外二張唱片：Schubert *Sonatas* — Scarlatti *Sanatas*。至此爲止，你新出的唱片都收齊了，只缺少全部的副本，彌拉信中説起由船上寄，大概卽指 double copies；我不擔心別的，只擔心她不用木匣子，仍用硬紙包裝，那又要像兩年前貝多芬唱片一樣變成壞燒餅了，因爲船上要走兩個半月，而且堆在其他郵包中，往往會壓得不成其爲唱片。

至於唱片的成績，從 Bach, Handel, Scarlatti 聽來，你彈古典作品的技巧比 1956 年又大大的提高了，李先生很欣賞你的 touch，説是像 bubble（我們説是像珍珠，白居易《琵琶行》中所謂“大珠小珠落玉盤”）。*Chromatic Fantasy* 和以前的印象大不相同，根本認不得了。你説 Scarlatti 的創新有意想不到的地方，的確如此。Schubert 過去只熟悉他的 *Lieder*，不知道他後期的 *Sonata* 有這種境界。我直翻出你六一年九月二十一挪威來信上説的一大段話，才對作品有一個初步的領會。關於他的 *Sonata*，恐怕至今西方的學者還意見不一，有的始終認爲不能列爲正宗的作品，有的（包括 Tovey）則認爲了不起。前幾年傑老師來信，説他在布魯塞爾與你相見，曾竭力勸你不要把這些 *Sonata* 放入節目，想來他也以爲羣衆不大能接受。你説 timeless and boundless，確實有此境界。總的説來，你的唱片總是帶給我們極大的喜悦，你的 phrasing 正如你的 breathing，無論在 *Mazurka* 中還是其他的作品中，特別是慢的樂章，我們太熟悉了，等於聽到你説話一樣。

凌霄快要咿咿啞啞學話了,我建議你先買一套中文録音(參看LTC-65 號信,今年一月二十八日發),常常放給孩子聽,讓他習慣起來,同時對彌拉也有好處。將來恐怕還得另外請一個中文教師專門教孩子。——你看,不是孩子身上需要花錢的地方多得很嗎?你的周遊列國的生活多辛苦,總該量入爲出;哪一方面多出來的,絶對少不了的開支,只能想辦法在別的可以省的地方省下來。羣衆好惡無常,藝術家多少要受時髦或不時髦的影響,處處多想到遠處,手頭不要太寬才好。上面説的搬家問題值得冷靜考慮,也是爲此!你倫敦的每月家用只要合理計算一下,善於調度,保證你可以省去 20%左右的開支,而照樣維持你們眼前的生活水平!這一點也同樣適用於你單獨在外的費用。你該明白我不是説你們奢侈,而是不會調度,不會計算;爲什麼不學一學這一門人生最重要的課程呢?

明年你能否再來遠東,大半取決於那時候東南亞的大局。我們是否能和你相見,完全看領導如何決定。不過你萬一決定日期,必須及早告訴我們,以便及早請示。倘我們不能相見,則彌拉與凌霄也不必千里迢迢跟你一同來了。話是説不完的,但願你回英的途中再把此信細看兩遍,細想一番。萬一你在港演出有變化,蕭伯母會將此信轉到倫敦的。你塔什干發的信又丢了,真真遺憾!只希望一星期之後能接到你從新西蘭發來的信。你的巴哈練得怎樣了?蕭邦練習曲是否經常繼續?有什麼新的 repertoire?——這三個問題,我一年來問過你幾回,你都未答覆!二月二十二日寄你的近三年演出日程表十頁,切勿再丢失。七月中有空千萬校正後寄回。我近來腦子越來越不行,苦不堪言!我深怕翻譯這一行要幹不下去了(單從自己能力來説),成了廢物可怎麼辦呢?一切保重,孩子，一切保重，諸事小心！

一九六五年五月二十七日

新西蘭來信今日中午收到。早上先接林醫生電話，他們也收到林伯母哥哥的信，報告你的情形，據說信中表示興奮得了不得，還附有照片。國外僑胞的熱愛祖國，真是叫人無話可說。

你談到中國民族能"化"的特點，以及其他關於藝術方面的感想，我都徹底明白，那也是我的想法。多少年來常對媽媽說：越研究西方文化，越感到中國文化之美，而且更適合我的個性。我最早愛上中國畫，也是在二十一、二歲在巴黎盧佛宮鑽研西洋畫的時候開始的。這些問題以後再和你長談。妙的是你每次這一類的議論都和我的不謀而合，信中有些話就像是我寫的。不知是你從小受的影響太深了呢，還是你我二人中國人的根一樣深？大概這個根是主要原因。

一個藝術家只有永遠保持心胸的開朗和感覺的新鮮，才永遠有新鮮的內容表白，才永遠不會對自己的藝術厭倦，甚至像有些人那樣覺得是做苦工。你能做到這一步——老是有無窮無盡的話從心坎裏湧出來，我真是説不出的高興，也替你欣幸不置！

一九六五年六月十四日

親愛的孩子，這一回一天兩場的演出，我很替你擔心，好姆媽説你事後喊手筋痛，不知是否馬上就過去？到倫敦後在巴斯登台是否跟平時一樣？那麼重的節目，舒曼的 *Toccata* 和 *Kreisleriana* 都相當彆扭，最容易使手指疲勞；每次聽見國內彈琴的人壞了手，都暗暗爲你發愁。當然主要是方法問題，但過度疲勞也有關係，望千萬注意！你從新西蘭最後階段起，前後緊張了一星期，回家後可曾完全鬆下來，恢復正常？可惜你的神經質也太像我們了！看書興奮了睡不好，聽音樂興奮了睡不好，想着一星半點的事也睡不好……簡直跟你爸爸媽媽一模一樣！但願你每年暑期都能徹底relax，下月去德國就希望能好好休息。年輕力壯的時候不要太逞强，過了四十五歲樣樣要走下坡路：最要緊及早留些餘地，精力、體力、感情，要想法做到細水長流！孩子，千萬記住這話：你幹的這一行最傷人，做父母的時時刻刻掛念你的健康，——不僅眼前的健康，而且是十年二十年後的健康！你在立身處世方面能够潔身自愛，我們完全放心；在節約精力，護養神經方面也要能自愛才好！

你此次兩過香港，想必對於我六一年春天竭力勸你取消在港的約會的理由，了解得更清楚了，沈先生也來了信，有些情形和我預料的差不多。幸虧他和好姆媽事事謹慎，處處小心，總算平安渡過，總的客觀反應，目前還不得而知。明年的事第一要看東南亞大局，如越南戰事擴大，一切都談不到。目前對此不能多存奢望。你岳丈想來也會周密考慮的。

此外，你這一回最大的收穫恐怕還是在感情方面，和我們三次通話，美中不足的是五月四日、六月五日早上兩次電話中你沒有叫我，大概你太緊張，當然不是爭規矩，而是少聽見一聲“爸爸”好像大有損失。媽媽聽你每次叫她，才高興呢！好姆媽和好好爹爹那份慈母般的愛護與深情，多少消解了你思鄉懷國的饑渴。昨天同時收到她們倆的長信，媽媽一面念信一面止不住流淚。這樣的熱情，激動，真是人生最寶貴的東西。我們有這樣的朋友(李先生六月四日從下午六時起到晚上九時，心裏就想着你的演出。上月二十三日就得到朋友報告，知道你大概的節目)，你有這樣的親長(十多年來天舅舅一直關心你，好姆媽五月底以前的幾封信，他都看了，看得眼睛也濕了，你知道天舅舅從不大流露感情的)，把你當做自己的孩子一般，也够幸福了。她們把你四十多小時的生活行動描寫得詳詳細細，自從你一九五三年離家以後，你的實際生活我們從來没有知道得這麼多的。她們的信，二十四小時内，我們已看了四遍，每看一遍都好像和你團聚一會。可是孩子，你回英後可曾去信向她們道謝？當然她們會原諒你忙亂，也不計較禮數，只是你不能不表示你的心意。信短一些不要緊，却絶對不能沓無消息。人家給了你那麽多，怎麽能不回報一星半點呢？何況你只消抽出半小時的時間寫幾行字，人家就够快慰了！劉抗和陳人浩伯伯處唱片一定要送，張數不拘，也是心意爲重。此事本月底以前一定要辦，否則一出門，一拖就是幾個月。

你新西蘭信中提到 horizontal 與 vertical 兩個字，不知是不是近來西方知識界流行的用語？還是你自己創造的？據我的理解，你説的水平的（或平面的，水平式的），是指從平等地位出發，不像垂直的是自上而下的；换言之，“水平的”是取的滲透的方式，不知不覺流入人的心坎裏；垂直的是帶强制性質的灌輸方式，硬要人家接受。以客觀的效果來説，前者是潛移默化，後者是被動的（或是被迫的）接受。不知我這個解釋對不對？一個民族的文化假如取的滲透方式，它的力量就大而持久。個人對待新事物或外來的文化藝術採取“化”的態度，才可以達到融會貫通，彼爲我用的境界，而不至於生搬硬套，削足適履。受也罷，與也罷，從化字出發（我消化人家的，讓人家消化我的），方始有真正的新文化。“化”不是没有鬥争，不過並非表面化的短時期的猛烈的鬥争，而是潛在的長期的比較緩和的鬥争。誰能説“化”不包括“批判的接受”呢？

你六三年十月二十三來信提到你在北歐和維也納演出時，你的 playing 與理解又邁了一大步；從那時到現在，是否那一大步更鞏固了？有沒有新的進展、新的發現？——不消說，進展必然有，我要知道的是比較重要而具體的進展！身子是否仍能不搖擺（或者極少搖擺）？

六三年十二月二十一來信說在“重練莫扎特的 *Rondo in A Min., K. 511* 和 *Adagio in B Min.*”，認爲是莫扎特鋼琴獨奏曲中最好的作品。記得五三年以前你在家時，我曾告訴你，羅曼羅蘭最推重這兩個曲子。現在你一定練出來了吧？有沒有拿去上過台？還有舒伯特的*Ländler*？——這個類型的小品是否只宜於做 encore piece？我簡直毫無觀念。莫扎特以上兩支曲子，幾時要能灌成唱片才好！否則我恐怕一輩子聽不到的了。

一九六五年六月十四日（譯自法文）

親愛的孩子：根據中國的習慣，孩子的命名常常都有一套方式，我們一經選擇兩個字作爲孩子的名字後，例如“凌霄”（“聰”是單名），就得保留其中一個字，時常是一個動詞或形容詞，作爲下一個孩子的名字的一部分。譬如說，我們給凌霄命名時已經決定他的弟弟叫凌雲，假如是個妹妹，則叫“凌波”，凌波的意思是“凌於水上”，在中國的神話之中，也有一個出於水中的仙子，正如希臘神話中的“愛神”或羅馬神話中的“維納斯”一般，你一定知道 Botticelli 的名畫（《維納斯的誕生》），是嗎？可是並沒有嚴格規定，兩個字中的哪一個要保留下來作爲家中其他孩子的名字，我們可以用第一字，也可以用第二個字，然而，我們既已爲我們的孫兒、孫女選定“凌”字命名（敏將來的孩子也會用“凌”字排，凌什麼，凌什麼，你明白嗎？），那麼“凌霄”的小名用“霄”字就比用“凌”字更合乎邏輯。

假如你將來生個女孩子，就用“波”作爲小名，“凌”是兄弟姐妹共用的名字。就這樣，我們很容易分辨兩個用同一個字作爲名字的人，是否是出自同一個家庭。你會說這一切都太複雜了。這倒是真的，但是怎麼説呢？每個民族都有自己的習俗，對別的民族來説，或多或少都是很玄妙的，你也許會問我取單名的孩子如聰，敏，我們又怎麼辦？哎！這兩個字是同義辭，但兩者之間，有很明顯的區別。“聰”的意思是“聽覺靈敏”、“高度智慧”，敏的意思是“分辨力强”、“靈活”，兩個字放在一起“聰敏”，就是常見的辭，用以説智慧、靈敏，即“clever”的意思，我希望，好孩子，念了這一段，你不會把我當作個老冬烘才好！

聰一定跟你提起過，他在一個月之内跟我們通過三次電話，是多麼高興的事，每次我們都談二十分鐘！你可以想像得到媽媽聽到“聰”的聲音時，是怎樣强忍住眼淚的。你現在自己當媽媽了，一定更可以體會到做母親的對流浪在外已經八年的孩子的愛，是多麼深切！聰一定也告訴你，他在香港演奏時，我們的幾位老朋友對他照拂得如何無微不至，她們幾乎是看着他出世的，聰叫她們兩位“好好姆媽”，她們把他當作親生兒子一般，她們從五月五日起給我們寫了這些感情洋溢的信，我們看了不由得熱淚盈眶，没有什麼比母愛更美更偉大的了，可惜我没有時間把她們的信翻譯幾段給你看，信中詳細描繪了她們做了什麼菜給聰吃，又怎麼樣在演奏會前後悉心的照顧聰。這次演奏會可真叫人氣悶。（同一個晚上演奏兩場，豈不是瘋了？幸虧這種傻事他永遠不會再幹。没有什麼比想起這件事更令我們不快了！）

一九六五年九月十二日（譯自英文）

親愛的彌拉：我在閱讀查理·卓別林一本卷帙浩繁的《自傳》，

這本書很精彩，不論以美學觀點來説或從人生目標來説都内容翔實，發人深省。我跟這位偉大的藝術家，在許多方面都氣質相投，他甚至在飛黄騰達、聲譽隆盛之後，還感到孤獨，我的生活比他平凡得多，也恬靜得多(而且也没有得到真正的成功)，我也非常孤獨，不慕世俗虛榮，包括虛名在内。我的童年很不愉快，生成悲觀的性格，雖然從未忍饑捱餓——人真是無可救藥，因爲人的痛苦從不局限於物質上的匱缺。也許聰在遺傳上深受影響，正如受到家庭背景的影響一般。卓别林的書，在我的内心勾起無盡憂思，一個人到了相當年紀，閱讀好書之餘，對人事自然會興起萬端感慨，你看過這本書嗎？假如還没有，我鄭重的推薦給你，這本書雖然很叫人傷感，但你看了一定會喜歡的。

一九六五年九月十二日夜

聰：好容易等了三個月等到你的信，媽媽看完了嘆一口氣，説："現在又不知要等多久才能收到下一封信了！"今後你外出演奏，想念凌霄的心情，準會使你更體會到我們懷念你的心情。八月中能抽空再遊意大利，真替你高興。Perugia 是拉斐爾的老師 Perugino 的出生地，他留下的作品一定不少，特別在教堂裏。Assisi 是十三世紀的聖者 St. Francis 的故鄉，他是"聖芳濟會"(舊教中的一派)的創辦人，以慈悲出名，據説真是一個魚鳥可親的修士，也是樸素近於托鉢僧的修士。没想到意大利那些小城市也會約你去開音樂會。記得 Turin, Milan, Perugia 你都去過不止一次，倒是羅馬和那不勒斯，佛羅倫薩，從未演出。有些事情的確不容易理解，例如巴黎只邀過你一次；Etiemble 信中也説："巴黎還不能欣賞 votre fils"，難道法國音樂界真的對你有什麽成見嗎？且待明年春天揭曉！

說法朗克不入時了，nobody asks for，那麽他的小提琴朔拿大怎麽又例外呢？羣衆的好惡真是莫名其妙。我倒覺得 *Variations Symphoniques* 並没一點"宿古董氣"，我還對它比聖桑斯的 *Concertos* 更感興趣呢！你曾否和岳父試過 Chausson？記得二十年前聽過他的小提琴朔拿大，淒涼得不得了，可是我很喜歡。這幾年可有機會聽過 Duparc 的歌？印象如何？我認爲比 Fauré 更有特色。你預備灌 *Ländlers*，我聽了真興奮，但願能早日出版。從未聽見過的東西，經過你一再頌揚，當然特別好奇了。你覺得比他的 *Impromptus* 更好是不是？老實說，舒伯特的 *Moments Musicaux* 對我没有多大吸引力。

弄 chamber music 的確不容易。personality 要能匹配，誰也不受誰的 outshine，是可遇而不可求的。事先大家意見一致，並不等於感受一致，光是 intellectual understanding 是不够的；就算感受一致了，感受的深度也未必一致。在這種情形之下，當然不會有什麽 last degree conviction 了。就算有了這種堅强的信念，各人口吻的强弱還可能有差別：到了台上難免一個遷就另一個，或者一個壓倒另一個，或者一個滿頭大汗的勉强跟着另一個。當然，談到這些已是上乘，有些 duet sonata 的演奏者，這些 trouble 根本就没感覺到。記得 Kentner 和你岳父灌的 Franck，Beethoven，簡直受不了。聽說 Kentner 的音樂記憶力好得不可思議，可是記憶究竟跟藝術不相干：否則電子計算機可以成爲第一流的音樂演奏家了。

最近正在看卓别林的《自傳》（一九六四年版），有意思極了，也淒涼極了。我一邊讀一邊感慨萬端。主要他是非常孤獨的人，我也非常孤獨：這個共同點使我對他感到特别親切。我越來越覺得自己 detached from everything,拚命工作其實只是由於機械式的習慣,生理心理的需要(不工作一顆心無處安放),而不是真有什麼 conviction。至於嗜好,無論是碑帖、字畫、小骨董、種月季,儘管不時花費一些精神時間,却也常常暗笑自己,笑自己愚妄,虛空,自欺欺人的混日子!

卓別林的不少有關藝術的見解非常深刻,中肯;不隨波逐流,永遠保持獨立精神和獨立思考,原是一切第一流藝術家的標記。他寫的五十五年前(我只二三歲)的紐約和他第一次到那兒的感想,叫我回想起你第一次去紐約的感想——頗有大同小異的地方。他寫的第一次大戰前後的美國,對我是個新發現:我怎會想到一九一二年已經有了摩天大厦和 Coca-Cola 呢?資本主義社會已經發展到那個階段呢?這個情形同我一九三〇年前後認識的歐洲就有很大差別。

一九六五年十月四日

聰,九月二十九日起眼睛忽然大花,專科醫生查不出原因,只説目力疲勞過度,且休息一個時期再看。其實近來工作不多,不能説用眼過度,這幾日停下來,連書都不能看,枯坐無聊,沉悶之極。但還想在你離英以前給你一信,也就勉强提起筆來。

兩週前看完《卓別林自傳》,對一九一〇至一九五四年間的美國有了一個初步認識。那種物質文明給人的影響,確非我們意料所及。一般大富翁的窮奢極欲,我實在體會不出有什麼樂趣可言。那種哄鬧取樂的玩藝兒,宛如五花八門,光怪陸離的萬花筒,在書本上看看已經頭暈目迷,更不用説親身經歷了。像我這樣,簡直一天都受不了;不僅心理上憎厭,生理上神經上也吃不消。東方人的氣質和他們相差太大了。聽説近來英國學術界也有一場論戰,有人認爲要消滅貧困必須工業高度發展,有的人説不是這麼回事。記得一九三〇年代我在巴黎時，也有許多文章討論過類似的題目。改善生活固大不容易；有了物質享受而不受物質奴役，弄得身不由主，無窮無盡的追求奢侈，恐怕更不容易。過慣淡泊生活的東方舊知識分子，也難以想像二十世紀西方人對物質要求的胃口。其實人類是最會生活的動物，也是最不會生活的動物；我看關鍵是在於自我克制。以往總覺得奇怪，爲什麽結婚離婚在美國會那麽隨便。《卓別林自傳》中提到他最後一個也是至今和好的一個妻子烏娜時，有兩句話：As I got to know Oona I was constantly surprised by her sense of humor and tolerance; she could always see the other person's point of view…從反面一想，就知道一般美國女子的性格，就可部分的説明美國婚姻生活不穩固的原因。總的印象：美國的民族太年輕，年輕人的好處壞處全有；再加工業高度發展，個人受着整個社會機器的瘋狂般的 tempo 推動，越發盲目，越發身不由主，越來越身心不平衡。這等人所要求的精神調劑，也只能是粗暴，猛烈，簡單，原始的娛樂；長此以往，恐怕談不上真正的文化了。

二次大戰前後卓别林在美的遭遇，以及那次大審案，都非我們所能想像。過去只聽説法西斯蒂在美國抬頭，到此才看到具體的事例。可見在那個國家，所謂言論自由，司法獨立等等的好聽話，全是騙騙人的。你在那邊演出，説話還得謹慎小心，犯不上以一個青年藝術家而招來不必要的麻煩。於事無補，於己有害的一言一語，一舉一動，都得避免。當然你早領會這些，不過你有時仍舊太天真，太輕信人便是小城鎮的記者或居民也難免没有 spy 注意你，所以不能不再提醒你！

一九六五年十一月二十二日

十一月十二來信説起在美旅行的心情，我完全理解，换了我，恐怕比你更受不住。二十世紀高度物質文明的生活，和極度貧乏的精神生活的對照，的確是個大悲劇。同時令人啼笑皆非。我知道你要不是爲了謀生，決不願常去那種地方受罪。

一九六六年一月四日

聰，親愛的孩子，爲了急於要你知道收到你們倆來信的快樂，也爲了要你去瑞典以前看到此信，故趕緊寫此短札。昨天中午一連接到你、彌拉和你岳母的信，還有一包照片，好像你們特意約齊有心給我們大大快慰一下似的，更難得的是同一郵班送上門！你的信使我們非常感動，我們有你這樣的兒子也不算白活一世，更不算過去的播種白費氣力。我們的話，原來你並沒當作耳邊風，而是在適當的時間都能一一記起，跟你眼前的經驗和感想作參證。凌霄一天天長大，你從他身上得到的教育只會一天天加多；人便是這樣：活到老，學到老，學到老，學不了！可是你我都不會接下去想：學不了，不學了！相反，我們都是天生的求知欲强於一切。即如種月季，我也決不甘心以玩好爲限，而是當做一門科學來研究；養病期間就做這方面的考據。

提到莫扎特，不禁想起你在李阿姨（蕙芳）處學到最後階段時彈的 *Romance* 和 *Fantasy*，譜子是我抄的，用中國式裝裱；後來彈給百器聽（第一次去見他），他說這是 artist 彈的，不是小學生彈的。這些事，這些話，在我還恍如昨日，大概你也記得很清楚，是不是？

關於裴遼士和李斯特，很有感想，只是今天眼睛腦子都已不大行，不寫了。我每次聽裴遼士，總感到他比特皮西更男性，更雄强，更健康，應當是創作我們中國音樂的好範本。據羅曼羅蘭的看法，法國史上真正的天才 羅曼羅蘭在此對天才另有一個定義，大約是指天生的像潮水般湧出來的才能，而非後天刻苦用功來的。作曲家只有皮才和他兩個人。

……你們倆描寫凌霄的行動笑貌，好玩極了。你小時也很少哭，一哭即停，嘴唇抖動未已，已經抑制下來：大概凌霄就像你。你說的對：天真純潔的兒童反映父母的成分總是優點居多；教育主要在於留神他以後的發展，只要他有我們的缺點露出苗頭來，就該想法防止。他躺在你琴底下的情景，真像小克利斯朵夫，你以前曾以克利斯朵夫自居，如今又出了一個小克利斯朵夫了，可是他比你幸運，因爲有着一個更開明更慈愛的父親！（你信上說他 completely transferred, dreaming, 應該說 transported; "transferred" 一詞只用於物，不用於人。我提醒你，免得平日說話時犯錯誤。）三月中你將在琴上指揮，我們聽了和你一樣 excited。望事前多作思想準備，萬勿緊張！

一九六六年二月十七日

聰：要閑着一事不做，至少是不務正業，實在很不容易。儘管硬叫自己安心養病，耐性等待，可是總耐不住，定不下心。嘴裏不說，精神上老覺得恍恍惚惚，心裏虛忒忒的，好像虛度一日便對不起自己，對不起一切。生就的脾氣如此難改，奈何奈何！目力在一月十七至二十七日間一度驟然下降，幾乎每秒昏花；幸而不久又突然上升，回復到前數月的情形，暫時也還穩定，每次能看二十分鐘左右書報。這兩天因劇烈腹瀉（近乎食物性中毒的大水瀉），昏花又厲害起來，大概是一時現象。……

今冬你們經常在嚴寒襲擊之下，我們真擔心你們一家的健康，孩子幼小，經得起這樣的大冷嗎？彌拉容易感冒，是否又鬧了幾次

"流感"？前十日報上說英國盛傳此病。加上你們電氣煤氣供應不足，想必狼狽得很了？

一月十五日以後的北歐演出，恐怕你都未去成？S. Andrews的獨奏會不是由 Lilli Klauss 代了嗎？但願你身體還好，減少那幾場音樂會也不至於對你收入影響太大！

九月是否去日本，已定局否？爲期幾日，共幾場？倘過港，必須早早通知，我們守在家中等電話！

三月十五日後的法國演出，到底肯定了沒有？務望詳告！巴黎大學的 Monsieuz Etiemble 一定要送票！他待我太好了，多年來爲我費了多少心思搜求書籍。……

世局如此，美國侵越戰爭如此殘暴，心裏說不出有多少感慨和憤懣。你秋天去日本能否實現，也得由大勢決定，是不是？

李茲的朔拿大練得成績如何？望多談談你們的生活近況和你的藝術進度，以排遣我病中的愁悶！

一九六六年四月十三日

親愛的孩子，一百多天不接來信，在你不出遠門長期巡迴演出的期間，這是很少有的情況。不知今年各處音樂會的成績如何？李茲的朔拿大練出了沒有？三月十八日自己指揮的效果滿意不滿意？一月底曾否特意去美和董氏合作？即使忙得定不下心來，單是報導一下具體事總不至於太費力吧？我們這多少年來和你爭的主要是書信問題，我們並不苛求，能經常每隔兩個月聽到你的消息已經滿足了。我總感覺爲日無多，別說聚首，便是和你通訊的樂趣，尤其讀你來信的快慰，也不知我還能享受多久。十二張唱片，收到將近一月，始終不敢試聽。舊唱機唱針粗，唱頭重，新近的片子錄的紋特別細，只怕一唱即壞。你的唱機公司 STUDIO 99 前日來信，說因廠家今年根本未交過新貨，故遲遲至今。最近可有貨到，屆時將卽寄云云。大概抵滬尚需二三個月以後，待裝配停當，必在炎夏矣。目前只能對寄來新片逐一玩賞題目，看說明，空自嚮往一陣，權當畫餠充饑。此次巴黎印象是否略佳，羣衆反應如何？Etiemble 先生一週前來信，謂因病未能到場爲恨，春假中將去南方養病，我本託其代收巴黎評論，如是恐難如願。倘你手頭有，望寄來，媽媽打字後仍可還你。Salle Gaveau 我很熟悉，內部裝修是否仍然古色古香，到處白底描金的板壁，一派十八世紀風格？用的琴是否 Gaveau 本牌？法國的三個牌子 Erard-Graveau-Pleyel 你都接觸過嗎？印象怎樣？兩年多没有音樂雜誌看，對國外樂壇動態更生疏了，究竟有什麽值得訂閱的期刊，不論英法文，望留意。*Music & Musicians* 的確不够精彩，但什麽風都吹不到又覺苦悶！

兩目白內障依然如故，據說一般進展很慢，也有到了某個階段就停滯的，也有進展慢得覺察不到的：但願我能有此幸運。不然的話，幾年以後等白內障硬化時動手術，但開刀後的視力萬萬不能與以前相比，無論看遠看近，都要限制在一個嚴格而極小的範圍之內。此外，從一月起又併發慢性結膜炎，醫生說經常昏花卽由結膜炎分泌物沾染水晶體之故。此病又是牽絲得厲害，有拖到幾年之久的。大家勸我養身養心，無奈思想總不能空白，不空白，神經就不能安静，身體也好不起來！一閑下來更是上下古今的亂想，甚至置身於地球以外：不是陀斯朵伊夫斯基式的胡思亂想，而是在無垠的時間與空間中憑一些歷史知識發生許多幻想，許多感慨。總而言之是知識分子好高騖遠的通病，用現代語說就是犯了客觀主義，没有階級觀點……其實這類幻想中間，也參雜不少人類的原始苦悶，對生老病死以及生命的目的等等的感觸與懷疑。我們從五四運動中成長起來的一輩，多少是懷疑主義者，正如文藝復興時代和十八世紀法國大革命前的人一樣，可是懷疑主義又是現社會的思想敵人，怪不得我無論怎樣也改造不了多少。假定說中國的讀書人自古以來就偏向於生死的慨嘆，那又中了士大夫地主階級的毒素(因爲不勞而獲才會有此空想的餘暇)。說來說去自己的毛病全知道，而永遠改不掉，難道真的是所謂"徹底檢討，堅決不改"嗎？我想不是的。主要是我們的時間觀念，或者說time sense和space sense比別人强，人生一世不過如白駒過隙的話，在我們的確是極真切的感覺，所以把生命看得格外渺小，把有知覺的幾十年看做電光一閃似的快而不足道，一切非現實的幻想都是從此來的，你說是不是？明知浮生如寄的念頭是違反時代的，無奈越老越是不期然而然的有此想法。當然這類言論我從來不在人前流露，便在阿敏小蓉之前也絕口不提，一則年輕人自有一番志氣和熱情，我不該加以打擊或則洩他們的氣；二則任何不合時代的思想絕對不能影響下一代。因爲你在國外，而且氣質上與我有不少相似之處，故隨便談及。你要没有這一類的思想根源，恐怕對 Schubert 某些晚期的作品也不會有那麽深的感受。

近一個多月媽媽常夢見你，有時在指揮，有時在弾 concerto。也夢見彌拉和凌霄在我們家裏。她每次醒來又喜歡又傷感。昨晚她說現在覺得睡眠是椿樂事，可以讓自己化爲兩個人，過兩種生活：每夜入睡前都有一個希望——不僅能與骨肉團聚，也能和一二十年隔絕的親友會面。我也常夢見你，你琴上的音樂在夢中非常清楚。

從照片上看到你有一幅中國裝裱的山水小中堂，是真蹟還是復製品？是近人的抑古代的？

本月份只有兩整天天晴，其餘非陰卽雨，江南的春天來得好不容易，花蕾結了三星期，仍如花生米大。身上絲棉襖也未脫下。

一九六六年六月三日

聰，五月十七日航空公司通知有電唱盤到滬。去面洽時，海關說制度規定：私人不能由國外以“航空貨運”方式寄物回國。媽媽要求通融，海關人員請示上級，一星期後回答說：必須按規定辦理，東西只能退回。以上情況望向寄貨人 STUDIO 99 說明。倘能用“普通郵包”寄，不妨一試。若倫敦郵局因電唱盤重量超過郵包限額，或其他原因而拒收，也只好作罷。譬如生在一百年前尚未發明唱片的時代，還不是同樣聽不到你的演奏？若電唱盤寄不出，或下次到了上海仍被退回，則以後不必再寄唱片。你岳父本說等他五十生辰紀念唱片出版後卽將寄贈一份，請告他暫緩數月，等唱盤解決後再說。我記錯了你岳父的生年爲一九一七，故賀電遲了五天才發出；他來信未提到（只說收到禮物），不知電報收到沒有？我眼疾無進步，慢性結膜炎也治不好。腎臟下垂三寸餘，常常腰痠，不能久坐，一切只好聽天由命。國內文化大革命鬧得轟轟烈烈，反黨集團事諒你在英亦有所聞。我們在家也爲之驚心動魄，萬萬想不到建國十七年，還有殘餘資產階級混進黨內的分子敢如此猖狂向黨進攻。大概我們這般從舊社會來的人對階級鬥争太麻痹了。愈寫眼愈花，下回再談。一切保重！問彌拉好！媽媽正在爲凌霄打毛線衣呢！

五月底來信及孩子照片都收到。你的心情我全體會到。工作不順手是常事,順手是例外,彼此都一樣。我身心交疲,工作的苦悶(過去)比你更厲害得多。

媽媽五月初病了一個月,是一種 virus 所致的帶狀疱疹,在左胸左背,很難受。現已痊癒。

補　　編

一九六二年十二月五日①

宿舍的情形令我想起一九三六年冬天在洛陽住的房子，雖是正式瓦房，廁所也是露天的，嚴寒之夜，大小便確是冷得可以。洛陽的風颼在臉上像刀割。去龍門調查石刻，睡的是土牆砌的小屋，窗子只有幾條木柵，糊一些七穿八洞的紙，房門也沒有，臨時借了一扇竹籬門靠上，人在床上可以望見天上的星，原來屋瓦也沒蓋嚴。白天三頓吃的麵條像柴草，實在不容易嚥下去。那樣的日子也過了好幾天，而每十天就得去一次龍門嘗嘗這種生活。我國社會南北發展太不平衡，一般都是過的苦日子，不是短時期所能扭轉。你從小家庭生活過得比較好，害你今天不習慣清苦的環境。若是棚戶出身或是五六個人擠在一間閣樓上長大的，就不會對你眼前的情形叫苦了。我們決非埋怨你，你也是被過去的環境，教育，生活習慣養嬌了的。可是你該知道現代的青年吃不了苦是最大的缺點（除了思想不正確之外），同學，同事，各級領導首先要注意到這一點。這是一個大關，每個年輕人都要過。闖得過的比闖不過的人多了幾分力量，多了一重武裝。以我來說，也是犯了太嬌的毛病，朋友中如裘伯伯（復生），俞布伯伯都比我能吃苦，在這方面不知比我強多少。如今到了中年以上，身體又不好，談不到吃苦的鍛鍊，但若這幾年得不到上級照顧，拿不

---

① 給傅敏的信。

到稿費，沒有你哥哥的接濟，過去存的稿費用完了，不是也得生活逐漸下降，說不定有朝一日也得住閣樓或亭子間嗎？那個時候我難道就不活了嗎？我告訴你這些，只是提醒你萬一家庭經濟有了問題，連我也得過從來未有的艱苦生活，更說不上照顧兒女了。物質的苦，在知識分子眼中，究竟不比精神的苦那樣刻骨銘心。我對此深有體會，不過一向不和你提罷了。總而言之，新中國的青年決不會被物質的困難壓倒，決不會因此而喪氣。你幾年來受的思想教育不謂不深，此刻正應該應用到實際生活中去。你也看過不少共產黨員艱苦鬥爭和壯烈犧牲的故事，也可以拿來鼓勵自己。要是能熬上兩三年，你一定會堅强得多。而我相信你是的確有此勇氣的。千萬不能認為目前的艱苦是永久的，那不是對前途，對國家，對黨失去了信心嗎？這便是嚴重的思想錯誤，不能不深自警惕！解決思想固是根本，但也得用實際生活來配合，才能鞏固你的思想覺悟，增加你的勇氣和信心。目前你首先要做好教學工作，勤勤謹謹老老實實。其次是盡量充實學識，有計劃有步驟的提高業務，養成一種工作紀律。假如宿舍四周不安靜，是否有圖書閱覽室可利用？……還有北京圖書館也離校不遠，是否其中的閱覽室可以利用？不妨去摸摸情況。總而言之，要千方百計克服自修的困難。等你安排定當，再和我談談你進修的計劃，最好先結合你擔任的科目，作為第一步。

身體也得注意，關節炎有否復發？腸胃如何？睡眠如何？健康情況不好是事實，無需瞞人，必要時領導上自會照顧。夜晚上廁所，衣服宜多穿，防受涼！切切切切。

千句併一句：無論如何要咬緊牙關挺下去，堂堂好男兒豈可為了這些生活上的不方便而銷沉，洩氣！抗戰期間黃賓虹老先生在北京住的房子也是破爛不堪，僅僅比較清靜而已。你想這樣一代藝人也不過居於陋巷，牆壁還不是烏黑一片，桌椅還不是東倒西歪，這都是我和你媽媽目覩的。

爲××着想，你也得自己振作，做一個榜樣。否則她更要多一重思想和感情的負擔。一朝開始上課，自修課排定，慢慢習慣以後，相信你會平定下來的。最要緊的是提高業務，一切煩惱都該爲了這一點而盡量驅除。

……你該想像得到父母對兒女的牽掛，可是時代不同，環境不同，父母也有父母的苦衷，並非不想幫你改善生活。可是大家都在吃苦，國家還有困難，一切不能操之過急。年輕時受過的鍛鍊，一輩子受用不盡。將來你應付物質生活的伸縮性一定比我强得多，這就是你佔便宜的地方。一切多望遠處想，大處想，多想大衆，少顧到自己，自然容易滿足。一個人不一定付了代價有報酬，可是不付代價的報酬是永遠不會有的。即使有，也是不可靠的。

望多想多考慮，多拿比你更苦的人作比，不久就會想通，心情開朗愉快，做起工作來成績也更好。千萬保重！保重！

一九六二年十二月三十日

來信提到音樂批評，看了很感慨。一個人只能求一個問心無愧。世界大局，文化趨勢，都很不妙。看到一些所謂抽象派的繪畫雕塑的圖片，簡直可怕。我認爲這種“藝術家”大概可以分爲二種，一種是極少數的病態的人，眞正以爲自己在創造一種反映時代的新藝術，以爲抽象也是現實；一種——絶大多數，則完全利用少數腐爛的資産階級好時髦的snobbish附庸風雅，假充內行，賣野人頭，欺哄人，當做生意經。總而言之，是二十世紀愈來愈沒落的病象。另一方面，不學無術的批評界也泯滅了良心，甘心做資產階級的清客，眞是無恥之尤。

最近十天我們都在忙黃賓虹先生的事。人家編的《賓虹年譜》、《賓虹書簡》，稿子叫送在我處（今年已是第二次了）校訂。陳叔通先生堅持要我過目，作最後潤色及訂正。工作很不簡單。另外京津皖滬四處所藏黃老作品近方集中此間，於廿五至廿八日内部觀摩，並於廿八日舉行初選，以便於明春（一九六三）三四月間會合浙江藏品在滬辦一全國性的黃老作品展覽。我家的六十餘件（連裱本冊頁共一百五十餘頁）全部送去。我也參加了預選工作。將來全國性展覽會還有港、澳藏的作品帶回國加入。再從展覽會中精選百餘幅印一大型畫冊。

我近來身體不能說壞，就是精力不行。除了每天日課（七八小時）之外，晚上再想看書，就眼力不濟，簌落落的直掉眼淚，有時還會莫名其妙的頭痛幾小時。應看想看的東西一大堆，只苦無力應付。打雜的事也不少，自己譯稿，出版社寄來要校對，校對也不止一次；各方函件酬答，朋友上門談天，都是費時費力的。五八年以後譯的三種巴爾扎克，最近出了一種（《攪水女人》）；本擬明後天即寄你，不過月内恐不易收到。另外給劉抗伯伯的一本，也得你轉去。直寄新加坡的中文書，往往被沒收；只好轉一個大彎了。其餘兩種大概明年三月左右也可先後寄出。《藝術哲學》二月中可出。

手頭的《幻滅》——三部曲已譯完二部，共三十四萬字，連準備工作足足花了一年半。最後一部十四萬字，大概四五月底可完成。再加修改；謄清，預計要秋天方可全部交稿。

林風眠先生於十二月中開過畫展，作品七十餘件，十分之九均精，爲近年少見。尚須移至北京展出。

一九六三年三月十七日

聰，親愛的孩子，

兩個多月没給你提筆了，知道你行蹤無定，東奔西走，我們的信未必收到，收到也無心細看。去紐約途中以及在新墨西哥發的信均先後接讀；你那股理想主義的熱情實可驚，相形之下，我眞是老朽了。一年來心如死水，只有對自己的工作還是一個勁兒死幹；對文學藝術的熱愛並未稍減，只是常有一種“廢然而返”、“喪然若失”的心情。也許是中國人氣質太重，尤其是所謂“灑脱”與“超然物外”的消極精神影響了我，也許是童年的陰影與家庭歷史的慘痛經驗無形中在我心坎裏紮了根，年紀越大越容易人格分化，好像不時會置身於另外一個星球來看塵世，也好像自己隨時隨地會失去知覺，化爲物質的原素。天文與地質的宇宙觀常常盤踞在我腦子裏，像服爾德某些短篇所寫的那種境界，使我對現實多多少少帶着detached 超然 的態度。可是在工作上，日常生活上，斤斤較量的認眞還是老樣子，正好和上述的心情相反，——可以説人格分化；説不定習慣成了天性，而自己的天性又本來和我理智衝突。intellectually 理智上 我是純粹東方人，emotionally & instinctively 感情上及天性方面 又是極像西方人。其實也仍然是我們固有的兩種人生觀：一種是四大皆空的看法，一種是知其不可爲而爲之的精神。或許人從青少年到壯年到老年，基本上就是從積極到消極的一個過程，只是有的人表現得明顯一些，有的人不明顯一些。

自然界的生物也逃不出這個規律。你將近三十，正是年富力强的時候，好比暮春時節，自應蓬蓬勃勃望發榮滋長的路上趲奔。最近兩信的樂觀與積極氣息，多少也給我一些刺激，接信當天着實興奮了一下。你的中國人的自豪感使我爲你自豪，你善於賞識別的民族與廣大人民的優點使我感到寬慰。唯有民族自豪與賞識別人兩者結合起來，才不致淪爲狹窄的沙文主義，在個人也不致陷於自大狂自溺狂；而且這是愛國主義與國際主義眞正的交融。我們的領導對國際形勢是看得很清楚的，從未説過美國有爆發國内革命的可能性的話，你前信所云或許是外國記者的揣測和不正確的引申。我們的問題，我覺得主要在於如何建設社會主義，如何在生産關係改變之後發揮個人的積極性，如何從實踐上物質成就上顯示我們制度的優越性，如何使口頭上"紅"化爲事業上的"紅"，如何防止集體主義不被官僚主義拖後腿，如何提高上上下下幹部的領導水平，如何做到實事求是，如何普及文化而不是降低，如何培養與愛護下一代……

我的工作愈來愈吃力。初譯稿每天譯千字上下，第二次修改（初稿謄清後），一天也只能改三千餘字，幾等重譯。而改來改去還是不滿意（綫條太硬，棱角凸出，色彩太單調等等）。改稿謄清後（即第三稿）還得改一次。等到書印出了，看看仍有不少毛病。這些情形大致和你對待灌唱片差不多。可是我已到了日暮途窮的階段，能力只有衰退，不可能再進步；不比你儘管對自己不滿，始終在提高。想到這點，我眞艷羡你不置。近來我情緒不高，大概與我對工作不滿有關。前五年譯的書正在陸續出版。不久即寄《都爾的本堂神甫·比哀蘭德》。還有《賽查·皮羅多》，約四五月出版。此書於五八年春天完成，偏偏最後出世。《藝術哲學》已先寄你了。巴爾扎克各書，我特意寄平裝的，怕你要出門時帶在身邊，平裝較方便。高老頭——貝姨——邦斯——歐也妮四種都在重印，你若需要補哪一種，望速告知。（書一出來，十天八天即銷完。）你把 cynic 玩世不恭 寫成 scinic; naiveness 沒有這個字，應作 naivety 天眞。

爸爸又及

一九六三年四月二十六日

……你在外跑了近兩月，疲勞過度，也該安排一下，到鄉間去住個三五天。幾年來爲這件事我不知和你說過多少回，你總不肯接受我們的意見。人生是多方面的，藝術也得從多方面培養，勞逸調劑得恰當，對藝術只有好處。三天不彈琴，決不損害你的技術；你應該有這點兒自信。況且所謂 relax 放鬆 也不能僅僅在 technique 技巧 上求，也不能單獨的抽象的追求心情的 relax 放鬆，寬舒。長年不離琴決不可能有眞正的 relax 鬆弛；唯有經常與大自然親接，放下一切，才能有 relax 舒暢 的心情，有了這心情，藝術上的 relax 舒暢自如 可不求而自得。我也犯了過於緊張的毛病，可是近二年來總還春秋二季抽空出門幾天。回來後精神的確感到新鮮，工作效率反而可以提高。Kabos 卡波斯 太太批評你不能竭盡可能的 relax 放鬆，我認爲基本原因就在於生活太緊張。平時老是提足精神，能張不能弛！你又很固執，多少愛你的人連彌拉和我們在內，都沒法說服你每年抽空出去一下，至少自己放三五天假。這是我們常常想起了要喟然長嘆的，覺得你始終不體諒我們愛護你的熱忱，尤其我們，你岳父，彌拉都是深切領會藝術的人，勸你休息的話決不會妨礙你的藝術！

你太片面强調藝術，對藝術也是危險的：你要不聽從我們的忠告，三五年七八年之後定會後悔。孩子，你就是不够 wise 明智，還有，彌拉身體並不十分强壯，你也得爲她着想，不能把人生百分之百的獻給藝術。勃龍斯丹太太也沒有爲了藝術疏忽了家庭。你能一年往外散心一二次，哪怕每次三天，對彌拉也有好處，對藝術也沒有害處，爲什麼你不肯試驗一下看看結果呢?

揚州是五代六朝隋唐以來的古城，可惜屢經戰禍，甲於天下的園林大半蕩然，可是最近也修復了一部分。瘦西湖風景大有江南境界。我們玩了五天，半休息半遊玩，住的是招待所，一切供應都很好。慢慢寄照片給你。

一九六四年一月十二日

莫扎特的 *Fantasy in B Min*《B 小調幻想曲》記得五三年前就跟你提過。羅曼羅蘭極推崇此作，認爲他的痛苦的經歷都在這作品中流露了，流露的深度便是韋白與貝多芬也未必超過。羅曼羅蘭的兩本名著：(1) *Muscians of the Past*《古代音樂家》，(2) *Muscians of Today*《今代音樂家》英文中均有譯本，不妨買來細讀。其中論莫扎特、貝遼士、特皮西各篇非常精彩。名家的音樂論著，可以幫助我們更準確的瞭解以往的大師，也可以糾正我們太主觀的看法。我覺得藝術家不但需要在本門藝術中勤修苦練，也得博覽羣書，也得常常作 meditation 冥思默想，防止自己的偏向和鑽牛角尖。感情强烈的人不怕別的，就怕不够客觀；防止之道在於多多借鑒，從別人的鏡子裏檢驗自己的看法和感受。其次磁帶錄音機爲你學習的必需品，—— 也是另一面自己的鏡子。我過去常常提醒你理財之道，就是要你能有購買此種必需品的財力。Kabos 卡波斯太太那兒是否還去？十二月輪空，有沒有利用機會去請教她？學問上藝術上的師友必須經常接觸，交流。只顧關着門練琴也有流弊。

近來除日課外，每天抓緊時間看一些書。國外研究巴爾扎克的有份量的書，二次戰前戰後出了不少，只嫌沒時間，來不及補課。好些研究雖不以馬列主義自命，實際做的就是馬列主義工作：比如搜羅十九世紀前五十年的報刊著作，回憶錄，去跟《人間喜劇》中寫的政治、經濟、法律、文化對證，看看巴爾扎克的現實主義究竟有多少眞實性。好些書店重印巴爾扎克的作品，或全集，或零本，都請專家作詳盡的考據註釋。老實說，從最近一年起，我才開始從翻譯巴爾扎克，進一步作了些研究，不過僅僅開了頭，五年十年以後是否做得出一些成績來也不敢說。

……知道你準備化幾年苦功對付巴哈，眞是高興，這一關（還有貝多芬）非過不可。五三年曾爲你從倫敦訂購一部 Albert Schweitzer: *Bach*——translated by Ernest Newman——2 vols 艾伯特·施韋澤著：《巴哈》——由歐內斯特·紐曼翻譯，共上、下兩冊，放在家裏無用，已於一月四日寄給你了。原作者是當代巴哈權威，英譯者又是有名的音樂學者兼批評者。想必對你有幫助。此等書最好先從頭至尾看一遍，以後再細看。——一切古典著作都不是一遍所能吸收的。

今天看了十二月份《音樂與音樂家》上登的Dorat: *An Anatony of Conducting* 多拉：《指揮的剖析》有兩句話妙極：——

"Increasing economy of means, employed to better effect, is a sign of increasing maturity in every form of art." "不論哪一種形式的藝術，藝術家爲了得到更佳效果，採取的手法越精簡，越表示他爐火純青，漸趨成熟。"——這個道理應用到彈琴，從身體的平穩不搖擺，一直到 interpretation 演繹的樸素、含蓄，都說得通。他提到藝術時又說：……calls for great pride and extreme humility at the same time ……既需越高的自尊，又需極大的屈辱。全篇文字都值得一讀。

一九六四年三月一日

“理財”，若作爲“生財”解，固是一件難事，作爲“不虧空而略有儲蓄”解，却也容易做到。只要有意志，有决心，不跟自己妥協，有狠心壓制自己的 fancy（一時的愛好）！老話説得好：開源不如節流。我們的欲望無窮，所謂“慾壑難填”，若一手來一手去，有多少用多少，即使日進斗金也不會覺得寬裕的。既然要保持清白，保持人格獨立，又要養家活口，防旦夕禍福，更只有自己緊縮，將“出口”的關口牢牢把住。“入口”操在人家手中，你不能也不願奴顔婢膝的乞求；“出口”却完全操諸我手，由我作主。你該記得中國古代的所謂清流，有傲骨的人，都是自甘澹泊的清貧之士。清貧二字爲何連在一起，值得我們深思。我的理解是，清則貧，亦維貧而後能清！我不是要你“貧”，僅僅是約制自己的欲望，做到量入爲出，不能説要求太高吧！這些道理你全明白，毋須我嚕嗦，問題是在於實踐。你在藝術上想得到，做得到，所以成功；倘在人生大小事務上也能説能行，只要及到你藝術方面的一半，你的生活煩慮也就十分中去了八分。古往今來，藝術家多半不會生活，這不是他們的光榮，而是他們的失敗。失敗的原因並非眞的對現實生活太笨拙，而是不去注意，不下决心。因爲我所謂“會生活”，不是指發財、剝削人或是嗇刻，做守財奴，而是指生活有條理，收支相抵而略有剩餘。要做到這兩點，只消把對付藝術的注意力和決心拿出一小部分來應用一下就綽乎有餘了！

……像我們這種人，從來不以戀愛爲至上，不以家庭爲至上，而是把藝術、學問放在第一位，作爲人生目標的人，對物質方面的煩惱還是容易擺脱的，可是爲了免得後顧之憂，更好的從事藝術與學問，也不能不好好的安排物質生活；光是瞧不起金錢，一切取消極態度，早晚要影響你的人生最高目標——藝術的！希望尅日下決心，在這方面採取行動！一切保重。

“戰戰兢兢”勿寫作“競競”，“非同小可”勿寫作“豈同小可”。

一九六四年四月二十三日

親愛的孩子，

有人四月十四日聽到你在B.B.C.英國廣播公司遠東華語節目中講話，因是輾轉傳達，内容語焉不詳，但知你提到家庭教育、祖國，以及中國音樂問題。我們的音樂不發達的原因，我想過數十年，不得結論。從表面看，似乎很簡單：科學不發達是主要因素，沒有記譜的方法也是一個大障礙。可是進一步問問爲什麽我們科學不發達呢？就不容易解答了。早在戰國時期，我們就有墨子、公輸般等的科學家和工程師，漢代的張衡不僅是個大文豪，也是了不起的天文曆算的學者。爲何後繼無人，一千六百年間，就停滯不前了呢？爲何西方從文藝復興以後反而突飛猛晉呢？希臘的早期科學，七世紀前後的阿拉伯科學，不是也經過長期中斷的麽？怎麽他們的中世紀不曾把科學的根苗完全斬斷呢？西方的記譜也只是十世紀以後才開始，而近代的記譜方法更不過是幾百年中發展的，爲什麽我們始終不曾在這方面發展？要説中國人頭腦不够抽象，明代的朱載堉（《樂律全書》的作者）偏偏把音樂當作算術一般討論，不是抽象得很嗎？爲何沒有人以這些抽象的理論付諸實踐呢？西洋的復調音樂也近乎數學，爲何法蘭德斯樂派，意大利樂派，以至巴哈——亨特爾，都會用創作來作實驗呢？是不是一個民族的藝術天賦並不在各個藝術部門中平均發展的？希臘人的建築、雕塑、詩歌、戲劇，在紀元前五世紀時登峯造極，可是以後二千多年間就默默無聞，毫無建樹了。文藝復興時期的意大利藝術也只是曇花一現。有些民族儘管在文學上到過最高峯，在造型藝術和音樂藝術中便相形見絀，例如英國。有的民族在文學，音樂上有傑出的成就，但是繪畫便趕不上，例如德國。可見無論在同一民族内，一種藝術的盛衰，還是各種不同的藝術在各個不同的民族中的發展，都不容易解釋。我們的書法只有兩晉、六朝、隋、唐是如日中天，以後從來沒有第二個高潮。我們的繪畫藝術也始終沒有超過宋、元。便是音樂，也只有開元、天寶，唐玄宗的時代盛極一時，可是也只限於"一時"。現在有人企圖用社會制度、階級成分，來説明文藝的興亡。可是奴隸制度在世界上許多民族都曾經歷，爲什麼獨獨在埃及和古希臘會有那麼燦爛的藝術成就？而同樣的奴隸制度，爲何埃及和希臘的藝術精神、風格，如此之不同？如果説統治階級的提倡大有關係？那末英國十八、十九世紀王室的提倡音樂，並不比十五世紀意大利的教皇和諸侯（如梅提契家族）差勁，爲何英國自己就產生不了第一流的音樂家呢？再從另一些更具體更小的角度來説，我們的音樂不發達，是否同音樂被戲劇侵佔有關呢？我們所有的音樂材料，幾乎全部在各種不同的戲劇中。所謂純粹的音樂，只有一些沒有譜的琴曲（琴曲譜只記手法，不記音符，故不能稱爲眞正的樂譜）。其他如笛、簫、二胡、琵琶等等，不是簡單之至，便是外來的東西。被戲劇侵佔而不得獨立的藝術，還有舞蹈。因爲我們不像西方人迷信，也不像他們有那麼强的宗教情緒，便是敬神的節目也變了職業性的居多，羣衆自動參加的較少。如果説中國民族根本不大喜歡音樂，那又不合乎事實。我小時在鄉，聽見舟子，趕水車的，常常哼小調，所謂"山歌"。〔古詩中（漢魏）有許多"歌行"，"歌謠"；從白樂天到蘇、辛都是高吟低唱的，不僅僅是寫在紙

上的作品。〕

總而言之，不發達的原因歸納起來只是一大堆問題，誰也不曾徹底研究過，當然没有人能解答了。近來我們竭力提倡民族音樂，當然是大好事。不過純粹用土法恐怕不會有多大發展的前途。科學是國際性的、世界性的，進步硬是進步，落後硬是落後。一定要把土樂器提高，和鋼琴、提琴競爭，豈不勞而無功？抗戰前（一九三七年前）丁西林就在研究改良中國笛子，那時我就認爲浪費。工具與内容，樂器與民族特性，固然關係極大；但是進步的工具，科學性極高的現代樂器，决不怕表達不出我們的民族特性和我們特殊的審美感。倒是原始工具和簡陋的樂器，賽過牙齒七零八落、聲帶構造大有缺陷的人，儘管有多豐富的思想感情，也無從表達。樂曲的形式亦然如此。光是把民間曲調記錄下來，略加整理，用一些變奏曲的辦法擴充一下，絶對創造不出新的民族音樂。我們連“音樂文法”還没有，想要在音樂上雄辯滔滔，怎麼可能呢？西方最新樂派（當然不是指電子音樂一類的ultra modern 極度現代的東西）的理論，其實是尺寸最寬、最便於創造民族音樂的人利用的；無奈大家害了形式主義的恐怖病，提也不敢提，更不用説研究了。俄羅斯五大家——從特比西到巴托克，事實俱在，只有從新的理論和技巧中才能摸出一條民族樂派的新路來。問題是不能閉關自守，閉門造車，而是要掌握西方最高最新的技巧，化爲我有，爲我所用。然後才談得上把我們新社會的思想感情用我們的音樂來表現。這一類的問題，想談的太多了，一時也談不完。

一九六四年四月二十四日

孤獨的感覺，彼此差不多，只是程度不同，次數多少有異而已。我們並未離鄉別井，生活也穩定，比絶大多數人都過得好；無奈人總是思想太多，不免常受空虛感的侵襲。唯一的安慰是骨肉之間推心置腹，所以不論你來信多麼稀少，我總盡量多給你寫信，但願能消解一些你的苦悶與寂寞。只是心願是一件事，寫信的心情是另一件事：往往極想提筆而精神不平靜，提不起筆來；或是勉强寫了，寫得十分枯燥，好像説話的聲音口吻僵得很，自己聽了也不痛快。

一方面狂熱，執着，一方面灑脱，曠達，懷疑，甚至於消極：這個性格大概是我遺傳給你的。媽媽没有這種矛盾，她從來不這麼極端。

……你的精神波動，我們知之有素，千句併一句，只要基本信心不動搖，任何小爭執大爭執都會跟着時間淡忘的。我三月二日（No.59）信中的結論就是這話。人生的每個階段都是一邊學一邊過的，從來没有一個人具備了所有的（理論上的）條件才結婚，才生兒育女的。你爲了孩子而遑遑然，表示你對人生態度嚴肅，却也不必想得太多。一點不想是不負責任，當然不好；想得過分也徒然自苦，問題是徹底考慮一番，下决心把每個階段的事情做好，想好辦法實行就是了。

人不知而不愠是人生最高修養，自非一時所能達到。對批評家的話我過去並非不加保留，只是增加了我的警惕。即是人言藉藉，自當格外反躬自省，多徵求眞正内行而善意的師友的意見。你的自我批評精神，我完全信得過；可是藝術家有時會鑽牛角尖而自以爲走的是獨創而正確的路。要避免這一點，需要經常保持冷靜和客觀的態度。所謂藝術上的 illusion 幻覺，有時會蒙蔽一個人到幾年之久的。至於批評界的黑幕，我近三年譯巴爾扎克的《幻滅》，得到不少知識。一世紀前尚且如此，何況今日！二月號《音樂與音樂家》雜誌上有一篇Karayan卡拉揚的訪問記，說他對於批評只認爲是某先生的意見，如此而已。他對所欽佩的學者，則自會傾聽，或者竟自動去請教。這個態度大致與你相仿。

認眞的人很少會滿意自己的成績，我的主要苦悶即在於此。所不同的，你是天天在變，能變出新體會，新境界，新表演，我則是眼光不斷提高而能力始終停滯在老地方。每次聽你的唱片總心上想：不知他現在彈這個曲子又是怎麼一個樣子了。

舊金山評論中說你的蕭邦太extrovert外在，外向，李先生說奇怪，你的演奏正是introvert內在，內向一路，怎麼批評家會如此說。我說大概他們聽慣老一派的Chopin蕭邦，軟綿綿的，聽到不sentimental傷感的Chopin蕭邦就以爲不够內在了，你覺得我猜得對不對？

一九六四年十月三十一日

親愛的孩子，

幾次三番動筆寫你的信都沒有寫成，而幾個月的保持沉默也使我魂不守舍，坐立不安。我們從八月到今的心境簡直無法形容。你的處境，你的爲難（我猜想你採取行動之前，並沒和國際公法或私法的專家商量過。其實那是必要的），你的迫不得已的苦衷，我們都深深的體會到，怎麼能責怪你呢？可是再徹底的諒解也減除不了我們沉重的心情。民族自尊心受了傷害，非短時期內所能平復；因爲這不是一個“小我的”，個人的榮辱得失問題。便是萬事隨和處處樂觀的你的媽媽，也耿耿於懷，傷感不能自已。不經過這次考驗；我也不知道自己在這方面的感覺有這樣强。五九年你最初兩信中說的話，以及你對記者發表的話，自然而然的，不斷的回到我們腦子裏來，你想，這是多大的刺激！我們知道一切官方的文件只是一種形式，任何法律手續約束不了一個人的心——在這一點上我們始終相信你；我們也知道，文件可以單方面的取消，只是這樣的一天遙遠得望不見罷了。何況理性是理性，感情是感情，理性悟透的事情，不一定能叫感情接受。不知你是否理解我們幾個月沉默的原因，能否想像我們這一回痛苦的深度？不論工作的時候或是休息的時候，精神上老罩着一道陰影，心坎裏老壓着一塊石頭，左一個譬解，右一個譬解，總是丢不下，放不開。我們比什麼時候都更想念你，可是我和媽媽都不敢談到你；大家都怕碰到雙方的傷口，從而加劇自己的傷口。我還暗暗的提心吊膽，深怕國外的報紙、評論，以及今後的唱片說明提到你這件事……孩子出生的電報來了，我們的心情更複雜了。這樣一件喜事發生在這麼一個時期，我們的感覺竟說不出是什麼滋味，百感交集，亂糟糟的一團，叫我們說什麼好呢？怎麼表示呢？所有這一切，你岳父都不能理解。他有他的民族性，他有他民族的悲劇式的命運（這個命運，他們二千年來已經習爲故常，不以爲悲劇了），看法當然和我們不一樣。然而我決不承認我們的看法是民族自大，是頑固，他的一套是開明是正確。他把國籍看做一個僑民對東道國應有的感激的表示，這是我絶對不同意的！至於說××萬一來到中國，也必須入中國籍，所以你的行動可以說是有往有來等等，那完全是他毫不了解中國國情所作的猜測。我們的國家從來沒有一條法律，要外國人入了中國籍才能久居！——接到你岳父那樣的信以後，我並不作覆，爲的是不願和他爭辯；可是我和他的意見分歧點應當讓你知道。

附　　錄

傅聰寫給父母親的一封家書

此信係母親朱梅馥抄寫寄給香港友人，信中英文由父親用毛筆譯注（現排作脚注）。抄件第一頁右上角有父親的批注："新西蘭5月20日郵戳，上海5月27日到。"現據香港友人提供的照相副本排印。

親愛的爸爸媽媽:

眞想不到能在香港和你們通電話，你們的聲音口氣，和以前一點沒有分別，我好像見到你們一樣。當時我心裏的激動，辛酸，是歡喜又是悲傷，眞是非言語所能表達。另一方面，人生眞是不可捉摸，悲歡離合，都是不可預料的。誰知道不久也許我們也會有見面的機會呢？你們也應該看看孫子了，我做了父親是從來沒有過的自傲。

這一次出來感想不少，到東南亞來雖然不是回中國，但東方的風俗人情多多少少給我一種家鄉感。我的東方人的根，眞是深，好像越是對西方文化鑽得深，越發現蘊藏在我內心裏的東方氣質。西方的物質文明儘管驚人，上流社會儘管空談文化，談得天花亂墜，我寧可在東方的街頭聽嘈雜的人聲，看人們的笑容，一股親切的人情味，心裏就化了，因爲東方自有一種 harmony①，人和人的

① 和諧。

harmony，人和 nature ① 的 harmony。

我在藝術上的能够不斷有進步，不僅在於我自覺的追求，更重要的是我無形中時時刻刻都在化，那是我們東方人特有的才能。儘管我常在藝術的理想天地中神遊，儘管我對實際事務常常不大經意，我却從來沒有脱離生活，可以説沒有一分鐘我是虛度了的，沒有一分温暖——無論是陽光帶來的，還是街上天眞無邪的兒童的笑容帶來的，不在我心裏引起迴響。因爲這樣，我才能每次上台都像有説不盡的話，新鮮的話，從心裏奔放出來。

我一天比一天體會到小時候爸爸説的"第一做人，第二做藝術家，……"，我在藝術上的成績、缺點，和我做人的成績、缺點是分不開的；也有的是做人的缺點在藝術上倒是好處，譬如"不失赤子之心"。其實我自己認爲儘管用到做人上面難些，常常上當，我也寧可如此。

我在東南亞有我特有的聽衆，許多都是從來沒有聽過西方音樂的，可是我可以清清楚楚的感覺到，他們儘管是門外漢，可是他們的 sensibility ② 和 intuition ③ 强得很，我敢説我的音樂 reach them much deeper than some of the most sophisticated audience in the west。④ 我這次最强烈的印象就是這一點。我覺得我有特殊的任務，有幾個西方藝術家有這種 sense of communication 呢？⑤ 這並不是我的天才，而是要歸功於我的東方的根。西方人的整個人生觀是對抗性的，人和自然對抗，人和人對抗，藝術家和聽衆也對抗。最成功的也只有用一種 personality forces the public to accept

① 大自然。
② 感受力。
③ 直覺。
④ ……我的音樂透入他們的内心比西方一般最世故的聽衆更加深。
⑤ 有幾個西方的藝術家有這種心心相印（與聽衆的精神溝通）的體會呢？

what he gives。①我們的觀點完全相反，我們是要化的，因爲化了所以能忘我，忘我所以能合一，和音樂合一，和聽衆合一，音樂、音樂家、聽衆都合一。換句話説 everything is horizontal, music is horizontal, it flows, comes from nowhere, goes nowhere,② "黃河之水天上來，奔流到海不復回"， it is horizontal between the artist and the public as well。③（按聽所謂"水平式的",大概是"橫的、縱的"意思，就是説中國文化都是以不知不覺的滲透。就是從水平面流出來，而不是自上而下的。）聽衆好比孫悟空變出來的幾千幾萬個自己的化身。我對莫扎特、舒伯特、裴遼士、蕭邦、特皮西等的特別接近也是因爲這些作曲家都屬於horizontal水平式型。西方人對深度的看法和他們的基本上 vertical outlook④有關，難怪他們總是覺得 Bach–Beethoven–Brahms巴哈–貝多芬–勃拉姆斯是 summit of depth⑤。

而我們的詩詞，畫，even甚至建築，或者是章回小説，哪一樣不是 horizontal水平式呢，總而言之，不是要形似，不是要把眼前的弄得好像顯微鏡裏照着那麼清楚，而是要看到遠處，看到那無窮無盡的 horizon⑥，不是死的，局部的，完全的（completed），而是活的，發展的，永遠不完全所以才是眞完全。

這些雜亂的感想不知能否表達我心裏想説的。有一天能和你們見面，促膝長談，才能傾訴一個痛快，我心裏感悟的東西，豈是我一枝笨筆所能寫得出來的。

現在給你們報告一點風俗人情：我先在意大利，在 Perugia

---

① ……用一種個性去强迫羣衆接受他所給的東西。
② 一切都是水平式的，音樂是水平式的，不知從何處流出來，也不知流向何處去。
③ 在藝術家和聽衆之間也是水平式的（橫的）關係。
④ 垂直的（自上而下的）觀點。
⑤ 深刻到極點。
⑥ 遠景（原意是地平綫）。

佩魯賈和Milan米蘭附近一個小城市Busto-Arsicio布斯托一阿西齊奧開兩場音樂會。我在意大利很成功，以後會常去那裏開音樂會了。在雅典匆匆只有兩天，沒有機會去看看名勝古迹，音樂會很成功，聽衆熱烈得不得了，希臘人眞可愛，已經是東方的味道了。阿富汗沒有去成，在飛機上，上上下下了三天，中間停到蘇聯Tashkent塔什干一天，在那裏發了一封信，不知爲何你們會沒有收到。然後在曼谷住了一星期，住在以前在英國時的好朋友王安士家裏。泰國的政治腐敗，簡直不可設想，我入境他們又想要敲我竹槓，我不讓，他們就刁難，結果弄到一個本地的英國大公司的總經理來簽保單才了事。He has to guarantee with the whole capital of his company, which comes up to more than 10 million pounds，我從來沒有想到I am worth that much! ①聽説泰國政府對中國人處處刁難，最壞是中國人改了名字的變了的泰國人。泰國因爲國家富，人口少，所以儘管政府腐敗，人民似乎還很安樂，They are very graceful people, easy going, always smiling, children of nature。②那裏天氣却眞是熱，我在的時候是一年中最熱的季節，熱得眞是haven't done anything, already exhausted，③音樂會的鋼琴却是出人意外的好，one of the best I have ever played on，④音樂會主要是一個European歐洲的的music group音樂團體主持的，還帶一種他們特權的club俱樂部的氣味。我很生氣，起初他們不大相信會有中國人眞能彈琴的，後來音樂會大成功，他們要我再開一場，我拒絕了。以後在東南亞開音樂會要由華僑來辦，不然就是這些中間人漁利，而且

---

① 要他以價值一千萬鎊以上的全部資本作保，我從來沒有想到自己的身價會這樣高。

② 他們是溫文爾雅的人，很隨和，老堆着笑臉，直是大自然的孩子。

③ 什麼事也沒做已經累死了。

④ 我所彈過的最好的鋼琴之一。

聽衆範圍也比較狹隘。後來在馬尼拉的經驗更証實了這一點。馬尼拉的華僑熱情得不得了，什麼事都是他們做的，錢都是他們出的（雖然他們並沒虧本，因爲三場都客滿），可是中間的經理人騙他們説要給我每一場一千美金，實際上只給我每場三百，你們想氣死不氣死人！可是我的倫敦經理人不了解當地情況，我更無從知道，簽了合同，當然只好拿三百了。這些都是經驗，以後不上當就好了，以後去馬尼拉可和當地華僑直接聯繫。By the way, I met 隨便一提，我遇見 林伯母的弟弟，他也是音樂會主辦人之一，和林伯母很像的。華僑的熱情你們眞是不可想像得到。Manila 馬尼拉 的音樂水平不錯，菲律賓人很 musical 有音樂感，樂隊技術水平不高，可是非常 musical 有音樂感。

在新加坡四天，頭兩天給當地的音樂比賽做評判（鋼琴和唱），除了一個十一歲的男孩子，其餘都平平，尤其是唱的，簡直不堪入耳。後兩天是音樂會，所以忙得沒有多少時間看朋友，劉抗伯伯和他的 cousin 表兄弟 陳……（記不清了）見了兩次，請吃了兩次飯，又來機場送行，和以前一樣熱心得不得了。

在香港半天就是見了蕭伯母，她和以前一樣，我是看不出多少分別，十七年了，恍如昨日。芳芳長得很高大，很像蕭伯伯。蕭伯伯和她一個朋友 George 喬治 沈送我上飛機，因爲飛機機器出毛病，陪着我在機場等了一個下午。

我六月四日將在香港一天開兩場音樂會，你們大概已經聽説了。我在 New Zealand 新西蘭 最後一場是六月二日，所以三日才能走，這樣反而好，到了就彈，彈完第二天就走，就不給新聞記者來糾纏了。

New Zealand has been a great surprise 新西蘭可是大大的出乎意料，我一直想像這樣偏僻的地方一定沒有什麼文化可談。I find it is very similar to England, good and bad. The food is as bad as the worst in England. 我發覺不論好、壞方面，都很像英國，食物跟英國最差的一般壞。可是很多有文化修養的人，在Wellington惠靈頓我遇到一位音樂院的教授 Prof. Page 佩奇教授，他和他的夫人（畫家）都到中國去過，是個眞正的學者，而 truly perceptive 閱歷很廣，他對中國人、中國文化的了解很深刻。New Zealand新西蘭和澳洲完全不一樣，澳洲是個美國和 Victorian England維多利亞式英國的混合種，一股暴發戶氣味，又因爲是個continent大陸，自然就 arrogant, at the same time complacent 自高自大，同時又洋洋自得，New Zealand新西蘭像英國，是個島，not big enough to be either arrogant or complacent; but being cut off, far away from everywhere 面積不够大，够不上自高自大、自鳴得意，但是與外界隔絕，遠離一切，there is more time, more space,people seem to reflect more. Reflection is what really gives people culture.①

我五日離香港去英前，還可以和你們通話，你們看怎麼樣？可以讓蕭伯母轉告你們的意思，或者給一封信在她那裏。

我一路收的review（評論），等弄齊了，給你們寄去。再談了，祝你們

安好！

兒

聰上

1965.5.18

① 那兒有更多的空閑，更多的空間，人似乎思索得更多。思索才能眞正給人文化。

（凡是與藝術無關，芳芳完全了解的外文，一律不再説明。）

傅雷夫婦遺書①

此係父母留下的最後一封家信。寫於一九六六年九月二日深夜，九月三日凌晨父母就從從容容、坦坦蕩蕩的含恨棄世。那時家兄遠在英國，我雖在北京，但猶如泥菩薩過河。故遺書是寫給我舅舅朱人秀的。

人秀:

儘管所謂反黨罪證（一面小鏡子和一張褪色的舊畫報）是在我們家裏搜出的②，百口莫辯的，可是我們至死也不承認是我們自己的東西(實係寄存箱内理出之物)。我們縱有千萬罪行，却從來不曾有過變天思想。我們也知道搜出的罪證雖然有口難辯，在英明的共産黨領導和偉大的毛主席領導之下的中華人民共和國，决不至因之而判重刑。只是含冤不白，無法洗刷的日子比坐牢還要難過。何況光是教育出一個叛徒傅聰來，在人民面前已經死有餘辜了！更何況像我們這種來自舊社會的渣滓早應該自動退出歷

① 關於遺書得以於今天與讀者見面的種種曲折，請參閱《傅雷一家》（葉永烈編著，天津人民出版社出版）。

② 小鏡子後有蔣介石的頭像，畫報上登有宋美齡的照片。這是我姨媽在解放前寄存於我家箱子裏的東西，對他人寄存的東西，我們家是從來不動的。

史舞台了！

因爲你是梅馥的胞兄，因爲我們別無至親骨肉，善後事只能委託你了。如你以立場關係不便接受，則請向上級或法院請示後再行處理。

委託數事如下：

一，代付九月份房租55.29元（附現款）。

二，武康大樓（淮海路底）606室沈仲章託代修奧米茄自動男手錶一隻，請交還。

三，故老母餘剩遺款，由人秀處理。

四，舊掛錶（鋼）一隻，舊小女錶一隻，贈保姆周菊娣。

五，六百元存單一紙給周菊娣，作過渡時期生活費。她是勞動人民，一生孤苦，我們不願她無故受累。

六，姑母傅儀寄存我們家存單一紙六百元，請交還。

七，姑母傅儀寄存之聯義山莊墓地收據一紙，此次經過紅衞兵搜查後遍覓不得，很抱歉。

八，姑母傅儀寄存我們家之飾物，與我們自有的同時被紅衞兵取去沒收，只能以存單三紙（共370元）又小額儲蓄三張，作爲賠償。

九，三姐朱純寄存我們家之飾物，亦被一併充公，請代道歉。她寄存衣箱弍隻（三樓）暫時被封，瓷器木箱壹隻，將來待公家啟封後由你代領。尚有傢具數件，問周菊娣便知。

十，舊自用奧米茄自動男手錶一隻，又舊男手錶一隻，本擬給敏兒與×××，但恐妨礙他們的政治立場，故請人秀自由處理。

十一，現鈔53.30元，作爲我們火葬費。

十二，樓上宋家借用之傢具，由陳叔陶按單收回。

十三，自有傢具，由你處理。圖書字畫聽候公家決定。

使你爲我們受累，實在不安，但也別無他人可託，諒之諒之！

傅　雷

梅　馥

一九六六年九月二日夜

編 後 記

爸爸一生工作嚴謹，就是來往書信也整理得有條不紊。每次給哥哥的信都編號，記下發信日期，同時由媽媽抄錄留底；哥哥的來信，也都編號，按内容分門別類，由媽媽整理成册。可惜在十年浩劫期間，爸爸的手稿幾乎全部失去，書信更是如此。今天，如果能把父親和哥哥兩人的通信一起編録，對照閱讀，必定更有教益。

爸爸媽媽給我們寫信，略有分工，媽媽側重於生活瑣事，爸爸側重於啓發教育。一九五四年到一九六六年爸爸給哥哥的中文信件共一百九十封，媽媽的信也有百餘封。哥哥在外二十餘年，幾經搬遷，信件有所失散。這本家書集選自哥哥保存的一百二十五封中文信和我僅有的兩封信。家書集雖然只收録了一封媽媽的信，但她永遠值得懷念；媽媽是個默默無聞，却給爸爸做了大量工作的好助手。爸爸一生的業績是同媽媽的辛勞分不開的。

今年九月三日是爸爸媽媽飲恨去世十五週年，爲了紀念一生剛直不阿的爸爸和一生善良賢淑的媽媽，編録了這本家書集，寄託我們的哀思，並獻給一切“又熱烈又恬静，又深刻又樸素，又温柔又高傲，又微妙又率直”的人們。

傅 敏

一九八一年四月二十六日

增補本後記

一九八二年春哥哥託人帶來了保存的家信原件，重讀之下，深感尚有不少值得摘選，同時對照已出版的《家書》，發現亦有誤植之處，於是重新整理摘編了這個增補本。

經過有關資料的核對，一九五四年到一九六六年爸爸的信件應有三百零七封，其中英法文信九十五封。增補本摘編了父親的中文信一百三十五封，英文信十七封，法文信五封；選自現存的一百七十二封中文信，六十五封英文信和十四封法文信。摘編了母親的信十六封，其中包括一封英文信；選自現存的六十五封信件。加上父親給我的兩封信，全部摘編了一百七十五封中外文信件。

英法文信件均由執教於香港中文大學翻譯系的法國文學博士金聖華女士翻譯，在此表示深切的謝意。

傅　敏

一九八三年十一月八日

第三版後記①

《傅雷家書》自一九八一年初版和一九八四年增補版發行以來，深受國內外廣大讀者的歡迎。並於一九八六年五月，在由中共中央宣傳部、共青團中央、中華全國總工會和國家出版局聯合舉辦的“全國首屆優秀青年讀物”的評選活動中，榮獲一等獎。

一九八四年十一月、一九八五年六月和一九八六年一月，先後於香港、北京和上海舉辦了“傅雷家書墨迹展”。在北京和上海的活動中，還展出了於一九八五年春新發現的家書墨迹和父母遺書，引起了社會各界的强烈反響。

鑒於各界讀者的熱烈要求，現在增補本的基礎上，重新整理摘編，改正個別誤植之處，並對家書中使用的外文增加了譯註。

經過有關資料的核對，一九五四年到一九六六年爸爸的信件，至少應有中文信二百十三封，英法文信件九十五封。現存有中文信一百八十一封，英法文信件七十九封；此外，母親的信有六十五封。新版摘編了父親的中文信一百四十四封，英法文信二十二

① 本後記是爲《傅雷家書》北京三聯書店第三版寫的。香港版《傅雷家書》第二次增補本即以這個版本爲增補依據。增補的十一封信，分別收在“補編”和“附錄”裏。考慮到香港及海外讀者對家書中夾用的外文多能理解，第二次增補本只對家書原編部分的個別錯漏和編排規格的不一致作了改補。此次新增的十一封信，則完全按照北京三聯書店第三版的相應部分排出——香港三聯書店編輯部。

封；母親的信十六封，包括一封英文信。加上幸存的父親給我的三封信，全部摘編了中外文信件一百八十五封。

英法文信件以及中文信中夾用的外文，均由香港翻譯協會副會長、香港中文大學翻譯系主任、法國文學博士金聖華女士翻譯，在此表示深切的謝意。

傅　敏

一九八七年十一月二十六日

2、

據來信，似乎你說的Rela不是五六年以前說的純粹技巧上的r，而主要是精神、感情、情緒、思想上的一種安詳、閒適、淡泊、超逸的意境，即使牽涉到技術，也是表現上述意境的一種相應的手法、音色與touch等等。假如我這樣體會你的意思並不錯，那我就覺得你過去並非完全不能表達relax的境界，只是你沒有認識到某些作品某些作家確有那種relax的精神。一年多以來，英國批評家有些說你的貝多芬（當然指後期的朔拿大）缺少那種Viennese repose，恐怕即是指某種特殊的安閒恬淡、寧靜之境，貝多芬在早年中年劇烈掙扎與苦鬥之後，到晚年終於達到的一個peaceful mind，也就是一種特殊的serenity。(×) 但精神上的清明恬靜之境也因人而異，貝多芬的清明恬靜既不同於莫扎爾特的，也不同於舒伯爾脫的。稍一混淆，在水平較高的批評家或音樂家耳中就會感到氣息不對，風格不合，口吻不真。我是用這種看法來說明你為何能在彈斯卡拉蒂和莫扎爾德時能完全relax，而遇到貝多芬與舒伯爾脫就成問題。另外兩點，你自己已分析得很清楚：一是看到太多的drama，把主觀的情感加諸原作；二是你的個性與氣質使你不容易relax，除非遇到斯卡拉蒂與莫扎爾德，只有輕靈、鬆動、活潑、幽默、嫵媚、溫婉而沒法找出一點兒藉口可以裝進你自己的drama。因為莫扎爾德的drama不是十九世紀的drama，不是英雄式的鬥爭，波濤洶湧的感情激動，如醉若狂的fanatism；你身上所有的近代人的drama氣息絕對應用不到莫扎爾德作品中去；反之，那種十八世紀式的flirting和談

(×)是一種resignation產生的serenity

LTC-No.28
(附E-No.28)

親愛的孩子，

八月廿四日接十八日信，高興萬分。你最近的學習心得引起我許多感想。傑老師的話真是至理名言，我深有同感。會學的人舉一反三，稍經點撥，即能躍進。不會學的不用說聞一以知十，連聞一以知一都不容易辦到，甚至還要纏夾，誤入歧途，臨了反抱怨老師指引錯了。所謂會學，條件很多，除了悟性高以外，還要足夠的人生經驗。暑中教敏讀王爾德「溫德米爾夫人的扇子」，一者以為 speculation 一句，我解釋了幾遍，似乎他仍不甚了了。現代青年頭腦太單純，說他純潔固然不錯，無奈遇到現實，純潔沒法作為鬥爭的武器，倒反因天真幼稚而多走不必要的彎路。玩世不恭，(cynical) 的態度當然為我們所排斥，但不懂什麼叫做 (cynical) 也反映入世太淺，眼睛只會朝一個方向看。周總理最近批評我們的教育使青年只看見現實世界中沒有的理想人物，結果將來到社會上去一定感到失望與苦悶。胸襟眼界狹小的人，即使老輩告訴他許多舊社會的風俗人情，也幾乎會駭而卻走。他們既不懂人是從歷史上發展出來的，經過幾千年上萬年的演變過程才有今日的所謂文明人，所謂社會主義制度下的人，一切也就免不了管中窺豹之弊。這種人倘使學文學藝術，要求體會比較複雜的感情，光暗交錯，善惡並列的現實人生，就難之又難了。要他們從理論到實踐，從抽象到具體，樣樣結合起來，也極不容易。但若不能在理論 → 實踐 → 實踐 → 理論，具體 → 抽象，抽象 → 具體中不斷來回，任何學問都難以入門。